*Le secret
du treizième apôtre*

Michel Benoît

Le secret du treizième apôtre

ROMAN

Albin Michel

A David,
le fils que j'aurais aimé avoir.

Tracé à flanc de montagne, l'étroit chemin surplombait une vallée. Très loin en contrebas on devinait un torrent collectant les eaux : j'avais laissé mon camping-car au terme de la route forestière, il n'irait pas plus loin. Dans l'Italie touristique et industrieuse, le massif des Abruzzes semblait aussi sauvage et déserté qu'aux premiers temps de l'humanité.

Au sortir d'un bosquet de sapins, le fond de la combe m'apparut : une pente impressionnante qui s'élevait jusqu'à une frange masquant le versant adriatique. Des oiseaux de proie planant paresseusement, une solitude absolue à quelques dizaines de kilomètres de la route encombrée de vacanciers, dont aucun ne s'aventurerait jusqu'ici.

C'est alors que je le rencontrai : vêtu d'une sorte de blouse, une faucille à la main, penché sur une touffe de gentianes. Des cheveux blancs flottant sur les épaules accentuaient la fragilité de sa silhouette. Quand il se releva j'aperçus une barbe en liberté et deux yeux clairs, presque aquatiques : le regard d'un enfant, naïf et tendre, mais aussi perçant et vif, qui me dénuda jusqu'à l'âme.

– Vous voilà... Je vous ai entendu arriver. Ici, les sons portent très loin, personne jamais ne vient dans cette vallée.

– Vous parlez français !

Il se redressa, glissa le manche de la faucille dans la ceinture de sa blouse, et sans me tendre la main :

– Père Nil. Je suis – ou plutôt –, j'étais moine dans une abbaye française. Avant.

Un sourire malicieux plissa son front lisse. Sans me demander qui j'étais, ni comment j'avais pu parvenir dans ces confins du monde, il ajouta :

– Il vous faut de la tisane, l'été est chaud. Je mélangerai cette gentiane à la menthe et au romarin, ce sera amer mais réconfortant. Venez.

C'était un ordre, mais donné d'un ton presque affectueux : je le suivis. Mince et droit, il marchait avec légèreté. Par moments, les taches de soleil filtrant à travers les épicéas faisaient briller sa chevelure argentée.

Le chemin se resserrait, puis soudain s'élargissait en une minuscule terrasse dominant l'à-pic. Émergeant à peine du flanc de la montagne, une façade de pierres sèches, une porte basse, une fenêtre.

– Il faudra vous baisser pour entrer : cet ermitage est une grotte aménagée, comme devaient l'être celles de Qumrân.

Étais-je censé connaître Qumrân ? Le père Nil n'expliquait rien, ne posait aucune question. Sa seule présence créait un ordre des choses qui était l'évidence même. L'apparition à ses côtés d'un lutin ou d'une fée m'eût paru toute naturelle.

Je restai la journée avec lui. Au plus haut du soleil, assis sur le parapet qui surplombe l'abîme nous partageâmes du pain, du fromage de chèvre et d'exquises herbes odorantes. Quand l'ombre du versant opposé effleura l'ermitage, il me dit :

– Je vous raccompagne jusqu'au chemin forestier. L'eau qui coule dans le fossé est pure, vous pouvez la boire.

Tout semblait pur à son contact. Je lui fis part de mon désir de camper dans cette montagne pendant plusieurs jours.

— Inutile de fermer votre véhicule, me dit-il, personne ne parvient ici et les animaux sauvages respectent toutes choses. Venez demain matin, j'aurai du fromage frais.

J'ai perdu le compte des jours passés auprès de lui. Le lendemain, ses chèvres firent leur apparition sur la terrasse, et vinrent manger les miettes dans nos mains.

— Elles vous ont observé hier sans que vous les voyiez. Si elles se montrent en votre présence, c'est que je peux vous raconter mon histoire. Vous serez le premier à l'entendre.

Et le père Nil raconta. De cette aventure, il était l'acteur principal : pourtant il ne me parla pas de lui, mais d'un homme dont il avait découvert la trace dans l'Histoire, un Judéen[1] du Iᵉʳ siècle. Et derrière cet homme, je perçus l'ombre lumineuse d'un autre encore, dont il me dit peu de choses mais qui expliquait la clarté de son regard limpide.

Au dernier jour, mon univers d'Occidental éduqué par le christianisme avait basculé. Je partis quand les premières étoiles faisaient leur apparition. Le père Nil resta sur la terrasse, petite ombre qui donnait sens à toute la vallée, et ses chèvres m'accompagnèrent un instant. Mais au moment où j'allumai ma torche électrique, effrayées elles rebroussèrent chemin.

---

1. Habitant de la Judée, dont la capitale était Jérusalem.

Première partie

1.

Le train fonçait dans la nuit de novembre. Il jeta un coup d'œil sur sa montre : comme d'habitude, le Rome express avait pris deux heures de retard sur le trajet italien. Il soupira : on ne serait pas à Paris avant vingt et une heures...

Il chercha à se caler de façon plus confortable, passa l'index entre le col de celluloïd et son cou. Le père Andrei n'était pas habitué à cet habit de clergyman, qu'il ne mettait que pour sortir de l'abbaye – ce qui était rare. Et ces wagons italiens devaient dater de Mussolini ! Les sièges en imitation cuir, durs comme les fauteuils d'un parloir de monastère, une fenêtre qu'on peut abaisser jusqu'à la barre d'appui située très bas, pas de climatisation...

Enfin, il n'y en avait plus que pour une heure. Les lumières de la gare de Lamotte-Beuvron venaient de défiler à vivre allure : toujours, sur les longues lignes droites de Sologne, l'express prenait sa vitesse maximum.

Voyant le prêtre s'agiter, le voyageur trapu assis en face de lui leva ses yeux marron de son journal et lui fit un sourire, qui n'éclaira pas son visage au teint mat.

« Il sourit seulement des lèvres, songea Andrei. Ses yeux restent aussi froids qu'un caillou du bord de Loire... »

Le Rome express transportait souvent une population

cléricale qui le faisait ressembler à une succursale du Vatican. Mais dans leur compartiment il n'y avait que lui et ces deux hommes silencieux : les autres places, pourtant réservées, étaient restées vides depuis leur départ. Il jeta un coup d'œil vers le second voyageur, enfoncé dans l'angle du coin couloir : un peu plus âgé, élégant et blond comme les blés. Il semblait dormir – ses yeux étaient fermés, mais par moments il pianotait de la main droite sur son genou, la main gauche plaquant des accords sur sa cuisse. Depuis leur départ ils n'avaient échangé que quelques politesses, en italien, et Andrei avait remarqué son fort accent étranger, sans pouvoir l'identifier. Europe de l'Est ? Son visage était juvénile, malgré une cicatrice qui partait de l'oreille gauche et se perdait dans l'or de ses cheveux.

Cette habitude qu'il avait d'observer les petits détails... Elle lui venait sans doute de toute une vie penché sur les manuscrits les plus obscurs.

Il appuya sa tête contre la vitre, et regarda distraitement la route qui longeait la voie de chemin de fer.

Depuis deux mois déjà, il aurait dû renvoyer à Rome, traduit et analysé, le manuscrit copte de Nag Hamadi. La traduction, il l'avait réussie rapidement. Mais le rapport d'analyse qui devait l'accompagner ! Il n'était pas arrivé à le rédiger. Impossible de *tout dire*, surtout par écrit.

Trop dangereux.

Alors ils l'avaient convoqué. Dans les bureaux de la Congrégation pour la doctrine de la foi – l'ancienne Inquisition –, il n'avait pu échapper aux questions de ses interlocuteurs. Il aurait voulu ne pas leur parler de ses hypothèses, se réfugier dans les problèmes techniques de traduction. Mais le cardinal, et surtout le redoutable minutante[1],

1. Secrétaire d'une congrégation romaine, de rang inférieur, qui rédige les « minutes » des actes pontificaux.

l'avaient poussé dans ses retranchements et l'avaient obligé d'en dire plus qu'il ne souhaitait. Puis ils l'avaient interrogé sur la dalle de Germigny : les visages s'étaient fermés un peu plus.

Finalement, il était allé à la réserve de la Bibliothèque vaticane. Là, le passé douloureux de sa famille l'avait brutalement rejoint – c'était peut-être le prix à payer pour voir, enfin, la preuve matérielle de ce qu'il soupçonnait depuis si longtemps. Alors il avait dû quitter précipitamment San Girolamo, reprendre le train pour l'abbaye : il était en danger. C'est la paix qu'il voulait, rien que la paix. Sa place n'était pas au milieu de ces machinations, il n'était pas chez lui à Rome. Mais était-il encore chez lui quelque part ? En entrant à l'abbaye, il avait changé une seconde fois de patrie, et la solitude l'avait investi.

Maintenant, l'énigme était résolue. Que dirait-il au père Nil, à son retour ? Nil si réservé, et qui avait déjà parcouru, seul, une partie du chemin... Il le mettrait sur la voie. Ce que lui avait découvert au cours de toute une vie de recherches, Nil devrait le trouver par lui-même.

Et s'il lui arrivait quelque chose... Nil serait digne de transmettre, à son tour.

Le père Andrei ouvrit sa sacoche, et farfouilla sous le regard impassible du passager d'en face. Finalement, qu'ils ne soient que trois dans un compartiment prévu pour six, c'était plutôt agréable. Il avait pu retirer sa veste de clergyman trop neuve et la poser à droite, sans la froisser, sur la banquette vide. Il finit par trouver ce qu'il cherchait : un crayon, et un petit carré de papier. Rapidement il nota quelques mots, en logeant le papier dans le creux de sa main gauche, replia machinalement ses doigts dessus et rejeta la tête en arrière.

17

Le bruit du train, répercuté en écho par les arbres qui bordaient la route, l'engourdissait. Il sentit qu'il allait s'assoupir...

Tout alla alors extrêmement vite. Le voyageur en face de lui posa tranquillement son journal, et se leva. Au même moment, dans le coin couloir, le visage du blond se figea. Il se dressa et s'approcha comme pour prendre quelque chose dans le filet au-dessus de lui. Andrei leva machinalement les yeux : le filet était vide.

Il n'eut pas le temps de réfléchir : les cheveux dorés se penchaient vers lui, et il vit la main de l'homme se tendre vers sa veste posée sur la banquette.

Soudain ce fut l'obscurité : on avait jeté la veste sur sa tête. Il sentit deux bras musculeux le ceinturer, plaquant le vêtement contre son torse, et qui le soulevaient de terre. Son cri stupéfait fut étouffé par le tissu. Prestement il se retrouva face vers le sol, entendit le crissement de la fenêtre qui s'abaissait, perçut le métal de la barre d'appui contre ses hanches. Il se débattait, mais tout le haut de son corps était suspendu dans le vide, hors du train, et le vent le giflait violemment sans écarter les pans de la veste maintenue contre son visage par une main ferme.

Il suffoquait : « Qui sont-ils ? Je devais m'y attendre, après tant d'autres depuis deux mille ans. Mais pourquoi maintenant, et pourquoi ici ? »

Sa main gauche, coincée entre la barre d'appui et son ventre, restait crispée sur le carré de papier.

Il sentit qu'on le faisait basculer vers l'avant.

2.

Mgr Alessandro Calfo était satisfait. Avant de quitter la grande salle oblongue proche du Vatican, les Onze lui avaient donné carte blanche : on ne pouvait prendre aucun risque. Depuis quatre siècles, ils étaient les seuls à veiller sur le trésor le plus précieux de l'Église catholique, apostolique et romaine. Ceux qui l'approchaient de trop près devaient être neutralisés.

Il s'était bien gardé de tout dire au cardinal. Pourrait-on garder longtemps le secret ? Mais s'il était divulgué, ce serait la fin de l'Église, la fin de la chrétienté tout entière. Et un coup terrible pour l'Occident, déjà très mal en point face à l'islam. Immense responsabilité, qui reposait sur les épaules de douze hommes : la Société Saint-Pie V avait été créée dans le seul but de protéger ce secret, et Calfo en était le recteur.

Il s'était contenté d'affirmer au cardinal qu'il n'existait encore que des indices éparpillés, que seuls quelques érudits au monde étaient capables de comprendre et d'interpréter. Mais il avait caché l'essentiel : si ces indices, reliés entre eux, étaient livrés à la connaissance du grand public, ils pourraient mener jusqu'à la *preuve* absolue, indiscutable. C'est pourquoi il importait que les pistes existantes restent dispersées. Quiconque serait assez malveillant – ou seulement assez perspicace – pour les réunir, deviendrait capable de découvrir la vérité.

Il se leva, fit le tour de la table, et se campa devant le crucifix sanglant.

« Maître ! Tes douze apôtres veillent sur toi. »

Machinalement, il fit tourner autour de son annulaire droit la bague qui l'encerclait. La pierre précieuse, un jaspe vert foncé parsemé de taches rouges, était anormalement épaisse – même pour Rome où les prélats affectionnent les signes ostentatoires de leur dignité. À chaque instant, ce vénérable bijou lui rappelait la nature exacte de sa mission.

Quiconque parvient au secret doit être consumé par lui, et disparaître !

3.

Au maximum de sa vitesse, le train s'enfonçait dans la plaine de Sologne comme un serpent lumineux. Le corps toujours cassé en deux, le torse fouetté par le vent, le père Andrei s'arc-boutait contre la pression des deux mains fermes qui le poussaient vers le gouffre. Soudain, il relâcha tous ses muscles.

« Dieu, je t'ai cherché dès l'aurore de ma vie : voici venue sa fin. »

Avec un han ! le voyageur trapu lança Andrei dans le vide tandis que son compagnon, immobile et comme statufié derrière lui, contemplait la scène.

Ainsi qu'une feuille morte, le corps tourbillona et alla s'écraser sur le ballast.

Le Rome express essayait décidément de rattraper son retard : en moins d'une minute, il n'y eut plus sur le côté de la voie qu'un pantin disloqué dans les remous de l'air glacial. La veste avait volé au loin. Curieusement, le coude gauche d'Andrei était resté coincé entre deux traverses : son poing, toujours crispé sur le carré de papier, pointait maintenant vers le ciel noir et muet, dans lequel les nuages roulaient lourdement vers l'est.

Un peu plus tard, une biche sortit de la forêt proche et vint renifler cet objet informe qui sentait l'homme. Elle connaissait l'odeur âcre que les humains dégagent quand ils ont eu très peur. La biche flaira longuement le poing fermé d'Andrei, grotesquement érigé vers le ciel.

Soudain elle releva la tête puis bondit de côté et s'abrita vivement sous le couvert des arbres. Une voiture l'avait éclairée de ses phares et freinait brusquement sur la route en contrebas. Deux hommes en sortirent, escaladèrent le talus et se penchèrent sur le corps informe. La biche s'immobilisa : ils étaient redescendus maintenant, et restaient debout près de la voiture en parlant avec animation.

Quand elle vit le reflet des gyrophares de la gendarmerie s'approchant à vive allure sur la route, elle bondit à nouveau et s'enfuit dans la forêt sombre et silencieuse.

4.

Évangiles selon Marc et Jean

Avec une grimace, il remonta le coussin qui glissait sous sa hanche. Seuls les riches ont l'habitude de manger ainsi, à la mode romaine, à demi allongés sur un divan : les juifs pauvres comme eux prennent leurs repas accroupis à même le sol. C'est lui qui avait voulu conférer à ce dîner une certaine solennité. Leur hôte prestigieux avait bien fait les choses, mais les Douze, allongés autour de la table en U, se sentaient un peu perdus dans cette salle.

Ce jeudi soir 6 avril de l'an 30, le fils de Joseph, que tous en Palestine appellent Jésus le nazôréen, s'apprête à prendre son dernier repas, entouré du groupe de ses douze apôtres.

Écartant les autres disciples, ils avaient formé autour de

lui une garde rapprochée limitée à eux seuls, les Douze : chiffre hautement symbolique, qui rappelait les douze tribus d'Israël. Quand ils donneraient l'assaut au Temple – le moment était proche –, le peuple comprendrait. Douze ils seraient alors à gouverner Israël, au nom du Dieu qui avait donné douze fils à Jacob. Là-dessus, ils étaient tous d'accord. Seulement, à la droite de Jésus – quand il régnerait – il n'y aurait qu'une seule place : et déjà ils s'opposaient avec violence pour savoir qui, parmi eux, serait le premier des Douze.

Après l'émeute, qu'ils devaient déclencher en profitant de l'agitation de la pâque. Dans deux jours.

En quittant leur Galilée natale pour rejoindre la capitale, ils avaient retrouvé leur hôte de ce soir, le Judéen propriétaire de la belle maison du quartier ouest de Jérusalem. Riche, il était éduqué, cultivé même. Tandis que l'horizon des Douze ne dépassait pas le bout de leurs filets de pêche.

Pendant que ses serviteurs apportaient les plats, le Judéen restait silencieux. Entouré de ces douze fanatiques, Jésus courait un immense danger : leur assaut du Temple se solderait évidemment par un échec... Il fallait le mettre à l'abri de leurs ambitions, même si, pour cela, il avait dû s'allier provisoirement avec Pierre.

Il avait rencontré Jésus deux ans plus tôt, au bord du Jourdain. Ancien essénien, il était devenu nazôréen – une des sectes juives qui se réclamaient du mouvement baptiste. Jésus en était lui aussi, bien qu'il n'en parle jamais. Entre eux deux, une complicité formée de compréhension et d'estime mutuelle s'était vite instaurée. Il affirmait qu'il était le seul à avoir vraiment compris *qui* était Jésus. Ni une espèce de Dieu, comme certaines gens du peuple l'avaient chanté après une guérison spectaculaire, ni le

Messie comme l'aurait voulu Pierre, ni le nouveau roi David comme en rêvaient les zélotes.

Autre chose, que les Douze, obnubilés par leurs rêves de puissance, n'avaient pas même entrevu.

Il se considérait comme supérieur à eux, et disait à qui voulait l'entendre que c'était lui le *disciple bien-aimé* du Maître. Alors que Jésus, depuis des mois, supportait de plus en plus difficilement sa bande de Galiléens ignares, aux mains avides de pouvoir.

Fureur des Douze, qui voyaient un prétendant de plus s'installer, d'un seul coup, là où ils n'étaient jamais parvenus : dans l'intimité du nazôréen.

L'ennemi au sein du groupe, c'était donc ce prétendu disciple bien-aimé. Lui, qui ne quittait pas sa Judée, disait avoir compris Jésus mieux qu'eux tous, qui l'avaient constamment suivi en Galilée.

Un imposteur.

Il était allongé à la droite de Jésus – la place de l'hôte. Pierre ne le lâchait pas des yeux : allait-il livrer le terrible secret qui les unissait depuis peu, faire comprendre à Jésus qu'il était trahi ? Regrettait-il maintenant d'avoir introduit Judas auprès de Caïphe, pour mettre en place le piège qui devait se refermer sur le Maître, ce soir même ?

Soudain Jésus tendit la main et saisit une bouchée, qu'il tint un instant au-dessus du plat pour que goutte la sauce : il allait l'offrir à l'un des convives, geste d'amitié rituelle. Le silence se fit brusquement. Pierre pâlit, sa mâchoire se durcit. « Si c'est à cet imposteur que la bouchée est offerte, pensa-t-il, tout est perdu : c'est qu'il vient de trahir notre alliance. Alors je le tue, et je m'enfuis... »

D'un geste large, Jésus tendit la bouchée à Judas, qui resta immobile au bout de la table, comme pétrifié.

– Eh bien, mon ami... Allons, prends !

Sans un mot, Judas se pencha en avant, prit la bouchée et la plaça entre ses lèvres. Un peu de sauce coulait sur sa courte barbe.

Les conversations reprirent, tandis qu'il mastiquait lentement, les yeux rivés sur ceux de son maître. Puis il se leva et se dirigea vers la sortie. Quand il passa derrière eux, leur hôte vit Jésus tourner légèrement la tête. Et il fut le seul à l'entendre dire :

– Mon ami... Ce que tu as à faire, fais-le vite !

Lentement, Judas ouvrit la porte. Dehors, la lune de Pâque n'était pas encore levée : la nuit était noire.

Ils n'étaient plus que onze autour de Jésus.

Onze, et le disciple bien-aimé.

5.

Une deuxième fois, le carillon sonna. Dans cette aube incertaine, l'abbaye Saint-Martin était seule éclairée au village. Les nuits d'hiver comme celle-ci, le vent siffle entre les berges désolées du fleuve, et donne au Val-de-Loire un petit air de Sibérie.

L'écho du carillon résonnait encore dans le cloître quand le père Nil y pénétra, après avoir retiré son ample habit de chœur : l'office des laudes venait de se terminer. On savait que les moines gardent le grand silence jusqu'à tierce, personne ne venait jamais sonner avant huit heures.

Un troisième coup de sonnette, impérieux.

« Le frère portier ne répondra pas, c'est la consigne. Tant pis, j'y vais. »

Depuis qu'il avait mis en lumière les circonstances

cachées de la mort de Jésus, le malaise de Nil était diffus. Il n'aimait pas les rares absences du père Andrei : le bibliothécaire était devenu son seul confident après Dieu. Les moines vivent en commun, mais ne communiquent pas, et Nil avait besoin de parler de ses recherches. Au lieu de retourner dans sa cellule, où l'attendait son étude en cours sur les péripéties de la capture de Jésus, il pénétra dans la porterie et ouvrit la lourde porte qui sépare tout monastère du monde extérieur.

Dans la lumière des phares, un officier de gendarmerie le saluait au garde-à-vous.

— Mon père, est-ce bien ici que réside cette personne ?

Il lui tendit une carte d'identité. Sans un mot, Nil saisit le morceau de papier plastifié, lut le nom : Andrei Sokolwski. Âge : 67 ans. Domicile : abbaye Saint-Martin...

Le père Andrei !

Son sang reflua :

— Oui... bien sûr, c'est le bibliothécaire de l'abbaye. Qu'est-ce que...

Le gendarme avait l'habitude de ces missions désagréables.

— Nous avons été prévenus hier soir par deux ouvriers agricoles qui rentraient tard chez eux, et qui ont découvert son corps sur le ballast de la voie de chemin de fer, entre Lamotte-Beuvron et La Ferté-Saint-Aubin. Mort. Je suis désolé, mais il faut que l'un de vous vienne sur place identifier le corps... L'enquête, vous comprenez ?

— Mort, père Andrei !

Nil vacilla sur ses jambes.

— Mais... il faut que ce soit le révérend père abbé qui...

Derrière eux, on entendit des pas étouffés par une bure monastique. Le père abbé, justement. Alerté par les coups de sonnette ? Ou mû par quelque mystérieux pressentiment ?

Le gendarme s'inclina. À la brigade d'Orléans, on sait qu'à l'abbaye celui qui arbore un anneau et une croix pectorale possède rang d'évêque. La République respecte ces choses.

– Mon révérend père, l'un de vos moines, le père Andrei, a été découvert hier soir sur le ballast du Rome express, non loin d'ici. Une chute qui ne lui a laissé aucune chance : vertèbres cervicales brisées, la mort a dû être instantanée. Nous n'emmènerons le corps à Paris pour autopsie qu'après identification : pouvez-vous monter dans ma voiture, et accomplir cette formalité... pénible, mais nécessaire ?

Depuis qu'il avait été élu à ce poste prestigieux, le père abbé de l'abbaye Saint-Martin n'avait jamais laissé transparaître un seul de ses sentiments. Élu par les moines, certes, selon la Règle des monastères. Mais contrairement à cette règle, il y avait eu de nombreux coups de téléphone entre Val-de-Loire et Rome. Un prélat d'assez haut rang était ensuite venu faire sa retraite annuelle dans le cloître juste avant l'élection, pour convaincre discrètement les récalcitrants que Dom Gérard était l'homme de la situation.

On ne pouvait remettre le pouvoir sur l'abbaye, sur son scolasticat très particulier et ses trois bibliothèques qu'à un homme sûr. Pas un muscle de son visage ne trahit donc une quelconque émotion devant le gendarme, toujours au garde-à-vous.

– Père Andrei ! Mon Dieu, quelle catastrophe ! Nous l'attendions ce matin, il revenait de Rome. Comment pareil accident a-t-il pu se produire ?

– *Accident* ? Il est trop tôt pour employer ce mot, révérend. Les quelques éléments dont nous disposons nous orientent plutôt vers une autre piste. Les wagons du Rome

26

express sont d'anciens modèles, mais les portes sont verrouillées dès le départ et pendant tout le trajet. Votre confrère n'a pu que *passer par la fenêtre* de son compartiment. Lors de sa dernière vérification avant l'arrivée à Paris, le contrôleur a constaté que ce compartiment était vide : non seulement le père Andrei n'était plus là – sa valise est restée sur place – mais les deux autres voyageurs avaient disparu sans laisser aucun bagage derrière eux. Trois places du compartiment, réservées, sont restées inoccupées depuis Rome : il n'y a donc eu aucun témoin. L'enquête démarre, mais notre hypothèse de départ exclut tout accident : cela ressemble plutôt à un crime. Le père Andrei a sans doute été défenestré, en pleine course du train, par les deux voyageurs. Pouvez-vous me suivre pour l'identification ?

Discrètement, le père Nil avait fait un pas en arrière, mais il eut l'impression qu'une vague d'émotions allait franchir le barrage, implacablement maçonné en amont, du visage de son supérieur.

Le père abbé se reprit immédiatement :

– Vous accompagner ? Maintenant ? Impossible, je reçois ce matin les évêques de la Région Centre, ma présence ici est indispensable.

Il se retourna vers le père Nil, poussa un soupir.

– Père Nil, pouvez-vous suivre monsieur pour accomplir cette pénible formalité ?

Nil inclina la tête en signe d'obéissance : son étude sur le complot autour de Jésus attendrait. C'est Andrei qu'on venait de crucifier, aujourd'hui.

– Bien sûr, mon révérend père : je vais chercher notre manteau, il fait froid – monsieur, j'en ai pour un instant, si vous voulez bien patienter...

La pauvreté monastique interdit à un moine de se proclamer verbalement propriétaire du moindre objet : *notre* manteau était depuis des années à l'usage du seul père Nil, mais cela ne se dit pas.

Le père abbé fit entrer le gendarme dans la porterie déserte, et lui prit familièrement le bras.

– Je ne préjuge pas du résultat final de votre enquête. Mais un *crime*, c'est tout simplement impossible ! Vous imaginez la presse, la télévision, les journalistes ! L'Église catholique en sortirait salie, et la République fort embarrassée. Je suis certain que c'est un *suicide*. Ce malheureux père Andrei... vous comprenez ?

Le gendarme dégagea son bras : il comprenait fort bien, mais une enquête est une enquête, on ne passe pas facilement par la fenêtre ouverte d'un train lancé à vive allure. Et il n'aimait pas qu'un civil lui dicte ce qu'il avait à faire – même s'il porte croix pectorale et anneau pastoral.

– Révérend, l'enquête suivra son cours. Le père Andrei n'a pas pu tomber du train tout seul : c'est Paris qui tranchera. Laissez-moi vous dire que, pour l'instant, tout semble indiquer qu'il y a eu crime.

– Voyons, un suicide...

– Un moine qui se suicide, et à son âge ? Très improbable.

Il se massa le menton : quand même, le père abbé avait raison, cette affaire risquait de provoquer des remous, jusqu'en haut lieu...

– Dites-moi mon révérend, votre père Andrei souffrait-il de... de troubles psychologiques ?

Le père abbé eut l'air soulagé : le gendarme semblait comprendre.

– Tout à fait ! Il suivait un traitement, je vous confirme qu'il se trouvait dans un état de grand délabrement mental.

Andrei était connu de ses confrères pour son remarquable équilibre nerveux et psychique, et en quarante ans de vie monastique il n'avait pas une seule fois fréquenté l'infirmerie. Un homme d'études et de manuscrits, un érudit dont le rythme cardiaque ne devait jamais dépasser les soixante pulsations à la minute. Le prélat sourit au gendarme.

– Un suicide, péché horrible certes pour un moine – mais tout péché mérite miséricorde. Tandis qu'un crime...

Un matin blafard éclairait la scène. On avait éloigné le corps de la voie ferrée pour que les trains puissent circuler, mais le cadavre raidi n'avait pas changé de posture : l'avant-bras gauche du père Andrei pointait toujours vers le ciel, son poing fermé. Pendant le trajet, Nil avait eu le temps de se préparer au choc. Il eut pourtant du mal à s'approcher, à s'agenouiller, à écarter le linge qu'on avait posé sur la tête désarticulée.

– Oui, murmura-t-il dans un souffle. Oui, c'est bien le père Andrei. Mon pauvre ami...

Il y eut un temps de silence, que le gendarme respecta. Puis il toucha l'épaule de Nil.

– Restez auprès de lui : je vais faire le procès-verbal d'identification dans la voiture, vous aurez juste une signature à donner et je vous raccompagne à l'abbaye.

Nil essuya une larme, qui coulait lentement le long de sa joue. Puis il remarqua le poing crispé du cadavre, qui semblait maudire le ciel dans un dernier geste désespéré. Avec difficulté, il desserra les doigts glacés du mort : au creux de la paume, il y avait un petit carré de papier froissé.

Nil tourna la tête : le gendarme était penché vers le tableau de bord de sa voiture. Il décolla le morceau de papier de la paume de son ami, aperçut quelques lignes tracées au crayon.

Personne ne le regardait : prestement, il glissa le papier dans la poche de son manteau.

6.

Évangiles selon Matthieu et Jean

Quelques jours avant la soirée du dernier repas, Pierre l'avait attendu hors des murailles. Le Judéen franchit la porte, salué par les plantons qui reconnurent en lui le propriétaire d'une des villas du quartier. Il fit quelques pas : la silhouette du pêcheur surgit de l'ombre.

– *Shalom !*

– *Mà shalom lek'ha.*

Il ne tendit pas la main au Galiléen. Depuis une semaine, il était rongé par l'appréhension : quand il les rencontrait, sur la colline hors de la ville où ils passaient la nuit dans l'obscurité complice d'une vaste oliveraie, les Douze ne parlaient plus que de l'assaut imminent qu'ils allaient donner au Temple. Jamais les circonstances ne seraient plus favorables : des milliers de pèlerins campaient un peu partout aux abords de la ville. La foule, travaillée par les zélotes, était prête à tout. Il fallait utiliser la popularité de Jésus comme détonateur.

Maintenant.

Ils échoueraient, c'était évident. Et Jésus risquait d'être bêtement tué dans une débandade à la juive. Le Maître valait mieux que cela, infiniment mieux qu'eux tous, il fallait le mettre à l'abri de ses disciples fanatiques. Un plan avait mûri dans sa tête : restait à en convaincre Pierre.

– Le Maître demande s'il peut venir souper chez toi,

dans la salle haute de ta maison. Impossible pour lui de célébrer la pâque cette année, la surveillance autour de nous est trop étroite. Un repas un peu solennel, selon le rite essénien – c'est tout.

– Vous êtes complètement fous ! Venir faire ça *chez moi*, à deux cents mètres du palais du grand-prêtre, dans ce quartier où votre accent galiléen vous fera arrêter immédiatement !

Le pêcheur du lac eut un sourire madré.

– Justement, nulle part on ne sera plus en sécurité que chez toi. Jamais la police n'aura l'idée de nous chercher en plein quartier protégé, et en plus dans la maison d'un ami du grand-prêtre !

– Oh... ami, c'est un grand mot. Une relation de voisinage, il n'y a aucune amitié possible entre un ancien essénien comme moi et le plus haut dignitaire du clergé. Ce serait pour quand ?

– Jeudi soir, à la nuit tombante.

L'idée était insensée, mais astucieuse : abrités à l'intérieur de sa maison, les Galiléens passeraient inaperçus.

– C'est bien. Dis au Maître que je suis honoré de le recevoir dans ma demeure, tout sera prêt pour un repas solennel. Un de mes serviteurs vous aidera à vous faufiler entre les patrouilles : vous le reconnaîtrez à la cruche d'eau qu'il portera, pour les ablutions rituelles de votre repas. Maintenant, viens par là, il faut qu'on parle un peu.

Pierre le suivit et enjamba un tas de briques. Un éclat métallique brilla sous son manteau : la *sica*, la courte épée dont les zélotes se servaient pour éventrer leurs victimes. Ainsi, il ne s'en séparait plus ! Les apôtres de Jésus étaient prêts à tout...

En quelques mots, il lui fit part de son plan. L'action

devait avoir lieu à l'occasion de la fête ? Excellente idée, la foule des pèlerins serait facile à manipuler. Mais Jésus n'était qu'un prédicateur de la paix et du pardon : comment réagirait-il, dans le feu de l'action ? Il risquait d'être blessé, ou pire. Qu'il soit tué par le glaive d'un légionnaire, et leur coup de main avortait.

Pierre écoutait, soudain intéressé.

— Faut-il donc lui demander de retourner en Galilée, où il ne court aucun danger ? Tout va aller très vite, on ne peut pas l'avoir à quatre jours de marche d'ici...

— Et qui te parle de l'éloigner de Jérusalem ? Au contraire, il faut l'introduire au cœur de l'action, mais là où aucune flèche romaine ne viendra l'atteindre. Vous voulez prendre votre repas dans le quartier du palais de Caïphe, parce que nulle part ailleurs vous pensez n'être mieux cachés, c'est bien vu. Et moi je te dis : juste avant l'action, placez Jésus en sécurité *à l'intérieur même de ce palais*. Qu'il soit arrêté et conduit chez Caïphe la veille de la pâque. On l'enfermera au sous-sol, et tu sais qu'aucun procès ne peut avoir lieu pendant la fête. Quand elle sera terminée... le pouvoir aura changé de mains ! Vous irez le chercher en triomphe, il apparaîtra au balcon du palais, la foule hurlera sa joie d'être enfin délivrée de la caste des prêtres...

Pierre l'interrompit, stupéfait.

— Faire arrêter le Maître par nos ennemis jurés ?

— Vous avez besoin de Jésus sain et sauf. À vous l'action violente, à lui ensuite la parole pour entraîner le peuple – comme lui seul sait le faire. Mettez-le à l'abri des remous d'une insurrection violente, et retrouvez-le après !

« Et quand ils échoueront – car ils échoueront, face aux troupes romaines – Jésus, lui au moins, restera en vie. La suite n'est pas celle dont ils rêvent. Israël a besoin d'un prophète, pas d'un chef de bande. »

Ils firent quelques pas en silence sur l'arête rocheuse qui dominait la vallée de la Géhenne.

Brusquement, Pierre releva le front.

— Tu as raison : il va nous gêner dans une action violente qu'il n'approuvera pas. Mais comment faire pour qu'il soit arrêté juste au bon moment ? À une heure près, tout peut changer !

— J'y ai pensé. Tu sais que Judas lui est totalement dévoué. Tu es un ancien zélote comme lui, tu lui expliqueras : il faut qu'il conduise la garde du Temple au moment précis, au lieu précis où ils seront sûrs de le trouver, séparé de la foule qui le protège sans cesse. Par exemple, juste après votre repas chez moi, dans la nuit de jeudi à vendredi, au jardin des Oliviers.

— Judas acceptera-t-il ? Et comment prendra-t-il contact avec les autorités juives ? Lui, un simple Galiléen, entrer dans le palais du grand-prêtre ! Négocier avec lui, quand il ne rêve que de l'éliminer ? Pourquoi donc crois-tu qu'il est passé chez les zélotes ? Moi, je les connais : chez eux, on négocie avec *ça* !

Du plat de la main, il frappa la *sica* qui frottait sur sa cuisse gauche.

— Tu lui diras que c'est pour la cause, pour protéger le Maître. Tu trouveras les mots justes, il t'écoutera. Et c'est moi qui le conduirai chez Caïphe. J'entre et sors librement dans le palais, on laissera passer Judas s'il est à mes côtés. Caïphe tombera dans le panneau : les prêtres ont tellement peur de Jésus !

— Bon... si tu te charges de l'introduire auprès de Caïphe, si tu crois qu'il peut simuler une trahison pour protéger Jésus... C'est risqué, mais qu'est-ce qui n'est pas risqué en ce moment ?

En repassant sous la porte de la ville, le Judéen fit de la main un salut amical aux gardes. Dans quelques jours, la plupart de ces hommes seraient morts ou blessés, les Romains réprimeraient efficacement la révolte. Quant à cette bande des Douze, la terre d'Israël en serait bientôt débarrassée à tout jamais.

Et la mission de Jésus, sa vraie mission, pourrait enfin commencer.

7.

Toute cette matinée – depuis que le gendarme l'avait ramené à l'abbaye – Nil l'avait passée prostré sur son tabouret, sans ouvrir son dossier en cours sur les circonstances de la mort de Jésus. La cellule d'un moine ne comporte pas de chaise, sur laquelle il pourrait appuyer son dos et rêvasser. C'est pourtant ce que faisait Nil, envahi par le passé. Silencieuse, l'abbaye était comme noyée dans du coton : on venait de suspendre tous les cours du scolasticat, jusqu'aux obsèques du père Andrei. Encore une heure avant la messe conventuelle.

Andrei... Le seul à qui il pouvait parler de ses recherches. Qui semblait comprendre, et parfois même devancer ses conclusions :

– Vous ne devez jamais craindre la vérité, Nil : c'est pour la trouver, pour *savoir*, que vous êtes entré dans cette abbaye. La vérité fera de vous un solitaire, elle pourrait même causer votre perte : n'oubliez jamais que c'est elle qui a mené Jésus à la mort, et d'autres après lui. Moi, je l'ai approchée dans les manuscrits que je décrypte depuis quarante ans. Comme très peu de gens peuvent me suivre dans ma spécialité, et comme je ne parle jamais de mes conclusions, on me fait confiance. Vous, c'est dans les

Évangiles eux-mêmes que vous avez découvert... certaines choses. Prenez garde : si ces choses ont été longtemps plongées dans les oubliettes de l'Église, c'est qu'il est dangereux d'en parler ouvertement.

— L'Évangile selon saint Jean est au programme du scolasticat cette année. Je ne peux pas éluder la question : *qui* était son auteur ? Quel rôle a joué le mystérieux *disciple bien-aimé* dans le complot, et la période cruciale qui a suivi la mort de Jésus ?

Fils d'émigrés russes converti au catholicisme, son prodigieux don pour les langues avait fait d'Andrei le responsable des trois bibliothèques de l'abbaye, poste sensible, réservé à un homme de confiance. Quand il souriait, il ressemblait à un vieux starets.

— Mon ami... Depuis l'origine *cette question est éludée*. Et vous commencez à comprendre pourquoi, n'est-ce pas ? Alors faites comme ceux qui vous ont précédé : ne dites pas tout ce que vous savez. Vos étudiants du scolasticat ne le supporteraient pas... et dans ce cas, je craindrais pour vous !

Andrei avait raison. Depuis trente ans, l'Église catholique connaissait une crise sans précédent. Les laïcs désertaient pour rejoindre les sectes ou le bouddhisme, un profond malaise traversait le peuple chrétien. On ne trouvait plus de professeurs *sûrs* pour enseigner la saine doctrine dans des séminaires d'ailleurs dépeuplés.

Rome alors décida de regrouper le noyau dur des séminaristes restants dans une école monastique, un *scolasticat* comme au temps du Moyen Âge. Une vingtaine, confiés à l'abbaye et à l'enseignement de ses érudits. Les moines avaient choisi de fuir ce monde pourri ? Ils fourniraient aux jeunes du scolasticat la cuirasse des vérités indispensables à leur survie.

Au père Nil on confia l'enseignement de l'exégèse, c'est-à-dire l'explication des Évangiles. Ce n'était pas vraiment un spécialiste des langues anciennes ? Il travaillerait en collaboration avec le père Andrei, qui lisait le copte, le syriaque et bien d'autres langues mortes à livre ouvert.

De collaborateurs, ces deux solitaires devinrent amis : ce que la vie monastique rendait difficile, l'amour des textes anciens l'avait réalisé.

Ce seul ami, Nil venait de le perdre dans des circonstances tragiques. Et cette mort le remplissait d'angoisse.

Au même moment, une main nerveuse composait un numéro international commençant par le 390, la ligne privée (et hautement confidentielle) de l'État du Vatican. Son annulaire était cerclé d'une bague ornée d'une opale très simple : l'archevêque de Paris se devait de donner l'exemple de la modestie.

– *Pronto ?*

À l'ombre de la coupole de Michel-Ange, c'est une main aux ongles soigneusement manucurés qui décrocha. Sa bague épiscopale était surmontée d'un jaspe vert curieux : un losange asymétrique, enchâssé dans une monture d'argent ciselé dont il formait comme le couvercle. Un bijou de grande valeur.

– Bonjour, monseigneur, ici l'archevêque de Paris... Ah, vous alliez justement m'appeler ?... Oui, une histoire très regrettable, vraiment – mais... vous êtes déjà au courant ?

« Comment est-ce possible ? L'accident a eu lieu cette nuit même. »

– Discrétion totale ? Ce sera difficile, l'enquête est confiée au Quai des Orfèvres, il semble qu'elle soit de nature criminelle... Le cardinal ? En effet, je comprends... Suicide, n'est-ce pas ? Oui... enfin cela m'est pénible, le suicide est un péché contre lequel la miséricorde divine a toujours été impuissante. Vous dites... laisser Dieu décider de cette question ?

L'archevêque éloigna l'écouteur, le temps d'un sourire. Au Vatican, on donne volontiers des ordres à Dieu.

– Allô ? Oui, je vous entends... Le moment de faire jouer mes relations ? Bien sûr, nous sommes en excellents termes avec le ministère de l'Intérieur. Bon... Eh bien, je vais m'en occuper. Rassurez le cardinal, il s'agira bien d'un suicide, et l'affaire sera classée. *Arrivederci, monsignore !*

Il prenait toujours grand soin de ne pas gaspiller son crédit auprès du gouvernement. En quoi la mort d'un moine, un inoffensif érudit, pouvait-elle justifier une requête de classement sans suite ? L'archevêque de Paris poussa un soupir. On ne discute pas un ordre venant de Mgr Calfo, surtout quand il le transmet à la demande explicite du cardinal-préfet.

Il appela son standard :

– Voulez-vous me mettre en communication avec le ministre de l'Intérieur ? Merci, j'attends...

8.

Évangiles selon Matthieu et Jean

La nuit du jeudi au vendredi tirait à sa fin, l'aube allait poindre. Le Judéen s'approcha des flammes et tendit ses mains vers la chaleur bienfaisante. À cause du froid, les gardes avaient allumé un feu dans la cour du palais de Caïphe, et c'est avec respect qu'ils le laissèrent s'en approcher : un riche propriétaire du coin, une relation du grand-prêtre... Il se retourna : Pierre se dissimulait tant bien que mal dans un angle, terrorisé sans doute de se trouver là, au cœur d'un pouvoir qu'il projetait de renverser par la violence dans quelques heures. En se comportant comme un comploteur pris en faute, le Galiléen allait éveiller les soupçons.

Il lui fit signe d'approcher du feu. Le pêcheur hésita, puis se glissa timidement dans le cercle des serviteurs qui profitaient de la chaleur.

Tout s'était admirablement passé. Avant-hier il avait traîné à sa suite un Judas ébahi de pénétrer pour la première fois dans le quartier des dignitaires juifs. L'entrevue avec Caïphe avait bien commencé – le grand-prêtre semblait ravi qu'on lui fournisse une occasion de mettre Jésus à l'ombre, sans tumulte, en douceur. Puis Judas s'était braqué. Réalisait-il soudain en face de qui il se tenait, et qu'il allait livrer son Maître au pouvoir juif ?

– Et qu'est-ce qui me dit qu'une fois Jésus entre vos mains, vous n'allez pas le faire mourir ?

Le grand-prêtre leva solennellement sa main droite.

– Galiléen, je le jure devant l'Éternel : Jésus le nazôréen sera jugé équitablement selon notre Loi, qui ne condamne pas à mort un prédicateur ambulant. Sa vie ne sera pas menacée. Pour t'en assurer, je te remets un gage de ma parole donnée : l'Éternel est désormais témoin entre toi et moi.

Avec un sourire, il tendit à Judas une trentaine de pièces d'or.

Sans un mot, Judas empocha l'or. Le grand-prêtre venait de s'engager solennellement : Jésus serait arrêté, mais il y aurait un procès. Cela prendrait du temps, et dans trois jours Caïphe ne serait plus le dirigeant suprême du pays. Il ne serait plus rien.

Mais que faisaient-ils donc, là-haut ? Pourquoi Jésus n'était-il pas déjà à l'ombre dans un quelconque cachot du sous-sol ? À l'ombre, et en sécurité ?

Le Judéen avait vu quelques membres du Sanhédrin gravir en maugréant les marches de l'escalier menant au premier étage du palais, où l'on avait conduit Jésus dès son arrivée.

Depuis, plus rien ne filtrait en bas, dans la cour. Il n'aimait pas la tournure que prenaient les événements : pour masquer sa nervosité, il se dirigea vers la sortie, et fit quelques pas dans la rue.

Il se heurta à une ombre plaquée contre le mur.

— Judas... que fais-tu là ?

L'homme tremblait comme une feuille de figuier au vent de Galilée.

— Je... je suis venu voir, j'ai tellement peur pour le Maître ! Peut-on faire confiance à la parole donnée par un Caïphe ?

— Allons, calme-toi : tout suit son cours normal. Ne reste pas ici, tu risques d'être arrêté par la première patrouille. Va chez moi, dans ma salle haute tu es en sécurité.

Il se dirigea vers la porte du palais. Se retournant, il vit Judas immobile : il ne décollerait pas de là.

Les coqs commençaient à chanter. Soudain la porte de la salle s'ouvrit, et la lumière des torches éclaira la véranda. Caïphe s'avança et jeta un coup d'œil dans la cour : vivement, le Judéen s'écarta de la lumière du feu, il ne fallait pas se faire remarquer maintenant. Après, quand l'émeute aurait échoué, il irait voir le grand-prêtre et lui réclamerait la liberté du Maître.

Puis Jésus sortit, descendit l'escalier. Il était tenu aux coudes par deux gardes, et étroitement ligoté.

Pourquoi ? Inutile de le ligoter pour l'enfermer au sous-sol !

Le groupe passa de l'autre côté du feu, et il entendit la voix aiguë de Caïphe :

– Conduisez-le chez Pilate, sans perdre un instant !

Une sueur glaciale inonda son front.

Chez Pilate ! Pour qu'on le conduise chez le procurateur romain, il n'y avait qu'une seule explication possible : Caïphe avait trahi son serment.

Judas n'avait pas quitté son poste d'observation. Il ne vit d'abord qu'une torche, qui l'éblouit : il s'enfonça dans le creux d'une porte, et retint sa respiration. Une patrouille ?

Ce n'était pas une patrouille. Au centre d'un peloton de gardes du Temple, il aperçut un homme qui marchait en trébuchant, ses bras entravés dans le dos. L'officier qui se trouvait en tête lança un ordre bref, juste au moment où il passait devant Judas dissimulé dans l'ombre.

– Ne traînons pas : au palais de Pilate !

Avec horreur, il distingua nettement le visage de l'homme qu'on faisait avancer à coups de poing : c'était Jésus.

Le Maître était très pâle, les traits tirés. Il passa devant la porte sans rien voir – son regard semblait tourné vers l'intérieur. Épouvanté, Judas fixa ses poignets : ils étaient liés très serré, un peu de sang tachait la corde, et ses mains recroquevillées étaient toutes bleues.

La vision de cauchemar s'effaça : le groupe armé venait

de tourner sur la droite, en direction de la forteresse Antonia où résidait Pilate quand il était à Jérusalem.

Tout juif connaissait la Loi : en Israël le blasphème était puni de mort, par lapidation immédiate. S'ils n'avaient pas lapidé Jésus dans la cour, c'est qu'il avait refusé de se proclamer l'égal de Dieu, blasphème suprême : les chefs de la nation juive cherchaient donc une condamnation pour motif politique, et avec la nervosité des Romains pendant la fête de la pâque, ils l'obtiendraient sans doute.

En titubant, Judas sortit de la ville. Jésus ne serait pas jugé, Caïphe avait trahi son serment et décidé sa mort. Et afin qu'il meure – puisqu'on n'avait pu le convaincre de blasphème – on le livrait aux Romains.

Qui n'étaient pas à une croix près.

Il arriva en face de l'imposante masse du Temple. Au fond de sa poche, tintaient toujours les trente pièces d'or – gage dérisoire d'un accord conclu entre lui et le grand-prêtre, qui venait d'être rompu au mépris de la parole donnée. Caïphe s'était joué de lui.

Il irait l'affronter à l'intérieur du Temple, lui rappeler sa promesse. Et s'il persistait dans sa forfaiture, Judas en appellerait à l'Éternel, que Caïphe avait pris à témoin.

« Prêtres du Temple, voici venue pour vous l'heure du jugement de Dieu ! »

9.

Nil sursauta : le premier coup de la messe sonnait, il faudrait bientôt descendre à la sacristie pour se préparer.

Une dernière fois, il relut le morceau de papier arraché quelques heures plus tôt du poing d'Andrei raidi par la mort :

> *Dire à Nil : manuscrit copte (Apoc).*
> *Lettre de l'Apôtre.*
> *M M M.*
> *Dalle de G.*
> *Mettre en relation. Maintenant.*

Chassant de son esprit son enquête sur le rôle joué par Judas dans la mort de Jésus, il revint brutalement à la réalité présente. Qu'est-ce que cela signifiait ? Un pense-bête, bien sûr. Andrei voulait lui parler d'un manuscrit copte – celui de Rome, ou un autre ? Plusieurs centaines de photocopies étaient classées dans le meuble de son bureau : laquelle d'entre elles ? Il avait écrit entre parenthèses *(Apoc)* : un manuscrit copte d'apocalypse ? C'était un bien mince indice, il existe des dizaines d'apocalypses, juives ou chrétiennes. Et s'il savait lire le copte, il se sentait incapable de traduire correctement un texte difficile.

La ligne suivante éveillait en lui le souvenir d'une de ses conversations avec le bibliothécaire. S'agissait-il de la lettre apostolique dont Andrei lui avait parlé un jour avec réticence, au détour d'une phrase et comme d'une simple conjecture, une hypothèse pour laquelle il ne disposait d'aucune preuve ? Il avait refusé de lui en dire plus.

Que signifiait en dessous la triple lettre *M* ?

Seule l'avant-dernière ligne était claire pour Nil. Oui, il fallait qu'il retourne photographier la dalle de Germigny, comme il l'avait promis à son ami juste avant son départ.

Quant à la dernière ligne, *mettre en relation*, ils en avaient souvent parlé : pour Andrei, c'était l'essentiel de son travail d'historien. Mais pourquoi *maintenant*, et pourquoi avait-il souligné ce mot ?

Il réfléchit intensément. D'une part ses recherches dans les Évangiles, sur lesquelles Andrei l'interrogeait fréquemment. Puis la convocation du bibliothécaire au sujet du manuscrit copte, enfin la découverte faite à Germigny, qui l'avait profondément troublé : tout cela semblait avoir soudain pris pour son ami une signification telle, qu'il voulait absolument en parler à Nil dès son retour.

À Rome, Andrei avait-il découvert quelque chose ? Quelque chose qu'ils auraient évoqué au cours de leurs multiples entretiens en tête à tête ? Ou bien avait-il fini par parler, là-bas, de ce qu'il faut taire ?

Le gendarme avait employé le mot « crime ». Mais pour quel mobile ? Andrei ne possédait rien, vivait en reclus dans sa bibliothèque, ignoré de tous. De tous, oui, mais pas du Vatican. Cependant, Nil ne pouvait accepter l'idée d'un meurtre commandité par Rome. La dernière fois que le pape avait délibérément fait assassiner ses propres prêtres, c'était au Paraguay, et c'était en 1760. La politique d'alors avait rendu nécessaire ce meurtre collectif d'innocents, l'époque était autre. En cette fin du XXe siècle, le pape ne ferait pas disparaître un inoffensif érudit !

« Rome ne verse plus le sang. Le Vatican, à l'origine d'un crime ? Impossible. »

Il se souvint des fréquentes mises en garde de son ami. L'inquiétude qui l'habitait depuis quelque temps lui crispa l'estomac.

Un coup d'œil à sa montre : quatre minutes avant la messe, s'il ne descendait pas tout de suite à la sacristie il serait en retard. Il ouvrit le tiroir de son bureau, glissa le billet au fond, sous une pile de lettres. Ses doigts palpèrent le cliché pris un mois plus tôt dans l'église de Germigny. *La dernière volonté d'Andrei...*

Il se leva, et sortit de sa cellule.

Devant lui, le couloir sombre et glacial du deuxième étage – le « couloir des pères » – lui rappela où il était : à l'abbaye, et seul désormais. Jamais plus le sourire complice du bibliothécaire n'éclairerait ce couloir.

10.

– Asseyez-vous, monseigneur.

Calfo réprima une grimace, et laissa son corps dodu épouser les formes molles du fauteuil, face à l'imposant bureau. Il n'aimait pas qu'Emil Catzinger, le très puissant cardinal-préfet de la Congrégation pour la doctrine de la foi, le convoque formellement. Les vraies affaires, tout le monde sait cela, ne se traitent pas devant une écritoire mais en partageant une pizza ou en déambulant après une *spaghettata* dans un jardin ombragé, un bon cigare coincé entre l'index et le médius.

Alessandro Calfo était né au *quartiere spagnolo*, cœur populaire de Naples, d'une lignée végétant misérablement dans la promiscuité d'une pièce unique sur rue. Immergé dans une population dont la sensualité volcanique se nourrit d'un généreux soleil, il perçut très tôt l'irrépressible besoin de la volupté. La chair était là, moelleuse, frémissante, mais inaccessible au petit pauvre, qui apprit à rêver ses désirs et à désirer ses rêves.

Alessandro était en passe de devenir un vrai Napolitain, obsédé par le culte rendu au dieu Éros – seul oubli possible de la misère du *quartiere* natal. Mais dans une société patriarcale, passer à l'acte en ce domaine est encore plus

aléatoire que la constatation des miracles promis annuelle-
ment par San Gennaro.

C'est alors que son père l'envoya dans le Nord inhospi-
talier. Trop d'enfants à nourrir dans la pièce unique : ce
figlio deviendrait homme d'Église, mais pas n'importe où.
Admirateur transi de Mussolini, le père avait entendu dire
que *là sù*[1] de vrais patriotes reconstituaient des séminaires
dans l'esprit du fascisme. Dieu étant un bon Italien, il
n'était pas question d'aller ailleurs se former à son service.
Dès l'âge de dix ans, Alessandro revêtit dans la plaine du
Pô une soutane qu'il ne devait plus quitter.

Mais qui abritait, sans pouvoir les contenir, les frustra-
tions permanentes de ce fils du Vésuve en mal d'éruption.

Au séminaire, il fit sa deuxième découverte : le confort,
l'aisance. Mystérieusement, les fonds affluaient ici depuis
les innombrables réseaux de l'extrême droite européenne.
Le petit pauvre du *quartiere* apprit l'importance de l'argent, et qu'il peut tout.

À dix-sept ans on l'envoya à l'ombre du Vatican, afin
qu'il apprenne la foi dans la langue de Dieu, le latin. Là,
il fit sa troisième découverte : le pouvoir. Et que son exercice, mieux que l'obsession du plaisir, peut remplir une vie
et lui donner un sens. Certes, le culte d'Éros est l'une des
approches du mystère de Dieu : mais le pouvoir fait de
celui qui le possède l'égal de Dieu lui-même.

Son inclination naturelle pour le fascisme rencontra un
jour la Société Saint-Pie V. Il comprit que ses trois découvertes successives trouveraient là table garnie. Son appétit
pour le pouvoir s'épanouirait dans le totalitarisme idéologique de la Société. Sa soutane bordée de violet lui rappelle-
rait des aspirations spirituelles tard venues, en même temps
qu'elle couvrirait élégamment l'accomplissement de ses

---

1. Là-haut.

désirs voluptueux. L'argent enfin afflueraient entre ses mains, grâce aux centaines de dossiers soigneusement tenus à jour par la Société, et qui n'épargnaient personne.

Argent, pouvoir et plaisir : Alessandro Calfo était prêt. À l'âge de quarante ans il fut promu *monsignore*, et devint recteur de la très mystérieuse et très influente Société, prélature dépendant directement du pape et soumise à sa seule autorité. L'inattendu alors se produisit : il se prit d'une véritable passion pour la mission attachée à sa charge, et devint le défenseur acharné des dogmes fondateurs d'une Église à qui il devait tout.

Il cessa de refouler sa démangeaison sensuelle. Mais en la laissant s'exprimer, il lui donna une dimension compatible avec son sacerdoce : désormais il y vit le moyen le plus rapide d'accéder, par la transfiguration charnelle, à l'union mystique.

Deux personnes – et deux seulement – savaient que le tout-puissant recteur était ce petit homme à la voix onctueuse : le pape et le cardinal Emil Catzinger. Pour tout autre, *urbi et orbi*, il n'était que l'un des humbles minutantes de la Congrégation.

En principe.

– Asseyez-vous. Deux questions, l'une externe, l'autre interne.

Cette distinction est habituelle dans les dicastères[1] du Vatican : on y appelle « questions internes » ce qui se passe dans l'Église, monde amical, normal et contrôlable. Et « questions externes » ce qui se passe dans le reste de la planète, monde hostile, anormal et à contrôler tant bien que mal.

---

1. Ministères.

– Je vous ai déjà parlé de ce problème préoccupant qui concerne une abbaye bénédictine française...

– Oui, vous m'aviez demandé de faire le nécessaire. Mais nous n'avons pas eu à intervenir, puisque le malheureux père Andrei s'est suicidé, je crois, et l'affaire est classée.

Son Éminence avait horreur d'être interrompue : même si Calfo cherchait à le faire oublier, le chef, ici, c'était lui. Il le remettrait à sa place dans un instant.

Autrichien, Catzinger avait été choisi par le pape, que flattait sa réputation de théologien éclairé. Mais il se révéla vite un redoutable conservateur, et comme c'était aussi la nature profonde du nouveau successeur de Pierre, la lune de miel entre les deux hommes se transforma en union durable.

– Le suicide est un péché abominable, que Dieu ait son âme ! Mais il semble qu'il y ait une autre brebis galeuse dans ce cloître, où le troupeau se doit d'être irréprochable. Voyez ceci – il tendit un dossier à Calfo –, dénonciation du père abbé, etc. C'est peut-être sans importance : vous jugerez, et nous en reparlerons. Il n'y a pas d'urgence, pas encore du moins.

Les relations du cardinal avec son passé étaient conflictuelles. Son père avait été officier de la Wehrmacht autrichienne, division Anschluss. Si lui-même avait pris toutes ses distances avec le nazisme, il en avait pourtant gardé un réflexe : sa conviction d'être l'unique détenteur d'une vérité seule capable d'unifier le monde, autour d'une foi catholique qui ne pouvait être discutée.

– La question interne vous concerne directement, monseigneur...

Calfo croisa les jambes et attendit la suite.

– Vous connaissez le proverbe romain : *una piccola avventura non fà male,* une petite aventure ne fait pas de mal – tant que le prélat garde son rang, à commencer par une discrétion de bon ton. Or j'apprends qu'une... créature menace de se laisser approcher par les *paparazzi* de la presse anticléricale, qui lui promettent des fortunes en échange de ses révélations concernant certains... comment dire ? certains entretiens privés que vous auriez eus avec elle.

— Spirituels, éminence : nous progressions ensemble sur le chemin de l'expérience mystique.

— Je n'en doute pas. Mais enfin, les sommes évoquées sont considérables : que pensez-vous faire ?

— Le silence est la première des vertus chrétiennes, Notre Seigneur lui-même refusa de répondre au grand-prêtre Caïphe qui le calomniait. Il n'a donc pas de prix : je pense que quelques centaines de dollars...

— Vous voulez rire ! Cette fois-ci, il faut ajouter un zéro. Je suis disposé à vous aider, mais que ce soit la dernière fois : le Saint-Père ne pourra manquer de voir l'entrefilet publié dans *La Stampa*, qui nous sert d'avertissement. Tout cela est déplorable !

Emil Catzinger glissa la main dans sa soutane pourpre, et tira de la poche intérieure une petite clé en vermeil. Il se pencha, introduisit la clé dans le dernier tiroir de son bureau, et l'ouvrit.

Le tiroir contenait une vingtaine d'enveloppes rebondies. Depuis la moindre paroisse de l'Empire catholique, un impôt est collecté à destination du siège apostolique. Catzinger dirigeait l'une des trois congrégations qui assurent la collecte de cette manne, aussi régulière – et inodore – qu'un crachin breton.

Il saisit délicatement la première enveloppe, l'ouvrit et compta rapidement du bout des doigts. Puis tendit l'enveloppe à Calfo, qui l'entrouvrit et n'eut pas besoin d'y plonger la main pour en connaître l'exact montant : un

Napolitain évalue une liasse de billets verts d'un simple coup d'œil.

— Éminence, votre geste me touche infiniment, ma gratitude et mon dévouement vous sont acquis !

— Je n'en doute pas. Le pape et moi apprécions votre zèle pour la cause la plus sacrée qui soit, puisqu'elle touche à la personne de Notre Seigneur Jésus-Christ lui-même. *Va bene, monsignore* : calmez les ardeurs médiatiques de cette fille, et conduisez-la désormais dans les voies spirituelles... de façon moins onéreuse, je vous prie.

Quelques heures plus tard, Catzinger se trouvait dans le bureau surplombant la colonnade du Bernin, côté droit, dont la fenêtre donne directement sur la place Saint-Pierre. Dès son élection le pape avait choisi de voyager, laissant la gestion des affaires quotidiennes aux hommes de l'ombre du Vatican, dont nul ne parle. Mais qui guident la barque de Pierre dans la bonne direction, celle de la restauration de l'ordre ancien.

Son Éminence Emil Catzinger dirigeait secrètement – et d'un bras de fer – l'Église catholique.

Une main tremblante tendit au cardinal, respectueusement debout devant le fauteuil du vieillard, un exemplaire de *La Stampa*. L'élocution était difficile :

— Et cette histoire où apparaît le nom de Calfo... hem... c'est *notre* monseigneur Calfo ?

— Oui, très Saint-Père, c'est lui. Je l'ai vu aujourd'hui : il fera le nécessaire pour empêcher ces odieuses calomnies d'éclabousser le Saint-Siège.

— Et... comment donc éviter que...

— Il y veillera personnellement. Et vous savez que, par l'intermédiaire de notre Banque du Vatican, nous contrôlons le groupe de presse dont dépend *La Stampa*.

– Non, j'ignorais ce détail. Bien, veillez à ce que la paix revienne, *eminenza*. La paix, mon souci de chaque instant !

Le cardinal s'inclina en souriant. Il avait appris à aimer le vieux pontife, dont son passé le séparait pourtant par toutes les fibres de son être. Chaque jour, il était ému par son combat contre la maladie, son courage dans la souffrance.

Et il admirait la force de sa foi.

11.

Le père abbé entra le dernier dans le vaste réfectoire, tandis que les moines attendaient respectueusement devant leurs tabourets impeccablement alignés. De sa voix flûtée il lança le rituel. Après le chant de l'*Edent pauperes*, quarante mains saisirent les tabourets, les firent glisser dans un geste identique sous leur robe de bure. Les doigts se croisèrent sur le rebord des tables de bois blanc, quarante têtes s'inclinèrent pour écouter en silence le début de la lecture.

Le repas de midi venait de commencer.

Face au prélat, à l'autre bout du réfectoire, toute une table était occupée par les étudiants du scolasticat. Des clergymen impeccables, quelques soutanes pour les plus intégristes, des visages tendus, des yeux cernés : l'élite du futur clergé français s'apprêtait à se saisir des soupières métalliques, qui débordaient de la salade ramassée le matin même par le frère Antoine. L'année scolaire avait débuté, il faudrait tenir jusqu'en juin.

Le père Nil aimait ce début d'automne, où les fruits du verger lui rappelaient qu'il vivait dans le jardin de la France. Mais depuis plusieurs jours il n'avait plus d'appétit. Son cours au scolasticat se déroulait dans une ambiance qui le mettait mal à l'aise.

— Il est donc évident que l'Évangile selon saint Jean, composite, est le fruit d'une longue élaboration littéraire. Qui est son auteur ? Ou plutôt, quels sont ses auteurs ? Les comparaisons que nous venons de faire entre différents passages de ce texte vénérable montrent un vocabulaire et même un contenu extrêmement différents. Le même homme n'a pu écrire à la fois les scènes vivantes, croquées sur le vif, dont il a manifestement été le témoin oculaire. Et en même temps, les longs discours en grec élégant où transparaît l'idéologie des gnostiques, ces philosophes orientaux.

Il avait autorisé ses étudiants à intervenir pendant ses exposés, pourvu que leurs questions soient brèves. Mais depuis qu'il était entré dans le vif du sujet, ce n'était plus en face de lui qu'une vingtaine de blocs figés.

« Je sais que nous sortons des sentiers battus, que ce n'est pas ce qu'on vous a appris au catéchisme. Mais le texte commande... Vous n'avez pas fini de vous étonner ! »

Son cours était le résultat d'années d'étude solitaire et de réflexion. À plusieurs reprises, il avait cherché en vain dans la bibliothèque de l'abbaye à laquelle il avait accès certains ouvrages, dont il avait appris la parution récente dans une revue spécialisée que le père Andrei recevait.

— Tiens, père Nil, voyez : on vient enfin de sortir de l'oubli un nouveau lot de manuscrits de la mer Morte ! Je n'y croyais plus... Il y a cinquante ans que les jarres ont été découvertes dans les grottes de Qumrân, et rien n'a été publié depuis la mort d'Ygaël Yadin : plus de la moitié de ces textes restent inconnus du public. C'est un incroyable scandale !

Nil sourit. Dans l'intimité de ce bureau, il avait découvert un père Andrei passionné, au courant de tout. Il aimait leurs longues conversations, porte close. Andrei l'écoutait raconter ses recherches, la tête légèrement penchée. Puis d'un mot, d'un silence parfois, approuvait ou bien orientait son disciple au milieu des hypothèses les plus hardies.

L'homme qu'il voyait là était si différent du bibliothécaire compassé, gardien rigoureux des trois clés, que connaissait depuis toujours l'abbaye du bord de Loire !

Le bâtiment avait été reconstruit après la guerre, sans que le cloître soit terminé : il formait un U, ouvert sur la plaine. Les bibliothèques occupaient le dernier étage des trois ailes, centrale, nord et sud, juste sous les toits.

Quatre ans plus tôt, le père Andrei avait vu affluer des sommes d'argent considérables, avec l'ordre de faire des achats précis dans les domaines du dogme et de l'histoire. Ravi, il avait mis sa compétence au service de ces capitaux miraculeux. Les rayonnages se couvrirent de livres rares, d'éditions introuvables ou épuisées, dans toutes les langues anciennes et modernes. L'ouverture du scolasticat spécial, suivie de très près par le Vatican, était évidemment responsable de la création de ce merveilleux outil de recherche.

Pourtant, il y avait une restriction inaccoutumée. Chacun des huit moines professeurs affectés au scolasticat ne possédait qu'*une seule clé*, la clé de la bibliothèque correspondant à la matière qu'il enseignait. Chargé du Nouveau Testament, Nil avait reçu la clé de l'aile centrale, dont la porte d'entrée était surmontée d'un panneau de bois gravé : *Sciences bibliques*. Les bibliothèques de l'aile nord, *Sciences historiques*, et de l'aile sud, *Sciences théologiques*, lui restaient obstinément fermées.

Seul Andrei et le père abbé possédaient les clés des trois bibliothèques, groupées dans un trousseau spécial dont ils ne se séparaient jamais.

Dès le début de ses recherches, Nil avait demandé à son ami la permission d'accéder à la bibliothèque historique.

— Je ne trouve pas dans l'aile centrale certains ouvrages dont j'ai besoin pour aller plus loin. Vous m'avez dit un jour qu'ils étaient classés dans l'aile nord : pourquoi ne puis-je plus y accéder ? C'est ridicule !

Pour la première fois, Nil vit le visage de son ami se fermer. L'air horriblement gêné, Andrei finit par lui dire, les larmes aux yeux :

— Père Nil... Si je vous ai dit cela, j'ai eu tort, oubliez-le. Je vous en prie, ne me demandez *jamais* la clé d'une des deux bibliothèques auxquelles vous n'avez plus accès. Comprenez, mon ami, je ne fais pas ce que je veux. Les ordres du père abbé sont formels, et ils viennent... de plus haut. Personne ne peut accéder à la fois aux trois ailes de notre bibliothèque. Je n'en dors plus : ce n'est pas ridicule, c'est tragique. Moi, j'ai accès aux trois ailes, et j'ai souvent pris le loisir de fouiller, et de lire. Pour la paix de votre âme, au nom de notre amitié, je vous en supplie : contentez-vous de ce que vous trouvez dans l'aile centrale.

Puis il s'était abîmé dans un lourd silence, qui lui était peu coutumier lorsqu'il se trouvait seul à seul avec Nil.

Désorienté, le professeur d'exégèse avait dû se satisfaire des trésors que lui ouvrait son unique clé.

— Son récit montre que l'auteur principal de l'Évangile selon saint Jean connaît bien Jérusalem, qu'il y a des relations : c'est un Judéen aisé, cultivé, alors que l'apôtre Jean vit en Galilée, et qu'il est pauvre et illettré... comment pourrait-il être l'auteur du texte qui porte son nom ?

Face à lui, les visages se renfrognaient à mesure qu'il parlait. Certains secouaient la tête d'un air désapprobateur – mais personne n'intervenait. Ce silence de son auditoire, plus que tout, inquiétait Nil. Ses élèves étaient issus des familles les plus traditionalistes du pays. Triés sur le volet, pour constituer demain le fer de lance de l'Église conservatrice. Pourquoi l'avait-on nommé à ce poste ? Il était si heureux quand il travaillait tranquillement, pour lui seul !

Nil savait qu'il ne pourrait pas leur livrer toutes ses conclusions. Jamais il n'aurait imaginé que l'enseignement de l'exégèse deviendrait un jour un exercice acrobatique et périlleux. Quand il était étudiant, à Rome, aux côtés d'un Rembert Leeland chaleureux et fraternel, tout semblait si facile...

Le premier coup de la messe se mit à sonner lentement.

– Je vous remercie : à la semaine prochaine.

Les étudiants se levèrent et rangèrent leurs notes. Au fond de la salle un séminariste en soutane, le crâne rasé de près, s'attarda un instant à écrire quelques lignes sur un petit carré de papier – de ceux que les moines utilisent pour communiquer entre eux sans rompre le silence.

Pendant qu'il pliait le papier en deux, en pinçant les lèvres, Nil remarqua distraitement qu'il se rongeait les ongles. Il se leva enfin, et passa devant son professeur sans lui adresser un regard.

Tandis que Nil revêtait les ornements sacerdotaux dans la sacristie qui fleurait bon la cire fraîche, une soutane se glissa dans la salle commune et s'approcha des casiers réservés aux pères. Après un coup d'œil circulaire, s'assurant qu'il n'y avait personne dans la pièce, une main aux ongles martyrisés glissa un carré de papier, plié en deux, dans le casier du révérend père abbé.

12.

N'étaient les appliques vénitiennes qui diffusaient une chaude lumière tamisée, la salle aurait pu paraître sinistre. Tout en longueur, sans fenêtres, elle n'était meublée que d'une table de bois ciré, derrière laquelle s'alignaient treize sièges adossés au mur. Au centre une sorte de trône en style napolitain-angevin, tapissé de velours pourpre. Et de part et d'autre, six fauteuils plus simples aux accoudoirs en tête de lion.

Le lambris précieux de la porte d'entrée dissimulait un épais blindage.

Cinq mètres environ séparaient la table du mur d'en face, totalement nu. Totalement ? Non. Un panneau de bois sombre était enchâssé dans la maçonnerie. Détachant sa pâleur livide sur l'acajou du bois, un crucifix sanguinolent, d'inspiration janséniste, formait une tache presque obscène sous les feux croisés de deux spots dissimulés juste au-dessus du trône central.

Jamais ce trône n'avait été occupé, jamais il ne le serait : il rappelait aux membres de l'assemblée que la présence du Maître de la Société Saint-Pie V était toute spirituelle, mais éternelle. Depuis quatre siècles, Jésus-Christ, Dieu ressuscité, siégeait ici en esprit et en vérité, entouré de douze fidèles apôtres, six à sa droite et six à sa gauche. Exactement comme lors du dernier repas qu'il avait pris avec ses disciples, deux mille ans plus tôt, dans la salle haute du quartier ouest de Jérusalem.

Chacun des douze fauteuils était occupé par un homme revêtu d'une aube très ample, le capuchon rabattu sur la tête. Devant chaque visage, un simple linge blanc était agrafé par deux boutons-pression à hauteur des pommettes : le bas du visage masqué, on ne pouvait voir que deux yeux et le départ d'un front.

Ainsi disposés en ligne face au mur, il aurait fallu à chacun se pencher en avant et tourner la tête à quarante-cinq degrés pour apercevoir la silhouette de ses compagnons de table. Pareille contorsion était évidemment proscrite, de même qu'il était entendu qu'on montrerait ses mains le moins souvent possible. Avant-bras croisés sur la table, les ouvertures des larges manches étaient prévues pour s'encastrer naturellement, recouvrant les poignets et les mains des participants.

Lorsqu'ils parlaient, les membres de cette assemblée ne s'adressaient donc pas directement les uns aux autres, mais à l'image sanglante placée en face d'eux. Si chacun pouvait entendre – sans tourner la tête – ce qui était dit, c'est parce que le Maître, muet sur son crucifix, y consentait.

Dans cette pièce dont le commun des mortels ignore jusqu'à l'existence, la Société Saint-Pie V tenait sa trois mille six cent troisième réunion depuis sa fondation.

Placé à la droite du trône vide, un seul participant avait dégagé à plat sur la table – totalement nue – ses mains potelées : à son annulaire droit, un jaspe vert foncé lança des feux quand il se leva, et lissa machinalement son aube sur un abdomen légèrement proéminent.

— Mes frères, trois questions extérieures dont nous avons déjà débattu ici même doivent retenir aujourd'hui notre attention, et une quatrième, intérieure et... douloureuse pour chacun d'entre nous.

Un silence total accueillit cette déclaration : chacun attendait la suite.

— À la demande du cardinal-préfet de la Congrégation, vous avez été saisis d'un petit problème surgi récemment en France, dans une abbaye bénédictine soumise à très stricte surveillance. Vous m'avez alors donné carte blanche pour le résoudre. Eh bien, j'ai le plaisir de vous annoncer que le problème a été traité de façon satisfaisante : le moine dont les propos récents nous inquiétaient n'est désormais plus en mesure de nuire à la Sainte Église catholique.

Un assistant souleva légèrement ses avant-bras joints sous ses manches, pour signifier qu'il allait parler :

— Vous voulez dire qu'il a été... supprimé ?

— Je n'emploierais pas ce terme, *offensivum auribus nostris*[1]. Sachez qu'il est tombé malencontreusement du Rome express qui le ramenait à l'abbaye, et qu'il est mort sur le coup. Les autorités françaises ont conclu à un suicide. Je le recommande donc à vos prières : le suicide, vous le savez, est un crime terrible contre le créateur de toute vie.

— Mais... frère recteur, n'était-il pas dangereux de faire appel à un agent étranger pour rendre le... suicide possible ? Sommes-nous vraiment assurés de sa discrétion ?

— J'ai rencontré le Palestinien lors de mon séjour au Caire, il y a des années : depuis, il s'est toujours révélé très fiable. Ses intérêts rejoignent les nôtres en cette occasion, il l'a parfaitement compris. Il s'est fait aider par une vieille connaissance à lui, un agent israélien : les hommes du Fatah et du Mossad se combattent farouchement, mais ils

---

1. Qui offense nos oreilles.

savent parfois s'épauler pour affronter une cause commune – et c'est précisément le cas ici, ce qui sert nos projets. Seul compte le résultat : les moyens employés doivent être efficaces, rapides, définitifs. Et je me porte garant de la discrétion absolue de ces deux agents. Ils sont très bien rémunérés.

– Précisément : les milliers de dollars dont vous nous avez parlé représentent une somme considérable. Cette dépense est-elle bien justifiée ?

Le recteur, chose rare, se tourna vers son interlocuteur.

– Mon frère, cet investissement est ridicule en comparaison des profits qu'il peut générer. Et que j'estime, non pas en milliers, mais en millions de dollars. Si nous parvenons à nos fins, nous disposerons enfin des moyens de notre mission. Rappelez-vous la fortune soudaine, et immense, des Templiers : eh bien, nous allons puiser à la même source qu'eux. En réussissant, là où ils ont fini par échouer.

– Et la dalle de Germigny ?

– J'allais y venir. Cette découverte serait restée inaperçue si le père Andrei n'en avait été averti, à cause de la proximité géographique de son abbaye. Il a eu la malencontreuse idée de se rendre rapidement sur les lieux, et de lire l'inscription le premier. Nous en connaissions l'existence par le dossier des Templiers.

– Cela, vous nous l'avez déjà dit.

– Lors de son récent passage à Rome, il a laissé échapper quelques réflexions qui semblaient prouver qu'il était en train de relier entre elles les informations en sa possession. C'est extrêmement dangereux, on ne sait jamais où cela s'arrête, et notre Société a été fondée par le saint pape Pie V pour éviter que – il s'inclina, d'abord sur sa gauche devant le trône vide, puis face à lui devant le crucifix – la mémoire et l'image du Maître puissent jamais être souillées ou ternies. Au cours de la longue histoire de l'Église, tous ceux qui ont tenté d'agir de la sorte ont été éliminés. Souvent à temps, parfois trop tard – et ce furent des désordres abominables, causes de beaucoup de souffrances : songez à Origène, Arius, ou encore Nestorius et beaucoup d'autres... L'équipe du Rome express va faire le nécessaire, à ma demande : la dalle de Germigny sera bientôt à l'abri des regards indiscrets, ici même.

Un soupir de soulagement parcourut l'assemblée.

– Mais nous avons maintenant un autre problème, consécutif au premier, enchaîna le recteur.

Machinalement, quelques têtes se tournèrent vers lui.

– Depuis quelque temps, le défunt père Andrei semble avoir éveillé la curiosité d'une sorte de disciple : l'un des moines, professeur au scolasticat spécial de l'abbaye en question. Oh, ce n'est peut-être qu'une fausse alerte, déclenchée par un message que nous a fait parvenir le révérend père abbé. Un étudiant qui assiste au cours d'exégèse de ce professeur – un certain père Nil – a fait savoir qu'il l'avait entendu énoncer des prises de position qui portent atteinte à la saine doctrine sur l'Évangile selon saint Jean. Étant donné le contexte récent, le père abbé a jugé bon de nous avertir immédiatement.

Plusieurs frères dressèrent la tête : l'Évangile selon saint Jean était au cœur même de leur mission, tout ce qui y touche devait être analysé de près.

– Normalement, l'orthodoxie d'un exégète catholique concerne la Congrégation, et ce moine n'est pas le premier qu'elle aurait eu à remettre à sa juste place...

On put deviner quelques sourires sous les voiles qui recouvraient les visages.

– ... mais les circonstances sont ici particulières. Le regretté père Andrei était un érudit d'une classe exceptionnelle, doué d'un esprit pointu et inventif. Il ne peut plus nuire désormais, mais qu'a-t-il laissé entendre à son disciple Nil ? Car, le père abbé nous l'a précisé, une étroite amitié – chose toujours regrettable dans une abbaye – unissait ces deux intellectuels. Autrement dit, le poison qui s'est infiltré dans l'esprit du père Andrei aurait-il contaminé le père Nil ? Nous n'avons aucun moyen de le savoir.

L'un des frères leva ses bras croisés.

– Dites-moi, frère recteur... Ce père Nil, est-ce qu'il ne lui arrive pas, par hasard, de voyager, lui aussi, dans le Rome express ?

– Il pourrait, certes. Mais un deuxième suicide parmi les moines de l'abbaye ne saurait être envisagé. Ni le gouvernement français ni l'opinion ne seraient faciles à convaincre, à intervalles si rapprochés. Or il y a une certaine urgence, car ce moine enseigne régulièrement, et semble résolu à mettre ses étudiants au courant de ses... enfin, de certaines conclusions de ses recherches. Quelles sont-elles ? Nous l'ignorons, mais on ne peut courir aucun risque : le cardinal place beaucoup d'espoir dans le scolasticat monastique de Saint-Martin, il le veut absolument irréprochable.

– Que proposez-vous ?

Le recteur s'assit, rentra ses mains et sa bague dans l'abri des manches de son aube.

– Je ne sais pas encore, tout cela est trop récent. Dans l'immédiat, il faut découvrir ce que ce moine sait, ou – s'il ne sait encore rien de trop grave – jusqu'où il pourrait aller. Je vous tiendrai au courant.

Il fit une pause, regarda intensément le crucifix dont l'ivoire était taché d'un sang que les siècles semblaient avoir fait coaguler. La question suivante serait plus difficile : il fallait mener cela rondement. Chaque frère, après tout, s'attendait à ce que la Société applique ses statuts.

Même quand ils impliquaient la mort de l'un d'entre eux.

— Chacun ignore tout, ou presque, du frère assis à côté de lui en ce moment. C'est donc à moi que revient la terrible tâche de protéger la nature même de notre Société, quand le besoin s'en fait sentir.

Le recteur de la Société Saint-Pie V était nommé à vie. Quand il se sentait proche de la mort, il désignait parmi les frères celui qui lui succéderait – et qui, à son tour, aurait à connaître (et lui seul) l'identité de ses onze compagnons, et à être connu d'eux. La plupart des recteurs, depuis 1570, avaient eu le bon goût de mourir avant de devenir inefficaces. Parfois il avait fallu aider quelque peu ceux qui tenaient plus à la vie qu'au Maître : les Onze exerçaient un contrôle rigoureux sur l'efficacité de leur chef. Un protocole existait pour ce cas – et c'est justement ce protocole qui allait devoir être appliqué, mais cette fois-ci à l'encontre d'un frère.

— L'un de nous, il m'est pénible de le dire ici, a fait montre récemment de son incapacité à respecter notre règle principale, celle de la totale confidentialité. Le grand âge, sans doute, a diminué ses réflexes.

Un des assistants se mit à trembler, faisant glisser les manches de son aube et laissant apparaître des mains décharnées, sillonnées par des veines saillantes.

— Veuillez vous couvrir, frère ! – Bien. Vous connaissez la procédure appliquée à l'encontre du fautif. Je vous avertis, afin que vous commenciez dès ce soir le temps de jeûne, de prière et de sévère pénitence, qui accompagne toujours la fin définitive de la mission d'un frère. Nous devons l'aider à se préparer, l'accompagner dans le chemin qui va désormais être le sien. Jeûne total la veille de notre prochaine réunion, et discipline au fouet métallique matin et soir, chaque jour pendant le temps d'un *Miserere* – ou plus, si vous le souhaitez. Nous ne mesurerons pas notre affection au frère qui partage nos responsabilités depuis si longtemps, et dont nous devrons bientôt nous séparer.

Calfo n'aimait pas avoir à appliquer ce protocole à l'un des Douze. Il fixa intensément le crucifix : depuis le temps qu'il présidait aux réunions de sa Société, le Maître en avait vu et entendu bien d'autres.

– Je vous remercie. Nous avons jusqu'à la prochaine séance pour prouver à notre frère, dans le secret, la force de notre amour pour lui.

Les frères se levèrent, et se dirigèrent vers la porte blindée du fond.

13.

Évangiles selon Matthieu et Jean

Le soleil levant du samedi de Pâque effleurait les tuiles de l'*impluvium*[1]. Assis sur la margelle de la vasque centrale, épuisé par ces deux journées qui avaient vu l'anéantissement de tant d'espoirs, le Judéen soupira : il fallait qu'il monte. Les Onze s'étaient terrés dans la salle haute, comme un troupeau apeuré. Jésus livré à Pilate, crucifié hier midi... plus qu'un échec, c'était un abominable fiasco.

---

1. Les juifs aisés se faisaient souvent construire des maisons sur le modèle romain : toutes les pièces du rez-de-chaussée donnaient sur une galerie couverte, dont la toiture collectait les eaux de pluie dans une vasque centrale.

Il finit par se décider, gravit lentement les marches de l'escalier qui menait au premier étage et poussa la porte que Judas avait franchie sous ses yeux, jeudi soir. Un simple lumignon brûlait dans la vaste salle. Il distingua des ombres assises au hasard sur le sol. Personne ne parlait. Ces Galiléens terrorisés, et qui se cachent : voilà tout ce qui restait de l'Israël des temps nouveaux.

Une ombre se détacha du mur et vint vers lui.

– Alors ?

Pierre le regardait avec arrogance.

« Jamais il n'acceptera l'échec, jamais il n'acceptera d'être mon obligé en se réfugiant ainsi chez moi, comme jamais il n'a accepté les relations privilégiées que j'avais avec Jésus. »

– Alors, Pilate a autorisé que le corps de Jésus soit descendu de la croix, hier au soir. Comme il était trop tard pour lui donner les soins rituels, on l'a déposé provisoirement dans un tombeau proche, qui se trouve appartenir à Joseph d'Arimathie, un sympathisant.

– Qui a transporté le corps ?

– Nicodème à la tête, Joseph aux pieds. Et quelques femmes qui jouaient le rôle de pleureuses, les habituées que nous connaissons bien, Marie de Magdala et ses amies.

Pierre mordit sa lèvre inférieure, et frappa du poing dans sa paume gauche.

– Quelle honte, quelle... quelle déchéance ! Le dernier hommage est toujours rendu à un mort par les membres de sa famille ! Ni Marie, ni son frère Jacques n'étaient là... rien que des sympathisants ! Le Maître est vraiment mort comme un chien.

Le Judéen le regarda avec ironie.

– Est-ce la faute de Marie sa mère, de Jacques et de ses trois autres frères, de ses sœurs, si les préparatifs de votre insurrection se sont déroulés dans le plus grand secret ?

Est-ce leur faute si tout a basculé, en quelques heures, de façon tragique et inattendue ? Est-ce leur faute si Caïphe a menti, si Jésus a été conduit chez Pilate hier matin ? S'il a été crucifié séance tenante, sans procès ? À qui la **faute** ?

Pierre baissa la tête. C'est lui qui s'était acoquiné avec ses anciens amis zélotes, lui qui avait convaincu Judas de jouer le sale rôle, lui qui était responsable de tout finalement. Il le savait, mais ne pouvait le reconnaître. Pas devant cet homme, cet usurpateur, qui poursuivit avec force :

— Où étais-tu, quand on a couché Jésus sur la poutre, quand on a enfoncé les clous dans ses poignets ? Hier midi j'étais là, moi, caché dans la foule. J'ai entendu l'horrible bruit des coups de marteau, j'ai vu le sang et l'eau couler de son torse quand le légionnaire l'a achevé d'un coup de lance. Je suis le seul ici à pouvoir témoigner que Jésus le nazôréen est mort comme un homme, sans une plainte, sans un reproche pour nous qui l'avions fait tomber dans ce traquenard. Où étiez-vous, tous ?

Pierre ne répondit rien. La trahison de Caïphe, Jésus livré aux Romains, ces événements inattendus avaient réduit à néant les préparatifs de l'insurrection. Comme les autres, au moment où le Maître agonisait il se cachait quelque part dans la ville basse. Le plus loin possible des légionnaires romains, le plus loin possible de la porte ouest de Jérusalem et de ses croix. Oui, celui-là était le seul présent, lui seul avait *vu*, lui seul pourrait désormais témoigner de la mort de Jésus, de son courage et de sa dignité. À partir de maintenant il allait s'en prévaloir à chaque instant, se hausser sur ses ergots, l'imposteur !

Il fallait qu'il reprenne l'initiative. Le chef ici, c'était lui. Il attira son interlocuteur vers une fenêtre.

— Viens, nous avons à parler.

Pierre contempla un instant la nuit. Tout était sombre à Jérusalem, et le ciel lui-même. Il se retourna, rompit le lourd silence :

— Deux problèmes urgents. D'abord, le cadavre de Jésus : aucun de nous n'acceptera qu'il soit jeté à la fosse commune, comme le sont tous les condamnés à mort. Ce serait une insulte à sa mémoire.

Le Judéen jeta un coup d'œil aux formes indistinctes, prostrées le long des murs de la salle haute. Évidemment, aucun de ceux-là ne pouvait offrir au supplicié une sépulture décente. Joseph d'Arimathie n'accepterait pas que le corps de Jésus reste durablement dans son caveau familial. Il fallait trouver autre chose.

— Il y a peut-être une solution... Les esséniens ont toujours considéré Jésus comme l'un des leurs — même si lui, il n'a jamais accepté d'être membre de leur secte. Pendant longtemps j'ai fait partie de leur communauté laïque : je les connais bien. Ils accepteront certainement de déposer son cadavre dans une de leurs nécropoles du désert.

— Peux-tu les contacter sans tarder ?

— Eliézer habite tout près d'ici, je m'en charge. Et le deuxième problème ?

Pierre planta ses yeux dans ceux de son interlocuteur : la lune à cet instant sortit d'un nuage, et accentua les traits rugueux de son visage. C'est l'ancien zélote qui répondit, d'une voix dure :

— L'autre problème, c'est Judas. Et celui-là, c'est moi qui m'en charge.

— Judas ?

— Sais-tu qu'il est allé ce matin faire un scandale au Temple ? Sais-tu qu'il a accusé le grand-prêtre de félonie, et qu'il a pris Dieu à témoin entre Caïphe et lui, devant la foule ? Selon les superstitions juives, l'un des deux doit maintenant mourir de la main de Dieu. Caïphe le sait, et va le faire arrêter : alors il parlera. Toi et moi, moi surtout, nous serons démasqués. Pour les prêtres, c'est sans importance. Mais pense aux sympathisants : s'ils apprennent que c'est à cause de nous que Jésus a été capturé – même si nous n'avions d'autre intention que d'assurer sa sécurité –, c'en est fini de l'avenir. Tu comprends ?

Stupéfait, le Judéen dévisagea le Galiléen : « Quel avenir, misérable rescapé d'une aventure avortée ? Quel autre avenir que de retourner à tes filets de pêche, que tu n'aurais jamais dû quitter ? »

Il ne répondit rien. Pierre baissa la tête, son visage rentra dans l'ombre.

– Cet homme a perdu la tête, il est devenu dangereux. Il faut faire quelque chose pour écarter ce danger-là. N'y pense plus : Judas, je m'en charge.

Et sa main gauche, instinctivement, caressa sa cuisse gauche contre laquelle frottait la *sica*.

14.

Actes des Apôtres

Laissant le Judéen interloqué, Pierre quitta la salle, traversa l'impluvium et se glissa dehors. Dans cette aube incertaine du samedi de la pâque, les rues seraient vides : il savait où trouver Judas.

Il se faufila dans la ville basse. Un dédale de ruelles, de plus en plus étroites, aucune n'était plus pavée : le sable crissait sous ses sandales.

Il frappa à une porte.

Le visage effrayé d'une femme voilée apparut dans l'embrasure.

– Pierre ! Mais... à cette heure-là ?

– Ce n'est pas toi que je viens voir, femme. C'est l'Iscariote. Est-il ici ?

Elle le laissa dehors, et baissa la voix :

– Oui, il est arrivé dans la nuit, affolé. Vraiment, il semblait hors de lui... Il m'a suppliée de le cacher jusqu'à la fin de la fête. Il dit qu'il a accusé publiquement le grand-prêtre Caïphe de forfaiture, et qu'il a pris Dieu à témoin : l'un des deux doit mourir, maintenant.

– Tu ne crois pas à tout cela, n'est-ce pas ?

– Je suis une disciple de Jésus, comme toi : il nous a délivrés de toutes ces fables qui asservissent le peuple.

Pierre lui sourit :

– Alors, tu n'as rien à craindre, je suis venu pour rassurer Judas. Dieu est juste, il connaît la droiture de son cœur. Judas a eu tort de le prendre à témoin entre lui et le grand-prêtre. Demande-lui de sortir, je veux lui dire un mot.

La femme hésita, regarda Pierre et referma devant lui la porte.

L'apôtre fit quelques pas : trois maisons basses fermaient cette impasse, les volets extérieurs étaient tirés. Jérusalem dormait encore, après une nuit passée à réciter le *Seder* pascal.

Un bruit le fit tressaillir, il se retourna : Judas était devant lui.

– Pierre ! *Shalom !*

Il était très pâle, ses yeux cernés et sa chevelure en broussaille lui donnaient un air hagard. Avec inquiétude il dévisagea Pierre, qui ne répondit pas à son salut et hocha seulement la tête. Judas prit les devants.

– Si tu savais... Nous avons été trahis, Pierre, trahis par le grand-prêtre en personne. Il avait juré que la vie de Jésus serait protégée. Et hier à l'aube j'ai vu le Maître conduit chez Pilate, enchaîné. Alors...

— Alors, tu es devenu fou ! – la voix de Pierre était tranchante.

— Alors, j'ai voulu rappeler à Caïphe notre accord. Et j'ai pris Dieu à témoin entre lui et moi.

— Sais-tu ce que cela signifie, selon vos absurdes croyances ?

Judas baissa la tête, noua nerveusement ses mains.

— Tout serment engage l'Éternel. Caïphe a juré devant moi, il m'a remis de l'argent comme gage de sa foi, et pourtant Jésus est mort comme un malfaiteur ! Oh oui, l'Éternel seul peut être juge d'une telle infamie.

— Jésus ne nous a-t-il pas répété qu'il ne fallait pas jurer devant le trône de Dieu, car c'est l'insulter ?

Judas secoua la tête.

— Dieu juge, frère, Dieu doit juger l'infamie des hommes...

« Voilà ce que les prêtres ont fait de nous, songea Pierre, des esclaves de croyances absurdes. C'est de cela d'abord qu'il faut libérer Israël : et si ce n'est pas avec Jésus, ce sera sans lui. Mais Judas est définitivement perdu. Trop tard pour lui. »

— Et alors, Judas ?

— Alors, tout est terminé. Il ne nous reste plus qu'à retourner en Galilée, pour expier la mort du Maître tant que nous vivrons. Tout est terminé, Pierre !

L'apôtre fit un pas vers Judas, qui le regarda s'avancer avec méfiance. Pour le rassurer, Pierre lui adressa un sourire – cet homme est une victime du pouvoir juif, qu'il meure en paix ! Puis il dégaina sa *sica*, et d'un geste vif, comme il l'avait appris autrefois chez les zélotes, l'enfonça dans le bas-ventre de Judas. Avec une grimace de dégoût, il remonta vers le haut jusqu'à ce qu'il sente l'obstacle du sternum.

— Dieu a jugé, Judas, souffla-t-il dans son visage. Dieu

juge toujours : Caïphe continuera de vivre, pour le malheur d'Israël.

Les yeux écarquillés d'horreur, Judas, sans un cri, tomba en avant, ouvert par le milieu, et ses entrailles se répandirent sur le sable.

Pierre recula lentement, et inspecta l'impasse : rien n'avait bougé, il n'y aurait aucun témoin. Lentement, il essuya sa courte épée sur l'intérieur de sa tunique. Puis il leva les yeux. Le gai soleil de la pâque venait éclairer la terre d'Israël, lui rappelant le départ de la servitude d'Égypte, et le franchissement miraculeux des eaux de la mer Rouge.

Ce jour-là, un peuple était né, le Peuple de Dieu. Douze tribus avaient ensuite nomadisé dans le désert avant de se fixer en Canaan : l'ancien Israël, qui était arrivé à bout de souffle. Un Nouvel Israël devait naître, emmené cette fois-ci par douze apôtres. Ils n'étaient plus que onze ? Dieu nommerait lui-même le remplaçant de Judas.

Mais jamais le Judéen, le prétendu disciple bien-aimé, ne ferait partie des Douze.

Jamais.

Pierre enjamba le corps de Judas. Quand il serait découvert, tout le monde penserait à un règlement de comptes entre zélotes : l'éventration de leurs ennemis était leur signature habituelle. Il jeta un dernier coup d'œil au cadavre :

« Désormais, je suis la pierre sur laquelle se bâtira l'Église, et la mort n'aura pas de pouvoir contre nous. Tout n'est pas terminé, Judas. »

15.

Deux jours s'étaient écoulés depuis la mort d'Andrei. Nil contemplait sa table encombrée de papiers, le résultat d'années de recherches. Il pensait avoir élucidé les véritables circonstances de la mort de Judas : tout s'était noué pendant ces quelques jours qui avaient précédé la crucifixion. Puis Judas avait été assassiné, il ne s'était pas pendu. Les événements qui allaient s'ensuivre ne pouvaient se comprendre qu'en fouillant les textes pour parvenir, au-delà de ce qu'ils disent, à ce qu'ils laissent entendre. L'Histoire n'est pas une science exacte : sa vérité provient de la confrontation des indices accumulés.

Il devait maintenant appliquer la même méthode au mystérieux billet découvert dans la main de son ami mort. Pour cela, il fallait qu'il accède à la bibliothèque historique. Le nouveau bibliothécaire ne serait nommé qu'après les obsèques, qui étaient prévues pour demain.

Il ferma les yeux, se laissa envahir par le souvenir.

– Père Nil, je viens d'apprendre qu'en travaillant à la restauration de Germigny, les ouvriers ont mis au jour une inscription ancienne. Je voudrais voir cela, pouvez-vous m'accompagner ? Je dois photographier des manuscrits à Orléans, la route passe devant Germigny-des-Prés...

Ils se garèrent sur la place du petit village. Nil aimait revoir cette église : l'architecte de Charlemagne avait voulu reproduire en miniature la cathédrale d'Aix-la-Chapelle, construite vers l'an 800. Ses précieux vitraux en albâtre créaient à l'intérieur une atmosphère saisissante d'intimité et de recueillement.

Ils s'avancèrent au seuil du sanctuaire.

— Voyez comme c'est encore enveloppé de mystère !

Le chuchotement d'Andrei était rendu à peine audible par le bruit des marteaux qui attaquaient le mur du fond : pour déposer les vitraux, les ouvriers avaient dû retirer l'enduit qui les entourait. Entre deux ouvertures, juste dans le prolongement de la nef, on distinguait dans la pénombre un trou béant. Andrei s'approcha.

— Pardonnez-moi messieurs, je voudrais jeter un coup d'œil sur une dalle que vous avez trouvée, paraît-il, en effectuant vos travaux.

— Ah, la pierre ? Oui, on a trouvé ça sous une couche d'enduit. On l'a déchaussée du mur et déposée dans le croisillon de gauche.

— Nous pouvons l'examiner ?

— Sans problème, vous êtes bien les premiers à vous y intéresser.

Les deux moines firent quelques pas et aperçurent sur le sol une dalle carrée, dont les bords laissaient voir la trace d'un scellement. Andrei se pencha, puis mit un genou en terre.

— Ah... le scellement est manifestement d'origine. Située comme elle l'était, cette dalle se trouvait directement sous les yeux des fidèles. Elle revêtait donc une importance particulière... Puis — voyez — on l'a recouverte ensuite d'un enduit qui a l'air plus récent.

Nil partageait l'excitation de son compagnon. Ces hommes n'évoquaient jamais l'Histoire comme une époque révolue : le passé était leur présent. À cet instant précis, ils entendaient une voix, par-dessus les siècles : celle de l'empereur qui donna l'ordre de graver cette pierre, et voulut qu'elle soit scellée dans un emplacement aussi remarquable.

Andrei sortit son mouchoir, et essuya délicatement la surface de la pierre.

— L'enduit est du même type que ceux des églises romanes. Cette dalle a donc été recouverte, deux ou trois siècles après avoir été posée : on a éprouvé un jour le besoin de cacher l'inscription au public. Qui donc avait intérêt à la dissimuler ainsi ?

Des caractères apparaissaient sous l'enduit qui partait en poussière.

— Une écriture carolingienne. Mais... c'est le texte du Symbole de Nicée !

— Le texte du *Credo* ?

— En effet. Je me demande pourquoi on a voulu le mettre ainsi en évidence, sous les yeux de tous, dans cette église impériale. Surtout, je me demande...

Andrei resta un long moment devant l'inscription, puis se releva, s'épousseta et posa la main sur l'épaule de Nil.

— Mon ami, il y a dans cette reproduction du Symbole de Nicée quelque chose que je ne comprends pas : je n'ai encore jamais vu ça.

Ils prirent rapidement un cliché de face, et sortirent au moment où les ouvriers fermaient le chantier pour la pause de midi.

Andrei resta silencieux jusqu'à Orléans. Tandis que Nil préparait l'appareil pour leur séance de travail, il l'arrêta :

— Non, pas avec cette pellicule, c'est celle de la dalle. Mettez-la de côté, et utilisez un autre film pour ces manuscrits, s'il vous plaît.

Le trajet du retour fut morne. Avant de sortir de la voiture, Andrei se tourna vers Nil. Il avait l'air particulièrement grave.

— Nous allons faire un tirage du cliché de Germigny, en deux exemplaires. J'en prendrai un, que je faxerai immédiatement à un employé de la Bibliothèque vaticane avec lequel je suis en relation : j'aimerais avoir son avis, très peu de gens peuvent comprendre les particularités des inscriptions du haut Moyen Âge. Le second exemplaire... gardez-le précieusement, dans votre cellule. On ne sait jamais.

Quinze jours plus tard, Andrei avait appelé Nil dans son bureau. Il semblait soucieux.

— Je viens de recevoir une lettre du Vatican : on me convoque là-bas pour rendre compte de la traduction du manuscrit copte dont je vous ai parlé. Pourquoi me font-ils faire ce voyage ? Avec la lettre, il y avait un petit mot de l'employé de la Vaticane, me disant qu'il a bien reçu la photo de la dalle de Germigny. Sans commentaire.

Nil était aussi surpris que son ami.

— Quand partez-vous ?

— Le père abbé est venu me donner ce matin un billet pour le Rome express de demain. Père Nil... s'il vous plaît, pendant mon absence, retournez à Germigny. Le cliché que nous avons pris n'est pas net, prenez une autre photo en lumière rasante.

— Père Andrei, pouvez-vous me dire à quoi vous pensez ?

— Je ne vous en dirai pas plus aujourd'hui. Trouvez un prétexte quelconque pour sortir, et allez vite prendre cette photo. Nous l'examinerons ensemble dès mon retour.

Andrei était parti pour Rome le lendemain.

Et n'était jamais revenu à l'abbaye.

Nil ouvrit les yeux. Il irait, dès que possible, accomplir la dernière volonté de son ami. Mais sans lui, à quoi servirait un nouveau cliché de l'inscription ?

Le tocsin se mit à sonner lugubrement, annonçant à toute la vallée que, le lendemain, un moine allait être conduit solennellement à sa dernière demeure. Nil entrouvrit le tiroir de sa table, et glissa la main sous la pile de lettres.

Son cœur se mit à battre. Il tira à lui tout le tiroir : *la photo prise à Germigny avait disparu, et le billet du père Andrei aussi.*

« Impossible ! C'est impossible ! »

Il avait éparpillé sur sa table le contenu du tiroir : rien à faire, le cliché et le billet manquaient à l'appel.

Les moines font vœu de pauvreté : ils ne possèdent donc absolument rien, ne peuvent rien enfermer, et aucune cellule de l'abbaye n'était munie de serrure. Sauf les bureaux de l'économe, celui du père abbé – et les trois bibliothèques, dont les clés avaient été distribuées avec la parcimonie que l'on sait.

Mais la cellule d'un moine est le domaine inviolable de sa solitude : jamais personne ne peut y pénétrer en l'absence de son occupant, ou sans sa permission formelle. Sauf le père abbé, qui mettait depuis son élection un point d'honneur à respecter cette règle intangible, garante du choix que ses moines font de vivre en communauté, mais seuls devant Dieu.

Non seulement *on* avait violé le sanctuaire du père Nil, mais *on* avait fouillé, et dérobé. Il jeta un coup d'œil sur les dossiers éparpillés en désordre sur sa table. Oui, *on* ne s'était pas contenté de fourrager dans le tiroir : le plus volumineux de ses dossiers, celui sur l'Évangile selon saint Jean, n'était pas à sa place habituelle. Il avait été légèrement déplacé, et ouvert. Nil, qui l'utilisait chaque jour depuis le début de son cours, reconnut immédiatement que certaines de ses notes n'étaient plus à leur emplacement, logique pour lui seul. Il lui sembla même que quelques feuillets avaient disparu.

Une règle de la vie bénédictine venait d'être violée, il en avait la preuve évidente. À cela, il fallait un motif extrêmement grave. Il sentait confusément qu'un lien reliait entre eux les événements anormaux de ces derniers temps, mais lequel ?

Il était devenu moine contre la volonté de sa famille incroyante, et se souvenait du jeune novice qu'il avait été. *La vérité...* il avait engagé toute sa vie à sa recherche. Deux hommes l'avaient compris : Rembert Leeland, son condisciple pendant ses quatre années d'études romaines, et Andrei. Leeland travaillait maintenant quelque part au Vatican, Nil se retrouvait seul avec des questions qu'il était incapable de résoudre – et une angoisse sourde, qui ne le quittait plus depuis la fin de l'été.

Il effleura de la main le gros dossier de l'Évangile selon saint Jean : tout était là. En fait, Andrei n'avait cessé de le lui faire comprendre, tout en refusant de lui en dire plus ou de lui donner accès à la bibliothèque de l'aile nord. Il ne pouvait faire autrement : obéissance. Mais Andrei était mort, peut-être à cause de son obéissance. Et sa propre cellule avait été fouillée, en violation des règles immuables de l'abbaye.

Il fallait faire quelque chose.

Encore une heure avant les vêpres. Il se leva, sortit dans le couloir, et se dirigea résolument vers l'escalier qui menait aux bibliothèques.

Grâce à sa bonne mémoire visuelle, il avait enregistré dans ses moindres détails le billet d'Andrei. *Manuscrit copte (Apoc)* : sans doute une apocalypse copte. *Lettre de l'Apôtre*, puis les trois mystérieux *M M M*, et la dalle de Germigny. Le fil reliant tous ces éléments mystérieux devait dormir, quelque part, dans les livres de la bibliothèque.

Il arriva devant le bureau d'Andrei, situé juste à côté de l'aile des Sciences bibliques. Dix mètres plus loin se trouvaient l'angle de l'aile nord, et l'entrée de la bibliothèque des Sciences historiques.

La porte du bibliothécaire ne comportait pas plus de serrure que celle de n'importe quelle cellule du monastère. Il entra, alluma, se laissa tomber sur la chaise où, pendant tant d'heures heureuses, il avait dialogué avec son ami. Rien n'avait changé. Aux murs, les rayonnages où s'empilaient des livres aux étiquettes fraîches : les acquisitions récentes, en attente de rangement définitif dans l'une des trois ailes. En dessous, le meuble métallique où Andrei classait les photocopies de manuscrits sur lesquels il travaillait. L'Apocalypse copte devait être quelque part dedans. Fallait-il commencer par là ?

Soudain il sursauta. Sur une étagère, plusieurs rouleaux étaient posés en désordre : les négatifs de ses manuscrits... Parmi eux, au premier rang, il reconnut immédiatement celui qu'il avait utilisé pour photographier la dalle de Germigny. Andrei l'avait laissé là, sans plus y penser, avant son départ pour Rome.

On venait de lui dérober la photo, mais on n'avait pas pensé au négatif, ou bien on n'avait pas encore eu le temps d'inspecter le bureau du bibliothécaire. Sans hésiter, Nil se leva, prit le rouleau sur l'étagère et le glissa dans sa poche. Les dernières volontés d'un mort sont sacrées...

Juste devant lui, sur le dossier du fauteuil, il reconnut la veste et le pantalon de clergyman que portait Andrei au moment de sa mort. Il serait enterré demain dans son grand habit monastique : personne ne porterait plus jamais ce vêtement, désormais inutile à l'enquête. Une buée de larmes troubla le regard de Nil, puis une idée folle le parcourut. Il saisit le pantalon, glissa la main dans la poche gauche : ses doigts se refermèrent sur un objet en cuir. Vivement, il le sortit de la poche : un trousseau de clés ! Sans hésiter, il ouvrit le fermoir à pression.

Trois clés. La plus longue, exactement semblable à la sienne, était celle de l'aile centrale : les deux autres devaient être celles des ailes nord et sud. *Le trousseau spécial, celui que seuls possèdent le bibliothécaire et l'abbé.* Perturbé par les événements dramatiques qui touchaient son abbaye, le père abbé n'avait pas encore pensé à récupérer ce trousseau – qu'il remettrait au successeur d'Andrei, quand il aurait arrêté son choix sur cette nomination délicate.

Nil eut un instant d'hésitation. Puis il revit le visage de son ami, assis en face de lui sur ce fauteuil. « La vérité, Nil : c'est pour la connaître que vous êtes entré dans cette abbaye ! » Il glissa le trousseau dans sa poche, franchit les quelques mètres de couloir qui le séparaient de l'aile nord et de sa bibliothèque.

Sciences historiques : s'il franchissait cette porte, il devenait un rebelle.

Il jeta un coup d'œil derrière lui : les deux couloirs de l'aile centrale et de l'aile nord étaient vides.

Résolument, il introduisit l'une des deux petites clés dans la serrure : sans un bruit, elle tourna.

Le père Nil, paisible professeur d'exégèse, moine observant qui n'avait jamais enfreint la moindre règle de l'abbaye, ouvrit la porte et fit un pas en avant : en entrant dans la bibliothèque nord, il entrait en dissidence.

16.

Évangile selon Matthieu

— Que font-ils là-haut ?

Ils étaient assis sur un des bancs en pierre de l'impluvium. L'aube du dimanche de Pâque s'annonçait, la maison était silencieuse. Comme son hôte, Pierre était épuisé. « Deux nuits sans sommeil, notre dernier vrai repas remonte à jeudi soir, dans la salle haute avec Jésus. Ensuite, l'arrestation, la mort du Maître. Et Judas éliminé. »

De larges cernes creusaient son visage. Il répéta sa question :

— Que font-ils donc là-haut ?

— Tu devrais le savoir : n'as-tu pas passé toute la journée d'hier enfermé ici, tandis que moi j'étais en tractations avec les esséniens ?

Le Judéen ne mentionna pas la brève sortie effectuée par Pierre la veille au matin. En le voyant se glisser dans la rue, la main plaquée sur sa cuisse gauche, il avait deviné. Plus tard dans la journée, il avait entendu les rumeurs de Jérusalem : le Galiléen assassiné par un zélote était celui qui avait pris Dieu à témoin entre Caïphe et lui, hier. Sa mort était normale : Dieu avait jugé, et choisi l'Iscariote.

— Je crois — Pierre eut un sourire amer — que la plupart dorment maintenant. Dis-moi, les esséniens sont-ils disposés à nous aider ?

— Oui, j'ai de bonnes nouvelles. Ils considèrent que Jésus est un Juste d'Israël, et sont prêts à lui offrir une sépulture dans un de leurs cimetières. Le transfert ne peut avoir lieu avant que sonne le schofar qui annonce la fin de la pâque : tu sais que les esséniens sont très à cheval sur les questions d'impureté rituelle, ils ne toucheront jamais un cadavre tant que la fête n'est pas officiellement terminée. Dans une heure.

Pierre lui jeta un regard circonspect.

– Où vont-ils l'enterrer ? À Qumrân ?

Le Judéen prit son temps avant de répondre. Il fixa Pierre bien en face.

– Je n'en sais rien, ils ne me l'ont pas dit.

« Ils me le diront, mais tu ne le sauras pas.

Pas toi, jamais. »

17.

Nil referma doucement la porte de la bibliothèque. Pendant longtemps il était entré ici librement. Mais à la création du scolasticat on avait modifié les serrures : il n'avait pas mis les pieds dans cette partie de l'aile nord depuis quatre ans.

Il reconnut l'odeur familière, et à première vue il lui sembla que rien n'avait changé. Que de fois il était venu ici, attirer à lui un nouveau livre ! C'est-à-dire faire la connaissance d'un nouvel ami, entamer un nouveau dialogue. Les livres sont de sûrs compagnons : ils se donnent totalement, sans réserve, à celui qui sait les interroger avec tact mais aussi avec ténacité. Et Nil avait été extraordinairement tenace.

Plongé dès son enfance dans une ambiance matérialiste, où le seul dieu vénéré était la réussite sociale, il avait un jour entrevu une lumière. Comment ? Sa mémoire avait perdu cette trace. Mais ce jour-là il avait *su* que la réalité du monde ne se limite pas à ce que nous en percevons, aux seules apparences. En lui était alors née une évidence : connaître ce qu'il y a *au-delà des apparences*, là était l'entreprise la plus extraordinaire, celle qui justifiait qu'un homme mobilise toutes les forces d'une vie.

L'aventure intérieure lui sembla dès lors la seule à légitimer une vie d'homme libre. Et la recherche de l'au-delà des apparences, la seule qui ne soit assujettie à aucune pression extérieure.

Ce qu'il ignore au moment où il pénètre dans la bibliothèque de l'aile nord, c'est qu'il a tort. Puisqu'il a dû franchir cette porte par effraction, et que son unique ami à l'abbaye est mort – peut-être parce qu'il la franchissait trop souvent.

Devant lui, des dizaines d'épis alignaient le savoir historique du monde.

– Les livres ne donnent pas le savoir, lui avait dit Andrei. Ils sont une nourriture à l'état brut. C'est à vous de la digérer, c'est à dire de la déconstruire en lisant, puis de la reconstruire en vous. J'ai beaucoup étudié Nil, mais j'ai peu appris. N'oubliez pas ce que vous cherchez : le mystère même de Dieu, qui se trouve au-delà des mots. Les mots et les idées contenus dans les livres vous emmèneront dans des directions très différentes, selon que vous saurez les agencer. Tout est là, présent dans ces livres : mais la plupart n'y voient que des pierres posées en désordre sur les étagères. À vous d'en faire un édifice cohérent. Seulement, méfiez-vous : toutes les architectures ne sont pas acceptables, et toutes ne sont pas acceptées. Tant que vous resterez dans ce qui est idéologiquement correct, vous n'aurez aucun problème. Répétez ce qu'on a dit avant vous, refaites le même édifice qui a déjà reçu sa consécration du passé, et vous serez honoré. Mais si vous bâtissez, avec ces mêmes pierres, un édifice nouveau, alors prenez garde à vous...

Nil reconnut les premiers épis : XXe siècle. Le bibliothécaire de l'après-guerre – il reposait maintenant au cimetière – n'avait pas suivi rigoureusement la Classification universelle de Dewey, mais la plus commode pour l'usage des moines, chronologique. Les épis qui intéressaient Nil se trouvaient donc tout au bout. Il avança.

Et ses yeux s'écarquillèrent.

Il y a encore quatre ans, deux épis suffisaient à contenir les matériaux du Ier siècle, classés par origine géographique : Palestine, reste du Moyen-Orient, Occident latin, Occident grec... Or ce qu'il avait devant les yeux, c'est une demi-douzaine d'épis. Il se dirigea vers la zone Palestine : presque deux épis entiers ! Des textes qu'il avait cherchés en vain dans la seule partie de la bibliothèque à laquelle il avait accès, les Midrashim de l'époque pharisienne, les psaumes et textes de sagesse qui ne figurent ni dans l'Ancien ni dans le Nouveau Testament...

Faisant encore quelques pas, il arriva devant un épi qui portait pour seule étiquette : « Qumrân ». Il commençait à effleurer les livres, quand il s'arrêta brusquement. Là, classé entre les éditions des manuscrits de la mer Morte, son doigt venait de se poser sur un gros volume. Aucun nom d'auteur ou d'éditeur ne figurait sur la tranche, seulement trois lettres, tracées de la main du père Andrei : M M M.

Le cœur battant, Nil tira le livre à lui. M M M, c'étaient les trois lettres qu'Andrei avait écrites, juste avant de mourir !

Sous la lumière incertaine du plafonnier, il ouvrit l'ouvrage. Ce n'était pas un livre, mais une liasse de photocopies : Nil reconnut immédiatement la calligraphie caractéristique des manuscrits de la mer Morte. Ainsi, M M M signifiait tout simplement « Manuscrits de la mer Morte »... D'où provenaient ces textes ?

Au bas de la première page, il déchiffra un tampon à l'encre bleue délavée : « Huntington Library, San Marino, California ».

Les manuscrits des Américains !

Un jour, Andrei lui avait dit – en baissant la voix, bien que la porte de son bureau soit fermée :

– Les manuscrits de la mer Morte ont été découverts juste avant la création de l'État d'Israël, en 1947-1948. Dans la pagaille qui régnait alors, cela a été une foire d'empoigne où chacun a essayé d'acheter – ou de voler – le plus possible de ces rouleaux, dont on se doutait qu'ils allaient révolutionner le christianisme. Les Américains en ont raflé une quantité importante. Depuis, l'équipe internationale chargée de la publication de ces textes a fait l'impossible pour en retarder la parution. Voyant cela, la Huntington Library a décidé de publier tout ce qu'elle possédait, en photocopie et avec une diffusion confidentielle. J'espère qu'un jour – il avait eu un sourire malicieux – nous pourrons en posséder un exemplaire ici. Ce sont des samizdats : comme à la pire époque soviétique, on est obligé de faire circuler ces textes sous le manteau !

– Pourquoi, père Andrei ? *Qui* bloque l'édition de ces manuscrits ? Et pourquoi a-t-on peur qu'ils soient enfin dévoilés ?

Comme parfois lors de leurs conversations, Andrei s'était muré dans un silence gêné. Et il avait parlé d'autre chose.

Nil hésita un instant : normalement, il ne pouvait pas emprunter cet ouvrage. Chaque fois qu'un moine prend un livre sur les rayonnages, il doit déposer à sa place un « fantôme », une fiche portant sa signature avec la date d'emprunt. Ce système évite la perte des livres, mais il permet aussi de surveiller les travaux intellectuels des moines. Nil savait que, depuis quelque temps, cette surveillance était rigoureuse.

Sa décision fut vite prise : « Le remplaçant d'Andrei n'est pas encore nommé. Avec un peu de chance, personne ne s'apercevra de la disparition d'un livre sans fantôme, pendant une seule nuit. »

Comme un voleur, son butin serré contre sa poitrine, il se dirigea vers la sortie et se glissa hors de la bibliothèque : le couloir de l'aile nord était désert.

Il disposait d'une nuit : une longue nuit de travail clandestin.

Dans l'épi « Qumrân » de la bibliothèque historique, un trou béant sans son fantôme signalait qu'un moine, aujourd'hui, avait violé une des règles les plus strictes de l'abbaye Saint-Martin.

18.

À quelques kilomètres, tandis qu'au cœur de la nuit Nil tournait les pages du M M M sous l'abat-jour de sa cellule (il avait obturé le carreau de sa fenêtre par une serviette, second geste de dissidence de la journée), deux hommes descendaient silencieusement d'une voiture couverte de poussière. Soufflant sur ses doigts raidis par le froid de novembre, le chauffeur contempla la petite église dont les vitraux en albâtre luisaient doucement dans la nuit. Sentant monter en lui la vague puissante de l'excitation, il frissonna, et son visage se figea brusquement.

L'autre passager fit un pas en avant et inspecta les environs : le village dormait. Devant eux, les palissades disjointes du chantier seraient faciles à écarter, et laisseraient aisément passer la dalle. Un jeu d'enfant !

Il se retourna.

— *Bismillah, yallah*[1] !

Son compagnon saisit une sacoche de cuir.

— *Ken, baruch Adônai*[2] !

Quelques minutes plus tard ils ressortaient, portant péniblement une lourde dalle de pierre. Tandis qu'ils se faufilaient entre les planches de la palissade, le chauffeur fit effort pour maîtriser les battements de son cœur : « Il faudrait que je me calme... »

La place du village était toujours aussi déserte et silencieuse. Ils calèrent la dalle dans le coffre, puis il reprit place devant le volant, et poussa un soupir : la route serait longue jusqu'à Rome... Avant qu'il ne referme la portière, l'ampoule du plafonnier éclaira ses cheveux blonds, dans lesquels se perdait une cicatrice qui partait de son oreille gauche.

Le jaspe tacheté de rouge et serti d'argent de Mgr Calfo jeta un bref éclat, tandis que sa main potelée parcourait la splendide chevelure de la fille. Il aurait aimé reproduire, à la fin de ce XXe siècle, les raffinements de l'Antiquité : le sous-sol de Rome témoigne que lupanars et temples des divinités formaient toujours une unité organique. La même porte menait aux sources d'une même extase.

Dans le calme de son appartement proche du Castel San Angelo, d'où l'on apercevait en se penchant le dôme majestueux surplombant le tombeau de Pierre, il se

1. Au nom de Dieu, on y va ! (arabe).
2. Oui, Dieu soit béni ! (hébreu).

contentait de n'avoir ce soir pour tout vêtement que sa bague épiscopale.

« L'union du divin et du charnel... Si Dieu s'est fait homme en Jésus-Christ, c'est pour réaliser cette union. Allez, ma jolie, fais-moi monter au ciel ! »

19.

Évangiles selon Marc et Luc

Depuis le Temple, le son guttural du schofar salua le soleil qui marquait la fin de la pâque, ce dimanche 9 avril au matin. Quatre jeunes hommes pénétrèrent d'un pas décidé dans le cimetière situé devant la porte ouest de Jérusalem. L'un d'eux portait un levier : il faudrait faire rouler de côté une pierre tombale, elles étaient extrêmement lourdes. Ils avaient l'habitude.

En entrant dans le tombeau, ils trouvèrent le cadavre d'un supplicié simplement posé sur une dalle centrale, portant des traces profondes de flagellation et les marques de la crucifixion. Sur le côté, une plaie vive laissait encore suinter un peu de sang. Ils poussèrent un gémissement :

– Éternel ! Vois ce qu'ils font de tes fils, les prophètes d'Israël ! Que la malédiction de ce sang versé retombe sur eux ! Tant de souffrances pour ce Juste !

Après avoir récité le *Qaddish*, ils enfilèrent leur longue robe blanche : le transfert d'un cadavre en terre pure représentait pour eux un acte religieux, l'habit blanc était requis. De plus, il les identifierait aux yeux des pèlerins juifs – qui avaient l'habitude de voir des esséniens transporter certains cadavres, pour les réinhumer dans leurs cimetières.

Deux d'entre eux s'apprêtèrent à transporter le corps. Mais tout s'était déroulé très vite vendredi soir, les proches allaient certainement venir terminer la toilette mortuaire. S'ils découvraient le tombeau vide, ce serait la panique : il fallait les prévenir.

Deux hommes, toujours revêtus de leur robe blanche, s'installèrent commodément, l'un à la tête, l'autre au pied de la dalle mortuaire, tandis que leurs compagnons portant le cadavre commençaient le long voyage vers l'une des nécropoles esséniennes du désert.

Ils n'eurent pas longtemps à attendre : le soleil était encore bas sur l'horizon quand ils entendirent des pas furtifs. Des femmes de l'entourage de Jésus.

Quand elles virent la lourde pierre tombale roulée de côté, les femmes eurent un haut-le-corps. L'une d'elles fit un pas en avant, et poussa un hurlement de terreur : deux êtres vêtus de blanc se tenaient debout, dans l'antre sombre de la tombe, et semblaient les attendre. Terrorisée, elle balbutia une question, à laquelle ils répondirent posément. Quand ils firent mine de sortir pour leur donner plus de détails, les femmes tournèrent les talons et s'enfuirent, piaillant comme un vol d'oiseaux.

Les deux esséniens haussèrent les épaules. Pourquoi les apôtres de Jésus avaient-ils envoyé des femmes, au lieu de venir eux-mêmes ? Après tout, leur mission était terminée. Restait à remettre les lieux en ordre avant de partir.

Ils retirèrent leur robe blanche et tentèrent de faire rouler la pierre tombale : en vain, ils n'étaient plus que deux, elle était trop lourde. Laissant le tombeau ouvert, ils sortirent du jardin et s'assirent au soleil. Le Judéen qui avait tout organisé devait venir les voir : il fallait l'attendre.

20.

Calfo fit tournoyer une nouvelle fois le fouet, qui vint s'écraser sur ses omoplates. La discipline métallique, qu'il ne prescrivait à la Société qu'en de rares occasions, est une tresse de cordelettes parsemées de petites sphères d'aluminium. Normalement, le sang doit perler vers le verset 17 du psaume *Miserere* – qui sert en quelque sorte à cette pénitence de sablier. Au vingt et unième et dernier verset, il est de bon ton que quelques gouttes rouges ricochent sur le mur derrière le flagellant.

Cette mortification rappelait les trente-neuf coups de fouet reçus par Jésus avant sa crucifixion. Administré par un robuste légionnaire, comportant des billes de plomb de la taille d'une olive, le fouet romain labourait les chairs jusqu'à l'os et était souvent mortel.

Alessandro Calfo n'avait pas du tout l'intention de succomber à la flagellation qu'il s'infligeait : c'est *un autre* qui allait mourir bientôt, à qui cette souffrance offrait mystiquement un témoignage de solidarité fraternelle. Il n'avait même pas l'intention d'entamer la peau délicate de son dos potelé : la fille devait revenir, samedi soir.

« Trois jours avant la "fin de mission" de notre frère devenu sénile. »

Quand il la lui avait adressée, son agent palestinien l'avait prévenu :

– Sonia est roumaine, monseigneur, c'est une fille sûre. Avec elle, vous n'avez pas à craindre les problèmes causés par la précédente... Mais oui, en toute sécurité, *bismillah*, au nom de Dieu !

Ses années de nonce apostolique en Égypte lui avaient appris la nécessaire négociation entre des urgences contradictoires. Avec une grimace, il se prépara à relancer la discipline vers ses omoplates : car négocier, ce n'est pas céder. Malgré le week-end voluptueux qui s'annonçait avec Sonia, il ne supprimerait pas l'exercice de la discipline, preuve tangible de sa solidarité envers l'un des membres de la Société. Il transigerait entre son amour fraternel et cet autre impératif, l'intégrité de sa peau veloutée : la pénitence durerait seulement le temps d'un *De profundis*.

Psaume de pénitence, comme le *Miserere*, et qui conférerait une valeur très satisfaisante à la souffrance qu'il s'infligeait par vertu chrétienne.

Mais le *De profundis* ne comporte que huit versets, ce qui dure quand même trois fois moins longtemps que l'interminable *Miserere*.

21.

Nil retira ses lunettes, massa ses yeux qui le brûlaient et passa la main dans ses cheveux gris coupés ras. Toute une nuit passée à éplucher les photocopies du M M M ! Il repoussa son tabouret, se leva et alla retirer la serviette qui obturait sa fenêtre. Les laudes, le premier office du matin, allaient sonner : plus personne maintenant ne s'étonnerait de voir de la lumière dans sa cellule.

À travers les carreaux, il contempla un instant le ciel noir du Val-de-Loire en hiver. Tout était obscur, dehors comme à l'intérieur de lui.

Il retourna devant sa table, et s'assit lourdement. Son corps était mince, de petite taille : il lui sembla pourtant d'un poids démesuré. Devant lui s'étalaient plusieurs piles de notes manuscrites, prises au cours de cette longue nuit, classées soigneusement en tas distincts. Il soupira.

Ses recherches sur l'Évangile selon saint Jean l'avaient amené à découvrir un acteur caché, un Judéen qui apparaissait furtivement dans le texte et jouait un rôle essentiel dans les derniers jours de la vie de Jésus. De lui on ignorait tout, jusqu'à son nom, mais il s'appelait lui-même le « disciple bien-aimé », disait avoir été le tout premier à rencontrer Jésus au bord du Jourdain, avant Pierre. Et s'être trouvé parmi les convives du dernier repas, dans la salle haute – cette salle était certainement située dans sa propre maison. Il racontait qu'il était allongé à côté du Maître, à la place d'honneur. Décrivait la crucifixion, le tombeau vide, avec la manière et les accents de vérité d'un témoin oculaire.

Un homme essentiel à la connaissance de Jésus et des débuts du christianisme, un proche dont le témoignage importait au plus haut point. Curieusement, l'existence de ce témoin capital avait été soigneusement gommée de tous les textes du Nouveau Testament. Ni les autres Évangiles, ni Paul dans ses lettres, ni les Actes des Apôtres ne signalaient son existence.

Pourquoi cet acharnement à vouloir supprimer un témoin de cette importance ? Seul un motif extrêmement grave pouvait avoir motivé son effacement radical de la mémoire du christianisme. Et pourquoi les esséniens n'étaient-ils jamais mentionnés dans les débuts de l'Église ? Tout cela devait se tenir : Nil en était convaincu, et Andrei l'encourageait à suivre le fil mystérieux reliant entre eux des événements qui avaient marqué à jamais l'Histoire de l'Occident.

– Celui que vous avez découvert par l'étude des Évangiles, je crois l'avoir rencontré moi aussi dans le domaine qui est le mien, les manuscrits du IIIe au VIIe siècle.

Assis face à lui dans son bureau, Nil avait fait un bond.

– Voulez-vous dire que vous avez retrouvé la trace du « disciple bien-aimé » dans des textes postérieurs aux Évangiles ?

Andrei avait plissé les yeux dans son visage rond.

– Oh, des indices qui n'auraient pas attiré mon attention si vous-même ne m'aviez tenu au courant de vos propres découvertes ! Des traces presque infinitésimales, jusqu'à ce que le Vatican m'envoie ce manuscrit copte découvert à Nag Hamadi – il fit un geste vers son classeur.

Il regarda pensivement son compagnon.

– Nous poursuivons nos recherches chacun de notre côté. Des dizaines d'exégètes et d'historiens en font autant, sans être le moins du monde inquiétés. À une condition cependant : que leurs travaux restent cloisonnés, que personne ne tente de relier entre elles ces informations. Pourquoi croyez-vous que l'accès à nos bibliothèques est limité ? Tant que chacun se cantonne à sa propre spécialité, il ne risque ni censure ni sanctions : et toutes les Églises peuvent affirmer fièrement que, chez elles, la liberté de penser est totale.

– Toutes les Églises ?

– En plus de l'Église catholique, il y a la vaste constellation des protestants – et parmi eux, les fondamentalistes qui montent actuellement en puissance, surtout aux États-Unis. Puis il y a les juifs, et l'islam...

– Les juifs, à la rigueur – bien que je ne voie pas comment l'exégèse d'un texte du Nouveau Testament pourrait les concerner, eux qui ne reconnaissent que l'Ancien. Mais les musulmans ?

— Nil, Nil... Vous vivez au Ier siècle et en Palestine, mais moi je navigue jusqu'au VIIe siècle ! Muhammad a mis la dernière main au Coran en 632. Vous devez absolument étudier ce texte, sans tarder. Et vous découvrirez qu'il est étroitement lié aux aléas et à la destinée de l'homme dont vous cherchez la trace – s'il a bien existé !

Il y eut un silence. Nil réfléchissait, ne sachant par où reprendre l'entretien.

— *S'il a existé...* Doutez-vous de l'existence de cet homme aux côtés de Jésus ?

— J'en douterais si je n'avais suivi pas à pas votre propre recherche. Sans le savoir, vous m'avez poussé à scruter, dans la littérature de l'Antiquité, des passages jusque-là restés inaperçus. Sans vous en rendre compte, vous m'avez permis de comprendre la signification d'un obscur manuscrit copte, sur lequel je dois fournir mon diagnostic à Rome – cela fait six mois que j'ai reçu sa photocopie, et je ne sais toujours pas comment tourner mon rapport, tant je suis embarrassé. Rome m'a déjà rappelé à l'ordre une fois, je crains qu'ils me convoquent si je tarde encore.

Andrei avait été convoqué à Rome.

Et n'était jamais plus revenu dans ce paisible bureau.

La cloche tinta dans la nuit de novembre : Nil descendit et reprit sa place habituelle dans le chœur monastique. À quelques mètres sur sa droite, une stalle restait obstinément vide : Andrei... Mais son esprit ne parvenait pas à se fixer sur les lents mélismes de la mélodie grégorienne, il était tout entier dans les manuscrits qu'il venait de passer sa nuit à déchiffrer. Depuis quelque temps, ce qui avait été sa foi pendant toute une vie était taillé en pièces, morceau après morceau.

À première vue, les manuscrits du M M M n'offraient pourtant rien de sensationnel. La plupart provenaient de la bibliothèque dispersée des esséniens de Qumrân : commentaires de la Bible à la manière rabbinique, bribes d'explications sur la lutte entre le Bien et le Mal, les fils de lumière et les fils des ténèbres, le rôle central joué par un Maître de Justice... On savait maintenant que Jésus ne pouvait avoir été ce Maître de Justice. Le grand public, un instant passionné par les découvertes de la mer Morte, avait vite été déçu. Rien de spectaculaire... et les textes sur lesquels il était resté penché toute la nuit ne faisaient pas exception.

Mais pour un esprit averti comme le sien, ce qu'il venait de lire confirmait tout un ensemble de remarques soigneusement consignées dans ses notes. Des notes qui ne quittaient pas sa cellule, dont personne ne savait rien – sauf Andrei, pour qui il n'avait pas de secret.

Elles remettaient radicalement en cause ce qui s'était dit jusqu'ici sur les origines chrétiennes, c'est-à-dire la culture et la civilisation de tout l'Occident.

« De San Francisco à Vladivostok, tout repose sur un postulat unique : le Christ serait le fondateur d'une religion nouvelle. Sa divinité aurait été révélée aux apôtres par les langues de feu qui se posèrent sur eux le jour de la Pentecôte. Il y aurait un *avant* ce jour, l'Ancien Testament, et un *après* – le Nouveau Testament. Eh bien, ce n'est pas exact, c'est même faux ! »

Nil se surprit soudain debout dans l'église, alors que tous ses confrères venaient de se prosterner pour le chant du *Gloria Patri*. Rapidement, il rejoignit la position inclinée de sa rangée de stalles : dans le chœur d'en face le père abbé avait relevé la tête, et l'observait.

Il tenta de mieux suivre le déroulement de l'office, mais son esprit galopait comme un cheval fou : « J'ai découvert dans les manuscrits de la mer Morte les notions à partir desquelles s'est effectuée la divinisation de Jésus. Incultes, les apôtres étaient bien incapables d'une pareille opération : ils ont puisé dans ce qui se disait autour d'eux, dont nous ignorions tout – jusqu'aux découvertes de Qumrân. »

Cette fois-ci, il se retrouva seul faisant face au chœur opposé, alors que toute la communauté venait de pivoter d'un seul bloc vers l'autel, pour le chant du *Notre Père*.

Le père abbé, lui non plus, ne fixait pas l'autel : il avait tourné sa tête vers la droite, et regardait Nil d'un air pensif.

Au sortir des laudes il fut harponné par un étudiant, qui voulait absolument un conseil sur son mémoire en cours. Enfin libéré de l'importun, il entra en coup de vent dans sa cellule, prit le M M M sur sa table encombrée, et le glissa sans plus attendre sous son scapulaire. Puis, de l'air le plus naturel, il se dirigea vers la bibliothèque de l'aile centrale.

Le couloir était vide. Le cœur battant, il dépassa la porte des Sciences bibliques, puis celle du bureau d'Andrei, et continua jusqu'à l'angle des deux ailes de l'abbaye : il n'y avait personne non plus dans le long couloir de l'aile nord.

Nil s'approcha de la porte qu'il n'était pas autorisé à franchir – celle des Sciences historiques –, sortit de sa poche le trousseau du père Andrei, introduisit l'une des deux petites clés dans la serrure. Un dernier coup d'œil dans le couloir : toujours vide.

Il entra.

Personne ne fréquenterait la bibliothèque à une heure

si matinale. Pourtant il ne voulut pas prendre le risque d'enclencher l'éclairage général, qui aurait signalé sa présence. Quelques veilleuses restaient allumées en permanence et diffusaient une faible lumière jaunâtre. Il se dirigea vers le fond de la bibliothèque : il fallait atteindre les épis du Iᵉʳ siècle, et remettre rapidement le M M M là où il l'avait pris hier soir. Puis s'éclipser, sans être vu.

Au moment où il arrivait au niveau du IIIᵉ siècle, tâtonnant de la main droite pour se guider, il entendit le bruit sourd de la porte qui s'ouvrait à l'autre bout. Presque immédiatement, une lumière crue inonda toute la bibliothèque.

Il se trouvait en plein milieu de l'allée centrale, le bras droit tendu en avant, un livre interdit sous le bras gauche, dans un lieu où il n'aurait jamais dû entrer, dont il ne pouvait pas posséder la clé. Il lui sembla que les épis s'écartaient de chaque côté de lui, pour le laisser encore plus seul et exposé aux regards. Impitoyables, les projecteurs sortaient du mur et l'accablaient de leurs reproches : « Père Nil, que faites-vous ici ? Comment vous êtes-vous procuré cette clé ? Qu'est-ce que c'est que ce livre ? Et pourquoi, oui, pourquoi l'avez-vous emprunté hier soir ? Que cherchez-vous donc, père Nil ? Avez-vous seulement dormi la nuit dernière ? Pourquoi ces distractions à l'office du matin ? »

Il allait être découvert, et repensa soudain aux fréquentes mises en garde d'Andrei.

Et à son corps rigidifié par la mort, sur le ballast du Rome express, le poing rageusement dressé vers le ciel.

Comme pour accuser son assassin.

22.

Évangile selon Jean

Tôt ce dimanche matin, les femmes revinrent du tombeau, affolées de l'avoir trouvé vide. Elles racontèrent aux apôtres incrédules une histoire d'hommes en blanc, qui ne pouvaient être que des anges tant ils étaient mystérieux. Pierre les réduisit au silence : « Des anges ! Radotages de bonnes femmes. » Le Judéen lui fit signe. Discrètement, ils sortirent de la maison.

Ils marchèrent d'abord en silence, puis se mirent à courir. Vite distancé, Pierre parvint essoufflé au jardin : les deux esséniens étaient partis sans l'attendre, mais son compagnon, arrivé le premier, dit à l'apôtre qu'il avait pu leur parler. Une fois de plus il prenait l'avantage, une fois de plus il était le témoin privilégié.

Furieux, Pierre revint seul dans la salle haute : sans un mot d'explication, le Judéen avait bifurqué en chemin, et se dirigeait vers une maison cossue du quartier ouest.

La secte des esséniens avait pris naissance deux siècles auparavant. Elle comprenait des communautés monastiques, vivant séparées du monde comme à Qumrân, et des communautés laïques normalement insérées dans la société juive. Celle de Jérusalem était la plus importante, et avait même donné son nom au quartier ouest de la ville. Eliézer Ben-Akkaï en était le chef.

Il accueillit chaleureusement son visiteur.

— Tu as longtemps été des nôtres : si tu n'étais pas

devenu disciple de Jésus, c'est sans doute toi qui m'aurais succédé. Tu le sais, les juifs du Temple nous détestent et n'acceptent pas que nous enterrions nos morts dans des nécropoles distinctes des leurs. Certaines d'entre elles sont cachées au milieu du désert. Des mains impures ne doivent jamais profaner nos tombeaux.

— Je sais tout cela, rabbi, et je partage votre souci de préserver la dernière demeure des Justes d'Israël.

— Jésus le nazôréen était l'un de ces Justes. Le lieu ultime de sa sépulture doit rester secret.

— Eliézer... tu es âgé maintenant. Tu ne peux pas être le seul à savoir où se trouve le tombeau de Jésus.

— Mes deux fils, Adôn et Osias, transportent son corps en ce moment même. Eux ils le savent, tout comme moi, et ils transmettront le secret du tombeau.

— Et s'il leur arrivait quelque chose ? Tu dois me confier ce secret, à moi aussi.

Eliézer Ben-Akkaï caressa longuement sa barbe maigre. Son visiteur avait raison, la paix avec Rome était extrêmement fragile, tout pouvait exploser à chaque instant. Il posa les deux mains sur ses épaules.

— Frère, tu as toujours été digne de notre confiance. Mais sache que si tu livrais la dépouille de nos morts à la haine de nos ennemis, l'Éternel lui-même serait juge entre nous et toi !

Il jeta un coup d'œil dans la salle, où des esséniens allaient et venaient. S'écartant vers l'encoignure d'une fenêtre, il fit signe à son interlocuteur de le rejoindre.

Se pencha à son oreille, et murmura quelques phrases.

Quand ils se séparèrent en silence, les deux hommes se regardèrent longuement. Leurs visages étaient particulièrement graves.

En rentrant chez lui, le Judéen sourit. Le tombeau de Jésus ne deviendrait pas un enjeu de pouvoir.

23.

Encore ébloui par la vive lumière qui venait d'inonder la bibliothèque, Nil jeta un coup d'œil dans la travée la plus proche : son centre était vide, et lisse comme la paume de la main. Il fit un pas : tout au fond de la travée du IIᵉ siècle, on avait déposé deux gros cartons, des livres en attente de classement. Vivement, il se faufila derrière eux, tandis qu'il entendait le frôlement caractéristique d'une robe qui approchait. Une bure monastique, ou la soutane d'un des étudiants intégristes ? Si on venait chercher un livre dans l'épi du IIᵉ siècle, il était perdu. Mais peut-être celui qui approchait maintenant ne venait-il pas chercher un livre ? Peut-être l'avait-il vu entrer, et nourrissait-il d'autres intentions ?

Nil enfonça la tête dans ses épaules.

Le visiteur passa devant l'épi du IIᵉ siècle sans s'arrêter. Tapi dans la zone d'ombre du fond, derrière les cartons, Nil retenait son souffle. Il entendit qu'on pénétrait dans l'épi du Iᵉ siècle où il avait subtilisé hier le M M M et regretta soudain de n'avoir pas pensé à déplacer les livres voisins sur l'étagère, pour que le trou béant fût un peu moins visible.

Il y eut un temps mort, puis il perçut les pas du visiteur qui repassaient devant son épi et s'éloignaient vers l'entrée de la bibliothèque. Il n'avait pas été découvert. Qui était l'intrus ? Le pas d'un moine se reconnaît entre mille : il n'attaque jamais le sol par le talon, mais glisse le pied en avant, et marche comme sur un coussin d'air.

Ce n'était pas un des étudiants.

L'éclairage central s'éteignit brusquement, et Nil entendit le bruit de la porte qui se fermait, enclenchant automatiquement la serrure. Le front moite, il attendit un instant, puis se releva. Tout était sombre et silencieux.

Quand il sortit, après avoir réinséré le M M M à sa place, le couloir de l'aile nord était vide : il fallait maintenant remettre les clés là où il les avait prises. La porte du bureau du bibliothécaire n'était toujours pas verrouillée. Nil entra, alluma le plafonnier : les vêtements d'Andrei étaient encore sur le dossier de son fauteuil. Le cœur battant, il saisit le pantalon et enfourna le trousseau dans une poche. Il savait qu'il ne reviendrait jamais plus dans ce bureau – jamais plus comme avant. Une dernière fois, il parcourut du regard les étagères où Andrei entassait les livres reçus, avant de les rentrer en bibliothèque.

Au sommet d'une pile, il aperçut un livre qui ne portait pas l'étiquette avec sa cote de classement. Son attention fut attirée par le titre :

DERNIERS APOCRYPHES COPTES DE NAG HAMADI
Édition critique établie
par le R.P. Andrei Sokolwski, O.S.B.
Gabalda éditeur, Paris.

« L'édition des apocryphes à laquelle il travaillait depuis dix ans, elle est enfin parue ! »

Nil ouvrit le livre : un travail d'érudition remarquable, édité avec l'aide du CNRS. Sur la page de gauche, le texte copte patiemment reconstitué par Andrei, et sur la page de droite sa traduction. La dernière œuvre de son ami, un testament.

Il s'était déjà trop attardé dans ce bureau, et prit une décision soudaine. *On* avait volé dans sa cellule le dernier billet d'Andrei, à lui seul adressé comme une parole d'ou-tre-tombe. Eh bien, ce livre que son ami avait reçu juste avant de partir, dans lequel il avait mis toute sa science et son amour, ce livre lui appartenait, à lui, Nil. Il ne portait pas encore d'étiquette, et n'était donc pas réceptionné dans le catalogue de l'abbaye : personne au monde ne pourrait savoir qu'il se l'appropriait aujourd'hui. Il voulait ce livre pour lui seul. Par-dessus la mort c'était comme une main tendue par celui qui jamais plus ne publierait rien – jamais plus ne prendrait place dans ce fauteuil pour l'écouter, la tête penchée, une lueur malicieuse dans la mince fente de ses yeux.

Résolument, il glissa l'édition des apocryphes de Nag Hamadi sous son scapulaire, et ressortit dans le couloir.

Tandis qu'il s'engageait dans l'escalier, l'esprit envahi par la solitude qui serait désormais la sienne, il n'aperçut pas l'ombre plaquée contre le mur, en retrait de la haute porte des Sciences bibliques. L'ombre était celle d'une bure monastique.

Sur l'étoffe lisse se détachait une croix pectorale, qu'une main droite triturait nerveusement. À son annulaire, un anneau très simple, en métal, ne jetait aucun éclat.

Nil regagna sa cellule, ferma sur lui la porte et s'arrêta net. En descendant tout à l'heure pour l'office des laudes, il avait laissé son travail de la nuit méticuleusement classé en petits tas distincts. Les feuillets étaient maintenant épar-pillés, comme par un coup de vent.

En ce jour de novembre, sa fenêtre était fermée. Fermée depuis la veille.

On avait à nouveau visité sa cellule. Visité, et fouillé. Fouillé, et peut-être dérobé certaines de ses notes.

24.

Actes des Apôtres

— Pierre, qu'est-il advenu du corps de Jésus ?

Pierre jeta un regard circulaire. Trois semaines déjà que Jésus était mort, et pendant tout ce temps il n'avait pas quitté la salle haute. Une petite centaine de sympathisants s'y retrouvaient ce matin, et la même question fusait de toutes parts.

À l'autre extrémité de la pièce leur hôte était seul debout, appuyé contre un mur. Une vingtaine d'hommes assis l'entouraient, tournant alternativement les yeux vers lui puis vers la fenêtre, au pied de laquelle les Onze faisaient bloc. Des partisans, peut-être ? « Maintenant, pensa Pierre, c'est lui – ou moi. »

L'apôtre regarda ses dix compagnons. André son frère, qui mordillait sa lèvre inférieure, Jean et Jacques de Zébédée, Matthieu l'ancien douanier... Aucun d'eux ne possédait la stature d'un chef.

Il fallait que quelqu'un se dresse au milieu de cette foule désorientée. Se lever et prendre la parole, à cet instant précis, c'était prendre le pouvoir.

Pierre aspira l'air profondément, et se leva. La lumière de la fenêtre l'éclairait de dos, laissant son visage dans l'ombre.

— Frères...

Malgré tous ses efforts, il n'était pas parvenu à savoir où les esséniens avaient enterré le cadavre de Jésus, après l'avoir enlevé du tombeau. « Et lui, le seul témoin avec moi, sait-il ? Détourner l'attention de ces gens, et affirmer une fois pour toutes mon autorité. » Il décida d'ignorer la question de la foule, et les toisa. Ils sauraient, dès maintenant, que c'était lui qui avait accompli le jugement de Dieu. Dieu s'était servi de lui, et Dieu s'en servirait encore.

– Frères, il fallait que s'accomplisse le destin de Judas. Il faisait partie des Douze, et il a trahi : il est tombé en avant, ouvert par le milieu, et ses entrailles se sont répandues sur le sable.

Un silence de mort s'abattit sur la salle. Ces détails, seul l'assassin de Judas pouvait les connaître. Il venait d'avouer, publiquement, que la main qui tenait le poignard n'était pas celle d'un quelconque zélote : c'était la sienne.

Il dévisagea chacun de ceux qui avaient bruyamment demandé des explications sur le sort du cadavre de Jésus : sous son regard, un à un ils baissèrent les yeux.

Le disciple bien-aimé, à l'autre bout de la pièce, ne disait toujours rien. Pierre leva la main.

– Nous devons remplacer Judas, qu'un autre prenne sa charge. Qu'il soit choisi parmi ceux qui ont accompagné le Maître, depuis la rencontre du Jourdain jusqu'à la fin.

Un murmure d'approbation parcourut l'assemblée, et tous les yeux se tournèrent vers le disciple bien-aimé. Car lui seul pouvait compléter le collège des douze apôtres : le premier il avait rencontré le Maître au bord du Jourdain, et il avait été son intime jusqu'au bout. C'était lui le successeur tout désigné de Judas.

Pierre perçut ce que ressentait la foule.

– Ce n'est pas nous qui choisirons ! Il faut que Dieu désigne le douzième apôtre, par le sort. Matthieu, prends ton calame, et écris deux noms sur ces morceaux d'écorce.

Avant qu'il s'exécute, Pierre se pencha vers Matthieu et lui murmura quelque chose à l'oreille. L'ancien douanier le regarda, l'air surpris. Puis hocha la tête, s'assit et écrivit rapidement. Les deux bouts d'écorce furent placés sur un foulard, dont Pierre releva les quatre coins.

— Toi, approche, tire un de ces deux noms. Et que Dieu parle au milieu de nous !

Un jeune garçon se leva, avança la main, la plongea dans le foulard et sortit l'une des deux écorces.

Pierre la saisit, et la remit à Matthieu.

— Je ne sais pas lire : dis-nous ce qu'il y a d'écrit.

Matthieu s'éclaircit la voix, regarda le morceau d'écorce et proclama :

— Le nom de Matthias est écrit !

De la foule, des protestations jaillirent.

— Frères — Pierre dut crier pour se faire entendre —, Dieu lui-même vient de désigner Matthias pour prendre la place de Judas ! Nous sommes douze à nouveau, comme lors du dernier repas que Jésus a pris avant de mourir, ici même !

Un peu partout des hommes se levèrent, tandis que Pierre attirait à lui Matthias, l'embrassait et le faisait asseoir au milieu des Onze. Puis il fixa le disciple bien-aimé, dont la foule assise le séparait. Un groupe compact de sympathisants l'entourait maintenant, debout, le visage sombre. Dominant le bruit, Pierre s'écria :

— Douze tribus parlaient pour Dieu : douze apôtres parleront pour Jésus, à sa place ou en son nom. Douze, et pas un de plus : *il n'y aura jamais de treizième apôtre !*

Le disciple bien-aimé soutint longuement son regard,

puis se pencha et murmura quelques mots à l'oreille d'un adolescent aux cheveux bouclés. Soudain inquiet, Pierre glissa la main dans la fente de sa tunique, et saisit la poignée de sa *sica*. Mais son rival fit un signe à ceux qui l'entouraient, et se dirigea en silence vers la porte. Une trentaine d'hommes lui emboîtèrent le pas, visages fermés.

Dès qu'il fut parvenu dans la rue, il se retourna : l'adolescent se glissa à ses côtés, et lui tendit l'autre écorce, celle qui avait glissé du foulard abandonné par Pierre après la proclamation du choix de Dieu. Il demanda au jeune garçon :

— Iokhanân, personne n'a pu voir cette écorce ?

— Personne, *abbou*. Personne d'autre que Matthieu qui a écrit le nom, Pierre qui le lui a dicté, et toi maintenant.

— Alors, mon enfant, donne-la-moi, et oublie-la à tout jamais.

Il jeta un coup d'œil sur le deuxième bulletin offert au vote de Dieu, et sourit à Iokhanân : le nom inscrit n'était pas le sien.

« Ainsi, Pierre, tu as décidé de m'écarter à tout jamais du Nouvel Israël ! Une guerre s'ouvre désormais entre nous : puisse-t-elle ne pas écraser cet enfant, et ceux qui viendront après lui. »

25.

Brutalement arraché à ses études et à la patiente reconstitution du passé, l'univers stable et paisible du père Nil s'écroulait : pour la deuxième fois on venait de fouiller sa cellule. Et des papiers avaient encore disparu de sa table.

Les notes dérobées ce matin rendaient compte de l'état de ses recherches sur les débuts de l'Église. Il était conscient de s'aventurer dans une direction interdite, depuis toujours, aux catholiques. Et maintenant quelqu'un, au monastère, savait ce qu'il cherchait, ce qu'il avait déjà trouvé. Quelqu'un qui l'épiait, s'introduisait chez lui pendant ses absences, n'hésitait pas à voler. Le danger diffus qu'il percevait autour de lui se faisait plus présent – et il ne savait pas d'où il venait, ni pourquoi.

Était-il possible que l'étude puisse devenir dangereuse ?

L'esprit ailleurs, il tourna machinalement les pages du dernier ouvrage publié par son ami. À chaque instant il mesurait le vide créé par sa disparition : plus personne ne serait là pour l'écouter, le guider... Livré à lui-même dans l'immense solitude d'un monastère, une sensation inconnue l'envahissait : la peur.

L'ultime pensée d'Andrei avait été pour lui, il lui avait transmis un message : il fallait surmonter cette peur, et poursuivre l'enquête à partir d'un simple billet. Sa première ligne parlait d'un manuscrit d'apocalypse copte : sans doute faisait-il partie de tous ceux que son ami conservait dans le meuble de son bureau. Mais le mystérieux visiteur de la bibliothèque nord, qui avait failli le surprendre ce matin, avait certainement remarqué le trou béant laissé sur l'étagère par l'emprunt du M M M. Ce livre ne pouvait avoir été pris que par un moine qui n'avait pas accès à la bibliothèque : sans quoi, il aurait laissé à sa place un fantôme revêtu de sa signature, comme c'était la règle.

On découvrirait bientôt le trousseau de clés oublié dans le pantalon d'Andrei, et on ferait le rapprochement : le bureau serait immédiatement muni d'une serrure, et Nil perdrait tout espoir de pouvoir y pénétrer pour retrouver le mystérieux manuscrit.

Découragé, il referma le livre, glissant machinalement l'index entre la couverture et la page de garde. Et il sursauta.

Il venait de sentir une bosse sur la face interne de la couverture.

Un défaut de fabrication ?

Il approcha le livre de sa lampe, et l'ouvrit sous la lumière : ce n'était pas un accident de reliure. Le rebord de la couverture avait été décollé, puis recollé. À l'intérieur, on sentait la présence d'un mince objet rectangulaire.

Avec d'infinies précautions, il découpa sur toute sa largeur le papier de garde qui entoilait le carton, l'écarta, et pencha le livre pour que la lumière vive y pénètre : il y avait un document, plié en quatre, à l'intérieur.

Juste avant son départ, Andrei avait glissé dans son ultime chef-d'œuvre un papier, qu'il avait pris soin de dissimuler très soigneusement.

Saisissant une pince à épiler, avec d'infinies précautions Nil commença à extraire le papier de sa cachette.

26.

Ce soir-là, le révérend père abbé, assis à son bureau, fut sur le point de céder à un mouvement d'humeur.

Il avait demandé à être mis en communication avec le

cardinal Catzinger, à Rome, mais l'indicatif 390 semblait saturé. Enfin, la voix feutrée du prélat lui parvint :

– J'espère que je ne vous dérange pas, Éminence... Je me résous à vous demander votre conseil, et peut-être votre aide, à propos de ce moine dont nous avons déjà parlé... le père Nil, professeur d'exégèse au scolasticat. Vous vous souvenez que je vous avais alerté... oui, c'est ça. J'ai remarqué ces temps-ci un changement notable dans son comportement. Il a toujours été un moine très régulier, parfaitement attentif durant les offices liturgiques. Depuis la mort du regretté père Andrei, il n'est plus le même. Et un événement inouï vient de se produire : pendant la vacance du poste de bibliothécaire, je vérifie moi-même les livres empruntés dans notre bibliothèque. Or, tôt ce matin, j'ai pu constater que le père Nil avait *dérobé* dans l'aile nord un ouvrage sensible. Pardon ? Eh bien, c'est le fameux M M M des Américains...

Il dut éloigner l'écouteur de son oreille. La ligne privée du Vatican, habituée à plus d'onctuosité, transmettait fidèlement la colère cardinalice :

– Je partage votre inquiétude, Éminence : vous recevrez sans tarder un petit échantillon des notes rédigées par le père Nil lui-même... Oui, j'ai pu m'en procurer quelques-unes. Vous serez alors à même de juger s'il convient de prendre des mesures, ou si l'on peut laisser ce cher père poursuivre en paix ses travaux scientifiques. Vous vous en occupez personnellement ? Merci, Éminence... *Arrivederci*, Éminence.

Avec un soupir de soulagement, le père abbé raccrocha. C'est sans enthousiasme qu'il avait accepté l'achat d'ouvrages aussi dangereux que le M M M : mais comment lutter contre ses attaques, si on ignore les armes de l'adversaire ?

Il se savait responsable devant Dieu de ses moines, de leur vie spirituelle autant qu'intellectuelle : et violer à deux reprises le sanctuaire sacré de la cellule d'un de ses fils, non, il n'aimait pas cela.

Dans son bureau du Vatican, Emil Catzinger appuya d'un doigt rageur sur le bouton de son standard.

– Passez-moi Mgr Calfo. Oui, tout de suite. Je le sais bien, que nous sommes samedi soir ! Il doit être dans son appartement du Castel San Angelo : trouvez-le.

27.

La main du père Nil tremblait légèrement. Il venait d'extraire de la couverture du livre d'Andrei une photocopie. Il l'approcha de la lampe, et reconnut immédiatement l'élégante écriture du copte ancien.

Un manuscrit copte.

Parfaitement lisible, la photo montrait un fragment de parchemin en bon état. Très souvent, Nil avait examiné les trésors qu'Andrei sortait de son meuble pour les lui faire admirer. Il s'était familiarisé avec la graphie des grands manuscrits de Nag Hamadi, collationnés pour la première fois par l'égyptologue Jean Doresse après leur découverte en 1945, sur la rive gauche du Nil moyen. Habitué des manuscrits hébreux ou grecs, il savait que les calligraphies évoluent avec le temps, et toujours en se simplifiant.

L'écriture de ce parchemin était du même type que celle des célèbres apocryphes, comme l'Évangile selon Thomas de la fin du IIe siècle, qui attira l'attention du monde entier. Mais de toute évidence, elle était plus tardive.

De très petite taille, ce fragment avait dû être jugé peu

intéressant ou obscur par Doresse, qui s'en était dessaisi. Et il avait fini par atterrir à Rome, comme tant d'autres. Pour être un jour exhumé par un employé de la Bibliothèque vaticane, et envoyé à l'abbaye. Expert reconnu en la matière, Andrei recevait souvent des documents de ce genre, aux fins d'analyse.

Nil savait que les apocryphes de Nag Hamadi dataient des IIe et IIIe siècles, et qu'à partir du IVe siècle plus rien n'avait été écrit dans le village copte. Ce fragment tardif était donc de la fin du IIIe siècle.

Un manuscrit copte du IIIe siècle.

Est-ce *le* manuscrit qui avait placé Andrei dans un embarras tel, qu'il n'osait pas envoyer à Rome son rapport final ? Mais alors, pourquoi avait-il pris soin de dissimuler cette photocopie, au lieu de la classer dans son meuble avec les autres ?

Andrei n'était plus là pour répondre à ses questions. Nil enfouit son front dans la paume de ses mains, et ferma les yeux.

Il lui sembla revoir la première ligne du billet découvert dans la main de son ami : *Manuscrit copte (Apoc)*. Spontanément, il avait traduit *Apoc* par « apocalypse » : c'était l'abréviation traditionnelle des éditions de la Bible. Nil voulut vérifier, et ouvrit la toute dernière traduction de la Bible œcuménique, qu'Andrei utilisait. Dans cette version récente, qui servait désormais de référence, l'abréviation du livre de l'Apocalypse n'était plus *Apoc*, mais *Ap*.

Toujours au courant de tout, méticuleux, s'il avait eu l'intention de faire allusion au livre de l'Apocalypse, Andrei aurait donc écrit *Ap*, et non pas *(Apoc)*. Alors, à quoi avait-il pensé ?

Et soudain, Nil comprit : *(Apoc)* ne voulait pas dire « apocalypse », mais « apocryphe » !

Ce qu'Andrei avait voulu dire : « Je dois parler à Nil d'un manuscrit copte, que j'ai dissimulé juste avant de partir dans mon édition des apocryphes. » Celle qu'il avait prise ce matin dans son bureau, qu'il tenait entre les mains. Un manuscrit dont le contenu était si important qu'il voulait lui en parler *maintenant*, après son voyage au Vatican.

« C'est le manuscrit copte envoyé par Rome ! »

Entre ses doigts, Nil tenait le texte qui avait déclenché la convocation du bibliothécaire de l'abbaye Saint-Martin.

Il reprit la feuille, et l'examina de près. Le fragment était tout petit : Nil n'était pas spécialiste du copte ancien mais le lisait sans difficulté, et l'écriture était si nette qu'il n'y aurait pas de problème de déchiffrage.

Pourrait-il le traduire ? Une traduction élégante, certainement pas. Mais une translittération, un mot-à-mot approximatif, sans doute. Trouver chacun des termes dans un dictionnaire, et les assembler à la suite : le sens se dégagerait.

Il se leva. Après un moment d'hésitation, il posa la précieuse feuille sur le haut de la planche qui sert aux moines d'armoire à vêtements, et sortit dans le couloir. On ne visiterait pas sa cellule pendant les quelques minutes d'absence dont il avait besoin.

Rapidement, il se dirigea vers la seule bibliothèque dont il avait l'accès : Sciences bibliques.

Dans le premier épi, celui des usuels, il trouva le dictionnaire étymologique copte-anglais de Cerny. Il le prit, mit à sa place un fantôme à son nom, et revint dans sa cellule, le cœur battant. Le précieux papier était là où il l'avait laissé.

Le premier coup de vêpres sonna : il posa le dictionnaire sur sa table, enfouit la photocopie dans la poche intérieure de son habit et descendit à l'église.

Une nouvelle nuit sans sommeil s'annonçait pour lui.

28.

Actes des Apôtres, épître aux Galates, an 48

— *Abbou*, tu ne peux pas les laisser faire sans rien dire !

Dix-huit ans s'étaient écoulés depuis la mort de Jésus. Debout aux côtés du disciple bien-aimé, Iokhanân bouillait d'impatience. Les représentants des « chrétiens » — comme on les appelait depuis peu — venaient de se réunir pour la première fois à Jérusalem, afin de crever un abcès : la lutte entre les croyants « juifs », qui refusaient d'abandonner les prescriptions de la Loi — surtout la circoncision — et les « grecs », qui ne voulaient pas de cette chirurgie-là, mais d'un dieu nouveau pour une religion nouvelle. Un dieu qui serait Jésus, rebaptisé « Christ » : l'idée était dans l'air, on la chuchotait de plus en plus.

Cette lutte idéologique cachait un combat féroce pour la première place : les juifs pieux de Jacques, frère cadet de Jésus et étoile montante, contre les disciples de Pierre — majorité que le vieux chef tenait d'une main de fer. Et contre eux tous les grecs de Paul, un nouveau venu qui rêvait de transformer la maisonnette bâtie par les apôtres en édifice de taille mondiale. On s'était insulté, lancé à la tête des injures terribles – *faux frère, intrus, espion*, on avait failli en venir aux mains.

L'Église chrétienne en train de naître tenait son premier concile à Jérusalem, la ville qui tue les prophètes.

– Regarde-les, Iokhanân ! Ils se battent autour d'un cadavre, et ne songent qu'à dépecer sa mémoire !

Le jeune homme aux cheveux bouclés lui saisit le bras.

– C'est toi qui as rencontré Jésus le premier, avant eux tous. Tu dois parler, *abbou !*

Avec un soupir, il se leva. Malgré sa mise à l'écart du groupe des Douze, le prestige dont jouissait cet homme était encore considérable : tous firent silence et se tournèrent vers lui.

– Depuis hier, je vous entends discourir, et j'ai l'impression qu'on parle d'un autre Jésus que celui que j'ai connu. Chacun le recrée à sa manière : les uns veulent qu'il n'ait été qu'un juif pieux, les autres voudraient en faire un dieu. Je l'ai reçu à ma table, et nous étions treize autour de lui ce soir-là, dans la salle haute de ma maison. Mais le lendemain, j'étais seul pour entendre le bruit des clous, voir le coup de lance, assister à sa mort : tous, vous étiez en fuite. Je témoigne que cet homme n'était pas un dieu : Dieu ne meurt pas, Dieu ne souffre pas l'agonie qu'il a vécue sous mes yeux. J'étais aussi le premier à son tombeau, ce jour où il a été trouvé vide. Et je sais ce qu'il est advenu de son corps supplicié, mais je n'en dirai pas plus que le désert qui l'abrite désormais.

Un concert d'imprécations l'empêcha de poursuivre. Certains hésitaient encore à admettre la divinité de Jésus, mais tous étaient d'accord pour dire qu'il était bien ressuscité des morts. Cette idée de résurrection attirait les foules, qui trouvaient là le moyen de supporter une vie par ailleurs sans espoir. Voulait-il, cet homme qui n'avait que peu de disciples, renvoyer chez eux des milliers de convertis, les mains vides ?

En face de lui, les poings se dressèrent.

« Ils veulent se servir de Jésus pour leurs ambitions ? Qu'ils le fassent sans moi. » Il s'appuya sur l'épaule de Iokhanân, et sortit.

Iokhanân n'était encore qu'un petit enfant lorsque les légionnaires romains détruisirent Séphoris, la capitale de Galilée. Il avait vu des milliers de croix se dresser dans les rues, et des crucifiés agoniser lentement sous le soleil. Un jour, on vint chercher son père : horrifié, il le vit fouetté, puis allongé sur une poutre. Les coups de marteau sur les clous résonnèrent jusque dans l'intérieur de sa poitrine, il vit le sang qui giclait des poignets, entendit le hurlement de douleur. Quand on dressa la croix dans le ciel de Galilée, il perdit connaissance : sa mère l'enveloppa d'un châle, et s'enfuit dans la campagne où ils se cachèrent.

L'enfant refusait désormais de parler. Mais la nuit, dans son sommeil agité, il répétait sans cesse : « *Abba !* Papa ! »

Quand il reprit vie, ils vinrent s'installer à Jérusalem. Sa mère le consacra à Dieu par le vœu de nazirat : il ne couperait plus ses cheveux. Désormais, c'était un juif pieux, mais il ne parlait toujours pas.

Comme chacun en ville, il apprit ensuite la crucifixion de Jésus : l'horreur qu'inspirait au jeune garçon le supplice de la croix était telle qu'il chassa cet homme de sa mémoire. Un Messie est attendu, qui viendra bientôt, et ce ne peut pas être Jésus : jamais le Messie ne se laisserait crucifier. Le Messie sera fort, pour chasser les Romains et restaurer le royaume de David.

Et puis il avait rencontré ce Judéen, réservé comme lui,

et qui l'avait regardé avec amitié sans s'étonner de son mutisme. Qui parlait de Jésus comme s'il avait vécu très proche de lui, semblait le connaître de l'intérieur. À la mort de sa mère, cet homme, qui aimait tant le Maître et s'en disait le disciple bien-aimé, le prit chez lui. Il devint son *abbou*, le père de son âme.

Un jour, pour lui montrer qu'il avait compris le nouveau monde dévoilé par Jésus, Iokhanân prit une paire de ciseaux et coupa très court les longues tresses de ses cheveux. Sans quitter son *abbou* des yeux, car il ne parlait toujours pas, ne s'exprimait que par gestes.

Alors le disciple bien-aimé, avec son pouce, traça sur son front, ses lèvres et son cœur une croix immatérielle. Là encore Iokhanân comprit, et silencieusement tendit aussi sa langue, qui fut marquée du signe terrifiant.

La nuit suivante, pour la première fois il dormit sans rejeter à terre sa couverture de laine vierge. Et le lendemain, sa langue à nouveau parla, de l'abondance de son cœur guéri par Jésus.

En approchant de sa maison, le disciple bien-aimé posa la main sur son épaule.

– Ce soir, Iokhanân, tu iras voir Jacques, le frère de Jésus. Dis-lui que je veux le rencontrer. Qu'il vienne chez moi.

Le jeune homme hocha la tête, et saisit la main de son *abbou* dans la sienne.

29.

La nuit était avancée quand Nil reposa le dictionnaire sur sa table encombrée. Qu'il se sentait loin maintenant du dramatique concile de Jérusalem, dont il avait scruté les péripéties quelques jours auparavant ! Et pourtant c'est ce jour-là, dix-huit ans après la mort de Jésus, que le disciple bien-aimé avait dû être exclu définitivement de l'Église naissante.

Il avait pu traduire le fragment de parchemin, découvert dans le livre édité par son ami. Deux courtes phrases, sans lien apparent entre elles :

La règle de foi des douze apôtres
contient le germe de sa destruction.

Que l'épître soit partout détruite
afin que la demeure demeure.

Nil se massa le front : qu'est-ce que cela pouvait bien signifier ?

La « règle de foi des douze apôtres » : dans l'Antiquité, c'est ainsi qu'on appelait le Symbole de Nicée, le Credo des Églises chrétiennes. Celui qu'ils avaient trouvé gravé à Germigny, qui avait tant intrigué Andrei. En quoi consistait ce « germe de destruction » que contiendrait le Credo ? Cela n'avait aucun sens.

« Que l'épître soit partout détruite » : le mot copte qu'il venait de traduire par « épître » était celui même qui désigne les épîtres de saint Paul dans le *Nouveau Testament*. S'agissait-il d'une de ces épîtres ? L'Église n'a jamais condamné aucune épître de Paul. Le manuscrit aurait-il été rédigé par un groupe de chrétiens dissidents ?

La dernière ligne avait posé à Nil un autre problème :
« afin que la demeure demeure ». Le dictionnaire donnait
plusieurs sens, « demeure », ou bien « maison », ou bien
encore « assemblée ». Ce qui est sûr, c'est que la même
racine copte était employée deux fois de suite. Il y avait
donc un jeu de mots volontaire : mais lequel ?

Il venait de décrypter le sens des termes, mais pas celui
du message. Andrei l'avait-il compris ? Et quel rapport
avait-il pu établir entre ce message et les autres indices de
son billet posthume ?

Le bibliothécaire était mort après avoir été convoqué à
Rome pour rendre compte de sa traduction. Ces quatre
lignes avaient-elles quelque chose à voir avec sa disparition
brutale ?

Nil se trouvait face à un jeu d'échecs, dont les pièces
étaient éparpillées sans ordre. Ces pièces, Andrei les avait
patiemment assemblées avant lui. Et à son retour de Rome,
dans le train, il avait écrit : *maintenant*. Il avait donc fait
auprès du tombeau de l'apôtre une découverte décisive
– mais laquelle ?

Pour lui, rien ne serait jamais plus comme avant. Toute
sa vie était-elle remise en cause ? Peut-on encore se dire
chrétien si l'on met en doute la divinité de Jésus ?

Il restait quelques heures de nuit. Nil éteignit, et se cou-
cha dans le noir.

« Dieu, nul ne l'a jamais vu. Et Jésus, même s'il n'était
pas Dieu, reste l'homme le plus fascinant que j'aie rencontré. Non, je n'ai pas eu tort de lui consacrer ma vie. »

Quelques minutes plus tard, le père Nil, moine bénédictin dépositaire de secrets trop lourds pour lui, dormait
d'un sommeil confiant.

30.

— Asseyez-vous, monseigneur.

Le visage poupin du cardinal, couronné par un casque de cheveux blancs, était soucieux. Il jeta un coup d'œil sur Calfo, qui s'installait en soupirant dans le vaste siège.

Emil Catzinger était né en même temps que le nazisme. Comme tous les enfants de son âge, il s'était trouvé enrôlé sans l'avoir voulu dans les Jeunesses hitlériennes. Ensuite, il avait pris courageusement ses distances d'avec le Führer, échappant aux épurations de la Gestapo. Mais il était resté profondément marqué par l'empreinte reçue dans son enfance.

— Je vous remercie d'avoir interrompu vos activités un samedi soir.

Le recteur, qui venait d'abandonner la jeune Roumaine au beau milieu d'un parcours particulièrement prometteur, hocha gravement la tête.

— Le service de l'Église, Éminence, ne connaît ni délais ni moments !

— C'est juste. Bien, voyons... J'ai eu cet après-midi une conversation téléphonique avec le père abbé de l'abbaye Saint-Martin.

— Un excellent prélat, digne en tous points de la confiance que vous lui accordez.

— Il m'a appris que ce père Nil, dont nous avons déjà parlé, a *dérobé* dans une bibliothèque – à laquelle il n'a pas accès – un volume de textes publiés par des dissidents.

Calfo se contenta de lever un sourcil.

— Et il vient de me faxer un échantillon de ses notes personnelles, qui me préoccupent sérieusement. Peut-être serait-il capable d'approcher du secret jalousement gardé par notre Sainte Église, et par votre Société Saint-Pie V.

— Pensez-vous qu'il soit avancé dans cette voie périlleuse ?

— Je n'en sais encore rien. Mais il était très proche d'Andrei, qui, lui, avait beaucoup progressé sur ce chemin interdit. Vous savez ce qui est en jeu ici : l'existence même de l'Église catholique. Il faut que nous sachions ce que le père Nil sait. Que proposez-vous ?

Calfo eut un sourire satisfait, se renversa légèrement en arrière, et tira de sa soutane une enveloppe qu'il tendit au cardinal.

— Si Votre Éminence veut bien jeter un coup d'œil sur ceci... Dès que vous m'avez parlé de ce père Nil, j'ai demandé une double enquête à mes frères de la Société. Voici le résultat, et peut-être la réponse à votre question.

Catzinger tira de l'enveloppe deux chemises marquées *confidenziale.*

— Voyez la première de ces chemises... Vous y apprendrez que Nil a fait des études brillantes à l'université bénédictine de Rome. Que c'est un... comment dirais-je, un idéaliste, autrement dit qu'il est dénué de toute ambition personnelle. Un moine observant, qui trouve sa joie dans l'étude et la prière.

Catzinger le dévisagea par-dessus ses lunettes.

— Mon cher Calfo, ce n'est pas à vous que j'apprendrai que les plus dangereux sont les idéalistes. Arius était un idéaliste, Savonarole et Luther aussi... Un bon fils de l'Église croit aux dogmes, sans les remettre en question. Tout autre idéal peut se révéler extrêmement nocif.

— *Certo, Eminenza.* Pendant ses études romaines, il s'est lié d'amitié avec un bénédictin américain : Rembert Leeland.

— Tiens, tiens ! *Notre* Leeland ? Voilà qui est intéressant !

— Mgr Leeland, en effet. Dont j'ai ressorti le dossier – la

deuxième chemise. Musicien d'abord et avant tout, moine dans le Kentucky à l'abbaye St. Mary qui possède une académie musicale. Élu abbé de son monastère. Puis à cause de certaines prises de position controversées...

– Oui, je connais la suite, j'étais déjà préfet de la Congrégation à cette époque. Nommé évêque *in partibus*[1] puis envoyé à Rome, selon l'excellent principe *promoveatur ut amoveatur*[2]. Oh, il n'était pas vraiment dangereux : un musicien ! Mais il fallait étouffer le scandale de ses déclarations publiques sur les prêtres mariés. Il est actuellement minutante quelque part, non ?

– Au secrétariat pour les Relations avec les juifs : après Rome, il a fait un séjour de deux ans en Israël, où il a étudié beaucoup plus la musique que l'hébreu. Leeland est, paraît-il, un excellent pianiste.

– Et alors ?

Calfo dévisagea l'autre avec commisération.

– Comment, *Eminenza*, vous ne voyez pas ?

Il réprima l'envie furieuse qu'il avait d'allumer le cigare qui déformait sa poche intérieure. Le cardinal ne fume pas, ne boit pas. Mais la Société Saint-Pie V possédait sur son passé certain dossier bourré de croix gammées, qui garantissait la sécurité de son recteur.

– Tant que le père Nil reste à Saint-Martin, nous ne saurons pas ce qu'il a dans la tête. Il faut qu'il vienne ici, à Rome. Mais il ne s'épanchera pas dans mon bureau, ni dans le vôtre, Éminence. En revanche faites-lui, sous un prétexte quelconque, rencontrer son ami Leeland, laissez-

---

1. Évêque sans diocèse.

2. « Qu'il soit élevé à une charge honorifique pour être déchargé de son poste. »

leur le temps de parler à cœur ouvert. Entre artiste et mystique, ils se feront des confidences.

— Quel serait le prétexte ?

— Leeland s'intéresse aux musiques anciennes, bien plus qu'aux affaires juives. Nous découvrirons qu'il a soudainement besoin de l'aide d'un spécialiste des vieux textes.

— Et vous croyez qu'il sera... coopératif ?

— Cela est mon affaire. Vous savez que nous le tenons : il collaborera.

Il y eut un silence. Catzinger pesait le pour et le contre. « Calfo est un Napolitain. Habitude des manœuvres tortueuses. Pas bête. »

— Monseigneur, je vous donne carte blanche : arrangez-vous pour convoquer ici ce James Bond de l'exégèse. Et faites en sorte qu'il soit bavard.

En sortant de la Congrégation, Calfo eut la vision fugitive d'un épais tapis de billets verts, qui aboutirait au Castel San Angelo. Catzinger croyait être au courant de tout, mais il ignorait l'essentiel. Lui seul, Alessandro Calfo, petit pauvre devenu recteur de la Société Saint-Pie V, lui seul possédait une vue d'ensemble.

Lui seul saurait être efficace. Même s'il fallait employer les mêmes moyens, qui ont valu aux Templiers de brûler vifs dans l'Europe du XIVᵉ siècle.

Sans le savoir peut-être, Philippe le Bel et Nogaret avaient alors sauvé l'Occident. C'est à lui aujourd'hui, et à la Société Saint-Pie V, que revenait cette redoutable mission.

31.

Jérusalem, an 48

— Merci d'être venu si vite, Iakôv.

Le disciple bien-aimé donnait à Jacques son nom familier, en hébreu. Le soleil couchant éclairait l'impluvium de sa maison d'une lumière fauve, ils étaient seuls. Le frère de Jésus avait retiré ses phylactères, mais était enveloppé dans son châle de prière. Il semblait effrayé.

— Paul est retourné hier à Antioche, le premier concile de l'Église a failli mal se terminer : j'ai dû imposer un compromis, Pierre en est sorti très diminué. Il te hait, comme il me hait.

— Pierre n'est pas un méchant homme. La rencontre de Jésus l'a brutalement mis en face de sa destinée de pauvre : il refuse de revenir en arrière, et déteste tous ceux qui pourraient lui ravir la première place.

— Je suis le frère de Jésus : si l'un de nous deux doit s'effacer, ce sera lui. Il faudra qu'il aille installer ailleurs le siège de sa primauté !

— Il ira, Jacques, il ira. Quand Paul aura mis en place la nouvelle religion dont il rêve, le projecteur se déplacera de Jérusalem à Rome. La course pour le pouvoir ne fait que commencer.

Jacques baissa la tête.

— Depuis qu'il a assassiné en public Ananie et Saphire, Pierre n'est plus armé, mais certains de ses fidèles le sont. Je les ai entendus hier, ils considèrent que tu es un homme du passé, que tu t'opposes à ceux qui sont porteurs d'avenir. *Il ne peut pas y avoir de treizième apôtre*, tu le sais : ta vie est en danger. Tu ne peux pas rester à Jérusalem.

— Le meurtre d'Ananie et de sa femme, c'était il y a bien

longtemps, et c'était une question d'argent. Désormais, de toutes les Églises d'Asie, l'argent afflue à Jérusalem.

– Ce n'est pas une question d'argent : tu remets en cause tout ce pour quoi ils luttent. Avec Judas, tu étais le disciple que mon frère Jésus préférait. Nous savons comment Pierre a supprimé Judas, comment il élimine les obstacles sur son chemin. Si tu disparais comme l'Iscariote, avec toi disparaîtra tout un pan de la mémoire. Tu dois t'enfuir, vite, et c'est peut-être la dernière fois que nous nous voyons : aussi, je t'en supplie, dis-moi à quel endroit les esséniens ont enterré le corps de Jésus. Dis-moi où se trouve son tombeau !

Cet homme n'avait ni l'ambition de Pierre ni le génie de Paul : ce n'était qu'un juif ordinaire, qui demandait des nouvelles de son frère. Il lui répondit avec chaleur :

– J'ai vécu avec Jésus beaucoup moins longtemps que toi, Iakôv. Mais ce que j'ai compris de lui, aucun de vous ne peut le comprendre. Toi, parce que tu es viscéralement attaché au judaïsme. Paul, parce qu'il côtoie depuis toujours les dieux païens de l'Empire, et qu'il rêve de leur substituer une nouvelle religion, basée sur un Christ reconstruit à sa manière. Jésus n'appartient à personne, mon ami, ni à tes partisans ni à ceux de Paul. Il repose maintenant au désert. Le désert seul peut protéger son cadavre des vautours juifs ou grecs de la nouvelle Église. C'était l'homme le plus libre que j'aie connu : il voulait remplacer la loi de Moïse par une nouvelle loi, écrite non plus sur des tables mais dans le cœur de l'homme. Une loi sans autre dogme que celui de l'amour.

Jacques se rembrunit. On ne touche pas à la loi de Moïse, c'est l'identité même d'Israël. Il préféra changer de sujet.

– Tu dois partir. Et emmener loin d'ici ma mère Marie : elle semble si heureuse auprès de toi...

— Nous avons beaucoup d'affection l'un pour l'autre, et je vénère la mère de Jésus : l'avoir à mes côtés est une joie de chaque instant. Tu as raison, je n'ai plus ma place ni à Jérusalem ni à Antioche : je vais partir. Dès que je saurai où je peux dresser ma tente de nomade, je ferai venir Marie auprès de moi. En attendant, Iokhanân nous servira de lien. Pour lui, elle est un peu comme une deuxième mère.

— Où penses-tu aller ?

Le disciple bien-aimé regarda autour de lui. L'ombre envahissait maintenant l'impluvium, mais la fenêtre de la salle haute était encore éclairée par le soleil couchant. C'était la salle du dernier repas avec Jésus, il y avait dix-huit ans. Il fallait quitter ce lieu, qui n'était plus qu'une illusion. Chercher la réalité là où Jésus l'avait lui-même trouvée.

— J'irai vers l'est, vers le désert : c'est en séjournant au désert que Jésus a accompli sa transformation, c'est là qu'il a compris quelle était sa mission. Je l'ai souvent entendu dire, en souriant, qu'il y était entouré de bêtes sauvages et qu'elles avaient respecté sa solitude.

Il regarda le frère de Jésus bien en face.

— Le désert, Jacques... C'est peut-être désormais la seule patrie des disciples de Jésus le nazôréen. Le seul endroit où ils soient chez eux.

32.

En retirant son habit de chœur après l'office des laudes, le père abbé remarqua les traits tirés et la pâleur de Nil.

Au moment où il regagnait son bureau, le téléphone sonna.

Vingt minutes plus tard, quand il raccrocha, il était à la fois perplexe et soulagé. Il avait eu la surprise d'entendre le cardinal Catzinger en personne lui faire part d'un grand honneur pour son abbaye : les compétences d'un de ses moines étaient requises d'urgence au Vatican. Un spécialiste de musique ancienne, travaillant au sein de la Curie, avait besoin d'aide pour ses travaux sur l'origine du chant grégorien. Des recherches importantes, dont le Saint-Père espérait beaucoup pour l'amélioration des relations entre le judaïsme et le christianisme. Bref, le père Nil était attendu sans tarder à Rome, afin de mettre ses compétences au service de l'Église universelle. Son absence ne durerait que quelques semaines, qu'il prenne le premier train : il logerait à San Girolamo, l'abbaye bénédictine de Rome.

Tout comme le regretté père Andrei.

On ne discute pas les ordres du cardinal Catzinger, songea le père abbé. Et le comportement récent du père Nil l'inquiétait. Les problèmes, plus ils s'éloignent, mieux cela vaut.

Mgr Calfo avait dû interrompre un instant son dimanche voluptueux pour faire un saut à son bureau tout proche, mais il n'avait pas réussi à joindre son correspondant au Caire. Il gravit d'un pas alerte les marches de son immeuble : ce qui l'attendait en haut lui faisait oublier les méfaits d'un embonpoint très napolitain, et lui donnait des ailes.

La très chère était nue, et, connaissant mon cœur,
Elle n'avait gardé que ses bijoux sonores.

En fait, les seuls bijoux sur le corps de Sonia endormie étaient les reflets de sa chevelure. Calfo apprécia : « Quel poète, ce Baudelaire ! Mais moi, je ne leur donne jamais de bijoux : de l'argent liquide, uniquement. »

Moktar avait dit vrai : non seulement Sonia se révélait extrêmement douée pour l'art érotique, mais elle était aussi d'une parfaite discrétion. Profitant de son sommeil, il saisit son téléphone et appela à nouveau Le Caire :

– Moktar Al-Quoraysh, s'il vous plaît... J'attends, merci.

Cette fois, on avait pu le trouver : il sortait tout juste de la prière à la mosquée Al-Azhar.

– Moktar ? *Salam aleikoum.* Dis-moi, est-ce que tes élèves te laissent un peu de temps libre en ce moment ? C'est parfait. Tu prends un vol pour Rome, et on se voit. La continuation de cette petite mission, que je t'ai confiée pour la bonne cause... Collaborer encore avec ton ennemi préféré ? Non, c'est trop tôt, si nécessaire tu le contacteras à Jérusalem. Oh, quelques semaines tout au plus ! C'est cela, au Teatro di Marcello, comme d'habitude : *discrezione, mi raccomando !*[1].

Il raccrocha en souriant. Son correspondant était chargé de cours à la chaire coranique de la célèbre université Al-Azhar : un fanatique, ardent défenseur du dogme islamique. Faire travailler ensemble un Arabe et un juif, deux agents dormants des services spéciaux les plus redoutables du Proche-Orient, pour protéger le secret le plus précieux de l'Église catholique : de l'œcuménisme bien compris.

C'est pendant sa nonciature au Caire qu'il avait croisé Moktar Al-Qoraysh. Le diplomate et le dogmatique

---

1. De la discrétion, surtout !

avaient chacun découvert que l'autre était dévoré du même feu intérieur caché, ce qui avait créé entre eux un lien inattendu. Mais le Palestinien ne cherchait pas, comme lui, à atteindre la transcendance par le biais des célébrations érotiques. Ce n'était qu'un obsédé sexuel.

Sonia poussa un gémissement, et ouvrit les yeux.

Il posa le téléphone sur le parquet de la chambre, et se pencha vers elle.

33.

— Retourne à Rome, Moktar. Le Conseil des Frères musulmans a pu convaincre le Fatah de l'importance de cette mission. Leurs attentats ne suffiraient pas à protéger l'islam si la nature révélée du Coran était remise en cause, ou si la personne sacrée du Prophète – béni soit son nom – risquait d'être souillée par l'insinuation du moindre doute. Mais il y a une chose...

Moktar Al-Qoraysh sourit : il s'y attendait. Sa peau brune, sa puissante musculature et sa petite taille accentuaient la haute silhouette de Mustapha Machlour, vénérée par tous les étudiants de l'université Al-Azhar du Caire.

— Ce sont tes relations avec le juif. Le fait que tu sois ami avec lui...

— Il m'a sauvé la vie pendant la guerre des Six Jours, en 67. Je me suis trouvé seul et désarmé devant son char dans le désert, notre armée était en déroute : il aurait pu passer sur mon corps, c'est la loi de la guerre. Il s'est arrêté, m'a donné à boire et laissé en vie. Ce n'est pas un juif comme les autres.

— Mais c'est un juif ! Et pas n'importe lequel, tu le sais.

Ils s'arrêtèrent à l'ombre du minaret d'Al-Ghari. Même en cette fin novembre, la peau translucide du vieillard supportait mal la morsure du soleil.

— N'oublie pas la parole du Prophète : « Soyez les ennemis des juifs et des chrétiens, ils sont amis entre eux ! Celui qui les prend pour amis se range avec eux, et Allah ne dirige pas un peuple qui se trompe[1]. »

— Tu connais le Saint Coran mieux que quiconque, Mourchid – il lui donna son titre de « Guide Suprême » pour marquer son respect. Le Prophète en personne n'a pas hésité à s'allier avec ses ennemis pour une cause commune, et son attitude fait jurisprudence, même dans le cas du Djihad. Ni les juifs ni les Arabes n'ont intérêt à ce que les assises séculaires du christianisme soient profondément bouleversées.

Le Guide suprême le regarda avec un sourire.

— Nous sommes parvenus à cette conclusion bien avant toi, et c'est pourquoi nous te laissons faire. Mais n'oublie jamais que tu es issu de la tribu qui a vu naître le Prophète – béni soit son nom. Comporte-toi donc comme un Qoraysh, dont tu portes le glorieux patronyme : que ton amitié pour ce juif ne te fasse jamais oublier qui il est, ni pour qui il travaille. L'huile et le vinaigre peuvent se trouver temporairement en contact : ils ne se mélangeront jamais.

— Rassure-toi, Mourchid, le vinaigre d'un juif ne mordra jamais un Qoraysh, j'ai la peau dure. Je connais cet homme, si tous nos ennemis lui ressemblaient, la paix régnerait peut-être au Proche-Orient.

— La paix... Il n'y aura jamais de paix pour un musulman, tant que la terre entière ne s'inclinera pas cinq fois

---

1. Coran, sourate 5.

par jour devant la Qibla qui indique la direction de La Mecque.

Ils quittèrent l'ombre protectrice du minaret et se dirigèrent en silence vers l'entrée de la madrasa, dont le dôme étincelait au soleil. Avant de pénétrer dans son enceinte, le vieil homme posa sa main sur le bras de Moktar.

– Et la fille, tu lui fais confiance ?

– Elle se trouve mieux à Rome que dans le bordel d'Arabie Saoudite dont je l'ai extraite ! Pour l'instant, elle se comporte bien. Surtout, elle n'a aucune envie qu'on la renvoie dans sa famille, en Roumanie. Cette mission est simple, nous n'employons aucun moyen sophistiqué : les bonnes vieilles méthodes artisanales.

– *Bismillah Al-Rach'im.* C'est bientôt l'heure de la prière, laisse-moi me purifier.

Car le Guide suprême des Frères musulmans, successeur de leur fondateur Hassan Al-Banna, n'est en face d'Allah qu'un *muslim* – un soumis – comme les autres.

Moktar s'appuya contre un pilier, et ferma les yeux. Était-ce la caresse du soleil ? Il revit la scène : l'homme avait sauté du char et s'avançait vers lui, la main droite levée pour que son mitrailleur ne tire pas. Autour d'eux, le désert du Sinaï avait retrouvé son silence, les Égyptiens écrasés étaient en fuite. Pourquoi était-il encore en vie ? Et pourquoi ce juif ne le tuait-il pas, tout de suite ?

L'officier israélien semblait hésiter, le visage totalement figé. Soudain il sourit, et lui tendit une gourde d'eau. Tandis qu'il buvait, Moktar remarqua la cicatrice qui balafrait ses cheveux blonds coupés très court.

Des années plus tard, l'Intifada explosa en Palestine. Dans une ruelle de Gaza, Moktar nettoyait un carré de masures tout juste abandonnées par les Israéliens en difficulté, qui se repliaient. Il pénétra dans une cour éventrée par les grenades : un juif affalé au pied d'un muret geignait doucement en se tenant la jambe. Il ne portait pas l'uniforme de Tsahal – sans doute un agent du Mossad. Moktar pointa vers lui sa Kalachnikov, et allait faire feu. Quand il vit la gueule de l'arme dirigée vers sa poitrine, le visage crispé par la souffrance du juif s'anima, et il esquissa un sourire. De son oreille partait une cicatrice qui disparaissait sous son couvre-chef.

L'homme du désert ! L'Arabe releva lentement le canon de son arme. Se racla la gorge, cracha devant lui. Glissa la main gauche dans sa chemise, et jeta au juif une pochette de pansements d'urgence.

Puis tourna le dos, et lança à ses hommes un ordre bref : on avance, il n'y a rien ni personne dans cette baraque.

Moktar soupira : Rome est une belle ville, on y trouve plein de filles. Plus qu'au désert, certainement.

Il retournerait à Rome. Avec plaisir.

34.

Trois jours plus tard, Nil essayait de s'accommoder des sièges inconfortables du Rome express.

Il avait été stupéfait d'apprendre sa convocation à Rome, sans explications. Des manuscrits de musique ancienne ! Le père abbé lui avait tendu un billet de train pour le lendemain, impossible de retourner à Germigny prendre la deuxième photo de la dalle. En même temps que ses dossiers – ne rien laisser de compromettant dans sa cellule – il avait placé au fond de sa valise le négatif subtilisé dans le bureau d'Andrei. Pourrait-il en tirer quelque chose ?

Avec surprise, il remarqua que son compartiment était presque vide ; pourtant toutes les places vacantes étaient réservées. Un seul voyageur, un homme mince d'âge moyen semblait dormir, enfoncé dans le coin couloir. Au départ de Paris, ils avaient juste échangé un signe de tête. Une tête auréolée de cheveux blonds, traversés par une longue cicatrice.

Nil retira la veste de son clergyman, et la posa – pliée pour ne pas qu'elle se froisse – sur le siège à sa droite.

Il ferma les yeux.

Le but de la vie monastique est de traquer les passions, et de les éliminer à leur racine. Dès son entrée au noviciat, Nil avait été à bonne école : l'abbaye Saint-Martin se révéla une excellente entreprise de renoncement à soi. Entièrement tendu vers sa quête de la vérité, il en souffrit peu. En revanche, il appréciait d'être délivré des pulsions qui asservissent l'humanité, pour sa plus grande douleur.

Depuis longtemps il ne se souvenait pas de s'être mis en colère, passion dégradante. Il hésita donc à identifier ce qu'il ressentait depuis quelques jours. Andrei mort, l'enquête bâclée, l'affaire classée : suicide, honte pour lui. Au monastère, on épiait, on fouillait, on volait. On l'expédiait à Rome comme un colis.

Colère ? En tout cas une irritation montante, aussi embarrassante pour lui que l'épidémie soudaine d'une maladie depuis longtemps disparue à force de vaccins.

Il décida de remettre à plus tard l'examen de cette poussée pathologique : « À Rome. La ville a survécu à tout. »

Il avait reconstitué patiemment les événements entourant la mort de Jésus, dès lors qu'on redonnait vie au disciple bien-aimé. Après le concile de Jérusalem, cet homme avait continué de vivre. L'hypothèse de sa fuite au désert paraissait à Nil la plus vraisemblable : c'est là que Jésus lui-même s'était réfugié, à plusieurs reprises. C'est au désert que les esséniens, puis les zélotes jusqu'à la révolte de Bar Kochba, s'étaient abrités.

La trace de ses pas se perdait dans le sable du désert. Pour la retrouver, il fallait que Nil écoute une voix d'outre-tombe, celle de son ami disparu.

Poursuivre cette recherche servirait de dérivatif à la colère qu'il sentait monter en lui.

Il tenta de trouver une position confortable, pour dormir un peu.

Le bruit du train l'engourdissait doucement. Les lumières de Lamotte-Beuvron défilèrent à vive allure.

Tout alla alors extrêmement vite. L'homme du coin-couloir quitta son siège et s'approcha, comme pour prendre quelque chose dans le filet au-dessus de lui. Nil leva machinalement les yeux : le filet était vide.

Il n'eut pas le temps de réfléchir : les cheveux dorés se penchaient déjà vers lui, et il vit la main de l'homme se tendre vers sa veste de clergyman.

Nil s'apprêtait à protester contre les manières cavalières de son compagnon de voyage : « on dirait un automate ! »

Mais la portière du compartiment s'ouvrit avec fracas.

Vivement, l'homme se redressa : sa main retomba le long de son corps, ses traits s'animèrent, et il sourit à Nil.

— S'cusez du dérangement, messieurs – c'était le contrôleur. Les voyageurs qui ont retenu les sièges vides de votre compartiment ne se sont pas présentés. J'ai ici deux religieuses qui n'ont pas pu avoir de place côte à côte dans le train. Tenez, mes sœurs, installez-vous où vous voulez, il y a de la place dans le compartiment. Bon voyage !

Tandis que les religieuses entraient et saluaient cérémonieusement le père Nil, le voyageur alla reprendre sa place, sans un mot. L'instant d'après, les yeux fermés, il somnolait.

« Drôle d'oiseau ! Qu'est-ce qui lui a pris ? »

Mais l'installation des nouvelles arrivées mobilisa toute son attention. Il fallait monter une valise dans le filet, glisser de volumineux cartons sous la banquette, et il dut subir leur bavardage qui n'en finissait pas.

Au début de la nuit, cherchant le sommeil, Nil remarqua que son mystérieux vis-à-vis ne bougeait pas d'un pouce, enfoncé dans son coin.

Réveillé par l'aube, quand il ouvrit les yeux la place du coin couloir était vide. Pour aller prendre le petit déjeuner, il lui fallut parcourir tout le train : aucune trace de l'homme.

Revenu dans son compartiment, où une bonne sœur l'obligea à goûter d'un affreux café tiré de sa Thermos, il se rendit à l'évidence : le passager énigmatique avait disparu.

Deuxième partie

35.

Pella (Jordanie), an 58

— Comment vont tes jambes, *abbou* ?

Le disciple bien-aimé poussa un soupir. Ses cheveux avaient blanchi, ses traits s'étaient creusés. Il regarda l'homme dans la force de l'âge qui se tenait à ses côtés.

— Voilà vingt-huit ans que Jésus est mort, dix ans que j'ai quitté Jérusalem. Mes jambes m'ont porté jusqu'ici, Iokhanân, et elles devront peut-être me porter ailleurs, si ce que tu me dis est vrai...

Ils profitaient de l'ombre du péristyle, dont le sol était recouvert d'une splendide mosaïque représentant Dionysos. De là, on apercevait les dunes du désert tout proche.

Pella, fondée par des vétérans d'Alexandre le Grand sur la rive orientale du Jourdain, avait été presque entièrement détruite par un tremblement de terre. Il lui sembla, quand il dut fuir Jérusalem devant la menace des partisans de Pierre, que cette ville située hors de Palestine lui offrirait une sécurité suffisante. Il s'y installa avec la mère de Jésus, bientôt rejoint par un noyau de ses disciples. Iokhanân faisait le va-et-vient entre Pella et la Palestine voisine, ou même la Syrie : Paul avait établi son quartier général à Antioche, l'une des capitales d'Asie Mineure.

— Et Marie ?

L'affection que Iokhanân portait à la mère de Jésus était touchante. « Cet enfant a adopté la mère d'un crucifié, et m'a adopté pour remplacer son propre père crucifié. »

— Tu la verras plus tard. Donne-moi encore des nouvelles : ici je suis si loin de tout...

— Elles datent de quelques semaines : Jacques, le frère de Jésus, a fini par l'emporter. Il est devenu chef de la communauté de Jérusalem.

— Jacques ! Mais alors... et Pierre ?

— Pierre a résisté tant qu'il a pu. Il a même tenté d'aller détrôner Paul sur ses terres, à Antioche – mais il s'est fait renvoyer comme un malpropre ! Finalement, il vient de s'embarquer pour Rome.

Les deux hommes rirent. Vue d'ici, aux frontières du désert et de son immense dénuement, la lutte pour le pouvoir au nom de Jésus semblait dérisoire.

— Rome... J'en étais sûr. Si Pierre n'est plus le premier à Jérusalem, Rome est la seule destination de son ambition. C'est à Rome, Iokhanân, au centre de l'Empire, que l'Église dont il rêve deviendra puissante.

— Il y a autre chose : tes disciples restés en Judée sont de plus en plus marginalisés, parfois même inquiétés. Ils te demandent s'ils doivent s'enfuir comme toi, et venir te rejoindre ici.

Le vieil homme ferma les yeux. Cela aussi, il s'y attendait. Les nazôréens n'étaient ni judaïsants comme Jacques, ni prêts à diviniser Jésus comme Paul : pris entre les deux tendances qui s'opposaient violemment dans l'Église naissante, ne voulant être assimilés à aucune, ils risquaient d'être écrasés.

– Que ceux qui ne supportent plus ces pressions nous rejoignent à Pella. Nous y sommes en sécurité – pour l'instant.

Iokhanân s'assit familièrement à ses côtés, et désigna la liasse de parchemins éparpillés sur la table.

– As-tu lu, *abbou* ?

– Toute la nuit. Surtout ce recueil, dont tu dis qu'il circule jusqu'en Asie.

Il montra la trentaine de feuilles, reliées par un cordon de laine, qu'il tenait entre ses mains.

– Pendant toutes ces années, dit Iokhanân, les apôtres ont transmis oralement des paroles de Jésus. Pour ne pas que la mémoire se perde après leur mort, ils les ont consignées ici, en vrac.

– C'est bien son enseignement, tel que je l'ai entendu. Mais les apôtres sont habiles. Ils ne font pas dire à Jésus ce qu'il n'a jamais dit : ils se contentent de transformer un mot par-ci, d'ajouter une nuance par-là. Ils inventent des commentaires, ou ils s'attribuent à eux-mêmes des propos qu'ils n'ont jamais tenus. Par exemple, j'ai lu que Pierre un jour serait tombé à genoux devant Jésus, et aurait proclamé. « Vraiment, tu es le Messie, le Fils de Dieu ! »

Il jeta le livre sur la table.

– Pierre, dire une chose pareille ! Jamais Jésus ne l'aurait accepté, ni de lui, ni d'un autre. Comprends bien, Iokhanân : en m'exilant, les apôtres se sont attribué l'exclusivité du témoignage. L'Évangile, entre leurs mains, devient un enjeu de pouvoir. La transformation de Jésus va s'accentuer, c'est évident. Jusqu'où iront-ils ?

Iokhanân s'agenouilla à ses pieds, posa familièrement ses mains sur ses genoux.

– Tu ne peux pas laisser faire cela. Ils écrivent leurs souvenirs : écris aussi les tiens. Ce que tu enseignes ici à tes disciples, mets-le par écrit, et fais circuler ce texte comme ils font circuler le leur. Raconte, *abbou* : raconte la première rencontre au bord du Jourdain, la guérison de l'impotent à la piscine de Bethesda, les derniers jours de Jésus... Raconte Jésus comme tu me l'as raconté, afin qu'il ne meure pas une seconde fois !

Il gardait ses yeux rivés sur le visage de son père adoptif, qui prit une autre liasse sur la table.

— Quant à Paul, il est très adroit. Il sait que les gens ne peuvent supporter leurs vies misérables que grâce à la foi en la résurrection. Il leur explique : vous ressusciterez, *puisque* Jésus, le premier, est ressuscité. Et s'il est ressuscité... c'est qu'il est Dieu : seul un Dieu peut se ressusciter lui-même.

— Eh bien, père... Paul écrit des lettres à ses disciples ? Fais-en autant. En plus de ton récit, écris une lettre pour nous. Une épître pour rétablir la vérité, pour dire que Jésus n'était pas Dieu. Et la preuve... ce sera l'existence du tombeau.

Son visage se ferma, et Iokhanân prit ses mains entre les siennes.

— Je ne voulais pas te le dire : Eliézer Ben-Akkaï, le chef des esséniens de Jérusalem, est mort. Va-t-il emporter avec lui le secret du tombeau de Jésus ?

Les yeux du vieil homme se remplirent de larmes. La mort de l'essénien, c'était toute sa jeunesse effacée.

— Ce sont les propres fils d'Éliézer, Adôn et Osias, qui ont transporté le corps. Eux, ils savent : nous sommes donc trois, c'est suffisant. Tu as appris de moi comment rencontrer Jésus, au-delà de sa mort. Que gagnerais-tu à connaître le lieu de sa sépulture finale ? Son tombeau est respecté par le désert : il ne le serait pas par les hommes.

Vivement Iokhanân se releva, et s'absenta un instant. Quand il revint, il tenait d'une main une liasse de parchemins vierges, et de l'autre une plume en corne de buffle et un encrier de terre. Il les posa sur la table.

– Alors écris, *abbou*. Écris, pour que Jésus reste vivant.

36.

– Je déclare cette séance solennelle ouverte.

Le recteur de la Société Saint-Pie V remarqua avec satisfaction que certains de ses frères ne s'appuyaient pas sur le dossier de leurs fauteuils : ceux-là avaient bien utilisé le long psaume *Miserere* pour mesurer l'application de la discipline métallique.

La pièce était toujours aussi vide, à deux exceptions près : face à lui, au pied du crucifix sanglant, une simple chaise était disposée. Et sur la table nue, un verre à liqueur contenait un liquide incolore, qui dégageait une légère odeur d'amandes amères.

– Mon frère, veuillez prendre place pour la procédure.

L'un des participants se leva, fit le tour de la table et alla s'asseoir sur la chaise. Le voile qui masquait son visage tremblait, comme s'il respirait avec effort.

– Pendant de longues années, vous avez servi de façon irréprochable au sein de notre Société. Mais dernièrement, vous avez commis une faute grave : vous avez fait des confidences concernant l'affaire en cours, capitale pour notre mission.

L'homme leva vers les assistants des mains suppliantes.

– La chair est faible, mes frères, je vous supplie de me pardonner !

– Il ne s'agit pas de cela – le ton du recteur était tranchant. Le péché de chair est remis par le sacrement de pénitence, tout comme Notre Seigneur a remis ses péchés à la femme adultère. Mais en parlant à cette fille de nos inquiétudes récentes...

— Elle n'est plus en mesure de nuire !

— En effet. Il a fallu faire en sorte qu'elle ne *puisse plus* nuire, ce qui est toujours regrettable et devrait rester exceptionnel.

— Alors... puisque vous avez eu la bonté de résoudre ce problème...

— Vous ne comprenez pas, frère.

Il s'adressa à l'assemblée.

— L'enjeu de cette mission est considérable. Jusqu'au milieu du XXe siècle, l'Église a gardé le contrôle de l'interprétation des Écritures. Depuis que le malheureux pape Paul VI a supprimé en 1967 la Congrégation de l'Index, nous ne contrôlons plus rien. N'importe qui peut publier n'importe quoi, et l'Index, qui reléguait les idées pernicieuses aux enfers des bibliothèques, est tombé comme un doigt atteint par la lèpre du modernisme. Un simple moine, du fond de son abbaye, peut aujourd'hui menacer gravement l'Église en apportant la preuve que le Christ n'était qu'un homme ordinaire.

Un frémissement parcourut l'assemblée.

— Depuis la création de notre Société par le saint pape Pie V, nous avons lutté pour préserver l'image publique de Notre Sauveur et Dieu fait homme. Et nous avons toujours réussi.

Les frères hochèrent la tête.

— Les temps changent, et exigent des moyens considérables. De l'argent, pour isoler le mal, créer des séminaires *sains*, contrôler les médias partout sur la planète, empêcher certaines publications. Beaucoup d'argent pour peser sur les gouvernements en matière de politique culturelle, d'éducation, pour empêcher que l'Occident chrétien soit envahi par l'islam ou par les sectes. La foi soulève les montagnes, mais son levier c'est l'argent. L'argent peut tout : utilisé par des mains pures il peut sauver l'Église, qui est aujourd'hui menacée dans ce qu'elle a de plus précieux – le dogme de l'Incarnation et celui de la Trinité.

Un murmure approbateur se fit entendre dans la salle. Le recteur fixa intensément le crucifix, sous lequel tremblait l'accusé.

– Or l'argent nous est misérablement compté. Vous vous souvenez de la fortune subite, immense, des Templiers ? Personne n'a jamais su d'où elle venait. Eh bien, la source inépuisable de cette fortune, elle est peut-être aujourd'hui à notre portée. Si nous la possédions, nous disposerions de moyens illimités pour accomplir notre mission. À condition...

Il abaissa son regard sur le malheureux frère, qui semblait se liquéfier sur sa chaise, violemment éclairée par les deux spots braqués sur le crucifix.

– À condition qu'aucune indiscrétion ne vienne compromettre l'entreprise. Cette indiscrétion, frère, vous l'avez commise : nous avons pu arracher l'épine plantée par vous dans la chair de Notre Seigneur, mais il s'en est fallu de peu. Nous n'avons plus confiance en vous, votre mission se termine donc aujourd'hui. Je demande aux dix apôtres présents de confirmer, par leur vote, ma décision souveraine.

Avec un ensemble parfait, dix mains se tendirent vers le crucifix.

– Frère, notre affection vous accompagne : vous connaissez la procédure.

Le condamné dégrafa son voile. Le recteur l'avait souvent rencontré à visage découvert, mais les autres n'avaient jamais aperçu que ses deux mains.

Le voile tomba, découvrant les traits d'un homme âgé. Ses yeux étaient profondément cernés, mais le regard n'implorait plus : ce dernier acte faisait partie de la mission qu'il avait acceptée en devenant membre de la Société. Sa dévotion envers le Christ-Dieu était totale, elle ne faiblirait pas aujourd'hui.

Le recteur se leva, imité par les dix apôtres. Ils étendirent lentement leurs bras, jusqu'à ce que leurs doigts se touchent.

Face au crucifix marqué de sang, les dix hommes, bras en croix, fixèrent leur frère qui se leva. Il ne tremblait plus : Jésus, en s'étendant sur le bois, n'avait pas tremblé.

Le recteur éleva la voix, sur un ton neutre :

– Frère, les trois personnes de la Trinité savent avec quel dévouement vous avez servi la cause de l'une d'entre elles. Elles vous accueillent en leur sein, dans cette lumière divine que vous n'avez cessé de chercher toute votre vie.

Lentement, il prit le verre à liqueur posé sur la table, l'éleva un instant comme un calice puis le présenta au vieil homme.

Avec un sourire ce dernier fit un pas en avant, et tendit sa main décharnée vers le verre.

37.

— Bienvenue à San Girolamo! Je suis le père Jean, hôtelier.

En sortant du Rome express, Nil retrouva ses marques d'étudiant et se dirigea sans hésiter vers l'arrêt du bus qui mène aux catacombes de Priscilla. Tout heureux de revoir la ville, il ne pensait plus aux péripéties de son voyage.

Il descendit presque au terminus, en haut d'une côte de la via Salaria. Située dans un cadre encore verdoyant, l'abbaye San Girolamo est une création artificielle du pape Pie XI qui voulut y rassembler des bénédictins du monde entier, pour établir une version révisée de la Bible – mais en latin. La Société Saint-Pie V surveilla de près chacun de ces moines, jusqu'à ce qu'ils soient contraints d'admettre que le latin n'était plus parlé qu'au Vatican : le monde moderne condamnait leur labeur. Depuis, San Girolamo subsistait de souvenirs.

Nil déposa sa valise à l'entrée du cloître jaune sale, muni en son centre d'une vasque sur laquelle penchait tristement un bouquet de bambous. Une vague odeur de *pasta* et de laurier-rose rappelait seule qu'on se trouvait à Rome.

— La Congrégation m'a prévenu hier de votre arrivée. Au début du mois, nous avions reçu la même demande pour votre père Andrei, qui a logé ici pendant plusieurs jours...

Le père Jean était aussi volubile qu'un Romain du Trastevere. Il le guida vers l'escalier qui menait aux étages.

— Donnez-moi votre valise... ouf! Ce qu'elle est lourde! Pauvre père Andrei, on ne sait pas ce qui lui a pris, il est parti un matin sans prévenir. Et en faisant son bagage à la hâte, car il a oublié plusieurs objets dans sa chambre. Je les y ai laissés, c'est celle que vous occuperez. Personne n'y a mis les pieds depuis le départ précipité de votre malheureux confrère. Alors, vous venez travailler sur des manuscrits grégoriens ?

Nil n'écoutait plus ce flot de paroles. Il allait loger dans la chambre d'Andrei !

Enfin débarrassé du père Jean, il jeta un coup d'œil circulaire sur la chambre. Contrairement aux cellules de son abbaye, elle était encombrée de meubles disparates. Une grande armoire, deux étagères à livres, un lit à matelas et sommier, une vaste table avec chaise, un fauteuil... Flottait l'odeur indéfinissable des monastères, un relent de poussière sèche et d'encaustique.

Sur l'une des étagères, on avait laissé les quelques objets oubliés par Andrei. Un matériel à raser, des mouchoirs, un plan de Rome, un agenda... Nil sourit : l'agenda d'un moine, pas grand-chose à noter !

Avec effort, il posa sa valise sur la table. Elle était presque entièrement remplie par ses précieuses notes. Il pensa d'abord les ranger sur l'étagère, et se ravisa : l'armoire comportait une clé. Il y plaça les papiers, poussa le négatif de Germigny tout au fond. Donna un tour de serrure et empocha la clé, sans conviction.

Puis il s'arrêta : sur la table, il y avait une enveloppe. À son nom.

Cher Nil,
Tu viens m'aider dans mes recherches. Welcome in Rome !
À vrai dire, je n'y comprends rien : jamais je n'ai demandé qu'on te fasse venir ! Enfin, je suis ravi de te revoir. Passe à mon bureau dès que possible : Secrétariat pour les Relations

avec les juifs, dans l'immeuble de la Congrégation. See you soon !

Ton vieil ami, Rembert Leeland.

Un grand sourire éclaira son visage : *Remby* ! Ainsi, c'était lui, le musicien qu'il venait aider ! Il aurait pu y penser, mais depuis plus de dix ans il n'avait pas revu son compagnon d'études romaines, et l'idée de se faire convoquer par lui à Rome ne lui avait pas effleuré l'esprit. *Remby, quel plaisir !* Ce voyage aurait au moins cela de bon, leur permettre de se revoir.

Puis il relut la lettre : Leeland avait l'air aussi surpris que lui. *Jamais je n'ai demandé...* Ce n'est pas lui qui le convoquait ici.

Mais alors, qui ?

38.

Le vieillard en aube blanche prit le verre que lui tendait le recteur, l'approcha de ses lèvres et avala d'un coup le liquide incolore. Il fit une grimace, et se rassit sur sa chaise.

Ce fut très rapide. Devant les onze apôtres, bras toujours étendus en croix, l'homme eut un hoquet, puis se plia en deux avec un gémissement. Son visage devint violacé, se contracta en un horrible rictus, et il s'effondra sur le sol. Les spasmes durèrent environ une minute, puis il se raidit définitivement. De sa bouche ouverte comme pour aspirer, une bave visqueuse coulait sur son menton. Ses yeux, démesurément agrandis, fixaient le crucifix au-dessus de lui.

Lentement, les apôtres abaissèrent leurs bras et se rassirent. Devant eux sur le sol, la forme blanche était immobile.

Le frère le plus éloigné du recteur sur sa droite se leva, un linge à la main.

— Pas encore ! Notre frère doit passer le flambeau à celui qui lui succède. Veuillez ouvrir la porte, je vous prie.

Son linge toujours à la main, le frère alla ouvrir la porte blindée du fond.

Dans la pénombre, une forme blanche, debout, semblait attendre.

— Avancez, mon frère !

Le nouvel arrivant était revêtu de la même aube que les assistants, capuchon rabattu sur sa tête, le voile blanc agrafé de part et d'autre de son visage. Il fit trois pas en avant et s'arrêta, saisi d'horreur.

« Antonio, songea le Recteur un si charmant jeune homme ! Je regrette pour lui. Mais il doit recevoir le flambeau, c'est la règle de la succession apostolique. »

Devant le spectacle du vieillard convulsionné par une mort brutale, les yeux du nouveau frère restaient écarquillés. Des yeux très curieux : l'iris était presque parfaitement noir, et ses pupilles dilatées par la répulsion lui donnaient un regard étrange, qu'accentuait un front mat et pâle.

De la main, le recteur lui fit signe d'approcher.

— Mon frère, il vous revient de couvrir vous-même la face de cet apôtre, dont vous prenez aujourd'hui la succession. Regardez bien son visage : c'est celui d'un homme totalement dévoué à sa mission. Quand il n'a plus été en mesure de la remplir, il a volontiers mis fin à sa charge. Recevez de lui son flambeau, afin de servir comme il a servi, et de mourir comme il est mort, dans la joie de son Maître.

146

Le nouvel arrivé se tourna vers celui qui lui avait ouvert la porte et lui tendait le linge. Il s'en saisit, s'agenouilla auprès du mort dont il contempla longuement le visage violacé. Puis il essuya l'écume qui souillait sa bouche et son menton, et se prosternant il baisa longuement les lèvres bleuies du mort.

Se releva, étendit le linge sur le visage qui gonflait lentement, et se tourna enfin vers les frères immobiles.

– Bien, dit le recteur d'une voix chaleureuse. Vous venez de subir l'ultime épreuve, elle fait de vous le douzième des apôtres qui entouraient Notre Seigneur dans la chambre haute de Jérusalem.

Antonio avait dû fuir son Andalousie natale : l'Opus Dei ne laisse pas facilement ses membres la quitter, une certaine distance lui sembla prudente. À Vienne, les collaborateurs du cardinal Catzinger avaient repéré ce jeune homme taciturne au regard très noir. Après plusieurs années d'observation, son dossier fut transmis au préfet de la Congrégation, qui le posa sans commentaires sur le bureau de Calfo.

Il fallut encore deux ans d'une enquête serrée, menée par la Société Saint-Pie V. Deux ans de filatures, d'écoutes téléphoniques, de surveillance de sa famille et de ses amis restés en Andalousie... Quand Calfo lui donna rendez-vous dans son appartement du Castel San Angelo pour une série d'entretiens, il connaissait certainement mieux Antonio que l'Andalou ne se connaissait lui-même. À Vienne, ville voluptueuse, on l'avait tenté de toutes les façons : il s'était bien comporté. Le plaisir et l'argent ne l'intéressaient pas, mais seulement le pouvoir et la défense de l'Église catholique.

Le recteur lui fit signe de la main. « Andalou, du sang

maure. Critiquait les méthodes de l'Opus Dei. Mélancolie arabe, nihilisme viennois, désenchantement méridional : excellente recrue ! »

— Prenez votre place parmi les Douze, frère.

Face au mur nu sur lequel se détachait seule l'image sanglante du crucifié, les Douze étaient à nouveau réunis au complet autour de leur Maître.

— Vous connaissez notre mission. Vous allez y contribuer dès maintenant, en surveillant de près un moine français arrivé aujourd'hui à San Girolamo. Je viens d'apprendre qu'un agent étranger a failli interrompre un processus capital concernant ce moine, dans le Rome express. Incident regrettable, il n'avait reçu aucun ordre dans ce sens, je ne le contrôle pas directement.

Le recteur soupira. Jamais il n'avait rencontré cet homme, mais il disposait sur lui d'un dossier complet : « Imprévisible. Besoin compulsif de s'évader dans l'action. Quand ce n'est pas le défi musical, c'est l'excitation du danger. Le Mossad lui a retiré son autorisation de tuer. »

— Voici vos premières instructions – il tendit une enveloppe au nouveau frère. Les suivantes vous parviendront en temps voulu. Et rappelez-vous qui vous servez !

De la main droite il désigna le crucifix, dont l'image se détachait sur son panneau d'acajou. Le jaspe vert de sa bague jeta un éclat.

« Seigneur ! Jamais peut-être depuis les Templiers tu n'as été en pareil danger. Mais tes Douze, quand ils posséderont la même arme qu'eux, s'en serviront pour Te protéger ! »

39.

Le cardinal Emil Catzinger fit signe de s'asseoir à un homme grand, élancé, au vaste front surplombant une paire de lunettes rectangulaires.

— Je vous en prie, monseigneur...

Derrière ses lunettes, les yeux de Rembert Leeland étaient pétillants. Un visage allongé d'Anglo-Saxon, mais les lèvres charnues d'un artiste. Il posa sur Son Éminence un regard interrogateur.

— Vous devez vous demander pourquoi je vous convoque... Dites-moi d'abord : est-ce que les relations avec nos frères juifs occupent la totalité de votre temps ?

Leeland sourit, ce qui donnait à son visage une allure d'étudiant espiègle.

— Pas vraiment, Éminence. Heureusement que j'ai mes travaux de musicologie !

— *Precisamente*, nous y sommes. Le Saint-Père lui-même est très intéressé par vos recherches. Si vous pouvez démontrer que le chant grégorien trouve ses origines dans la psalmodie des synagogues du haut Moyen Âge, ce sera un élément important de notre rapprochement avec le judaïsme. Aussi, nous vous avons adjoint un spécialiste pour le décryptage des textes anciens que vous étudiez... Un moine français, excellent exégète. Le père Nil, de l'abbaye Saint-Martin.

— Je l'ai appris hier. Nous avons fait nos études ensemble.

Le cardinal sourit.

— Donc vous vous connaissez, n'est-ce pas ? Ce sera allier l'agréable à l'utile, je me réjouis de ces retrouvailles amicales. Il vient d'arriver : voyez-le aussi souvent que vous voudrez. Et écoutez-le : le père Nil est un puits de science, il a beaucoup à dire, et vous apprendrez beaucoup auprès de lui. Laissez-le parler de ce qui l'intéresse. Et puis... de temps à autre, vous me ferez un rapport sur la teneur de vos conversations. Par écrit : j'en serai le seul et unique destinataire. Vous comprenez ?

Leeland ouvrit des yeux stupéfaits. « Qu'est-ce que cela signifie ? Il me demande de faire parler Nil, et de venir ensuite au rapport ? Pour qui me prend-il ? »

Le cardinal observait le visage mobile de l'Américain. Il lut à livre ouvert ce qui se passait en lui, et ajouta avec un sourire bonhomme :

— Soyez sans crainte, monseigneur, je ne vous demande pas de faire de la délation. Seulement de m'informer sur les recherches et les travaux de votre ami. Je suis très occupé, et n'aurai pas le temps de le recevoir. Or je suis curieux, moi aussi, de me tenir au courant des avancées les plus récentes de l'exégèse... Vous me rendrez service, en contribuant à mon information.

Quand il vit qu'il n'avait pas convaincu Leeland, son ton se fit plus sec :

— Je vous rappelle également quelle est votre situation. Nous avons dû vous extraire des États-Unis en vous nommant ici, avec rang d'évêque, pour couper court à la polémique scandaleuse que vous aviez provoquée là-bas. Le Saint-Père ne tolère pas qu'on remette en cause son refus — absolu, et justifié — d'ordonner prêtres des hommes mariés. Et ensuite ce serait le tour des femmes, pourquoi pas ? Il tolère encore moins qu'un abbé bénédictin, à la tête de la prestigieuse abbaye St. Mary, lui donne publiquement des conseils à ce sujet. Vous avez là, monseigneur, une chance de vous racheter aux yeux du pape. Je compte donc sur votre collaboration discrète, efficace, et sans faille. M'avez-vous compris ?

La tête baissée, Leeland ne répondit rien. Le cardinal alors retrouva l'intonation de son père, autrefois, quand il revenait du front de l'Est :

– Il m'est pénible de devoir vous rappeler, monseigneur, que c'est aussi pour une *autre raison* qu'il a fallu vous faire quitter d'urgence votre pays, et vous revêtir de cette dignité épiscopale qui vous protège autant qu'elle vous honore. Compris, maintenant ?

Cette fois, Leeland leva vers le cardinal des yeux d'enfant triste, et fit signe qu'il avait compris. Dieu pardonne tous les péchés, mais l'Église les fait expier à ses membres.

Longuement.

40.

Pella, fin de l'an 66

– Père, j'ai cru ne jamais pouvoir arriver jusqu'ici !

Les deux hommes s'embrassèrent avec effusion. Les traits tirés de Iokhanân montraient son épuisement.

– La XII⁰ légion romaine a mis la côte à feu et à sang. Elle vient de battre en retraite devant Jérusalem, avec des pertes considérables. On dit que l'empereur Néron va faire venir de Syrie le général Vespasien, pour renforcer le dispositif avec la Vᵉ et la Xᵉ légion – la redoutable Fretensis. Des milliers de soldats aguerris convergent vers la Palestine : c'est le commencement de la fin !

– Et Jérusalem ?

— Sauvée temporairement. Là-bas, Jacques a lutté tant qu'il a pu contre la divinisation de son frère, puis il a fini par l'admettre publiquement : pour les autorités juives c'était un blasphème, le Sanhédrin l'a fait lapider. Les chrétiens sont inquiets.

« Jacques ! Avec lui disparaît le dernier frein aux ambitions des Églises. »

— A-t-on des nouvelles de Pierre ?

— Toujours à Rome, d'où parviennent des bruits de persécutions. Néron englobe dans une même haine les juifs et les chrétiens. L'Église de Pierre est elle-même menacée. Peut-être est-ce la fin, là-bas aussi.

Il montra sa sacoche, qui contenait quelques parchemins.

— Jacques, Pierre... Ils appartiennent au passé, *abbou*. Désormais, plusieurs Évangiles circulent, en même temps que d'autres épîtres de Paul...

— J'ai reçu tout cela, grâce à nos réfugiés – il étendit la main vers la table du péristyle, encombrée de documents. Matthieu a refait son texte. J'ai vu qu'il s'inspirait de Marc, qui a été le premier à composer une sorte d'histoire de Jésus, depuis la rencontre au bord du Jourdain jusqu'au tombeau vide. En fait, ce n'est pas Matthieu qui a écrit, puisque – tu vois – c'est du grec. Il a dû rédiger en araméen, et faire traduire.

— Exactement. Un troisième Évangile circule, en grec lui aussi. Les copies viennent d'Antioche où j'ai pu rencontrer l'auteur, Luc, un proche de Paul.

— J'ai lu ces trois Évangiles. De plus en plus, ils font dire à Jésus ce qu'il n'a jamais dit : qu'il se considérait comme Messie, ou même Dieu. C'était inévitable, Iokhanân. Et... et mon récit ?

Il avait fini par accepter d'écrire, non pas un Évangile construit comme Marc et les autres, mais un récit – que Iokhanân fit copier et circuler. Il y racontait d'abord ses propres souvenirs : la rencontre au bord du Jourdain, l'éblouissement des premiers jours. Mais lui n'avait pas quitté la Judée, tandis que Jésus était retourné vivre et enseigner plus au nord, en Galilée. Sur ce qui s'était passé là-bas, il ne disait presque rien. Son récit reprenait dès le retour des Douze et de leur Maître à Jérusalem, quelques semaines avant la crucifixion. Jusqu'au tombeau trouvé vide.

Bien évidemment, il n'y était pas question de ce qui avait suivi, l'enlèvement du cadavre par Adôn et Osias, les deux fils d'Eliézer Ben-Akkaï. Le rôle joué par les esséniens dans la disparition du corps supplicié devait rester un secret absolu.

Ainsi que l'emplacement du tombeau de Jésus.

Entre ces deux périodes, les débuts et la fin, il avait ajouté les souvenirs de ses amis de Jérusalem : Nicodème, Lazare, Simon le lépreux. Un récit écrit directement en grec, décrivant le Jésus qu'il avait connu : juif avant tout, mais fulgurant quand il se montrait habité par son Père, ce Dieu qu'il appelait *abba*. Jamais encore un juif n'avait osé ce terme familier pour désigner le Dieu de Moïse. Il répéta :

– Et mon récit, Iokhanân ?

Le visage du jeune homme se rembrunit.

– Il circule. Chez tes disciples, qui le savent par cœur, mais aussi dans les Églises de Paul, jusqu'en Bithynie[1], paraît-il.

– Et là, il n'est pas accueilli de la même façon, n'est-ce pas ?

---

1. Nord-ouest de l'actuelle Turquie.

– Non. En Judée, les juifs te reprochent de décrire Jésus comme un prophète supérieur à Moïse. Et chez les grecs, on trouve ton Jésus trop humain. Personne n'ose détruire le témoignage du *disciple bien-aimé*, mais avant de le lire en public on le corrige, on le « complète », comme ils disent, et de plus en plus.

– Ils ne peuvent pas m'éventrer comme Judas, alors ils m'éliminent par la plume. Mon récit va devenir un quatrième Évangile, conforme à leurs ambitions.

Comme autrefois, Iokhanân s'agenouilla devant son *abbou*, et prit ses mains dans les siennes.

– Alors, père, écris une épître pour nous, tes disciples. J'irai la mettre en lieu sûr, tant que c'est encore possible : les juifs fanatisés de Jérusalem ne résisteront pas longtemps. Écris la vérité sur Jésus, et pour que personne ne puisse la travestir, dis ce que tu sais de son tombeau. Pas celui de Jérusalem, qui est vide : le véritable tombeau, celui du désert, celui où reposent ses restes.

Les réfugiés affluaient maintenant à Pella de partout. Assis sur le rebord du péristyle, le vieil homme contempla la vallée. Déjà, de l'autre côté du Jourdain, on voyait monter les panaches de fumée des fermes qui brûlaient.

Les pillards, qui accompagnent toutes les armées d'invasion. C'était la fin. Il fallait qu'il transmette aux générations futures.

Résolument, il s'assit à sa table, saisit une feuille de parchemin et commença à écrire : « *Moi, le disciple bien-aimé de Jésus, le treizième apôtre, à toutes les Églises...* »

Le lendemain, il s'approcha de Iokhanân qui sellait un mulet :

154

– Si tu parviens à passer, essaye de remettre cette épître aux nazôréens de Jérusalem et de Syrie.

– Et toi ?

– Je resterai à Pella jusqu'au dernier moment. Quand les Romains approcheront, j'emmènerai nos nazôréens vers le sud. Dès ton retour, va directement à Qumrân : ils te diront où me trouver. Prends garde à toi, mon fils.

La gorge nouée, en silence il tendit à Iokhanân un roseau creux, que le jeune homme glissa dans sa ceinture. À l'intérieur, il y avait une simple feuille de parchemin, roulée, maintenue fermée par un cordeau de lin.

L'épître du treizième apôtre à la postérité.

41.

Longeant d'abord la villa Doria Pamphili, Nil prit la via Salaria Antica encaissée entre ses murs. Il aimait fouler le pavé inégal des anciennes voies impériales, dont le dallage romain est encore apparent. Pendant ses années d'études, il avait passionnément exploré cette ville, la *Mater Praecipua* – la mère de tous les peuples. Il rejoignit la via Aurelia, qui débouche sur la Cité du Vatican par l'arrière, et se dirigea sans hésiter vers l'immeuble de la Congrégation pour la doctrine de la foi.

Le secrétariat pour les Relations avec les juifs se trouve dans une annexe du bâtiment, côté basilique Saint-Pierre. Il dut grimper trois étages, pour aboutir à un couloir d'alvéoles logées directement sous les combles : les bureaux des *minutante*.

Mons. Rembert Leeland, O.S.B. Il frappa discrètement.

– Nil ! *God bless, so good to see you !*

Le bureau de son ami était minuscule, séparé de ses voisins par une simple cloison. Il eut juste la place de se glisser sur l'unique chaise, face à la table étrangement nue. Voyant son étonnement, Leeland lui sourit d'un air gêné.

– Je ne suis qu'un petit *minutante* d'un secrétariat sans importance... En fait, je travaille surtout chez moi, ici j'ai à peine assez d'air pour respirer.

– Cela doit te changer de tes plaines du Kentucky !

Le visage de l'Américain s'assombrit.

– Je suis en exil, Nil, pour avoir dit tout haut ce que beaucoup pensent...

Nil le regarda affectueusement.

– Tu n'as pas changé, Remby.

Étudiants à Rome pendant les années de l'immédiat après-concile, ils avaient partagé les espoirs de toute une jeunesse qui croyait au renouvellement de l'Église et de la société : leurs illusions, emportées par le vent, avaient laissé en eux des traces.

– Détrompe-toi, Nil, j'ai beaucoup changé, plus que je ne saurais le dire : je ne suis plus le même. Mais toi ? Le mois dernier on a appris la mort brutale d'un de vos moines, dans le Rome express : j'ai entendu parler de suicide, et je te vois arriver ici alors que je n'ai rien demandé. Que se passe-t-il, *friend* ?

– Je connaissais bien Andrei : cet homme n'était pas suicidaire, au contraire il était passionné par la recherche que nous menions depuis des années, non pas ensemble mais en parallèle. Il avait découvert des choses qu'il ne voulait pas – ou ne pouvait pas – me dire clairement, mais j'ai l'impression qu'il me poussait pour que je trouve par moi-même. C'est moi qui ai fait la reconnaissance officielle du corps : j'ai découvert dans sa main un petit billet, écrit juste avant sa mort. Andrei avait noté quatre points dont il voulait me parler dès son retour : ce n'est pas la lettre de quelqu'un qui va se suicider, mais la preuve qu'il avait des projets pour l'avenir, et qu'il voulait m'y associer. Ce billet, je ne l'ai montré à personne, mais il m'a été dérobé dans ma cellule, et je ne sais pas par qui.

— *Dérobé ?*

— Oui, et ce n'est pas tout : on m'a aussi volé certaines de mes notes.

— Et l'enquête sur la mort du père Andrei ?

— Dans le journal local, il y a eu un entrefilet parlant de mort accidentelle, et dans *La Croix* un simple avis de décès. Nous ne recevons aucun autre journal, nous n'écoutons ni la radio ni la télévision ; les moines ne savent que ce que le père abbé veut bien leur dire au chapitre. Le gendarme qui a découvert le corps disait qu'il s'agissait d'un meurtre, mais il a été dessaisi de l'enquête.

— Un meurtre !

— Oui, Remby. Moi non plus, je ne parviens pas à y croire. Je veux savoir ce qui s'est passé, pourquoi mon ami est mort. Son ultime pensée a été pour moi, j'ai le sentiment d'un dépôt à transmettre. Les dernières volontés d'un mort sont sacrées, surtout quand c'est un homme de l'envergure du père Andrei.

Avec hésitation d'abord, Nil lui raconta ses recherches dans l'Évangile selon saint Jean, sa découverte du disciple bien-aimé. Puis il décrivit ses fréquents entretiens avec Andrei, le malaise de ce dernier à Germigny, le fragment de manuscrit copte dissimulé dans la reliure de son dernier ouvrage.

Leeland l'écouta sans l'interrompre.

— Nil, je n'ai jamais su faire qu'une chose, de la musique. Et de l'informatique, pour le traitement des manuscrits que j'étudie. Mais je ne comprends pas qu'une recherche d'érudition puisse provoquer des événements si dramatiques, et te causer pareille angoisse.

Prudemment, il omit de lui parler de la demande du cardinal-préfet.

— Andrei n'a cessé de me dire à mots couverts que nos recherches touchaient à quelque chose de beaucoup plus important, qui m'échappe. C'est comme si j'avais devant moi les fils d'une tapisserie, sans connaître le motif du canevas. Mais maintenant, Rembert, je suis décidé à aller jusqu'au bout : je veux savoir pourquoi Andrei est mort, je veux savoir ce qui se cache derrière ce mystère autour duquel je tourne depuis des années.

Leeland le regarda, surpris par la détermination farouche qu'il lisait sur un visage qu'il avait connu si tranquillement placide. Il se leva, contourna la chaise et ouvrit la porte.

— Je te laisserai tout le temps de continuer ici ta recherche. Mais dans l'immédiat, nous devons nous rendre à la réserve de la Vaticane. Il faut que je te montre le chantier sur lequel je travaille, et que tu te fasses voir là-bas : n'oublie pas que le motif de ta présence à Rome, ce sont mes manuscrits de chant grégorien.

Leeland se rappela sa convocation chez Catzinger : peut-être y avait-il aussi *un autre* motif ? En silence, ils parcoururent le dédale des couloirs et des escaliers qui mènent à la sortie, place Saint-Pierre.

Dans le bureau contigu au sien, un homme décolla de ses oreilles deux écouteurs, reliés à une boîte fixée par une ventouse sur la paroi de bois. Il portait avec élégance un clergyman impeccable, et laissa les écouteurs pendre autour de son cou pendant qu'il classait rapidement des feuillets couverts d'une petite écriture sténographique. Ses yeux étrangement noirs brillèrent de satisfaction : l'écoute avait été d'excellente qualité, la cloison était peu épaisse. Pas un seul mot de la conversation entre le *monsignore* américain et le moine français n'avait été perdu. Il suffirait de les laisser ensemble, ces deux-là seraient intarissables.

Le recteur de la Société Saint-Pie V serait satisfait : la mission commençait bien.

42.

— La réserve est située dans les sous-sols de la Vaticane : j'ai dû demander une accréditation pour toi, l'accès à cette partie du bâtiment est strictement contrôlé — tu comprendras pourquoi quand tu y seras.

Ils longèrent la haute muraille de la Cité du Vatican et pénétrèrent par l'entrée de la via della Porta Angelica où se trouve le principal poste de garde. Les deux suisses en uniforme bleu les laissèrent passer sans les arrêter, et ils traversèrent une succession de cours intérieures, jusqu'à la cour du Belvédère. Entourée de hautes murailles, elle protège la Galerie lapidaire des musées et la bibliothèque du Vatican. Malgré l'heure matinale, on apercevait des silhouettes déambulant derrière les vitres.

Leeland lui fit signe de le suivre et se dirigea vers l'angle opposé. Au pied de l'imposante paroi de la Vaticane, une petite porte métallique munie d'un boîtier. L'Américain tapa un code, et attendit.

— Quelques personnes triées sur le volet possèdent une accréditation permanente, comme moi. Mais toi, tu vas devoir montrer patte blanche.

Un policier pontifical en civil ouvrit la porte, et dévisagea les deux visiteurs d'un air soupçonneux. Quand il reconnut Leeland, il esquissa un sourire.

– *Buongiorno, monsignore.* Ce moine vous accompagne ? Puis-je voir ses papiers et son accréditation ?

Nil avait revêtu son habit monastique : ici, cela facilite les choses, lui avait expliqué Leeland. Ils entrèrent dans une sorte de sas, et Nil tendit un feuillet aux armes du Vatican. Le policier le prit sans un mot, et s'absenta.

– Les contrôles sont stricts, chuchota l'Américain. La bibliothèque du Vatican est ouverte au public, mais le sous-sol de sa réserve contient des manuscrits anciens accessibles à quelques rares chercheurs. Tu vas rencontrer le père Breczinsky, le gardien du lieu. Étant donné la valeur inestimable des trésors qui s'y trouvent, le pape a nommé à ce poste un Polonais, un homme timide et effacé, mais totalement dévoué au Saint-Père.

Le policier revint, rendit son accréditation à Nil avec un hochement de tête.

– Il faudra montrer ce papier chaque fois que vous viendrez ici. Vous n'êtes pas autorisé à y pénétrer seul, uniquement accompagné par Mgr Leeland, qui a un passe permanent. Suivez-moi.

Un long couloir en pente douce s'enfonçait en oblique sous le bâtiment, et conduisait à une porte blindée. Nil eut l'impression de pénétrer dans une citadelle prête pour un siège. « Ce lieu est enfoui sous les milliers de tonnes de la basilique Saint-Pierre. Le tombeau de l'Apôtre n'est pas loin. » Le policier introduisit une carte magnétique et tapa un code : la porte s'ouvrit avec un chuintement.

– Vous connaissez les lieux, monseigneur : le père Breczinsky vous attend.

L'homme debout à l'entrée d'une seconde porte blindée avait un visage dont sa stricte soutane noire soulignait la pâleur. Des lunettes rondes sur des yeux de myope.

– Bonjour, *monsignore* : et voici le Français, pour lequel j'ai reçu une accréditation de la Congrégation ?

– Lui-même, cher père. Il va m'aider dans mes travaux : le père Nil est moine à l'abbaye Saint-Martin.

Breczinsky sursauta.

– Seriez-vous par hasard un confrère du père Andrei ?

– Nous avons été confrères pendant trente ans.

Breczinsky ouvrit la bouche comme pour poser une question à Nil, puis se reprit et masqua son trouble par un bref salut de la tête. Il se tourna vers Leeland.

– Monseigneur, la salle est prête : si vous voulez me suivre...

En silence, il les précéda dans une enfilade de salles voûtées, communiquant entre elles par une large ouverture cintrée. Les murs étaient couverts de rayonnages vitrés, l'éclairage uniforme, et un ronronnement signalait le dispositif hygrométrique nécessaire à la conservation des manuscrits anciens. Nil balayait du regard les étagères devant lesquelles ils passaient : Antiquité, Moyen Âge, Renaissance, *Risorgimento*... Les étiquettes laissaient deviner les témoins les plus précieux de l'Histoire occidentale, qu'il eut l'impression de parcourir tout entière en quelques dizaines de mètres.

Amusé par son étonnement, Leeland chuchota :

– Dans la section musique, la seule dont j'ai l'usage, je te montrerai des partitions autographes de Vivaldi, des pages du *Messie* de Haendel, et les huit premières mesures du *Lacrymosa* de Mozart : les dernières notes écrites de sa main, alors qu'il était mourant. Elles sont ici...

La section musique se trouvait dans la dernière salle. Au centre, sous l'éclairage réglable, une table nue recouverte d'une plaque de verre sur laquelle on aurait cherché en vain un seul grain de poussière.

— Vous connaissez les lieux, *monsignore*, je vous laisse. Euh... – Il sembla faire effort sur lui-même – père Nil, voulez-vous venir dans mon bureau ? Il faut que je vous trouve une paire de gants à votre taille, vous en avez besoin pour manipuler les manuscrits.

Leeland eut l'air surpris, mais laissa Nil suivre le bibliothécaire dans un bureau qui donnait directement sur leur salle. Breczinsky ferma soigneusement la porte derrière eux, prit une boîte sur une étagère, puis se retourna vers Nil, l'air gêné.

— Mon père... puis-je vous demander quelle était exactement la nature de vos relations avec le père Andrei ?

— Nous étions très proches l'un de l'autre – pourquoi ?

— Eh bien je... j'étais en correspondance avec lui, il me demandait parfois mon avis sur les inscriptions médiévales qu'il étudiait.

— Alors... *C'est vous* ?

Nil se souvint : « J'ai envoyé la photo de la dalle de Germigny à un employé de la Vaticane. Il m'a répondu qu'il l'avait reçue, sans commentaire. »

— Andrei m'avait parlé de son correspondant à la Bibliothèque vaticane, j'ignorais que c'était vous et ne pensais pas avoir l'occasion de vous rencontrer !

La tête baissée, Breczinsky manipulait machinalement les gants contenus dans la boîte.

— Il me demandait des précisions techniques, comme le font d'autres chercheurs : à distance, nous avions établi une relation de confiance. Puis un jour j'ai trouvé, en rangeant le fonds copte, un tout petit fragment de manuscrit qui semblait provenir de Nag Hamadi et n'avait jamais été traduit. Je le lui ai envoyé : il semblait très troublé par cette pièce, qu'il m'a renvoyée sans sa traduction. Je lui ai écrit à ce sujet, alors il m'a faxé la photo d'une inscription carolingienne trouvée à Germigny en me demandant ce que j'en pensais.

— Je sais, nous avons pris la photo ensemble. Andrei me tenait au courant de ses travaux. Presque entièrement.

— Presque ?

— Oui, il ne me disait pas tout, et ne s'en cachait pas — ce qui m'a toujours surpris.

— Ensuite, il est venu ici : c'était la première fois que nous nous voyions, une rencontre... très forte. Puis il a disparu, je ne l'ai plus jamais revu. Et j'ai appris sa mort dans le journal *La Croix* — un accident, ou un suicide...

Breczinsky semblait très mal à l'aise, ses yeux fuyaient ceux de Nil. Il lui tendit enfin une paire de gants.

— Vous ne pouvez pas rester avec moi trop longtemps, il faut que vous retourniez dans la salle. Je... nous parlerons, père Nil. Plus tard, je trouverai un moyen. Méfiez-vous de tous ici, même de Mgr Leeland.

Nil ouvrit des yeux stupéfaits.

— Que voulez-vous dire ? Je ne verrai sans doute personne d'autre que lui à Rome, et j'ai totalement confiance : nous étions étudiants ensemble, je le connais depuis longtemps.

— Mais il a vécu quelque temps au Vatican. Ce lieu transforme tous ceux qui l'approchent, ils ne sont plus jamais les mêmes... Allons, oubliez ce que je viens de vous dire, mais prenez garde à vous !

Sur la table, Leeland avait déjà étalé un manuscrit.

— Il en a mis du temps à te trouver des gants ! Alors qu'il y en a un plein tiroir dans la salle d'à côté, de toutes les tailles...

Nil ne répondit pas au regard inquiet de son ami, et

s'approcha de la grosse loupe rectangulaire qui surplombait le manuscrit. Il jeta un coup d'œil.

— Pas d'enluminures, sans doute antérieur au Xe siècle : au travail, Remby !

À midi ils prirent un sandwich que Breczinsky leur apporta. Soudain tout sourire, le Polonais demanda à Nil de lui expliquer en quoi consisterait son travail.

— D'abord déchiffrer le texte latin de ces manuscrits de chant grégorien. Puis traduire le texte hébreu des chants juifs anciens dont la mélodie est proche, et comparer... Je ne m'occupe que du texte, bien sûr, Mgr Leeland fait le reste.

— L'hébreu ancien m'est hermétique, ainsi que les écritures médiévales, expliqua l'Américain en riant.

Quand ils ressortirent, le soleil était bas sur l'horizon.

— Je retourne directement à San Girolamo, s'excusa Nil : cet air climatisé m'a donné mal à la tête.

Leeland l'arrêta : ils étaient au centre de la place Saint-Pierre.

— J'ai l'impression que tu as fait forte impression sur Breczinsky : d'habitude, il ne prononce pas plus de trois phrases à la suite. Alors, mon ami, il faut que je te mette en garde : méfie-toi de lui.

« Encore ! Seigneur, où suis-je tombé ? »

Le visage grave, Leeland insista :

— Fais attention à ne commettre aucun impair. S'il te parle, ce sera pour te sonder : ici, rien ni personne n'est innocent. Tu ignores à quel point le Vatican est dangereux, il faut se méfier de tous et de chacun

43.

Un flot de pensées tourbillonnait encore dans la tête de Nil quand il pénétra dans sa chambre à San Girolamo. Il s'assura d'abord que rien n'avait disparu de l'armoire, qu'il trouva toujours fermée à clé, et alla à la fenêtre : le sirocco, ce terrible vent du sud qui recouvre la ville d'une fine pellicule de sable du Sahara, venait de se lever. Rome, d'habitude si lumineuse, baignait dans une clarté glauque, jaunâtre.

Il ferma la fenêtre pour se protéger du sable. Ce qui ne l'empêcherait pas de souffrir de la brutale chute de pression atmosphérique qui accompagne toujours le sirocco, et cause à la population des migraines que la justice romaine considère comme une circonstance atténuante, en cas de crime commis sous l'influence du vent méléfique.

Il alla vers l'étagère pour prendre un comprimé d'aspirine préventif, et s'arrêta devant les objets oubliés par Andrei. Renié par sa famille quand il était entré au monastère, blessé par la mort de son ami, Nil avait l'émotion facile : ses yeux s'embuèrent de larmes. Il rassembla ce qui constituait maintenant pour lui des souvenirs précieux, et les glissa au fond de sa valise : ils prendraient place dans sa cellule, à Saint-Martin.

Machinalement, il ouvrit l'agenda et le feuilleta. Le calendrier d'un moine est aussi lisse que sa vie : les pages étaient vierges jusque début novembre. Là, Andrei avait noté le jour et l'heure de son départ pour Rome, puis ses rendez-vous à la Congrégation. Nil tourna la page : quelques lignes étaient jetées, à la hâte.

Le cœur battant, il s'assit de travers et alluma la lampe du bureau.

En haut de la page de gauche, Andrei avait écrit, en capitales : LETTRE DE L'APÔTRE. Suivaient, un peu plus bas, deux noms : « Origène, Eusèbe de Césarée » – ce dernier suivi de trois lettres, et six chiffres.

Deux Pères de l'Église grecque.

Sur la page d'en face, il avait griffonné : « S.C.V. templiers ». Et en face, à nouveau trois lettres, suivies de quatre chiffres seulement.

Que venaient faire les templiers au milieu des Pères de l'Église ?

Était-ce l'effet du sirocco ? La tête lui tourna légèrement.

Lettre de l'apôtre : dans leurs conversations Andrei avait évoqué devant lui, de façon très vague, quelque chose de ce genre. Et c'était l'une des quatre pistes figurant sur son billet rédigé dans le Rome express.

Nil s'était souvent demandé comment exploiter cette mention mystérieuse. Et voilà que son ami, comme il l'aurait fait s'il était toujours à ses côtés, lui reparlait de cette lettre. Andrei semblait lui dire qu'il apprendrait quelque chose à son sujet dans les écrits de deux Pères de l'Église, dont il avait noté ici ce qui ressemblait à une référence.

Il fallait qu'il retrouve ces textes. Mais où ?

Nil alla au lavabo prendre un verre d'eau et y jeta son aspirine. Tout en regardant monter la colonne gazeuse, il réfléchissait intensément. Trois lettres suivies de chiffres : c'étaient des cotes de la Classification Dewey, l'emplacement de livres rangés dans une bibliothèque. Mais quelle bibliothèque ? L'avantage du système Dewey, c'est qu'il est extensible à l'infini : chaque bibliothécaire peut l'adapter à ses besoins, sans en sortir. Avec beaucoup de chance, les deux derniers chiffres pouvaient permettre de repérer une bibliothèque parmi des centaines d'autres.

En interrogeant chaque bibliothécaire. Dans le monde entier.

Nil avala son aspirine.

Chercher un livre uniquement à partir de sa cote Dewey, c'était chercher une voiture dans un parking de quatre mille places, sans connaître ni son emplacement ni sa marque. Ni le nom du préposé à l'entrée. Ni même de quel parking il s'agit...

Il se massa les tempes : la douleur allait plus vite que l'aspirine.

Les trois lettres après Origène et Eusèbe étaient suivies de six chiffres : c'était donc une cote complète, l'emplacement précis d'un ouvrage sur une étagère. Mais les trois lettres accompagnant « S.C.V. templiers » n'étaient suivies que de quatre chiffres : elles indiquaient un épi, ou peut-être une zone dans une bibliothèque donnée, sans préciser l'emplacement.

S.C.V. était-il l'abréviation d'une bibliothèque ? Dans quelle partie du monde ?

Un étau douloureux enserrait maintenant la tête de Nil, l'empêchant de penser. Pendant des années, le père Andrei avait été en relation avec des bibliothécaires de toute l'Europe, souvent par Internet. Si l'une de ces cotes était celle d'une bibliothèque de Vienne, il se voyait mal demandant au révérend père abbé de lui retenir un billet aller-retour pour l'Autriche.

Il prit une deuxième aspirine, et monta sur la terrasse qui dominait le quartier. Au loin, on apercevait la haute coupole de la basilique Saint-Pierre. La tombe de l'apôtre avait été creusée dans le *tuffo* de la colline du Vatican alors située hors de Rome, sur laquelle Néron avait fait construire une résidence impériale et un cirque. C'est là que des milliers de chrétiens et de juifs, confondus dans la même haine, furent crucifiés en l'an 67.

Ses recherches lui avaient révélé un visage inattendu de Pierre, habité de pulsions meurtrières. Les Actes des Apôtres attestent que deux chrétiens de Jérusalem ont péri de sa main, Ananie et Saphire. L'assassinat de Judas n'était qu'une hypothèse, mais appuyée par quantité d'indices très forts. Cependant, à Rome, sa mort avait été celle d'un martyr : « Je crois, dit Pascal, ceux qui meurent pour leur foi. » Pierre était né ambitieux, violent, calculateur : peut-être, dans les derniers instants de sa vie, était-il enfin devenu un véritable disciple de Jésus ? L'Histoire ne peut plus en décider, mais il fallait lui accorder ce bénéfice du doute.

« Pierre devait être comme chacun d'entre nous : un homme double, capable du meilleur après le pire... »

On venait de dire à Nil de se méfier de tout, et de tous. Cette idée lui était insupportable : s'il y pensait trop, il sauterait dans le premier train, tout comme Andrei. Pour ne pas perdre pied, il lui fallait se concentrer sur sa recherche. Vivre à Rome comme au monastère, et dans la même solitude.

« Je chercherai. Et je trouverai. »

44.

Colline du Vatican, an 67

– Pierre... Si tu ne manges rien, bois, au moins !

Le vieil homme repoussa la cruche que lui tendait son

compagnon, vêtu de la courte tunique des esclaves. Il se pencha, rassembla un peu de paille, la glissa entre son dos et les briques de l'*opus reticulatum*[1]. Il frissonna : dans quelques heures, il serait crucifié, puis son corps enduit de poix. À la nuit tombante, les bourreaux mettraient le feu aux torches vivantes, qui éclaireraient le spectacle que l'empereur voulait offrir au peuple de Rome.

Les condamnés à mort étaient parqués depuis plusieurs jours dans ces longs boyaux voûtés, donnant directement sur la piste du cirque. À travers la grille d'entrée, on apercevait les deux bornes – les *metas* – qui marquaient les deux extrémités de la piste. C'est là, autour du grand obélisque central du cirque, que chaque soir on crucifiait indistinctement hommes, femmes et enfants « juifs », responsables supposés de l'immense incendie qui avait détruit la ville quelques années plus tôt.

– À quoi bon manger ou boire, Lin ? Tu sais que c'est pour ce soir : on commence toujours par les plus âgés. Tu vivras encore quelques jours, et Anaclet te verra partir, avant de nous rejoindre parmi les derniers.

Il caressa la tête d'un enfant assis à ses côtés sur la paille. Qui le regardait avec vénération, ses grands yeux soulignés de cernes.

Dès son arrivée à Rome, Pierre avait pris en main la communauté chrétienne. La plupart des convertis étaient des esclaves, comme Lin et l'enfant Anaclet. Tous étaient passés par les religions à mystères venues d'Orient, qui exerçaient sur le peuple un attrait irrésistible. Elles leur offraient la perspective d'une vie meilleure dans l'au-delà, et des cultes sanglants spectaculaires. La religion austère et

---

1. Mode de construction caractéristique des murailles de l'époque impériale : les briques sont disposées en lignes régulières, qui forment le dessin d'un filet ou réticule.

dépouillée des juifs convertis au Christ, à la fois Dieu et homme, connut un succès foudroyant.

Pierre avait fini par admettre que la pleine divinité de Jésus était une condition indispensable à la diffusion de la nouvelle religion. Il oublia les scrupules qui le retenaient encore, dans les tout premiers temps, au milieu des convertis de Jérusalem : « Jésus est mort. Le Christ-Dieu est vivant. Seul un vivant peut faire accéder ces foules à la vie nouvelle. »

Le Galiléen devint le chef incontesté de la communauté de Rome : on n'entendait plus parler du treizième apôtre.

Il ferma les yeux. En arrivant ici, il avait raconté aux détenus comment des soldats l'avaient capturé sur la via Appia, alors qu'il s'enfuyait au milieu du flot de ceux qui tentaient d'échapper à la persécution de Néron. Ulcérés par ce qu'ils considéraient comme une lâcheté, beaucoup des chrétiens arrêtés pour leur courage le tenaient à l'écart dans cette prison.

Sa vie l'abandonnait : tiendrait-il jusqu'au soir ? Il le fallait. Il voulait souffrir cette mort hideuse, rejeté par les siens, pour se racheter et être digne du pardon de Dieu.

Il fit signe à Lin, qui s'assit aux côtés d'Anaclet, sur le dallage moisi. Depuis midi, on n'entendait plus le rugissement des fauves : tous avaient été massacrés par les gladiateurs au cours d'un immense combat, ce matin. L'odeur de ménagerie se mêlait à celle, écœurante, du sang et des excréments. Il dut faire effort pour parler.

– Vous vivrez peut-être, toi et cet enfant. Il y a trois ans, après l'incendie, les plus jeunes condamnés ont été relâchés, quand le peuple s'est lassé de tant d'horreurs étalées sur le sable du cirque. Tu vivras, Lin, il le faut.

L'esclave le regarda intensément, les larmes aux yeux.

– Mais si tu n'es plus là, Pierre, qui dirigera notre communauté ? Qui nous enseignera ?

– Toi. Je t'ai connu alors que tu venais d'être vendu au marché proche du Forum, de même que j'ai vu grandir cet enfant. Toi, et lui, vous vivrez. Vous êtes l'avenir de l'Église. Je ne suis plus qu'un vieil arbre, déjà mort à l'intérieur...

– Comment peux-tu dire cela ? Toi qui as connu Notre Seigneur, toi qui l'as suivi et servi sans faillir !

Pierre inclina le front. La trahison de Jésus, les assassinats successifs, la lutte acharnée contre ses adversaires à Jérusalem, tant de souffrances causées par lui...

– Écoute-moi bien, Lin : le soleil baisse déjà, il reste peu de temps. Il faut que tu le saches, j'ai failli. Pas seulement par accident, comme il arrive à chacun de nous, mais longuement, et de façon répétée. Dis-le à l'Église, quand tout cela sera fini. Mais dis-lui aussi que je meurs dans la paix : parce que j'ai reconnu mes fautes, mes innombrables fautes. Parce que j'en ai demandé pardon à Jésus lui-même, et à son Dieu. Et parce que jamais – *jamais* – un chrétien ne doit douter du pardon de Dieu. C'est le cœur même de l'enseignement de Jésus.

Lin posa ses mains sur celles de Pierre : elles étaient glacées. Était-ce la vie qui se retirait de lui ? Plusieurs étaient morts dans ce tunnel, avant même d'arriver au supplice.

Le vieil homme releva la tête.

– Rappelle-toi, Lin – et toi, enfant, écoute : au soir du dernier repas que nous avons pris avec le Maître, juste avant sa capture, nous étions douze autour de lui. *Il n'y avait que douze apôtres autour de Jésus.* J'étais là, j'en témoigne devant Dieu avant de mourir. Peut-être entendrez-vous parler un jour d'un treizième apôtre : ni toi, ni Ana-

171

clet, ni ceux qui viendront après vous ne devez tolérer la simple mention, la seule évocation d'un autre apôtre que les Douze. Il en va de l'existence même de l'Église. En faites-vous le serment solennel, devant moi et devant Dieu ?

Le jeune homme et l'enfant hochèrent gravement la tête.

– S'il venait à sortir des ténèbres, ce treizième apôtre pourrait anéantir tout ce en quoi nous croyons. Tout ce qui va permettre – il désigna les ombres indistinctes prostrées sur le sol – à ces hommes, à ces femmes, de mourir ce soir dans la paix, peut-être même en souriant. Maintenant, laissez-moi. J'ai beaucoup à dire à mon Seigneur.

Pierre fut crucifié au coucher du soleil, entre les deux *metas* du cirque du Vatican. Quand on mit le feu à son corps, il éclaira un instant l'obélisque, qui n'était qu'à quelques mètres de sa croix.

Deux jours plus tard, Néron proclama la fin des jeux : tous les condamnés à mort furent libérés, après avoir subi les trente-neuf coups de fouet.

Lin succéda à l'Apôtre, dont il enterra le corps au sommet de la colline du Vatican, à quelque distance de l'entrée du cirque.

Anaclet succéda à Lin, le troisième sur la liste des papes proclamée à chaque messe catholique dans l'univers entier. C'est lui qui fit bâtir la première chapelle sur la tombe de Pierre. Qui fut ensuite remplacée par une basilique, que l'empereur Constantin voulut déjà majestueuse.

Le serment solennel des deux papes successeurs de Pierre fut transmis, de siècle en siècle.

Et l'obélisque devant lequel le père Nil s'arrêta un instant, ce matin-là – le sirocco avait cessé, Rome étincelait dans sa gloire –, était celui même au pied duquel, dix-neuf siècles plus tôt, un disciple de Jésus, réconcilié avec son Dieu par le repentir et le pardon, avait volontairement affronté un horrible supplice.

Car Pierre avait caché la vérité aux chrétiens : lui seul savait qu'il ne méritait pas leur vénération, il voulait mourir dans l'opprobre et le mépris. Mais il n'avait pas fui devant la persécution. Au contraire, il était allé se livrer à la police de Néron, pour expier ses fautes. Et pour pouvoir faire jurer à Lin qu'il transmettrait le secret.

Depuis, ce secret n'avait jamais quitté la colline du Vatican.

Le treizième apôtre n'avait pas parlé.

45.

Nil aimait flâner et rêver sur la place Saint-Pierre tôt le matin, quand les touristes ne sont pas encore là. Il s'écarta de l'ombre de l'obélisque pour profiter du soleil déjà tiède. « On dit que c'est l'obélisque qui ornait le centre du cirque de Néron. À Rome, le temps n'existe pas. »

Sa main gauche ne lâchait pas la sacoche dans laquelle il avait placé, en quittant San Girolamo, les plus précieuses de ses notes, extraites des papiers qu'il avait rangés sur l'étagère. On pouvait fouiller sa chambre ici, aussi facilement qu'à l'abbaye, et il savait qu'il devait maintenant se méfier de tous. « Mais pas de Remby, jamais ! » Au moment de partir, il glissa au fond de cette sacoche le rouleau contenant le négatif du cliché pris à Germigny.

Une des quatre pistes laissées derrière lui par Andrei, et qu'il ne savait toujours pas comment exploiter.

En arrivant à son bureau, tandis que Nil rêvait encore au pied de l'obélisque sur les empires que consolide le temps, Leeland trouva un mot qui le convoquait immédiatement chez un minutante de la Congrégation. Un certain Mgr Calfo, qu'il avait parfois croisé dans un couloir, sans savoir au juste quelle était sa place dans l'organigramme du Vatican.

Deux étages et un dédale de couloirs plus bas, il fut surpris de trouver le prélat installé dans un bureau presque luxueux, dont l'unique fenêtre donnait directement sur la place Saint-Pierre. L'homme était petit, rondouillard, l'air à la fois sûr de lui et patelin. « Un habitant de la galaxie vaticane », songea l'Américain.

Calfo ne le fit pas asseoir.

— Monseigneur, le cardinal m'a demandé de le tenir au courant de vos conversations avec le père Nil, qui est venu vous prêter main-forte. Son Éminence – le contraire serait surprenant – s'intéresse de près aux études de nos spécialistes.

Sur son bureau, bien en évidence, se trouvait la note remise la veille par Leeland à Catzinger : il y résumait sa première conversation avec Nil, mais passait complètement sous silence les confidences de son ami sur ses recherches dans l'Évangile selon saint Jean.

— Son Éminence m'a communiqué votre premier rapport : il montre qu'une relation de confiance amicale existe entre vous et le Français. Mais c'est insuffisant, monseigneur, tout à fait insuffisant ! Je ne peux pas croire qu'il ne vous ait rien dit de plus sur la nature des travaux qu'il mène avec talent, et depuis longtemps !

— Je ne pensais pas que les détails d'une conversation à bâtons rompus pouvaient intéresser à ce point le cardinal.

– Tous les détails, monseigneur. Il faut que vous soyez plus précis, et moins réservé, dans vos comptes rendus. Qui feront gagner au cardinal un temps précieux, car il veut suivre chacune des avancées de la science – c'est son devoir en tant que préfet de la Congrégation pour la doctrine de la foi. Nous attendons votre collaboration, monseigneur, et vous savez pourquoi... n'est-ce pas ?

Un sentiment que Leeland ne put maîtriser, une bouffée de haine sourde l'envahit. Il pinça les lèvres, et ne répondit rien.

– Voyez-vous cette bague épiscopale ? – Calfo étendit sa main. – C'est un admirable chef-d'œuvre, taillé à l'époque où l'on connaissait encore le langage des pierres. L'améthyste, que choisissent la plupart des prélats catholiques, est miroir d'humilité et nous rappelle l'ingénuité de saint Matthieu. Mais ceci est un jaspe, qui est le reflet de la foi, associée à saint Pierre. À chaque instant il me remet face au combat de ma vie : la foi catholique. C'est cette foi, monseigneur, qui est concernée par les travaux du père Nil. Vous ne devez rien dissimuler de ce qu'il vous dit, comme vous l'avez fait.

Calfo le congédia en silence, puis s'assit à son bureau. Ouvrit le tiroir, et en tira une liasse de feuillets arrachés d'un bloc-notes : le compte rendu sténographique de la conversation de la veille. « Je suis encore le seul à savoir que Leeland ne joue pas le jeu. Antonio a fait du bon travail. »

En regagnant son bureau à travers les couloirs, Leeland tenta d'étouffer sa colère. Ce minutante savait qu'il avait dissimulé toute une partie de sa conversation avec Nil. Comment le savait-il ?

« Nous avons été écoutés ! Je suis mis sous écoute, ici, au Vatican. »

À nouveau, la haine en lui. Ils l'ont trop fait souffrir, ils ont détruit sa vie.

En entrant dans le minuscule bureau de Leeland, Nil s'excusa de son retard :

— Pardonne-moi, j'ai flâné sur la place...

Il s'assit, déposa sa sacoche contre le pied de la chaise, et sourit.

— J'ai réuni là-dedans mes notes les plus précieuses. Il faut que je te montre mes conclusions – elles sont provisoires, mais tu commenceras à comprendre...

L'interrompant d'un geste, Leeland griffonna quelques mots sur un morceau de papier, et le tendit à Nil en plaçant l'index sur ses lèvres. Surpris, le Français prit le papier, et y jeta un coup d'œil : « Nous sommes écoutés. Ne dis rien, je t'expliquerai. Pas ici. »

Il leva vers Leeland des yeux stupéfaits. Sur un ton volubile, celui-ci enchaîna :

— Alors, bien installé à San Girolamo ? Hier nous avons eu un coup de sirocco, tu n'as pas trop souffert ?

— Euh... si, j'ai eu mal au crâne toute la soirée. Qu'est-ce que...

— Il est inutile que nous retournions aujourd'hui à la réserve de la Vaticane : je voudrais te montrer ce que j'ai dans mon ordinateur, tu verras le travail déjà accompli. Tout cela est chez moi. Veux-tu m'accompagner, maintenant ? C'est à dix minutes d'ici, via Aurelia.

Il fit de la tête un signe impérieux à Nil, éberlué, et se leva sans attendre sa réponse.

Au moment où ils quittaient le couloir pour la cage d'escalier, Leeland laissa Nil passer devant lui, et se retourna. Du bureau contigu au sien il vit sortir un minutante qu'il ne connaissait pas, qui ferma tranquillement la porte à clé et se dirigea dans leur direction. Il était vêtu d'un élégant clergyman, et dans l'obscurité du couloir Leeland n'aperçut que son regard noir, à la fois mélancolique et inquiétant.

Vivement, il rejoignit Nil qui l'attendait sur les premières marches de l'escalier, l'air toujours aussi stupéfait.

– Descendons. Vite.

46.

Ils traversèrent la colonnade du Bernin. Leeland jeta un coup d'œil circulaire, et prit familièrement le bras de Nil.

– Mon ami, j'ai eu la preuve ce matin que notre conversation d'hier a été écoutée.

– Comme dans une ambassade, du temps des Soviétiques !

– L'Empire soviétique n'existe plus, mais ici tu es au centre névralgique d'un autre empire. Je suis certain de ce que j'avance, ne m'en demande pas plus. *My poor friend*, dans quel guêpier t'es-tu fourré ?

Ils marchèrent en silence. Le trafic était extrêmement dense sur l'Aurelia, rendant toute conversation impossible. Leeland s'arrêta devant un immeuble moderne, qui faisait l'angle d'une rue adjacente.

– Voilà, c'est ici, j'ai un studio au troisième étage. Le Vatican paye le loyer, mon salaire de minutante n'y suffirait pas.

En franchissant le seuil du studio de Leeland, Nil poussa entre ses dents un petit sifflement :

— *Monsignore*, quelle merveille !

Une grande salle de séjour était divisée en deux. La première partie comportait un piano mi-queue, autour duquel était éparpillé tout un matériel électro-acoustique. Une étagère à claire-voie remplie de livres délimitait la seconde partie : deux ordinateurs reliés aux annexes les plus sophistiquées – imprimantes, scanner, et des boîtiers que Nil fut incapable d'identifier. Leeland invita Nil à se mettre à l'aise, et eut un petit rire gêné.

— C'est mon abbaye américaine qui m'a offert tout ça, une fortune ! Ils étaient furieux de la façon dont j'ai été limogé de mon poste d'abbé régulièrement élu, pour des raisons de politique ecclésiastique. Le Vatican me demande de faire acte de présence à mon bureau de minutante matin et soir. Puis je vais travailler à la réserve ou je reviens ici. Breczinscky m'a autorisé à photographier certains manuscrits, que j'ai scannés dans l'ordinateur.

— Pourquoi m'as-tu dit de me méfier de lui ?

Leeland sembla hésiter à répondre :

— Pendant nos années d'études romaines, tu voyais le Vatican depuis la colline de l'Aventin, à un kilomètre d'ici : c'était loin, Nil, très loin. Tu étais fasciné par le ballet des prélats autour du pape, tu appréciais en spectateur, fier d'appartenir à une machinerie qui possède une carrosserie si prestigieuse. Maintenant tu n'es plus spectateur : tu es un insecte, piqué sur la toile, piégé par les araignées, englué comme une mouche sans défense.

Nil l'écoutait en silence. Depuis la mort d'Andrei, il pressentait que sa vie avait basculé, qu'il était entré dans un univers dont il ignorait tout. Leeland poursuivit :

— Josef Breczinsky est un Polonais, l'un de ceux qu'on

appelle les « hommes du pape ». Totalement dévoué à la personne du Saint-Père, et donc écartelé entre les courants qui parcourent le Vatican, d'autant plus violents qu'ils sont souterrains. Depuis quatre ans je travaille à dix mètres de son bureau, et ne sais toujours rien de lui : sauf qu'il porte le poids d'une souffrance infinie, qui se lit sur son visage. Il semble t'apprécier : fais très attention à ce que tu lui dis.

Nil retint son envie de saisir le bras de Leeland.

– Et toi, Remby ? Est-ce que toi aussi tu es un... insecte englué dans la toile ?

Les yeux de l'Américain s'embuèrent de larmes.

– Moi... ma vie est finie, Nil. Ils m'ont détruit, parce que j'ai cru en l'amour. Comme ils peuvent te détruire, parce que tu crois en la vérité.

Nil comprit qu'il ne devait pas insister. « Pas aujourd'hui. Une telle détresse dans son regard ! »

L'Américain se reprit.

– Je suis bien incapable de collaborer à tes travaux érudits, mais je ferai tout mon possible pour t'aider : les catholiques ont toujours voulu ignorer que Jésus était juif ! Mets à profit ton séjour inattendu à Rome, les manuscrits grégoriens attendront s'il le faut.

– Nous irons chaque jour travailler à la réserve, pour ne pas éveiller les soupçons. Mais je suis décidé à poursuivre la recherche d'Andrei. Son billet parlait de quatre pistes à explorer. L'une d'entre elles concerne une dalle récemment découverte dans l'église de Germigny, avec une inscription datant de l'époque de Charlemagne. Nous avons rapidement pris un cliché de face, l'inscription avait beaucoup étonné Andrei. J'ai ici le négatif : crois-tu qu'avec ton matériel informatique, tu puisses en tirer quelque chose ?

Leeland eut l'air soulagé : parler technique lui permettait d'échapper aux fantômes qu'il venait d'évoquer.

– Tu n'imagines pas ce qu'un ordinateur peut faire ! Si ce sont les caractères d'une langue qu'il possède en mémoire, il sait reconstituer des lettres ou des mots à partir d'un texte abîmé par le temps. Montre-moi ton négatif.

Nil prit sa sacoche, et tendit le rouleau à son ami. Ils passèrent de l'autre côté de la pièce, Leeland alluma les boîtiers qui se mirent à clignoter. Il ouvrit l'un d'eux.

– Scanner laser, dernière génération.

Quinze secondes plus tard, la dalle apparut sur l'écran. Leeland mania la souris, pianota sur le clavier, et la surface de l'image commença à être balayée, très régulièrement, par un pinceau lumineux.

– Il y en a pour vingt minutes. Pendant qu'il travaille, viens à côté du piano, je vais te jouer le *Children's Corner*.

Tandis que Leeland, les yeux fermés, faisait naître sous ses doigts la mélodie délicate de Debussy, le pinceau de l'ordinateur passait, inlassablement, devant la reproduction d'une mystérieuse inscription carolingienne.

Photographiée, au crépuscule du XXᵉ siècle, par un moine que ce cliché avait conduit à la mort.

Au même moment, Mgr Calfo saisissait son téléphone portable :

– Ils ont quitté le bureau de la Congrégation et sont partis immédiatement pour l'appartement de l'*Americano* ? Bon, restez dans les parages, surveillez discrètement leurs mouvements, et ce soir vous me faites votre rapport.

Il palpa machinalement le losange oblong de son jaspe vert.

47.

Sur l'écran de l'ordinateur, l'inscription de la dalle de Germigny apparaissait maintenant avec une grande netteté.

— Regarde, Nil : c'est parfaitement lisible. Ce sont des caractères latins, l'ordinateur les a restitués. Et puis là, au début et à la fin du texte, il y a deux lettres grecques – alpha et oméga – qu'il a identifiées sans erreur possible.

— Peux-tu me faire un tirage ?

Nil contemplait l'inscription tirée sur papier. Leeland attendit qu'il prenne la parole.

— C'est bien le texte du Symbole de Nicée, le Credo. Mais il est disposé de façon totalement incompréhensible...

Ils rapprochèrent leurs sièges. « Comme autrefois, quand je le retrouvais dans sa chambre pour étudier avec lui, côte à côte sous la même lampe. »

— Pourquoi a-t-on ajouté la lettre alpha avant le premier mot du texte, et la lettre oméga après le dernier ? Pourquoi ces deux lettres, la première et la dernière de l'alphabet grec, artificiellement plaquées sur un texte écrit en latin et considéré comme intouchable ? Pourquoi a-t-on tronçonné les mots, sans tenir compte de leur signification ? Je ne vois qu'une explication possible : il ne faut pas s'occuper du sens, puisqu'il n'y en a pas, mais de la façon dont le texte a été disposé. Andrei m'a dit qu'il n'avait jamais vu cela : il s'est certainement douté que ce découpage avait une signification particulière, et il a fallu qu'il vienne à Rome pour s'apercevoir que le Credo ainsi modifié avait quelque chose à voir avec les trois autres indices notés sur son billet. Pour l'instant je n'en ai déchiffré qu'un seul, le manuscrit copte.

— Tu ne m'en as pas encore parlé...

— Parce que j'ai découvert ce que veulent dire les mots, mais pas le sens du message. Et le sens se trouve peut-être dans la façon incompréhensible dont ce texte a été gravé au VIIIe siècle.

Nil réfléchit, puis il reprit :

— Tu sais que, pour les Grecs, alpha et oméga signifiaient le début et la fin du temps...

— Comme dans l'Apocalypse de saint Jean ?

— Exactement. Quand l'auteur de l'Apocalypse écrit « Je vis un ciel nouveau et une terre nouvelle », il fait dire au Christ qui lui apparaît en gloire :

> *Je suis l'alpha et l'oméga,*
> *le Premier et le Dernier*
> *le commencement et la fin.*

» La lettre alpha signifie qu'un nouveau monde commence, et la lettre oméga que ce monde-là durera pour l'éternité. Encadré par ces deux lettres, l'étrange découpage du texte ferait donc allusion à un nouvel ordre du monde, qui ne pourrait en aucun cas être modifié : « un ciel nouveau et une terre nouvelle », quelque chose qui doit durer jusqu'à la fin des temps.

— L'alpha et l'oméga sont des symboles bibliques fréquents ?

— Pas du tout. On les trouve uniquement dans l'Apocalypse, dont la tradition affirme que l'auteur est Jean. On peut donc penser que si ce texte est ainsi enchâssé entre l'alpha et l'oméga, c'est que son agencement a quelque chose à voir avec l'Évangile selon saint Jean.

Nil se leva, et alla se planter devant la fenêtre fermée.

– Une disposition du texte indépendante du sens des mots, en relation avec l'Évangile attribué à Jean. Je ne peux rien dire d'autre, tant que je ne me suis pas assis à ma table pour retourner cette inscription dans tous les sens, comme Andrei a dû le faire. En tout cas, tout gravite autour du quatrième Évangile, et c'est pourquoi mes recherches intéressaient tant mon ami.

Nil fit signe à Leeland de le rejoindre près de la fenêtre.

– Demain tu ne me verras pas : je m'enferme dans ma chambre à San Girolamo, et je n'en sortirai que quand j'aurai trouvé le sens de cette inscription. On se revoit après-demain, j'espère que j'y verrai plus clair. Il faudra ensuite que tu me laisses utiliser Internet, j'ai une recherche à faire dans les grandes bibliothèques du monde entier.

Du menton, il désigna le sommet de la coupole de Saint-Pierre, qui émergeait au-dessus des toits.

– Andrei est peut-être mort parce qu'il avait touché à quelque chose qui menaçait *ça*...

Si, au lieu de regarder le dôme du Vatican, ils avaient jeté un coup d'œil dans la rue, ils auraient pu voir un homme jeune qui fumait négligemment, abrité du froid de décembre dans une porte cochère. Comme n'importe quel flâneur, il portait un pantalon clair et une veste épaisse.

Ses yeux noirs ne quittaient pas le troisième étage de l'immeuble de la via Aurelia.

48.

Tard ce soir-là, le bureau de Catzinger restait seul éclairé dans l'immeuble de la Congrégation. Il fit entrer Calfo, et s'adressa à lui sur son ton de commandement :

— Monseigneur — le cardinal tenait en main une simple feuille —, j'ai reçu en fin d'après-midi le second rapport de Leeland. Il se moque de nous. Selon lui, ils n'ont parlé aujourd'hui que de chant grégorien. Or, vous me dites qu'ils sont restés enfermés dans l'appartement de la via Aurelia, pendant toute la matinée ?

— Jusqu'à quatorze heures, Éminence, heure à laquelle le Français a quitté les lieux pour regagner San Girolamo, où il s'est cloîtré dans sa chambre. Mes informations sont absolument sûres.

— Je ne veux pas en connaître la source. Débrouillez-vous pour savoir ce qu'ils se disent dans l'appartement de Leeland : nous *devons* être informés sur ce que ce Français a en tête. Me suis-je fait comprendre ?

En début de matinée le lendemain, un touriste semblait s'intéresser de près aux chapiteaux sculptés du teatro di Marcello, qui délimite l'emplacement du marché aux bœufs de l'ancienne Rome, le Foro Boario. Non loin, le temple de la Fortune virile dresse ses colonnes rigides coiffées d'un gland corinthien, qui rappellent au visiteur averti quelle était sa dédicace. Juste à côté, un petit temple rond est consacré aux vestales, qui offraient leur chasteté perpétuelle aux divinités de la ville et y entretenaient le feu sacré.

En passant devant ces deux édifices accolés, le touriste avait eu un sourire de contentement : « La fortune virile, et la chasteté perpétuelle. L'Éros divinisé aux côtés de la divine pureté : déjà, les Romains avaient compris. Nos mystiques n'ont fait que développer. »

Son pantalon de ville ne parvenait pas à masquer un postérieur éloquent, et s'il gardait la main droite enfoncée dans la poche de sa veste en daim, c'était pour cacher le très beau jaspe qui ornait son annulaire – jamais, en aucun cas, il ne se séparait de ce bijoux de prix.

Il fut rejoint par un homme qui tenait ostensiblement en main un gros guide touristique de Rome.

– *Salam aleikoum*, monseigneur !

– *We aleikoum salam*, Moktar. Voilà ce qui était convenu, pour le transport de la dalle de Germigny. Beau travail.

De sa poche émergea une enveloppe, qui changea de mains. Moktar Al-Qoraysh palpa rapidement l'enveloppe, sans l'ouvrir, et offrit en échange un sourire à son interlocuteur.

– Je suis allé inspecter l'immeuble de la via Aurelia : il n'y a aucun appartement à louer. En revanche, un studio est à vendre au deuxième étage, juste sous celui de l'*Americano*.

– Combien ?

À l'énoncé du chiffre, Calfo fit une grimace : bientôt peut-être, la Société Saint-Pie V n'aurait plus à compter. Il ouvrit sa veste, et sortit de la poche intérieure une autre enveloppe, plus grande et plus épaisse.

– Tu vas le visiter tout de suite, tu conclus l'achat immédiatement et tu te fais remettre la clé. Leeland sera retenu à la Congrégation cet après-midi, tu auras trois heures pour faire le nécessaire.

– Monseigneur ! En une heure de temps, les micros seront installés.

– Ton ennemi préféré est retourné en Israël ?

– Tout de suite après notre petit voyage. Il prépare une tournée internationale qui commence par une série de concerts ici, à Rome, à l'occasion de Noël.

– Parfait, merveilleuse couverture, tu auras peut-être encore à faire appel à lui.

Moktar lui lança un regard égrillard.

– Et Sonia, vous en êtes content ?

Calfo réprima son irritation. Il répondit sèchement :

– J'en suis très satisfait, merci. Ne perdons pas de temps, *mah salam.*

Les deux hommes se séparèrent sur un signe de tête. Moktar traversa le Tibre au pont de l'Isola, tandis que Calfo coupait par la piazza Navona.

« Le christianisme ne pouvait prendre naissance qu'à Rome, pensa-t-il en contemplant au passage les sculptures du Bernin et de Brunelleschi, opposées dans un dramatique face-à-face. Le désert conduit à l'inexprimable : mais pour s'exprimer dans l'incarnation, Dieu a besoin des frémissements de la chair. »

49.

Qumrân, an 68

Des nuées sombres s'accumulaient au-dessus de la mer Morte. Dans cette cuvette, les nuages ne donnent jamais de pluie, ils annoncent une catastrophe.

Iokhanân fit signe à son compagnon de continuer à avancer. Silencieusement, ils s'approchèrent du mur d'enceinte. Une voix gutturale les cloua sur place :

– Qui va là ?

– *Béné Israël !* Juifs.

L'homme qui les avait arrêtés les regarda avec suspicion.

– Comment êtes-vous arrivés jusqu'ici ?

– Par la montagne, puis en nous faufilant à travers les plantations d'Ein Feshka. C'est le seul accès possible : les légionnaires encerclent Qumrân.

L'homme cracha sur le sol.

– Fils des ténèbres ! Que venez-vous faire ici, chercher la mort ?

– J'arrive de Jérusalem, nous devons voir Shimon Ben-Yaïr. Il me connaît, conduis-nous.

Ils escaladèrent le mur d'enceinte et s'arrêtèrent, interdits. Ce qui avait été autrefois un lieu paisible de prière et d'étude n'était plus qu'un immense caravansérail. Des hommes fourbissaient des armes dérisoires, des enfants couraient en hurlant, des blessés gémissaient à même le sol. Iokhanân était venu ici, autrefois, accompagnant son père adoptif qui aimait y retrouver ses amis esséniens. Dans la pénombre qui montait il s'arrêta, indécis, devant un groupe d'hommes âgés assis contre le mur du scriptorium où il avait si souvent passé des heures à regarder les scribes tracer, sur leurs parchemins, les caractères hébraïques.

Le guetteur s'approcha et glissa un mot à l'oreille d'un des vieillards. Avec vivacité, ce dernier se leva et ouvrit ses bras.

– Iokhanân ! Tu ne me reconnais pas ? C'est vrai, j'ai vieilli d'un siècle en un mois. Qui est avec toi ? Mes yeux sont infectés, je suis à moitié aveugle.

– Mais si, je te reconnais, Shimon ! C'est Adôn, le fils d'Eliézer Ben-Akkaï.

— Adôn ! Viens, que je t'embrasse... Mais où est Osias ?

Le compagnon de Iokhanân baissa la tête.

— Mon frère est mort dans la plaine d'Ashkélon, tué par une flèche romaine. Moi-même j'ai échappé par miracle à la Ve légion : ses légionnaires sont invincibles.

— Ils seront vaincus, Adôn, ce sont les fils des ténèbres. Mais nous mourrons avant eux, Qumrân est mûr pour la cueillette. Vespasien a repris le commandement de la Xe légion Fretensis qui nous encercle, il veut attaquer Jérusalem par le sud. Toute la journée, nous avons pu suivre leurs préparatifs. Nous n'avons pas d'archers, ils évoluent sous nos yeux. C'est pour cette nuit.

Iokhanân contempla en silence le spectacle poignant de ces hommes que l'Histoire atteignait sans qu'ils puissent lui échapper. Il reprit la parole :

— Shimon, as-tu vu mon *abbou* ? J'ai mis plus de trois mois pour traverser le pays. Aucune nouvelle de lui, ni de ses disciples, j'ai trouvé Pella totalement abandonnée.

De ses yeux purulents, Shimon contempla le ciel : le soleil couchant éclairait les nuages par en dessous. « Le plus beau spectacle du monde, comme au matin de la création ! Mais ce soir, c'est la fin de notre monde. »

— Dans sa fuite, il est passé par ici. Avec lui, au moins cinq cents nazôréens, hommes, femmes et enfants. Il voulait les envoyer en Arabie, jusqu'au rivage de la mer Intérieure. Il a raison : s'ils échappent aux Romains, ils seront persécutés par les chrétiens, qui les haïssent. Nos hommes les ont accompagnés jusqu'à la limite du désert d'Édom.

— Mon père les a suivis ?

— Non, il les a quittés à Beer-Shéba et les a laissés continuer vers le sud. Nous avons une petite communauté d'esséniens dans le désert d'Idumée : c'est là qu'il t'attend. Mais pourras-tu arriver jusque-là ? Tu viens de pénétrer dans un filet, dont les mailles enserrent les fils de lumière. Veux-tu vivre le Jour avec nous, et entrer dans sa clarté, cette nuit même ?

Iokhanân s'écarta, et échangea quelques mots avec Adôn :

– Shimon, je dois rejoindre mon père : nous allons tenter de nous échapper. Auparavant, j'ai un dépôt sacré à mettre en sécurité. Aide-moi, je t'en prie.

Il s'approcha du vieillard, et lui parla à l'oreille. Shimon écouta attentivement, puis hocha la tête.

– Tous nos rouleaux sacrés ont été déposés dans des grottes inaccessibles, quand on ne connaît pas la montagne. Un de nos hommes va t'y conduire, mais il ne pourra pas monter avec vous : écoute...

Du camp romain montaient des appels de trompettes. « Ils sonnent l'assaut ! »

Shimon donna un ordre bref à la sentinelle. Sans un mot, l'homme fit signe à Iokhanân et Adôn de le suivre, tandis qu'une première pluie de flèches s'abattait sur les esséniens, dans les hurlements de terreur des enfants et des femmes. Ils remontèrent le courant des hommes hâves qui se précipitaient vers le mur oriental, et franchirent la porte qui faisait face à la montagne.

La fin de Qumrân venait de commencer.

Machinalement, Iokhanân glissa la main dans sa ceinture : le bambou creux, celui que lui avait remis son père à Pella, était toujours là.

Khirbet Qumrân est adossé à une haute falaise, les bâtiments ont été construits sur un à-plat qui domine la mer Morte. Un système compliqué de canalisations à ciel ouvert amène l'eau jusqu'à la piscine centrale, où les esséniens pratiquaient leurs rites baptistes.

189

Iokhanân et Adôn, précédés par leur guide, suivirent d'abord le tracé des canaux. Pliés en deux, ils couraient par bonds successifs d'arbre en arbre. Le tumulte d'une bataille féroce leur parvenait, toute proche derrière eux.

Essoufflé, Iokhanân fit signe pour demander une pause. Il n'était plus jeune... Il leva les yeux. Devant eux, la falaise semblait d'abord offrir une paroi nue, tombant dans un à-pic impressionnant. Mais, en regardant attentivement, il vit qu'elle était constituée d'énormes concrétions rocheuses, qui dessinaient un lacis compliqué de sentes et de ravines suspendues au-dessus du vide.

Ici et là, on apercevait des taches noires : les grottes. C'est là que les esséniens avaient déménagé toute leur bibliothèque. Comment avaient-ils fait ? Cela semblait inaccessible !

Sur le sommet de la falaise, il distingua les bras mobiles des catapultes romaines, qui commençaient leur balancement meurtrier en direction du camp. Une ligne d'archers, étendue sur une centaine de mètres, décochaient leurs traits à une cadence terrifiante. Le cœur serré, il ne tourna pas la tête pour regarder en arrière.

Leur guide leur montra la voie d'accès vers l'une des grottes.

— Nos principaux rouleaux sont là. J'y ai placé moi-même le *Manuel de Discipline* de notre communauté. Le long du mur de gauche, la troisième jarre à partir de l'entrée. Elle est grande : tu pourras y glisser ton parchemin. Que Dieu vous garde ! Ma place est en bas. Shalom !

Toujours plié en deux, il repartit en courant dans la direction opposée. Il voulait vivre le Jour avec ses frères.

Ils reprirent leur progression. Pendant encore huit cents mètres, ils furent à découvert : suivant toujours la ligne des arbres le long des canaux, ils bondissaient de l'un à l'autre. Leur sacoche de voyage, qui battait sur leur hanche, gênait leurs mouvements.

Soudain, une volée de flèches s'abattit autour d'eux.

– Adôn, là-haut, ils nous ont vus. Courons jusqu'au pied de la falaise !

Mais ces deux ombres, sans armes et qui allaient en sens inverse de la bataille, cessèrent vite d'intéresser les archers romains. Hors d'haleine, ils parvinrent enfin jusqu'à la sécurité relative de l'à-pic. Maintenant, il fallait monter.

Entre les amas rocheux, ils découvrirent des pistes tracées par les chèvres. Quand ils parvinrent à la grotte, le soir tombait.

– Vite, Adôn : il n'y a plus que quelques minutes de lumière !

L'entrée de la grotte était si étroite qu'ils furent obligés d'y pénétrer en se glissant les pieds par-devant. Curieusement, l'intérieur semblait plus lumineux que dehors. Sans un mot, les deux hommes tâtèrent le sol sur le côté gauche : plusieurs cônes émergeaient du sable. Des jarres de terre cuite, enterrées à mi-hauteur, fermées par une espèce de couvercle en forme de bol.

Aidé par Adôn, Iokhanân ouvrit précautionneusement la troisième jarre à partir de l'entrée. À l'intérieur, un rouleau entouré de chiffons enduits de goudron remplissait la moitié de l'espace. Avec respect, il ouvrit le roseau creux qu'il avait tiré de sa ceinture, et en tira une simple feuille de parchemin, fermée par un cordeau de lin. Il la glissa dans la jarre, de façon qu'elle ne soit pas collée contre le goudron du rouleau. Puis il replaça le couvercle, et ramena du sable jusqu'à hauteur du col.

« Voilà. Abbou, nous pouvons mourir : ton épître est ici en sécurité, plus que nulle part ailleurs. Si les chrétiens parviennent à faire disparaître toutes les copies que j'en ai fait faire, l'original est là. »

Depuis l'entrée de la grotte, ils aperçurent Qumrân où l'incendie des bâtiments laissait deviner une scène d'horreur. Méthodiquement, les carrés de légionnaires s'avançaient vers le mur d'enceinte, le franchissaient et ratissaient tout l'espace intérieur. Ne laissant derrière eux que des cadavres d'hommes, de femmes, d'enfants égorgés. Les esséniens ne se défendaient plus. Autour de la piscine centrale, ils aperçurent une masse confuse, à genoux. Au centre, un homme en habit blanc levait les bras vers le ciel. « Shimon ! Qui demande à l'Éternel d'accueillir, en ce moment même, les fils de lumière ! »

Il se tourna vers Adôn.

— Ton frère et toi, vous avez transporté le cadavre de Jésus jusqu'au lieu où il repose. Osias est mort : désormais tu es le seul à savoir où se trouve le tombeau, avec mon *abbou*. Son épître est en sécurité ici : si Dieu réclame notre vie, nous avons fait ce que nous avions à faire.

L'obscurité envahissait la cuvette de la mer Morte. Tout le pourtour de Qumrân était gardé. La seule issue possible : l'oasis toute proche d'Ein Feshka, par où ils étaient venus. Au moment où ils y parvenaient, ils aperçurent un groupe armé de torches qui s'avançait vers eux. On leur cria, en mauvais hébreu :

— Halte ! Qui êtes-vous ?

Ils se mirent à courir, et une volée de flèches tenta de les atteindre. Cherchant le couvert des premiers oliviers, Iokhanân détalait de toutes ses forces, sa sacoche battant ses flancs, quand il entendit un cri sourd juste derrière lui.

— Adôn ! Tu es blessé ?

Il revint en arrière, se pencha vers son compagnon : une flèche romaine était plantée entre ses omoplates. Il eut la force de murmurer :

— Pars, frère ! Pars, et que Jésus soit avec toi !

Tapi dans un bosquet d'oliviers, Iokhanân vit de loin les légionnaires achever à coups de glaive le deuxième fils d'Eliézer Ben-Akkaï.

Un seul homme, désormais, savait où se trouve le tombeau de Jésus.

50.

Nil marchait d'un pas allègre : un soleil radieux se glissait entre les hauts murs bordant la via Salaria. Il avait passé toute la journée de la veille enfermé dans sa chambre, et partagé les repas des moines sans assister à leurs rares offices liturgiques, expédiés au plus vite. Il n'avait dû subir le bavardage intarissable du père Jean qu'au moment du café, pris dans le cloître.

– Tous, ici, nous avons connu les grandes heures de San Girolamo, quand on espérait offrir au monde une nouvelle version de la Bible en latin. Depuis que la modernité nous a condamnés, nous travaillons dans le vide, et la bibliothèque est laissée à l'abandon.

« Ce n'est pas seulement la modernité : la vérité, peut-être, vous condamne aussi » pensa Nil en ingurgitant un liquide qui insultait Rome, la ville où se déguste le meilleur café du monde.

Mais ce matin il se sentait léger, et oubliait presque l'ambiance oppressante dans laquelle il était plongé depuis son arrivée, cette méfiance de tous envers tous, et la confidence de Leeland : « Ma vie est finie, ils ont détruit ma vie. » Qu'était devenu le grand étudiant à la fois grave et enfantin, qui posait sur chaque chose et sur chaque être le regard inaltérable d'un optimisme aussi indestructible que sa foi en l'Amérique ?

Il s'était battu avec l'inscription de la dalle, l'avait retournée dans tous les sens. Sur le point d'abandonner, il avait eu l'idée de confronter le texte mystérieux au manuscrit copte : cela avait été un trait de lumière. L'une des deux phrases lui avait permis d'aboutir, au début de la nuit.

Andrei avait vu juste : il fallait tout *mettre en perspective.* Rapprocher des éléments épars, chacun écrit à une époque différente – Iᵉʳ siècle pour l'Évangile, IIIᵉ siècle pour le manuscrit, VIIIᵉ siècle pour Germigny. Il commençait à entrevoir un fil conducteur.

Ne pas lâcher ce fil. « La vérité, Nil : c'est pour la vérité que vous êtes entré au monastère. » La vérité vengerait Andrei.

Quand il pénétra dans le studio de la via Aurelia, Leeland, toutes lumières allumées, jouait une *Étude* de Chopin et l'accueillit avec le sourire. Nil se prit à douter que le même homme, deux jours plus tôt, lui avait fait entrevoir un abîme de désespoir.

– Pendant mes années à Jérusalem, j'ai passé beaucoup de temps auprès d'Arthur Rubinstein, qui finissait ses jours là-bas : nous étions une dizaine d'étudiants, des Israéliens, des étrangers, à nous réunir chez lui. J'ai eu le privilège de le voir faire travailler cette *Étude.* Alors, as-tu réussi à comprendre le rébus ?

Nil fit signe à Leeland de s'asseoir à côté de lui.

– Tout s'est éclairci quand j'ai eu l'idée de numéroter une à une les lignes de l'inscription. Voilà ce que ça donne :

1 αcredo in deum patrem om
2 nipotentem creatorem cel
3 i et terrae et in iesum c
4 ristum filium ejus unicu
5 m dominum nostrum qui co
6 nceptus est de spiritu s
7 ancto natus ex maria vir
8 gine passus sub pontio p
9 ilato crucifixus mortuus
10 et sepultus descendit a
11 d inferos tertia die res
12 urrexit a mortuis ascend
13 it in cœlos sedet ad dex
14 teram dei patris omnipot
15 entis inde venturus est
16 iudicare vivos et mortuo
17 s credo in spiritum sanc.
18 tum sanctam ecclesiam ca
19 tholicam sanctorum commu
20 nionem remissionem pecca
21 torum carnis resurrectio
22 nem vitam eternam amen.ω

– Vingt-deux lignes... murmura Leeland.

– Exactement vingt-deux. Alors je me suis reposé la première question : pourquoi a-t-on rajouté un alpha et un
oméga au début et à la fin du texte ?

– Tu me l'as déjà dit : graver dans le marbre un nouvel
ordre du monde, immuable, pour l'éternité.

– Oui, mais j'ai pu aller beaucoup plus loin. Chaque
ligne n'a aucune signification, mais en comptant le nombre
de signes – c'est-à-dire les lettres et les espaces – je me suis
aperçu que chacune a la même longueur, exactement

vingt-quatre signes. Première conclusion : ceci est un *code numérique*, c'est-à-dire basé sur la symbolique des nombres – une marotte très répandue dans l'Antiquité et au début du Moyen Âge.

– Un code numérique ? Qu'est-ce que c'est ?

– Sais-tu que 12 et 12 font 24 ?

Leeland siffla entre ses dents :

– Je m'incline devant ton génie : toute une journée pour aboutir à ce résultat !

– Ne te moque pas, accroche-toi. La base numérique de ce code, c'est le chiffre 12, qui symbolise dans la Bible la perfection du peuple élu : douze fils d'Abraham, douze tribus d'Israël, douze apôtres. Si douze représente la perfection, deux fois douze signifie l'absolu de cette perfection. Par exemple, dans l'Apocalypse, Dieu en majesté apparaît entouré par vingt-quatre vieillards, deux fois douze. Chaque ligne de l'inscription contient deux fois douze signes : chacune est donc absolument parfaite. Mais il manque deux lettres pour pouvoir obtenir des lignes régulières de vingt-quatre signes : afin d'arriver à ce résultat, on a ajouté au début la lettre alpha et à la fin la lettre oméga. On faisait ainsi coup double, puisqu'en même temps on introduisait une allusion transparente à l'Apocalypse de saint Jean : « Je suis l'alpha et l'oméga, le commencement et la fin. » Par son code, le texte instaure un monde nouveau, immuable. Tu me suis ?

– Jusque-là, oui.

– Si deux fois douze représente la perfection absolue, le carré de cette perfection, soit 24 fois 24, est la perfection éternelle : dans l'Apocalypse, le rempart de la Jérusalem céleste – la cité éternelle – mesure cent quarante-quatre coudées, qui est un carré de douze. Pour qu'il représente la perfection éternelle selon ce code particulier, il faudrait que le Credo soit disposé en vingt-quatre lignes de chacune vingt-quatre signes : un carré parfait. D'accord ?

— Mais il n'y a que vingt-deux lignes !

— Justement, il manque deux lignes pour former le carré parfait. Or il se trouve que le texte adopté au concile de Nicée contient douze professions de foi. Une légende très ancienne rapporte qu'au soir du dernier repas pris dans la salle haute, chacun des douze apôtres aurait consigné par écrit l'une de ces professions de foi. C'était garantir, de façon naïve, l'origine apostolique du Credo. Douze apô-tres, douze professions de foi, en douze phrases réparties chacune sur deux lignes de vingt-quatre signes : dans le langage rigoureux d'un code numérique, on aurait dû obtenir un carré parfait, vingt-quatre lignes de vingt-quatre signes. Et comme tu le vois, il n'y a que vingt-deux lignes : le carré n'est pas parfait, il manque un apôtre !

— Où veux-tu en venir ?

— En arrivant dans la salle haute, au soir du dernier repas, ils sont douze avec Jésus – *plus* l'hôte prestigieux, le disciple bien-aimé : treize hommes pour témoigner. Au milieu du repas, Judas quitte les lieux pour aller préparer l'arrestation de son Maître : douze hommes restent sur place. Mais l'un de ces douze est celui qui sera ensuite férocement éliminé de tous les textes, et de la mémoire. Celui-là ne peut pas être compté au nombre des apôtres, de ceux qui vont fonder l'Église sur leur témoignage. Il faut l'écarter à tout prix, afin que jamais il ne puisse être considéré comme l'un des Douze. Répartir le texte sur vingt-quatre lignes eût été admettre que ce personnage, lui aussi, avait rédigé ce soir-là une des douze professions de foi du Credo. C'était donc authentifier son témoignage, à égalité avec celui des autres apôtres. La double ligne manquante, Rembert, c'est la place *en creux* de celui qui était allongé à côté de son Maître le jeudi 6 avril 30 au soir, mais qui a été rejeté du groupe des Douze lors de la fondation de l'Église. C'est l'aveu implicite qu'il y avait bien, aux côtés de Jésus, un treizième apôtre !

Nil ouvrit son dossier, et en tira la photocopie du manuscrit copte qu'il tendit à Leeland.

– Voici ma traduction de la première phrase, *La règle de foi des douze apôtres contient le germe de sa destruction*. C'est-à-dire que si le disciple bien-aimé avait ajouté son témoignage à celui des onze apôtres – s'il y avait eu vingt-quatre lignes au lieu de vingt-deux –, le Credo aurait été détruit, et anéantie l'Église qui se fonde sur lui. Cette inscription grave dans le marbre, au VIIIe siècle, l'élimination d'un homme : le treizième apôtre. Bien d'autres que lui, au cours des siècles, se sont opposés à la divinisation de Jésus, mais aucun n'a été poursuivi par une haine aussi durable. Il y a donc chez lui quelque chose de particulièrement dangereux, et je me demande si Andrei n'est pas mort parce qu'il avait découvert ce quelque chose.

Leeland se leva, et plaqua quelques accords sur le piano.

– Penses-tu que le texte du Credo ait été codé dès l'origine ?

– Évidemment non. Le concile de Nicée s'est tenu en 325, sous la surveillance de l'empereur Constantin qui exigeait que la divinité de Jésus soit définitivement imposée à toute l'Église. Il fallait vaincre l'arianisme, qui refusait cette divinisation et mettait en danger l'unité de l'Empire. Nous avons plusieurs comptes rendus des discussions : rien n'indique que l'élaboration du Symbole, qui reprend d'ailleurs un texte plus ancien, ait obéi à des considérations autres que purement politiques. Non, c'est beaucoup plus tard, au début d'un Moyen Âge entiché d'ésotérisme, qu'on a éprouvé le besoin de coder ce texte, et de le graver sur une dalle placée en évidence dans une église impériale. Parce qu'on voulait réaffirmer, longtemps après mais une fois de plus, l'élimination d'un témoignage jugé extrêmement dangereux.

— Et crois-tu vraiment que les paysans incultes du Val-de-Loire, quand ils pénétraient dans l'église de Germigny, pouvaient comprendre le sens de l'inscription qu'ils avaient sous les yeux ?

— Certainement pas, les codes numériques sont toujours très compliqués et ne peuvent être compris que par quelques rares initiés – qui savent déjà par ailleurs ce que contient le code. Ils ne sont pas faits, comme les chapiteaux de nos églises romanes, pour enseigner le peuple, mais pour une minorité qui jouit de la connaissance initiatique. Non, cette dalle a été gravée par le pouvoir impérial pour rappeler à l'élite qui partageait une part de ce pouvoir – notamment les évêques – quelle était sa mission : maintenir pour l'éternité, *alpha et oméga*, la croyance en la divinité de Jésus affirmée par le Credo, celle qui fonde l'Église, laquelle était le principal rempart de l'autorité impériale.

— C'est stupéfiant !

— Ce qui est stupéfiant, c'est qu'à partir de la fin du Ier siècle une espèce de conjuration semble se mettre en place pour cacher un secret lié au treizième apôtre. Elle réapparaît périodiquement. On en a un témoignage au IIIe siècle dans le manuscrit copte, un second au VIIIe siècle dans l'inscription de Germigny, peut-être d'autres encore : je n'ai pas fini mon travail. Un secret gardé par les classes dirigeantes religieuses, qui parcourt l'histoire de l'Occident, et sur lequel je suis en train de mettre le doigt après Andrei. Je ne sais qu'une chose, c'est que ce secret pourrait remettre en cause l'essentiel de la foi défendue par la hiérarchie de l'Église.

Leeland se tut brusquement, comme un animal qui rentre dans sa tanière. Lui, c'est sa vie que cette hiérarchie avait remise en cause. Il se leva et enfila son manteau.

– Allons au Vatican, nous sommes en retard... Que comptes-tu faire ?

– Dès demain, m'installer devant ton ordinateur et naviguer sur Internet. Je suis à la recherche de deux ouvrages des Pères de l'Église, identifiés seulement par leur cote Dewey, et qui se trouvent au fond d'une bibliothèque, quelque part dans le monde.

Au deuxième étage, Moktar avait écouté toute la conversation. La pancarte « À vendre » avait été retirée de la porte du studio et la veille, il avait eu le temps de s'installer. Sur une table de bois blanc, du matériel électronique était disposé, avec des fils un peu partout. L'un de ces fils traversait le plafond et aboutissait avec précision sous l'un des pieds du piano mi-queue. Un micro gros comme une lentille était dissimulé dans sa charnière. Pour l'apercevoir, il aurait fallu démonter complètement le piano.

Les magnétophones reliés à ce fil tournaient depuis l'arrivée de Nil, à l'étage au-dessus.

Écouteurs aux oreilles, il n'avait pas perdu un seul mot de la conversation, mais n'y avait pas compris grand-chose. Rien en tout cas qui touchât à sa véritable mission. Il retira la bande magnétique du second magnétophone : celle-là irait au Vatican, et il la ferait payer à Calfo. La première était pour l'université Al-Azhar du Caire.

51.

— Mes frères...

C'était la première réunion de la Société Saint-Pie V depuis l'admission du nouveau frère. Modestement, Antonio occupait la place du douzième apôtre en bout de table.

— Mes frères, je suis en mesure de vous dévoiler une des preuves du secret que nous avons pour mission de protéger : récemment mise à jour, elle se trouve depuis peu en notre possession. Je veux parler de l'inscription placée par l'empereur Charlemagne dans l'église de Germigny, et dont le sens caché ne pouvait être compris que par quelques rares érudits. J'ai la joie de la présenter maintenant à votre dévotion. Deuxième et troisième apôtre, je vous prie...

Deux frères se levèrent, et se placèrent devant le crucifix, à droite et à gauche du recteur. Celui-ci saisit le clou qui transperçait les pieds du Maître. Ses deux acolytes en firent autant du clou fiché dans sa main droite et sa main gauche. Sur un signe de tête, chacun fit tourner son clou selon un chiffre.

Il y eut un déclic : le panneau d'acajou coulissa.

Laissant apparaître un renfoncement, dans lequel étaient placées trois étagères. Celle du bas, au niveau du sol, contenait une dalle de pierre levée sur son champ.

— Mes frères, vous pouvez vous approcher pour la vénération.

Les apôtres se levèrent, et chacun à son tour vint s'agenouiller devant la dalle. L'enduit avait été totalement nettoyé : le texte latin du Credo de Nicée était parfaitement lisible, réparti sur vingt-deux lignes d'égale longueur et encadré par deux lettres grecques. Chaque frère s'inclina profondément, souleva son voile et apposa ses lèvres sur l'alpha et l'oméga. Puis se releva et baisa l'anneau épiscopal que lui présentait le recteur, resté debout sous le crucifix.

Antonio était très ému quand vint son tour. C'est la première fois qu'il voyait l'armoire ouverte : à l'intérieur se trouvaient deux preuves matérielles du secret, dont la préservation justifiait à elle seule l'existence de la Société des Douze. Au-dessus de la dalle, sur l'étagère médiane, un coffret en bois précieux luisait doucement. *Le trésor des Templiers !* Il serait offert bientôt à la vénération des frères, le prochain vendredi 13 du calendrier.

L'étagère supérieure était vide.

En se relevant, il apposa lui aussi ses lèvres sur la bague du recteur. Parsemé de paillettes rouge sombre, le jaspe vert foncé, taillé en losange oblong, était enchâssé dans une monture d'argent ciselé qui lui donnait la forme d'un cercueil miniature. *L'anneau du pape Ghislieri !* Le cœur battant, il reprit sa place sur le douzième siège tandis que le recteur repoussait le panneau d'acajou, qui se ferma automatiquement avec un déclic.

— Mes frères, l'étagère supérieure de ce coffre devrait abriter un jour le plus précieux de tous les trésors, dont ceux que nous possédons ici ne sont que l'ombre ou le reflet. Ce trésor, nous soupçonnons son existence mais nous ignorons encore où il se trouve : la mission en cours va peut-être nous permettre de le reprendre, pour le placer sous notre garde, enfin en sécurité. Alors, nous aurons vraiment les moyens d'accomplir ce pour quoi nous avons voué notre vie au Seigneur : la protection de l'identité du Christ ressuscité.

— Amen !

La joie illuminait le regard des Onze, tandis que leur

recteur reprenait sa place à droite du trône central recouvert de velours rouge.

— J'ai retiré au douzième apôtre la charge d'écouter les entretiens des deux moines : cette surveillance nécessite des temps de présence qui l'auraient immobilisé inutilement. Mon agent palestinien s'en charge, et je serai bientôt en mesure de vous tenir au courant du contenu des premières bandes magnétiques – que je suis en train d'analyser. Le douzième apôtre surveillera discrètement la réserve de la Vaticane. Le père Breczinsky ne le connaît pas encore, ce qui facilitera les choses. Je garde pour l'instant l'entière maîtrise des informations que reçoit le cardinal. Quant au Saint-Père, nous continuons à le tenir totalement à l'écart de ce souci trop lourd pour lui.

Les Onze hochèrent la tête en signe d'approbation. Cette mission devait être menée avec grande précision : le recteur savait faire preuve d'efficacité.

52.

Désert d'Idumée, an 70

— As-tu dormi, *abbou* ?

— Depuis que je suis arrivé dans ce désert, dans l'attente de ton retour je veille sur la vie qui tremble en moi. Maintenant que je t'ai revu, je puis partir pour un autre sommeil... Et toi ?

Le bras gauche de Iokhanân pendait, inerte, et de profondes cicatrices balafraient son torse nu. Il regarda avec inquiétude le vieillard, dont le visage était creusé par la maladie. Sans lui répondre, il s'assit difficilement auprès de lui.

— Après avoir achevé Adôn, les légionnaires m'ont rejoint dans l'oasis d'Ein Feshka et m'ont laissé pour mort sur le terrain. Des esséniens fugitifs, qui avaient réussi à échapper à la prise de Qumrân et au massacre qui a suivi, m'ont jeté sur leurs épaules : j'étais sans connaissance, mais vivant. Pendant des mois, ils m'ont soigné dans la communauté du désert de Judée où ils avaient trouvé refuge. Dès que j'ai pu marcher, je les ai suppliés de m'accompagner ici pour te retrouver : tu n'imagines pas ce qu'a été mon périple, à travers ce désert.

Le treizième apôtre était allongé sur une simple natte, devant l'ouverture d'une grotte. Il parcourut du regard le défilé profond qui s'ouvrait devant eux, creusé par l'érosion dans les roches rouges et ocre. Très loin, on apercevait la chaîne montagneuse qui aboutit à l'Horeb, où Dieu donna autrefois sa Loi à Moïse.

— Les esséniens... Sans eux, Jésus n'aurait pas vécu au désert les quarante jours de solitude qui l'ont transformé. Sans eux, je ne l'aurais pas rencontré auprès de Jean-Baptiste, et il n'aurait pas connu Nicodème, Lazare, mes amis de Jérusalem. C'est dans une des jarres de leurs grottes que tu as déposé mon épître, à Qumrân... nous leur devons tant !

— Plus que tu ne crois. Dans le désert de Judée ils continuent à copier les manuscrits les plus divers. Avant que je les quitte, ils m'ont remis ceci – il posa au bord de la natte une liasse de parchemins. C'est ton Évangile, père, tel qu'il circule maintenant dans tout l'Empire romain. Je te l'ai apporté, pour que tu le lises.

Le vieillard souleva une main : il semblait économiser chaque geste.

— La lecture m'épuise maintenant. Toi, lis-moi !

— Leur texte est beaucoup plus long que ne l'était ton récit. Ils ne corrigent plus, ils inventent. Tel que tu me l'as décrit, Jésus s'exprimait en juif, pour des juifs...

Un peu de couleur revint aux joues du treizième apôtre. Il ferma les yeux, comme s'il revivait des scènes profondément gravées dans sa mémoire.

— Écouter Jésus, c'était entendre la rumeur du vent dans les collines de Galilée, c'était voir les épis inclinés avant la moisson, les nuages qui parcourent le ciel au-dessus de notre terre d'Israël... Quand Jésus parlait, Iokhanân, c'était le joueur de flûte sur la place du marché, le métayer engageant ses ouvriers, les invités à l'entrée du banquet de noces, la fiancée parée pour son fiancé... C'était tout Israël dans sa chair, ses joies et ses peines, la blonde douceur des soirs sur la berge du lac. C'était une musique sortie de notre glaise natale, qui nous élevait vers son Dieu et notre Dieu. Écouter Jésus, c'était recevoir, comme une eau pure, la tendresse des prophètes enveloppée du chant mystérieux des Psaumes. Oh oui ! C'est bien un juif qui parlait à des juifs !

— Ce Jésus que tu as connu, ils lui attribuent maintenant de longs discours à la mode des philosophes gnostiques. Et ils font de lui le Logos, le Verbe éternel. Ils disent que « tout fut par lui, et sans lui rien ne fut. »

— Arrête !

De ses yeux fermés coulèrent deux larmes, qui descendirent lentement le long des joues creuses rongées par la barbe.

— Le Logos ! Le divin anonyme des philosophes de marchés, qui prétendent avoir lu Platon et haranguent des foules oisives pour les faire tomber dans leur poche, en même temps que quelques pièces d'argent ! Déjà, les Grecs avaient transformé en dieu le forgeron Vulcain, en déesse la prostituée Vénus, en dieu encore un mari jaloux et en dieu toujours un nautonier. Oh, comme c'est facile, un dieu à visage d'homme, et comme cela plaît au public ! En divinisant Jésus ils nous rejettent dans la ténèbre du paganisme, d'où Moïse nous avait fait sortir.

Il pleurait maintenant, tout doucement. Après un instant de silence, Iokhanân reprit :

— Certains de tes disciples ont rejoint l'Église nouvelle, mais d'autres sont restés fidèles à Jésus le nazôréen. On les chasse des assemblées chrétiennes, on les persécute et quelques-uns même ont été tués.

— Jésus nous avait prévenus : *On vous chassera des assemblées, on vous livrera aux tourments et on vous tuera...* As-tu des nouvelles des nazôréens que j'ai dû abandonner pour me réfugier ici ?

— J'ai eu des renseignements par des caravaniers. Après avoir quitté Pella avec toi, ils ont poursuivi leur exode jusqu'à une oasis de la péninsule Arabe, qui s'appelle, je crois, Bakka – une étape sur la route commerciale du Yémen. Les Bédouins qui l'habitent adorent des pierres sacrées, mais ils se disent fils d'Abraham comme nous. Une graine nazôréenne est maintenant plantée en terre d'Arabie !

— C'est bien, ils y seront en sécurité. Et Jérusalem ?

— Investie par Titus, le fils de l'empereur Vespasien. Elle résiste encore, mais pour combien de temps...

— Ta place est là-bas, mon fils : ma route se termine ici. Retourne à Jérusalem, va défendre notre maison du quartier ouest. Tu as une copie de mon épître, fais-la circuler. Peut-être t'écouteront-ils ? En tout cas, ils ne pourront pas la transformer, comme ils l'ont fait de mon Évangile.

Le vieillard mourut deux jours plus tard. Une dernière fois, il attendit l'aube. Quand les flammes du soleil l'enveloppèrent il prononça le nom de Jésus, et cessa de respirer.

Au fond d'une vallée du désert d'Idumée, un sarcophage de pierres sèches simplement posées sur le sable signalait désormais la tombe de celui qui s'était dit le disciple bien-aimé de Jésus le nazôréen, le treizième apôtre qui fut son intime et son meilleur témoin. Avec lui, disparaissait à tout jamais la mémoire d'un tombeau similaire, posé quelque part dans ce désert. Et qui contient, encore aujourd'hui, les restes d'un Juste, injustement crucifié par l'ambition des hommes.

Iokhanân passa toute la nuit assis à l'entrée de la vallée. Quand, dans le ciel translucide, il ne vit plus briller que l'étoile du veilleur, il se leva et partit pour le Nord, accompagné par deux esséniens.

53.

— C'est la première fois que j'identifie si clairement l'influence directe d'une mélodie rabbinique sur un chant médiéval !

Penchés depuis des heures sur la table de verre de la réserve, ils venaient de comparer mot pour mot un manuscrit de chant grégorien et un manuscrit de musique synagogale, tous deux antérieurs au XIe siècle et composés à partir du même texte biblique. Leeland se tourna vers Nil.

— Le chant de la synagogue serait-il vraiment à l'origine du chant de l'Église ? Je vais chercher le texte suivant dans la salle des manuscrits juifs. En m'attendant, repose-toi.

Breczinsky les avait accueillis ce matin avec sa discrétion habituelle. Mais il avait profité d'un moment d'absence de Leeland pour glisser à Nil :

— Si vous pouvez... Je voudrais vous parler un instant, aujourd'hui.

Sa porte était à quelques mètres. Resté seul devant la table, Nil hésita un instant. Puis retira ses gants, et se dirigea vers le bureau du Polonais.

— Asseyez-vous, je vous prie.

La pièce était à l'image de son occupant, austère et triste. Des étagères remplies de fardes alignées, et sur le bureau l'écran d'un ordinateur.

— Chacun de nos précieux manuscrits figure dans un catalogue interrogé par des savants du monde entier. Je suis en train de constituer une vidéothèque qui permettra de les consulter par Internet : déjà, vous avez pu le constater, il vient très peu de monde ici. Se déplacer pour étudier un texte sera de plus en plus inutile.

« Et tu seras de plus en plus seul », pensa Nil. Un silence s'établit entre eux, que Breczinsky semblait ne pas pouvoir rompre. Finalement, il parla, d'une voix hésitante :

— Puis-je vous demander quelles étaient vos relations avec le père Andrei ?

— Je vous l'ai déjà dit, nous avons été confrères pendant très longtemps.

— Oui, mais... est-ce que vous étiez au courant de ses travaux ?

— En partie seulement. Pourtant nous étions très proches, bien plus que ne le sont habituellement les membres d'une communauté religieuse.

— Ah, vous étiez... proche de lui ?

Nil ne comprenait pas où il voulait en venir.

– Andrei a été pour moi un ami très cher, nous n'étions pas seulement des frères en religion mais des intimes. Avec personne dans ma vie je n'ai autant partagé.

– Oui, murmura Breczinsky, c'est bien ce qu'il m'a semblé. Et moi qui pensais, quand je vous ai vu arriver, que... que vous étiez un des collaborateurs du cardinal Catzinger ! Cela change tout.

– *Cela change quoi*, mon père ?

Le Polonais ferma les yeux, comme s'il allait chercher très loin au fond de lui une force intérieure.

– Quand le père Andrei est venu à Rome, il a voulu me rencontrer : nous correspondions depuis longtemps sans nous être jamais vus. En entendant mon accent il est passé au polonais, qu'il parlait parfaitement.

– Andrei était slave, et parlait une dizaine de langues.

– J'ai été stupéfait d'apprendre que sa famille russe était originaire de Brest-Litovsk, dans la province polonaise annexée en 1920 par l'U.R.S.S. et à la frontière des territoires placés sous administration allemande en 1939. Polonais depuis toujours, ce malheureux morceau de territoire n'a cessé d'être convoité par les Russes et les Allemands. Quand mes parents se sont mariés il était encore sous la botte des Soviétiques, qui le peuplaient de colons russes, déplacés là malgré eux.

– Où êtes-vous né ?

– Dans un petit village proche de Brest-Litovsk. La population polonaise native était traitée très durement par l'administration soviétique, qui nous méprisait en tant que peuple soumis – et catholiques de surcroît. Puis sont venus les nazis, après l'invasion de l'Union soviétique par Hitler. La famille du père Andrei vivait à côté de la mienne, une simple haie séparait leur maison de la nôtre. Ils ont protégé mes malheureux parents de la terreur qui sévissait avant la guerre dans cette région frontalière. Enfin, sous les nazis, ils nous ont nourris d'abord, cachés ensuite. Sans eux, sans leur générosité quotidienne et leur aide courageuse, les miens n'auraient pas survécu et je ne serais pas venu au monde. Ma mère, avant de mourir, m'a fait jurer de ne jamais les oublier, eux, leurs descendants et leurs proches. Vous étiez l'intime, le frère du père Andrei ? Les frères de cet homme sont mes frères, mon sang leur appartient. Que puis-je faire pour vous ?

Nil était stupéfait, et se rendait compte que le Polonais était allé au bout des confidences qu'il était capable de faire aujourd'hui. Dans ce sous-sol de la ville de Rome, les grands vents de l'Histoire et de la guerre les rejoignaient à l'improviste.

— Avant de mourir, le père Andrei a rédigé une brève notice, des choses qu'il voulait me dire dès son retour. Je m'efforce de comprendre son message, et je continue sur un chemin qu'il avait frayé avant moi. J'ai du mal à me convaincre que sa mort n'était pas accidentelle. Jamais je ne saurai si on l'a vraiment tué, mais j'ai le sentiment qu'au-delà de la mort il m'a légué sa recherche, un peu comme un ordre de mission posthume. Pouvez-vous comprendre cela ?

— D'autant mieux qu'il m'a confié des choses qu'il ne disait peut-être à personne d'autre, pas même à vous. Nous venions de nous découvrir un passé commun, une proximité née dans des circonstances particulièrement doulou-reuses. Dans ce bureau, des spectres d'êtres infiniment chers se sont levés, couverts de sang et de boue. Un choc, pour lui comme pour moi. C'est ce qui m'a poussé, deux jours plus tard, à faire pour père Andrei quelque chose que... que je n'aurais jamais dû faire. Jamais.

« Nil, mon garçon, doucement, tout doucement avec lui. Chasser les fantômes. »

– Dans l'immédiat, j'ai un problème à résoudre : retrouver deux références qu'Andrei a laissées derrière lui, des cotes Dewey plus ou moins complètes de Pères de l'Église. Si mes recherches sur Internet n'aboutissent pas, je vous demanderai de m'aider. Jusqu'ici, je n'ai osé faire appel à personne : plus je progresse, plus ce que je découvre me paraît dangereux.

– Plus encore que vous ne l'imaginez – Breczinsky se leva, signifiant la fin de l'entretien. Je vous le répète : un intime, un frère du père Andrei est mon frère. Mais vous devez être extrêmement prudent : ce qui se dit entre ces murs doit rester strictement entre nous.

Nil hocha la tête, et retourna dans la salle. Leeland était revenu devant la table, et commençait à disposer un manuscrit sous la lampe. Il jeta un coup d'œil à son compagnon, puis baissa la tête sans un mot et reprit ses réglages, le visage sombre.

54.

Jérusalem, 10 septembre 70

Iokhanân franchit la porte sud, restée intacte, et s'arrêta, le souffle coupé : Jérusalem n'était plus qu'un champ de ruines.

Les troupes de Titus y étaient entrées début août, et pendant un mois ce fut un combat acharné, rue par rue,

maison par maison. Rendus enragés, les hommes de la
X^e légion Fretensis détruisaient systématiquement chaque
pan de mur restant debout. La ville doit être rasée, avait
ordonné Titus, mais son Temple épargné. Il voulait savoir
à quoi peut bien ressembler l'effigie d'un Dieu capable de
provoquer tant de fanatisme, et de conduire tout un peuple
au sacrifice de la mort.

Le 28 août, il pénétra enfin dans les parvis qui mènent
au Saint des Saints. C'est là, disait-on, que réside la présence de Yahwé, le Dieu des juifs. Sa présence, donc sa
statue, ou un équivalent quelconque.

D'un coup de glaive, il déchira le voile du sanctuaire.
Fit quelques pas en avant, et s'arrêta, interdit.

Rien.

Ou plutôt, posés sur une table d'or fin, deux animaux
ailés, des *kéroubim* comme il en avait tant vu en Mésopota-
mie. Mais entre leurs ailes déployées, rien. Le vide.

Ainsi le Dieu de Moïse, le Dieu de tous ces exaltés,
n'existait pas. Puisqu'il n'y avait dans le Temple aucune
effigie qui manifesta sa présence. Titus partit d'un éclat de
rire, et sortit du Temple toujours hilare. « La plus grande
escroquerie du monde ! Pas de dieu en Israël ! Tout ce
sang répandu en vain. » Voyant son général s'esclaffer, un
légionnaire lança une torche enflammée à l'intérieur du
Saint des Saints.

Deux jours plus tard, le Temple de Jérusalem finissait
lentement de brûler. Du splendide monument à peine terminé par Hérode, il ne resta rien.

Le 8 septembre 70, Titus quittait Jérusalem anéantie
pour rejoindre Césarée.

Iokhanân attendit que le dernier légionnaire ait quitté
la ville pour s'y aventurer : le quartier ouest n'existait plus.
Marchant avec difficulté parmi les décombres, il reconnut

à son mur d'enceinte la luxueuse villa de Caïphe. La maison du disciple bien-aimé, la maison de son enfance heureuse, était à deux cents mètres. Il s'orienta, et progressa.

On ne voyait même plus la vasque de l'impluvium. Tout avait brûlé, et la toiture s'était effondrée. C'est là, sous ce monceau de tuiles calcinées, que se trouvaient les vestiges de la salle haute. Celle où Jésus avait pris son dernier repas quarante ans plus tôt, entouré d'abord de treize, puis de douze hommes.

Longtemps il resta debout, face aux ruines. L'un des deux esséniens qui l'accompagnaient toucha enfin son bras.

– Quittons ce lieu, Iokhanân. La mémoire n'est pas dans ces pierres. La mémoire est en toi. Où allons-nous maintenant ?

« La mémoire de Jésus le nazôréen. Ce fragile dépôt, convoité par tous. »

– Tu as raison. Allons au nord, en Galilée : l'écho des paroles de Jésus résonne encore entre ses collines. J'ai avec moi un dépôt que je dois transmettre.

Il sortit une feuille de parchemin de sa sacoche, et la porta à ses lèvres. « La copie de l'épître de mon *abbou*, le treizième apôtre. »

Trois siècles plus tard une Espagnole fortunée du nom d'Éthérie, qui s'était payé le tout premier voyage organisé pour participer à la Semaine sainte de Jérusalem, vit en passant le long du Jourdain une stèle gravée, qui penchait lamentablement. Curieuse, elle fit arrêter sa litière : était-ce encore un souvenir de l'époque du Christ ?

L'inscription était lisible. Elle racontait qu'aux temps de la destruction du Temple, un nazôréen du nom de Iokhanân avait été massacré, ici même, alors qu'il fuyait Jérusalem en ruine. Les légionnaires de Titus avaient dû le rattraper, songea Éthérie, l'égorger et le jeter dans la rivière toute proche. Elle s'exclama :

– Un nazôréen ! Cela fait belle lurette qu'il n'y en a plus. Ce malheureux devait être le dernier, et c'est sans doute pourquoi on a dressé cette stèle sur le lieu de son massacre.

Ce que la pieuse chrétienne ignorait, c'est que Iokhanân n'était pas le dernier des nazôréens.

Depuis ce jour, il n'existait plus que deux exemplaires de l'épître du treizième apôtre de Jésus. L'un, dissimulé au fond d'une jarre, inaccessible dans sa grotte perchée au milieu d'une falaise dominant les ruines de Qumrân sur la mer Morte.

Et l'autre, aux mains des nazôréens rescapés de Pella. Qui avaient trouvé refuge dans une oasis du désert d'Arabie, nommée Bakka.

55.

Mgr Calfo enfila sa soutane bordée de violet. Pour recevoir Antonio, il fallait qu'il soit revêtu des attributs de sa dignité épiscopale. Les jeunes recrues ne doivent jamais oublier à qui elles ont affaire.

Une fois les entretiens préliminaires achevés, il accueillait rarement les membres de la Société chez lui. Tous connaissaient son adresse, mais les exigences de la confidentialité sont mieux respectées dans l'une des discrètes *trattorie* de Rome. Et le parfum de Sonia, parfois, flottait dans le studio longtemps après son départ.

C'est avec plaisir qu'il ouvrit sa porte au douzième apôtre.

– Votre mission va consister maintenant à surveiller étroitement le père Breczinsky. C'est un *looser*, un perdant. Mais ce type d'hommes est toujours imprévisible, il peut avoir des sursauts.

– Que dois-je obtenir de lui ?

– D'abord qu'il vous tienne au courant de ce que les deux moines pourraient se dire, à l'occasion de leurs séances de travail dans la réserve de la Vaticane. Puis lui rappeler d'où il vient, qui il est, et qui est le cardinal. Ce simple rappel devrait le garder dans la fidélité à sa mission. Vous êtes maintenant l'un des rares à savoir de quels documents extrêmement confidentiels il est le gardien. N'oubliez pas qu'il porte dans sa mémoire une blessure terrible : il suffira d'appuyer dessus pour obtenir de lui ce que nous voulons. N'ayez aucun scrupule : seul compte le succès de la mission en cours.

Après qu'Antonio eut reçu ses instructions, il quitta l'immeuble et s'engagea ostensiblement vers la droite, en direction du Tibre, comme s'il retournait en ville. Sans lever la tête, il pouvait sentir le regard du recteur peser sur sa nuque depuis la fenêtre de son appartement. Mais arrivé à l'angle du Castel San Angelo il tourna encore à droite, et après un nouveau crochet se dirigea dans la direction opposée à la ville, vers la place Saint-Pierre.

Rome retenait l'éclat de ses murs ocre sous le pâle soleil de décembre. Depuis des siècles, elle assiste au ballet incessant des intrigues et des complots de ses prélats catholiques. Les yeux mi-clos, maternelle et assoupie par le long hiver de sa splendeur, elle n'attachait plus d'importance aux jeux du pouvoir et de la gloire qui se déroulent autour du tombeau de l'Apôtre.

— Entrez, cher ami, s'exclama Catzinger avec un sourire, je vous attendais.

Le jeune homme s'inclina pour baiser l'anneau du cardinal. « Un rescapé de deux épurations successives, celle de la Gestapo d'abord, puis celle de la Libération. Honneur et respect à ceux qui luttent pour l'Occident. »

Il s'assit en face du bureau, et fixa sur Son Éminence son étrange regard noir.

56.

Nil avait demandé à Leeland d'aller sans lui à la réserve vaticane.

— Je veux travailler sur une phrase que j'ai découverte dans l'agenda laissé par Andrei à San Girolamo. Il faut que j'utilise Internet, j'en ai pour des heures peut-être. Si le père Breczinsky te pose des questions, trouve une excuse à mon absence.

Resté seul devant l'ordinateur, il se sentait découragé, perdu au milieu d'un réseau de pistes qui partaient dans tous les sens. Les textes photocopiés par la Huntington Library ne faisaient que confirmer ce qu'il pressentait depuis qu'il étudiait les manuscrits de la mer Morte. Le manuscrit copte ? Sa première phrase lui avait permis de comprendre le code introduit dans le Symbole de Nicée. Restaient la seconde phrase, et la mystérieuse lettre de l'apôtre. Il avait décidé de s'attaquer à ce dernier indice, dont il venait de retrouver la trace dans l'agenda d'Andrei. Toutes ces pistes devaient nécessairement se croiser quelque part. C'était le dernier message de son ami : mettre en relation.

Rembert Leeland... qu'était devenu l'étudiant amical et confiant d'antan, le jeune homme rieur qui jouait sa vie comme sa musique, avec bonheur ? Pourquoi ce bref accès de désespoir ? Nil avait perçu en lui une faille si profonde, qu'il n'avait pu s'en ouvrir à un vieil ami.

Quant à Breczinsky, il semblait totalement seul dans le sous-sol glacial et désert de la Bibliothèque vaticane. Pourquoi lui avait-il fait ces confidences, que s'était-il passé entre lui et Andrei ?

Il décida de se concentrer sur la lettre de l'apôtre. Il devait retrouver un livre, quelque part dans le monde, à partir de sa cote Dewey.

Il se connecta sur Internet, appela Google et tapa *bibliothèques universitaires*.

Une page de onze sites s'afficha. En bas de l'écran, Google lui signalait que douze pages semblables avaient été sélectionnées. Cent trente sites environ à interroger.

Avec un soupir, il cliqua sur le premier site.

Lorsqu'il rentra peu après midi, Leeland fut contrarié de ne voir qu'un court billet posé devant l'ordinateur : Nil était retourné d'urgence à San Girolamo. Il reviendrait via Aurelia dans la soirée.

Avait-il trouvé quelque chose ? L'Américain n'avait jamais été un homme d'érudition biblique. Mais les travaux de Nil commençaient à l'intéresser au plus haut point. En cherchant à découvrir ce qui avait provoqué

217

la mort d'Andrei, son ami voulait venger sa mémoire : lui, c'est sa propre vie ruinée qu'il rêvait maintenant de venger.

Car il sentait que ceux qui avaient détruit son existence, étaient aussi ceux qui avaient provoqué l'accident mortel du bibliothécaire de l'abbaye Saint-Martin.

Le soleil couchant donnait une couleur rouge sombre au nuage de pollution qui surplombe Rome. Leeland était reparti au Vatican. Dans l'appartement du dessous, le Palestinien entendit soudain quelqu'un entrer, puis s'installer devant l'ordinateur : c'était donc Nil. Les bandes magnétiques n'enregistraient que des bruits de clavier.

Brusquement, le paysage sonore s'anima : Leeland venait d'arriver à son tour.

Ils allaient parler.

57.

Égypte, du IIe au VIIe siècle

Contraints par la guerre de quitter Pella, les nazôréens furent bien accueillis par les Arabes de l'oasis de Bakka, où ils s'établirent. Mais la deuxième génération supportait mal l'austérité du désert d'Arabie : certains décidèrent de poursuivre jusqu'en Égypte. Ils se fixèrent au nord de Louxor, dans un village du djebel El-Tarif appelé Nag Hamadi. Ils y formèrent une communauté soudée par le souvenir du treizième apôtre et de son enseignement. Et par son épître, dont chaque famille possédait une copie.

Rapidement, ils se heurtèrent aux missionnaires chrétiens venus d'Alexandrie, dont l'Église était en pleine expansion. Le christianisme se répandait dans l'Empire avec l'impétuosité d'un feu de forêt : les nazôréens, qui refusaient la divinité de Jésus, devaient se soumettre – ou disparaître.

Transformer Jésus en Christ-Dieu ? Être infidèles à l'épître ? Jamais : ils furent persécutés par les chrétiens. D'Alexandrie venaient des ordres écrits en copte : il fallait anéantir cette épître, en Égypte comme partout dans l'Empire. À chaque fois qu'une famille nazôréenne était chassée dans le désert, où la mort l'attendait, sa maison était fouillée et l'épître du treizième apôtre détruite. Elle parlait d'un tombeau contenant les ossements de Jésus, quelque part dans le désert d'Idumée : le tombeau de Jésus doit rester vide, pour que vive le Christ.

Un seul exemplaire échappa pourtant aux chasseurs et parvint dans la bibliothèque d'Alexandrie, où il fut enfoui au milieu des cinq cent mille volumes de cette huitième merveille du monde.

Un peu après l'an 200, un jeune Alexandrin nommé Origène commença à fréquenter assidûment la bibliothèque. Chercheur infatigable, il était passionné par la personne de Jésus. Sa mémoire était prodigieuse.

Devenu enseignant, Origène fut persécuté par son évêque, Demetrius. C'était jalousie, car son charisme attirait à lui l'élite d'Alexandrie. Mais aussi méfiance, car Origène n'hésitait pas à utiliser dans son enseignement des textes interdits par l'Église. Finalement, Demetrius le chassa d'Égypte et Origène se réfugia à Césarée de Palestine : mais il emporta avec lui sa mémoire. Quant à l'épître du treizième apôtre, elle resta enfouie dans l'immense bibliothèque, ignorée par tous : rares sont les chercheurs ayant le génie d'un Origène.

Lorsqu'en 691 Alexandrie tomba aux mains des musulmans, le général Al-As Amrou ordonna que soient brûlés un à un tous les livres : « S'ils sont conformes au Coran, proclama-t-il, ils sont inutiles. S'ils ne sont pas conformes, ils sont dangereux. » Pendant six mois, la mémoire de l'Antiquité alimenta les chaudières des bains publics.

En brûlant la bibliothèque d'Alexandrie, les musulmans venaient de réussir ce que les chrétiens n'avaient pu achever : désormais il ne restait plus nulle part un seul exemplaire de l'épître.

Sauf l'original, toujours enfoui dans une jarre protégée par le sable, à gauche en entrant dans l'une des grottes surplombant les ruines de Qumrân.

58.

— Alors, as-tu trouvé quelque chose ?

Le visage tendu, Leeland venait d'arriver dans le studio. À côté de l'ordinateur, plusieurs feuillets de papier étaient éparpillés. Nil semblait fatigué : sans répondre, il alla jeter un coup d'œil à la fenêtre. Et revint s'asseoir, décidé à ne pas tenir compte de la mise en garde de Breczinsky et de tout dire à son ami.

— Après ton départ j'ai commencé à interroger les plus grandes bibliothèques du monde. Vers la fin de la matinée, je suis tombé sur le bibliothécaire d'Heidelberg, qui a vécu à Rome. Nous nous sommes mis en mode conversation, et il m'a dit que la cote Dewey venait sans doute... devine ?

– De la bibliothèque de San Girolamo, et c'est pourquoi tu y es retourné d'urgence !

– J'aurais pu y penser, c'est la dernière bibliothèque fréquentée par Andrei avant sa mort : il est tombé sur un livre dont il a noté rapidement la référence sur ce qu'il avait sous la main, son agenda – sans doute avec l'intention de consulter une deuxième fois cet ouvrage. Et puis il a quitté Rome avec précipitation, laissant derrière lui l'agenda devenu inutile.

Leeland s'assit auprès de Nil, les yeux brillants.

– Et tu as retrouvé le livre ?

– La bibliothèque de San Girolamo a été constituée de bric et de broc, en fonction des bibliothécaires qui se sont succédé rapidement, et on y trouve de tout. Mais les livres sont à peu près classés, et j'ai effectivement découvert celui qui avait attiré l'attention d'Andrei, une catena d'Eusèbe de Césarée : une édition rare du XVIIᵉ siècle, je n'en avais jamais entendu parler.

Leeland demanda, d'un air gêné :

– Excuse-moi, Nil, j'ai oublié tout ce qui n'est pas ma musique. Qu'est-ce qu'une catena ?

– Il y a eu, au IIIᵉ siècle, une lutte féroce autour de la divinité de Jésus, que l'Église cherchait à imposer : partout on détruisait les textes non conformes au dogme en train de naître. Après avoir condamné Origène, l'Église a fait brûler méthodiquement tous ses écrits. Eusèbe de Césarée admirait beaucoup l'Alexandrin, qui est mort dans sa ville. Il a voulu sauver ce qui pouvait l'être de son œuvre mais, pour ne pas être condamné lui aussi, il en a fait circuler des extraits choisis, enfilés l'un après l'autre comme les maillons d'une chaîne : une *catena*. On a repris par la suite son idée, beaucoup d'œuvres anciennes aujourd'hui disparues ne nous sont accessibles que par ces extraits. Andrei a deviné que cette catena qu'il n'avait jamais vue pouvait contenir des passages d'Origène très peu connus. Il a fouillé, et il a trouvé.

— Trouvé quoi ?

— Une phrase d'Eusèbe, passée jusqu'ici inaperçue. Origène, dans un de ses ouvrages aujourd'hui perdus, disait qu'il avait vu à la bibliothèque d'Alexandrie une mystérieuse *epistola abscondita apostoli tredicesimi* : l'épître secrète – ou cachée – d'un treizième apôtre, qui apporterait la *preuve* que Jésus n'est pas de nature divine. Andrei devait avoir des soupçons sur l'existence de cette épître, il m'en avait vaguement parlé : je vois qu'il était bien à sa recherche, puisqu'il a soigneusement noté cette référence inespérée.

— Quel crédit peut-on accorder à une phrase isolée dans un texte mineur, tombé dans l'oubli ?

Nil se massa le menton.

— Tu as raison, à lui seul ce simple maillon d'une catena ne suffit pas. Mais rappelle-toi : dans son billet posthume, Andrei suggérait de mettre en relation les quatre pistes qu'il avait retenues. Cela fait des semaines que je retourne dans ma tête la deuxième phrase du manuscrit copte trouvé à l'abbaye : « *Que l'épître soit partout détruite, afin que la demeure demeure.* » Grâce à Origène, je crois que j'ai enfin compris.

— Un nouveau code ?

— Pas du tout. Au début du IIIe siècle, l'Église est en train de mettre au point le dogme de l'Incarnation qui sera proclamé au concile de Nicée, et elle cherche à éliminer tout ce qui s'y oppose. Ce fragment de manuscrit copte – qui avait alerté Andrei – est sans doute ce qui reste d'une directive d'Alexandrie, qui ordonnait que cette épître soit partout détruite. Ensuite, il y a un jeu de mots sur un terme copte, que j'ai traduit faute de mieux par « demeure » mais qui peut aussi bien signifier « assemblée ». En grec, langue officielle d'Alexandrie, « assemblée » se dit *ekklesia* – Église. Alors le sens de la phrase devient clair : il faut que cette épître soit partout détruite, *afin que l'Église demeure* – pour qu'elle ne soit pas elle-même réduite à néant ! C'était l'un ou l'autre, l'épître du treizième apôtre ou la survie de l'Église.

Leeland émit un petit sifflement :

– *I see...*

– Les pistes commencent enfin à se croiser : l'inscription de Germigny confirme qu'au VIIIe siècle, un treizième apôtre est jugé si dangereux qu'on doit l'écarter pour toujours, *alpha et oméga* – et nous savons qu'il n'est autre que le disciple bien-aimé du quatrième Évangile. Origène nous dit qu'il a vu à Alexandrie une épître écrite par cet homme, et le manuscrit copte nous confirme qu'il y en avait un ou plusieurs exemplaires à Nag Hamadi, puisqu'il donne l'ordre de les détruire.

– Mais comment cette épître serait-elle parvenue à Nag Hamadi ?

– On sait que les nazôréens se sont réfugiés à Pella, dans l'actuelle Jordanie, peut-être avec le treizième apôtre. Ensuite, on perd leur trace. Mais Andrei m'avait demandé de lire attentivement le Coran, qu'il connaissait bien. Ce que j'ai fait, confrontant plusieurs traductions scientifiques dont je disposais à l'abbaye. J'ai eu la surprise de voir l'auteur mentionner très souvent des *naçâra* – le mot arabe pour « nazôréen » –, qui sont sa principale source d'information sur Jésus. Après Pella, les disciples du treizième apôtre ont donc dû se réfugier en Arabie, où Muhammad les aura connus. Pourquoi n'auraient-ils pas poursuivi jusqu'en Égypte ? Jusqu'à Nag Hamadi, emportant avec eux des copies de la fameuse épître ?

— Le Coran... Crois-tu vraiment que les nazôréens fugitifs aient exercé une influence sur son auteur ?

— C'est évident, le texte en témoigne abondamment. Je ne veux pas t'en dire plus pour l'instant : il me reste une dernière piste à explorer, un ouvrage ou une série d'ouvrages concernant les templiers, avec une cote incomplète. Nous parlerons du Coran une autre fois, il est tard et je dois rentrer à San Girolamo.

Nil se leva, et regarda à nouveau la rue noyée dans l'ombre. Comme s'il se parlait à lui-même, il ajouta :

— Le treizième apôtre a donc écrit une épître apostolique, *partout détruite*, poursuivie par la haine de l'Église. Qu'est-ce qu'il pouvait y avoir de si dangereux, dans cette lettre ?

À l'étage en dessous, Moktar avait écouté très attentivement. Lorsque Nil mentionna le Coran, Muhammad et les nazôréens, il poussa un juron :

— Fils de chien !

59.

Désert d'Arabie, septembre 622

L'homme galope dans la nuit noire. C'est vers Médine qu'ils s'enfuit de toute la force de son chameau à la bouche cerclée d'écume, et cette nuit s'appellera l'Hégire, marquant le début du temps pour les musulmans.

Il fuit l'oasis de Bakka, où il est né dans le clan prestigieux des Qoraysh. Il fuit parce que les Qoraysh se disent fils d'Abraham, mais adorent pourtant des pierres sacrées.

Dans cette halte caravanière au milieu du désert, végétait depuis la nuit des temps une communauté de la diaspora juive. À sa tête, un rabbin érudit, enflammé, rêvait d'amener l'Arabie tout entière au judaïsme à travers sa tradition rabbinique. Le jeune Arabe s'était laissé séduire par cet homme exalté : il devint son disciple, et se convertit sans bruit.

Mais son rabbin lui demanda plus. Les Qoraysh orgueilleux rejetaient la prédication d'un juif : peut-être l'écouteraient-ils, lui, un Arabe du même clan qu'eux ? N'était-il pas devenu juif par le cœur ? Ce qu'il lui enseignait chaque jour, il voulait qu'il le proclame sur les places de l'oasis. « Dis-leur », répétait-il sans cesse... Afin de ne rien perdre de ce qu'il entendait, Muhammad prit des notes, qui s'accumulèrent. En arabe, car le rabbin avait compris qu'il fallait parler à ces hommes dans leur langue, et non en hébreu.

Pour les Qoraysh, c'en était trop : un des leurs, Muhammad, cherchait lui aussi à détruire le culte des pierres sacrées, source de leur richesse ! À la rigueur, ils auraient toléré qu'il devienne nazôréen : ces dissidents du christianisme étaient arrivés il y a plusieurs siècles, et leur prophète Jésus n'était pas dangereux. En même temps que celui de son rabbin, le jeune Arabe écoutait volontiers leur enseignement : séduit par Jésus, Muhammad aurait voulu se rapprocher d'eux. Mais les Qoraysh ne lui en laissèrent pas le temps, et le chassèrent.

Maintenant, il fuyait vers Médine : pour tout bagage, il n'emportait que ses précieuses notes. Écrites, jour après jour, à l'écoute de son rabbin : *dis-leur...*

225

À Médine, il se transforma en foudre de guerre. Les succès s'accumulant, il étendit son pouvoir sur toute une région et devint un chef politique respecté. Il fallait des lois pour organiser ceux qui se joignaient à lui : il les promulgua, puis les écrivit, et ces feuilles s'ajoutèrent jour après jour aux notes prises autrefois. Parfois il consignait aussi des faits divers, quelques récits de ses batailles. Ses notes devinrent un volumineux carnet de route.

Quand il voulut enrôler les juifs sous sa bannière, ils refusèrent net : furieux, il les chassa de la ville et se tourna vers les chrétiens du Nord. Oui, ceux-là l'aideraient volontiers dans ses conquêtes, à une condition toutefois : qu'il se fasse chrétien, et reconnaisse la divinité de Jésus. Muhammad les maudit, et les engloba avec les juifs dans une haine féroce.

Seuls les nazôréens trouvèrent grâce à ses yeux. Et dans son carnet, il écrivit des mots élogieux pour eux et pour leur prophète Jésus.

Quant il revint à Bakka en vainqueur, Muhammad balaya de son sabre toutes les pierres sacrées des idolâtres. Mais il s'arrêta devant l'icône de Jésus et de sa mère, que les nazôréens vénéraient depuis toujours. Rengaina son sabre, et s'inclina profondément.

Par la suite, le nom de Bakka se transforma légèrement, comme cela arrive, et l'oasis fut partout connue sous le nom de Mekka.

La Mecque.

Deux générations plus tard, le calife Othman compila à sa guise le carnet de route de Muhammad, et l'appela le Coran, qu'il décréta écrit par Muhammad sous la dictée directe de Dieu. Depuis lors, personne – s'il voulait rester en vie – ne pouvait remettre en cause la nature divine du Coran.

L'islam n'avait jamais eu son treizième apôtre.

60.

La place Saint-Pierre bruissait de l'affluence des grands jours. Un immense portrait du nouveau bienheureux avait été déployé sur la façade de la basilique. Le froid moins vif et un temps ensoleillé permettaient d'effectuer cette béatification solennelle en plein air, les deux bras de la colonnade du Bernin embrassant une foule bigarrée ravie d'apercevoir le Saint-Père, et de participer à une fête de la chrétienté.

En qualité de préfet de la Congrégation, le cardinal Catzinger officiait à la droite du pape. Il avait été le maître d'œuvre de cette béatification : la prochaine serait celle du fondateur de l'Opus Dei. La liste de ses vertus surnaturelles avait pu être établie sans mal, mais on peinait à trouver les trois miracles nécessaires à une canonisation selon les règles. Catzinger remonta machinalement un pan de la chasuble papale, qui glissait sous l'effet du tremblement dont était affligé le vieux pontife. Tandis que le pape prononçait les paroles sacrées, le cardinal sourit. « Des miracles, on en trouvera. Le premier des miracles, c'est la permanence tout au long des siècles de l'Église catholique, apostolique et romaine. »

Catzinger avait eu le privilège de connaître personnellement le saint en préparation. Avant de fonder l'Opus Dei, Escriva de Balaguer avait été un militant actif de la guerre d'Espagne, du côté de Franco, puis il s'était lié d'amitié avec un jeune officier de l'armée chilienne, un certain Augusto Pinochet. Son père aurait souscrit à cette canonisation : lui aussi avait choisi le bon côté, en allant lutter sur le front de l'Est contre les communistes. Faire bientôt monter Escriva de Balaguer sur les autels, ce serait rendre justice à ce père mort pour l'Occident.

Noyé dans la masse des prélats alignés sur des bancs devant l'estrade papale, à l'humble place que lui valait son rang de minutante, Mgr Calfo jouissait de la caresse du soleil et de la beauté du spectacle. « Seule l'Église catholique est capable d'orchestrer la rencontre du divin et de l'humain au milieu de tant de beauté, et pour de telles foules. » À la fin de la cérémonie, tandis que la procession des dignitaires se formait derrière le pape, il croisa le regard du cardinal qui lui fit un signe impérieux de la tête.

Une heure plus tard, les deux hommes étaient assis face à face dans le bureau de Catzinger, qui arborait sa mine des mauvais jours.

– Alors, monseigneur, où en sommes-nous ?

Contrairement à son préfet, Calfo semblait très détendu. Sonia n'y était pas pour rien : il trouvait en elle une prêtresse experte dans le culte d'Éros, mais aussi une personne disposée à l'écouter.

– Éminence, nous progressons rapidement. Le père Nil se montre doué, très doué pour la recherche.

Le visage du cardinal se contracta. Les rapports de Leeland, insipides, s'espaçaient, et il était trop tôt encore pour faire pression sur le père Breczinsky : son emprise sur le Polonais reposait sur les méandres obscurs de l'âme humaine, il ne pouvait actionner ce levier-là qu'une fois, et à coup sûr. Pour l'instant, Mgr Calfo était seul maître du jeu.

— Que voulez-vous dire ?

— Eh bien... – Calfo plissa ses lèvres charnues –, il a retrouvé la trace d'un écrit apostolique perdu, qui confirmerait ses analyses de l'Évangile selon saint Jean.

Le cardinal se leva, fit signe à Calfo de le suivre près de la fenêtre et lui montra la place Saint-Pierre. L'estrade papale était encore en place, des milliers de pèlerins semblaient tourner autour de ce centre névralgique comme l'eau d'un entonnoir autour du tourbillon qui l'aspire. La foule paraissait heureuse, une grande famille qui découvre les liens qui l'unissent en même temps qu'elle se compte.

— Regardez-les, monseigneur. Vous et moi sommes responsables de millions de croyants semblables à ceux-ci, qui vivent de l'espoir d'une résurrection offerte par le sacrifice du Dieu incarné. Un seul homme va-t-il remettre tout cela en cause ? Nous ne l'avons jamais toléré. Rappelez-vous Giordano Bruno, un moine très doué lui aussi pour la recherche : il a été brûlé à un kilomètre d'ici, sur le Campo de Fiori, malgré sa célébrité européenne. Ce qui est en jeu, c'est l'ordre du monde : un moine, une fois de plus, semble capable de le bouleverser. Il ne nous est pas possible, comme par le passé, de guérir le corps de l'Église par le cautère du feu. Mais nous devons rapidement mettre un terme aux recherches du père Nil.

Calfo ne répondit pas tout de suite. Les Onze réunis avaient approuvé sa ligne de conduite : en dire suffisamment au cardinal pour lui faire peur, mais ne rien dévoiler du but ultime de la Société.

— Je ne crois pas, Éminence, ce n'est qu'un intellectuel qui ne se rend pas compte de ce qu'il fait. Je suis d'avis de le laisser poursuivre, nous avons la situation bien en main.

229

— Mais s'il retourne dans son monastère, qui pourra éviter qu'il divulgue ses conclusions ?

— *Pazienza*, Éminence. Il y a d'autres façons, moins spectaculaires qu'un accident de train, pour faire taire ceux qui s'égarent hors de la doctrine de l'Église.

La veille, il avait dû calmer un Moktar furieux d'entendre Nil mettre en cause la nature révélée du Coran et la personne du fondateur de l'islam : le Palestinien voulait passer à l'action, tout de suite.

En quelques jours, Nil venait d'enfiler une ceinture d'explosifs. Calfo n'entendait pas qu'il se fasse sauter avant de s'être rendu *vraiment* utile à l'Église catholique. D'un geste machinal, il fit tourner autour de son annulaire sa bague épiscopale et conclut avec un sourire rassurant :

— Le père Nil se comporte à Rome comme s'il n'avait pas quitté son cloître : il ne sort de San Girolamo que pour aller à la réserve de la Vaticane, ne communique avec personne d'autre que son ami Leeland, n'a aucun contact avec la presse ou les milieux contestataires, dont il semble ne rien savoir.

Calfo pointa le menton vers la place Saint-Pierre.

— Il ne représente pas un danger pour ces foules, qui n'entendront jamais parler de lui et qu'il a choisi volontairement d'ignorer en s'enfermant dans un monastère. Laissons-le tranquillement continuer ses recherches : j'ai confiance dans la formation qu'il a reçue dès son noviciat à l'abbaye Saint-Martin, c'est un moule qui marque les hommes à vie. Il rentrera dans le rang : s'il lui prenait fantaisie de retrouver sa liberté intérieure, alors nous interviendrions. Mais cela ne sera sans doute pas nécessaire.

En se quittant, les deux prélats étaient également satisfaits : le premier, parce qu'il pensait avoir suffisamment inquiété Son Éminence, tout en gardant sa marge de manœuvre. Le second, parce qu'il avait rendez-vous le soir même avec Antonio, et qu'il en saurait presque autant que le recteur de la Société Saint-Pie V.

61.

— Il y a ce matin une cérémonie de béatification : nous ne pourrons pas passer par la place Saint-Pierre, faisons le tour.

Absorbé chacun dans ses pensées, les deux hommes empruntèrent le Borgo Santo Spirito et revinrent vers la Cité du Vatican par le Castel San Angelo, qui avait d'abord été mausolée de l'empereur Hadrien avant de devenir forteresse et prison papale. Nil acceptait mal ces lourds silences qui s'installaient entre eux depuis son arrivée à Rome.

Leeland prit enfin la parole :

— Je ne te comprends pas : tu n'es pas sorti de ton monastère depuis des années, et ici tu vis comme un reclus. Tu as tant aimé Rome quand nous y étions étudiants, profites-en un peu, va visiter quelques musées, revoir les personnes que tu as connues autrefois... Tu te comportes comme si tu avais transplanté ton cloître au milieu de la ville !

Nil leva la tête vers son compagnon.

— En rentrant au monastère, j'ai choisi la solitude au sein d'une communauté universelle, l'Église catholique. Regarde cette foule, qui semble si heureuse d'une nouvelle canonisation ! J'ai longtemps cru qu'ils étaient ma famille, remplaçant celle qui m'avait rejeté. Maintenant, je sais que ma recherche sur l'identité de Jésus m'exclut de cette famille d'adoption. On ne remet pas impunément en cause les fondements d'une religion, sur laquelle s'appuie toute une civilisation ! J'imagine que le treizième apôtre, quand il s'est opposé aux Douze, a dû connaître semblable solitude. Je n'ai plus qu'un ami, ce Jésus dont je cherche à percer le mystère.

Il ajouta, dans un souffle :

– Et toi, bien sûr.

Ils longeaient maintenant les hautes murailles de la Cité du Vatican. L'Américain plongea la main dans une de ses poches, et en sortit deux petits cartons roses.

– J'ai une surprise pour toi. J'ai reçu deux invitations pour un concert de Lev Barjona à l'Académie Sainte-Cécile de Rome : c'est juste avant Noël. Je ne te donne pas le choix, tu viendras avec moi.

– Qui est ce Lev Barjona ?

– Un pianiste israélien célèbre, que j'ai connu là-bas quand il était élève d'Arthur Rubinstein : c'est aux pieds du maître que nous nous sommes liés d'amitié. Un homme étonnant, qui a eu une vie hors du commun. Il ajoute gentiment à son invitation un petit mot personnel, en précisant que le second billet est pour toi. Il jouera le *Troisième Concerto* de Rachmaninov, dont il est le meilleur interprète actuel.

Ils pénétraient dans la Cité du Vatican.

– Je serais ravi, dit Nil, j'aime Rachmaninov et n'ai pas assisté à un concert depuis très longtemps, ça me changera les idées.

Soudain, il s'arrêta net et fronça les sourcils.

– Mais... comment se fait-il que ton ami t'ait envoyé un deuxième billet *à mon intention* ?

Leeland eut l'air surpris par cette remarque, et s'apprêtait à répondre, quand ils durent s'écarter : une luxueuse limousine officielle passait juste devant eux. À l'intérieur, ils aperçurent la robe pourpre d'un cardinal. La voiture ralentit pour franchir le porche du Belvédère, et Nil saisit brusquement le bras de l'Américain.

— Rembert, regarde l'immatriculation de cette voiture !

— Eh bien ? S.C.V., *Sacra Civitas Vaticani*, c'est une plaque du Vatican. Ici, tu sais, on en voit passer tous les jours.

Nil restait cloué au milieu de la cour du Belvédère.

— S.C.V. ! Mais ce sont les trois lettres qu'Andrei a notées sur son agenda, juste avant le mot « templiers » ! Depuis des jours, je me creusais la tête pour savoir ce qu'elles signifient : comme elles étaient suivies d'une cote Dewey incomplète, j'étais convaincu qu'elles désignent une bibliothèque, quelque part dans le monde. Rembert, je crois que je viens de comprendre ! S.C.V. suivi de quatre chiffres, c'est l'emplacement d'une série d'ouvrages dans l'une des bibliothèques de la Sacra Civitas Vaticani, le Vatican. J'aurais dû y penser : Andrei était un incorrigible fouineur. À la bibliothèque de San Girolamo il a trouvé un texte rare d'Origène, mais c'est ici même qu'il faut chercher le second ouvrage qu'il a noté sur son calepin.

Nil leva la tête vers l'imposant édifice.

— Là-dedans, caché quelque part, se trouve un livre qui me permettra peut-être d'en savoir un peu plus sur l'épître du treizième apôtre. Mais il y a quelque chose que je ne comprends pas, Rembert : qu'est-ce que les templiers viennent faire dans cette histoire ?

Leeland ne l'écoutait plus. Pourquoi Lev Barjona lui avait-il envoyé *deux billets* d'invitation ?

Machinalement, il composa le code d'entrée de la réserve de la Vaticane.

Au moment où retentissait la sonnerie, Breczinsky saisit nerveusement le coude de son interlocuteur.

— C'est certainement eux, je n'attends personne d'autre ce matin. Si vous sortez par-devant, vous allez les croiser. La réserve possède un escalier qui mène directement à la Bibliothèque vaticane : je vais vous conduire, faites vite, ils vont arriver.

Vêtu d'une stricte soutane, Antonio jeta un regard au Polonais, dont le visage blafard trahissait l'affolement. Cela avait été facile : au bout de quelques instants d'entretien dans son bureau, Breczinsky avait comme fondu devant lui. Le cardinal connaissait bien l'âme humaine : il suffisait de savoir trouver la blessure secrète, et d'appuyer dessus.

62.

Sonia ramena ses cheveux sur ses seins, et contempla le petit homme qui se rhabillait. Finalement, il n'était pas méchant. Seulement bizarre, avec sa manie de parler sans cesse pendant qu'elle lui faisait ce qu'il attendait d'elle. Lorsqu'elle était arrivée en Arabie Saoudite, attirée par l'offre alléchante d'un travail, elle s'était trouvée enfermée dans le harem d'un dignitaire du régime. L'Arabe ne prononçait pas un mot pendant l'amour, qu'il expédiait rapidement. Tandis que Calfo ne cessait de marmonner des choses incompréhensibles, où il était toujours question de religion.

Orthodoxe, Sonia partageait le respect de tous les Roumains pour les dignitaires religieux. Mais celui-là devait être un peu détraqué : il exigeait d'elle de lentes progressions, et parfois lui faisait peur avec ses yeux qui la fixaient intensément. Sa voix onctueuse lui intimait des choses qui provoquaient en elle une vive répulsion, venant d'un évêque.

Elle ne pouvait pas en parler à Moktar, qui l'avait amenée à Rome. « Tu verras, avait-il dit, un client qui paye très bien. » C'est vrai, l'évêque était généreux. Mais Sonia trouvait maintenant cet argent trop chèrement acquis.

En boutonnant le col de sa soutane, Calfo se tourna vers elle.

– Tu dois t'en aller, j'ai une réunion demain soir. Une réunion importante. Tu comprends ?

Elle hocha la tête. L'évêque lui avait expliqué que, pour pouvoir s'élever sur les degrés de *L'Échelle du Ciel*[1], il fallait maintenir une tension dialectique entre ses deux montants, le charnel et le spirituel. Elle n'avait rien compris à ce galimatias, mais savait qu'elle ne devrait revenir que dans deux jours.

Il en était toujours ainsi à chaque « réunion importante ». Et demain, c'était un vendredi 13.

Les douze apôtres étaient particulièrement solennels. Revêtu de son aube blanche, Antonio se glissa silencieusement derrière la longue table pour occuper son siège. L'étrange regard noir, seul visible derrière le voile qui masquait son visage, était innocent et paisible.

– Comme chaque vendredi 13, mes frères, notre réunion est statutaire. Mais avant que nous vénérions la précieuse relique en notre possession, je dois vous tenir au courant des derniers développements de la mission en cours.

---

1. Ouvrage célèbre de saint Jean Climaque, Père de l'Église.

Le recteur contempla un instant le crucifix en face de lui, puis reprit, dans un silence total :

— Grâce à mon agent palestinien, nous disposons des enregistrements de tout ce qui se dit dans le studio de la via Aurelia. Le Français se montre un digne émule du père Andrei. Il a réussi à casser le code de l'inscription de Germigny, et à en comprendre le sens grâce à la première phrase du manuscrit copte. Il a retrouvé la citation d'Origène, et grâce à la deuxième phrase du manuscrit il est sur la piste de l'épître du treizième apôtre — dont Andrei n'avait fait que soupçonner l'existence avant de venir ici, à Rome.

Un frisson parcourut l'assemblée, et l'un des apôtres souleva ses avant-bras.

— Frère recteur, est-ce que nous ne jouons pas avec le feu ? Personne, depuis les Templiers, n'a approché d'aussi près le secret que nous avons pour mission de protéger.

— Cette assemblée a déjà pesé le pour et le contre, et pris une décision. Laisser le père Nil poursuivre sa recherche, c'est un risque : mais un risque calculé. Malgré les efforts de nos prédécesseurs, toute trace de l'épître n'a pas complètement disparu. Nous savons que son contenu est de nature à détruire l'Église catholique, et avec elle la civilisation dont elle est l'âme et l'inspiratrice. Il en existe peut-être encore un exemplaire, qui aurait échappé à notre vigilance. Ne répétons pas l'erreur commise avec le père Andrei : nous avons lâché le furet, ne l'empêchons pas cette fois-ci de courir après sa proie. S'il parvient à la localiser, nous agirons, et très vite. Le père Nil travaille pour nous...

Il fut interrompu par un apôtre dont l'aube blanche masquait mal l'obésité.

— Ils passent le plus clair de leur temps à la réserve de

la Vaticane : quel moyen de contrôle avons-nous sur ce qui se dit dans ce lieu stratégique ?

Le recteur était le seul à savoir que cet apôtre était un membre haut placé de la Congrégation pour la propagation de la foi, l'un des services de renseignements les plus efficaces au monde. Il répondit avec une nuance de respect : cet homme avait connaissance de toutes les informations collectées sur les cinq continents, jusque dans la moindre paroisse de campagne.

— L'un de nous a rendu hier visite au père Breczinsky, pour lui rappeler certaines choses. Il semble qu'il ait compris. Je pense que nous serons rapidement fixés sur la capacité du père Nil à retrouver l'épître. Passons maintenant à la réunion statutaire.

Assisté par deux apôtres il fit coulisser le panneau de bois, et saisit avec respect le coffret qui se trouvait sur l'étagère du milieu. Devant les Onze immobiles, il le posa sur la table et s'inclina profondément.

— Le vendredi 13 octobre 1307, le chancelier Guillaume de Nogaret arrêta le grand-maître du Temple Jacques de Molay et cent trente-huit de ses frères à la maison templière de Paris. Ils furent enfermés dans les basses-fosses, et interrogés sans relâche sous la torture. Dans la France entière, le même jour, la presque totalité des membres de l'ordre furent saisis et mis hors de nuire : la chrétienté était sauvée. C'est ce vendredi 13, devenu fatidique dans le monde entier, que nous commémorons aujourd'hui comme le prévoient nos statuts.

Puis il se pencha, ouvrit le coffret. Nil avait retrouvé presque toutes les traces laissées dans l'Histoire par l'épître du treizième apôtre : mais celle-là, il passerait à côté. Il recula d'un pas.

— Mes frères, pour la vénération je vous prie.

Les apôtres se levèrent, et chacun s'approcha pour baiser d'abord l'anneau du recteur, puis le contenu du coffret.

Quand vint son tour, Antonio resta un instant immobile au-dessus de la table : simplement posée sur un coussinet de velours rouge, une pépite d'or brillait doucement. Très lisse, elle avait la forme d'une larme.

« *Ce qui reste du trésor des Templiers !* »

Il s'inclina, son visage s'encastra dans le coffret et il posa ses lèvres sur la larme d'or. Il lui sembla qu'elle était encore brûlante, et une scène horrible apparut alors derrière ses yeux fermés.

63.

Le père Breczinsky les avait accueillis avec un sourire pâle, et conduits sans un mot à leur table de travail. Après un signe de tête il entra dans son bureau, dont il laissa la porte entrouverte.

Tout à sa récente découverte, Nil n'avait pas pris garde à son attitude réservée. « S.C.V., une cote du Vatican. C'est l'une des plus grandes bibliothèques du monde ! Y retrouver un livre : mission impossible. »

Il travailla machinalement pendant quelques minutes, puis respira un grand coup et se tourna vers Leeland.

— Rembert, voudrais-tu te passer de moi pendant quelques instants ? Breczinsky est le seul qui puisse m'aider à trouver à quoi correspond la cote S.C.V. laissée par Andrei dans son agenda. Je vais l'interroger.

Une ombre passa sur le visage de l'Américain, qui chuchota :

Le secret du treizième apôtre

– Je t'en prie, rappelle-toi ce que je t'ai dit : ici, ne fais confiance à personne.

Nil ne répondit rien. « Je sais des choses que tu ignores. » Enleva ses gants, et frappa à la porte du bibliothécaire.

Immobile, Breckzinsky était assis devant l'écran éteint de son ordinateur, les mains posées à plat sur son bureau.

– Mon père, vous m'avez dit l'autre jour que vous étiez prêt à m'aider. Puis-je faire appel à vous ?

Le Polonais le regardait sans rien dire, le visage hagard. Puis il baissa les yeux sur ses mains, et parla d'une voix sourde, comme pour lui-même, comme si Nil n'était pas là :

– Mon père a été tué fin 1940, je ne l'ai pas connu. Ma mère m'a raconté : un matin, un officier supérieur de la Wehrmacht est venu chercher tous les hommes du village, soi-disant pour effectuer un travail en forêt. Mon père n'est jamais revenu, et ma mère est morte quand j'avais six ans. Un cousin de Cracovie m'a recueilli chez lui, j'étais un enfant perdu de la guerre et je ne pouvais plus parler. Le jeune curé de la paroisse voisine a eu pitié de cet enfant muet : il m'a pris auprès de lui, m'a redonné le goût de vivre. Puis, un jour, il a tracé le signe de la croix sur mon front, mes lèvres et mon cœur. Le lendemain, pour la première fois depuis des années, j'ai parlé. Il m'a ensuite permis d'entrer au séminaire diocésain de Cracovie, dont il était devenu évêque. Je lui dois tout, c'est le père de mon âme.

– Et il s'appelait ?

– Karol Wojtyla. C'est le pape actuel. Le pape que je sers de toutes mes forces.

Il leva enfin les yeux et les planta dans ceux de Nil.

– Vous êtes un vrai moine, père Nil, comme l'était le père Andrei : vous vivez dans un autre monde. Au Vatican, une toile est tissée autour du pape par des hommes qui ont intérêt à ce qu'il ne sache pas tout ce qu'ils font en son nom. Jamais, en Pologne, Karol Wojtyla n'a connu quoi que ce soit de semblable : là-bas, le clergé était totalement solidaire, uni contre l'ennemi soviétique commun. Chacun accordait à l'autre une confiance aveugle, l'Église polonaise n'aurait pas survécu à des manœuvres internes. C'est dans cet esprit que le pape s'est déchargé de ses responsabilités auprès d'hommes comme le cardinal Catzinger. Et moi, ici, je suis le témoin silencieux de bien des choses.

Il fit effort pour se lever.

– Je vous aiderai, comme j'ai aidé le père Andrei. Mais je prends un risque considérable : jurez-moi que vous ne cherchez pas à nuire au pape.

Nil lui répondit doucement :

– Je ne suis qu'un moine, mon père, rien d'autre ne m'intéresse que le visage et l'identité de Jésus. La politique et les mœurs du Vatican me sont étrangères, et je n'ai rien à voir avec le cardinal Catzinger qui ignore tout de mes travaux. Comme Andrei, je suis un homme de vérité.

– Je vous fais confiance : le pape, lui aussi, est un homme de vérité. Que puis-je pour vous ?

Nil lui tendit l'agenda d'Andrei.

– Le père Andrei a consulté, lors de son séjour à Rome, un livre dont il a noté ici la cote : est-ce qu'elle vous dit quelque chose ?

Brecksinsky examina attentivement la page de l'agenda, puis releva la tête.

– Bien sûr, c'est une cote de cette réserve. Elle indique tout le rayonnage où sont conservées les minutes des procès d'inquisition des templiers. Lors de son passage, le père

Andrei m'a demandé de pouvoir les consulter, bien qu'il n'en ait pas l'autorisation. Suivez-moi.

Ils passèrent en silence devant la table où Leeland, penché sur un manuscrit, ne releva pas la tête. Arrivé à la troisième salle, Breczinscky fit un crochet vers la gauche et conduisit Nil devant un épi situé dans un renforcement.

– Vous avez ici – il lui montra les étagères qui tapissaient le mur – des actes d'Inquisition de l'affaire des Templiers, les actes originaux. Je peux vous dire que le père Andrei s'est attardé sur les minutes de l'interrogatoire du templier Esquieu de Floyran par Guillaume de Nogaret, et la correspondance de Philippe le Bel, c'est moi-même qui les ai remis en place après son départ. J'espère que vous travaillerez aussi vite que lui : je vous laisse deux heures. Et rappelez-vous : vous n'êtes *jamais* venu dans cette partie de la réserve.

Il s'esquiva comme une ombre. Dans ce recoin désert, on n'entendait plus que le ronronnement de la climatisation. Une dizaine de cartons étaient alignés, numérotés. Dans l'un d'eux, sur une page écrite par le notaire de l'Inquisition devant le prisonnier épuisé par la torture, se trouvait peut-être une trace du treizième apôtre, retrouvée par Andrei.

Résolument, il tira à lui le premier carton : *Aveux du frère Esquieu de Floyran, templier de Béziers, recueillis en présence de Monseigneur Guillaume de Nogaret par moi, Guillaume de Paris, représentant du roi Philippe le Bel et Grand Inquisiteur de France.*

64.

Rive de la mer Morte, mars 1149

— Encore un effort, Pierre, ils nous talonnent.

Esquieu de Floyran saisit son compagnon à bras-le-corps. Ils se trouvaient au pied d'une falaise abrupte, un amas de concrétions rocheuses au milieu desquelles se glissaient des sentiers empruntés par les chèvres. On apercevait par endroits des trous noirs : l'entrée de grottes naturelles, surplombant le vide.

Depuis leur rencontre à Vézelay trois ans plus tôt, les deux hommes ne s'étaient plus quittés. Enflammés par la prédication de saint Bernard, ils avaient revêtu la tunique blanche à croix rouge et rejoint la deuxième croisade en Palestine. Là, les templiers s'étaient laissés piéger dans Gaza par les Turcs Seldjoukides. Esquieu voulut dégager la place forte : à la tête d'une quinzaine de chevaliers, il fit en plein jour une sortie de diversion qui entraîna effectivement à sa suite une partie des assiégeants. Dans leur course vers l'est, ses compagnons étaient tombés les uns après les autres. Il ne restait plus à ses côtés que Pierre de Montbrison, le fidèle.

Arrivés au bord de la mer Morte, leurs montures s'abattirent sous eux. Les deux templiers enjambèrent un mur écroulé, et pénétrèrent dans un enclos de ruines qui portaient les traces d'un violent incendie. Toujours courant, ils passèrent devant un vaste réservoir creusé dans le roc, puis suivirent le tracé de canaux d'irrigation qui se dirigeaient vers la falaise. Là était leur salut.

Au moment où ils quittaient le couvert des arbres, Pierre poussa un cri et tomba. Quand son compagnon se pencha sur lui, une flèche transperçait son abdomen, à la hauteur des reins.

– Laisse-moi, Esquieu, je suis blessé !

– Te laisser entre leurs mains ? Jamais ! Nous allons nous réfugier dans cette falaise, et nous échapper à la faveur de la nuit. Il y a une oasis tout près, Ein Feshka : c'est la route vers l'ouest, le chemin du salut. Appuie-toi sur moi, ce n'est pas la première flèche que tu reçois : on l'enlèvera une fois là-haut, tu reverras la France et ta commanderie.

Les paroles incandescentes de saint Bernard résonnaient encore à ses oreilles : « Le chevalier du Christ donne la mort en toute sécurité. S'il meurt, c'est pour son bien, s'il tue, c'est pour le Christ[1]. » Mais pour l'instant, il s'agissait surtout d'échapper à une bande de Turcs enragés.

Allahou Akbar ! Leurs cris étaient tout proches. « Pierre n'en peut plus. Seigneur, à notre secours ! »

L'un soutenant l'autre, ils s'engagèrent dans la paroi de la falaise.

Ils s'arrêtèrent auprès de l'ouverture d'une des grottes, et Esquieu jeta un coup d'œil vers le bas : leurs poursuivants semblaient les avoir perdus de vue, et tenaient conseil. De leur perchoir, il pouvait voir non seulement les ruines calcinées qu'ils venaient de traverser, mais l'anse de la mer Morte qui brillait sous le soleil du matin.

À sa droite, Pierre s'était appuyé contre la paroi rocheuse, livide.

– Il faut que tu t'allonges, et que je retire cette flèche. Viens, nous allons nous faufiler dans ce trou, et nous attendrons la nuit.

L'ouverture était si étroite qu'ils durent y entrer les pieds

---

1. Extrait de la règle donnée par Saint Bernard aux templiers, *De laude novae militiae*.

par-devant. Esquieu porta son compagnon qui geignait, couvert de sang. Curieusement, l'intérieur était assez lumineux. Il étendit le blessé à gauche de l'entrée, la tête contre une espèce de bol en terre cuite qui sortait du sable. Puis d'un geste vif il arracha la flèche : Pierre poussa un hurlement, et perdit connaissance.

« La flèche a transpercé le ventre de part en part, le sang coule à flots : il est perdu. »

Entre les lèvres du moribond, il versa les dernières gouttes d'eau de sa gourde. Puis alla inspecter la vallée en contrebas : les Turcs étaient toujours là, il fallait attendre leur départ. Mais Pierre serait mort avant.

Fin lettré, érudit, Esquieu avait accueilli sur ses terres un prieuré de moines blancs du nouvel ordre créé par saint Bernard. Il passait son temps libre à lire les manuscrits rassemblés dans leur scriptorium, et avait étudié la médecine de Gallien dans le texte grec : Pierre se vidait de son sang, qui formait sous son corps une flaque sombre. Il en avait pour une heure, peut-être moins.

Désemparé, il jeta un coup d'œil sur le sol de la grotte. Tout le long du mur de gauche, des bols en terre cuite dépassaient du sable. Il souleva au hasard le troisième en partant de l'entrée : c'était une jarre de terre, parfaitement conservée. À l'intérieur, il vit un épais rouleau entouré de chiffons, tout huileux. Contre la paroi, un rouleau plus petit était disposé bien à part. Il le sortit sans difficulté. C'était un parchemin de bonne qualité, fermé par un simple cordeau de lin qu'il défit sans mal.

Il jeta un coup d'œil à Pierre : immobile, il respirait à peine, et son visage avait déjà la couleur cendre des cadavres. « Mon pauvre ami... mourir sur une terre étrangère ! »

Il déroula le parchemin. C'était du grec, parfaitement lisible. Une écriture élégante, et des mots qu'il reconnut sans peine : le vocabulaire des apôtres.

Il s'approcha de l'ouverture, et commença à lire. Ses yeux s'agrandirent, et ses mains se mirent à trembler légèrement.

« Moi, le disciple bien-aimé de Jésus, le treizième apôtre, à toutes les Églises... » L'auteur disait que, le soir du dernier repas dans la salle haute, ils n'étaient pas douze, mais treize apôtres, et que le treizième, c'était lui. Il protestait en termes solennels contre la divinisation du nazôréen. Et affirmait que Jésus n'était pas ressuscité, mais qu'il avait été transféré après sa mort dans un tombeau, qui se trouvait...

– Pierre, regarde ! Une lettre apostolique du temps de Jésus, la lettre d'un de ses apôtres... *Pierre !*

La tête de son ami avait roulé doucement à côté du bol en terre qui fermait la première jarre de la grotte. Il était mort.

Une heure plus tard, Esquieu avait pris sa décision : le corps de Pierre attendrait ici la résurrection finale. Mais cette lettre d'un apôtre de Jésus, dont il n'avait jamais entendu parler, il *devait* la révéler au monde chrétien. Emporter le parchemin était trop risqué : durci par le temps, il serait vite réduit en miettes. Et lui-même échapperait-il cette nuit aux musulmans ? Parviendrait-il sain et sauf à Gaza ? L'original resterait dans cette grotte, mais il en ferait une copie. Tout de suite.

Avec respect, il retourna le corps de son ami, ouvrit sa tunique et déchira une large bande de sa chemise. Puis il tailla finement un morceau de bois, posa la toile sur une pierre plate. Trempa sa plume improvisée dans la flaque de sang qui rougissait le sol. Et commença à copier l'épître apostolique, comme il l'avait si souvent vu faire dans le scriptorium du prieuré.

Le soleil se couchait derrière la falaise de Qumrân. Esquieu se releva : le texte du treizième apôtre était maintenant inscrit, en lettres de sang, sur la chemise de Pierre. Il roula le parchemin, l'entoura de son cordeau de lin et le replaça avec précaution dans la troisième jarre – prenant garde qu'il ne touche pas le rouleau graisseux. Remit le couvercle, plia soigneusement la copie qu'il venait d'effectuer et la glissa dans sa ceinture.

Depuis l'entrée de la grotte, il jeta un coup d'œil en bas : les Turcs étaient déjà deux fois moins nombreux. Seul, il saurait leur échapper. Il fallait attendre la nuit, et passer par la plantation d'Ein Feskha. Il réussirait.

Deux mois plus tard, un vaisseau à voile frappée de la croix rouge franchissait le goulet de Saint-Jean-d'Acre, et mettait cap vers l'ouest. Debout sur sa proue, un chevalier du Temple en grand habit blanc jetait un dernier regard vers la terre du Christ.

Derrière lui, il abandonnait le corps de son meilleur ami. Couché dans l'une des grottes surplombant Qumrân, une grotte contenant des dizaines de jarres remplies d'étranges rouleaux. Dès que possible, il faudrait y retourner. Récupérer le parchemin de la troisième jarre, à gauche à partir de l'entrée, et le rapporter en France, avec toutes les précautions que méritait un document aussi vénérable.

La mort de Pierre n'aurait pas été inutile : sa copie d'une lettre d'apôtre, dont nul n'avait jamais entendu parler, il allait la remettre au grand-maître du Temple, Robert de Craon. Son contenu changerait la face du monde. Et prouverait à tous que les templiers avaient eu raison de rejeter le Christ, mais d'aimer passionnément Jésus.

En arrivant à Paris, Esquieu de Floyran demanda à rencontrer Robert de Craon, seul à seul. Une fois en sa présence, il sortit de sa ceinture un rouleau de tissu couvert de caractères marron sombre, et le tendit au grand-maître du Temple, deuxième du titre.

Sans un mot le grand-maître déroula la bande de tissu. Toujours en silence, il prit connaissance du texte, parfaitement lisible. Sévèrement, il fit jurer à Esquieu le secret, sur le sang de son frère et ami, et le congédia d'un simple signe de tête.

Robert de Craon passa toute la soirée et toute la nuit, seul, devant la table sur laquelle était étalé le morceau de toile, couvert du sang d'un de ses frères. Qui traçait les lignes les plus incroyables, les plus bouleversantes qu'il ait jamais lues.

Le lendemain, le visage grave, il fit partir dans toute l'Europe une convocation extraordinaire du chapitre général de l'ordre des Templiers. Aucun des frères capitulaires, sénéchaux ou prieurs, titulaires d'illustres forteresses comme de la plus petite commanderie, ne devait être absent à ce chapitre.

Aucun.

65.

Quand Nil rejoignit son ami, toujours penché sur la table de la salle de la réserve, son visage était fermé. Leeland releva la tête de son manuscrit.

– Alors ?

– Pas ici. Rentrons via Aurélia.

Rome se préparait à célébrer Noël. Selon une tradition

propre à la Ville éternelle, chaque église, pendant cette période, met un point d'honneur à exposer un *presepio*, une crèche ornée de tous les attributs de l'imagination baroque. Les Romains passaient leurs après-midis de décembre à déambuler d'une église à l'autre, comparant la réalisation de chacune et la commentant avec force gestes de mains.

« Impossible, pensait Nil en voyant des familles entières s'engouffrer sous le porche des églises, et les yeux écarquillés de bonheur des enfants, impossible de leur dire que tout cela est basé sur un mensonge séculaire. Ils ont besoin d'un dieu à leur image, un dieu enfant. L'Église ne peut que protéger son secret : Nogaret avait raison. »

Les deux hommes marchaient en silence. Arrivés au studio, ils s'installèrent à côté du piano, et Leeland sortit une bouteille de bourbon. Il en versa une rasade à Nil, qui fit un geste pour l'arrêter.

– Allons, Nil, notre boisson nationale porte le nom des rois de France. Quelques gorgées t'aideront à me raconter ce que tu as fait, seul pendant toute la matinée, dans une partie de la réserve vaticane à laquelle en principe tu n'as pas accès...

Nil ne releva pas l'allusion : pour la première fois, il cacherait quelque chose à son ami. Les confidences de Breczinsky, son visage terrorisé, n'avaient rien à voir avec sa recherche : il se sentait détenteur d'un secret, qu'il ne partagerait avec personne. Il but une gorgée de bourbon, fit la grimace et toussa.

– Je ne sais pas par où commencer : tu n'es pas un historien, tu n'as pas étudié les minutes des interrogatoires de l'Inquisition que je viens de voir. J'ai retrouvé les textes consultés par Andrei lors de son passage à la réserve, et ils m'ont immédiatement parlé : c'est à la fois clair, et obscur.

– As-tu trouvé quelque chose en relation avec le treizième apôtre ?

– Les mots « treizième apôtre » ou « épître apostolique » n'apparaissent dans aucun interrogatoire. Mais maintenant que je sais ce que nous cherchons, il y a deux détails qui ont attiré mon attention, et que je ne comprends pas. Philippe le Bel a établi lui-même l'acte d'accusation des templiers, dans une lettre adressée aux commissaires royaux le 14 septembre 1307, un mois avant la rafle générale de tous les membres de l'Ordre. Elle est conservée à la réserve, je l'ai recopiée ce matin.

Il se pencha et prit dans sa sacoche une feuille de papier

– Je te lis sa première accusation : « Voici une chose amère, une chose déplorable, assurément horrible, un crime détestable... » Et quoi donc ? « Que les templiers, quand ils entrent en leur ordre, nient par trois fois le Christ et lui crachent autant de fois contre la face[1]. »

– Oh oh !

– Ensuite, depuis le premier interrogatoire d'Esquieu de Floyran, au lendemain du vendredi 13 octobre 1307, jusqu'à l'ultime interrogatoire de Jacques de Molay sur le bûcher, le 19 mars 1314, une question revient sans cesse : « Est-il vrai que vous reniez le Christ ? » Tous les templiers, quelle que soit la sévérité des tortures subies, reconnaissent que oui, ils rejettent le Christ. Mais que non, ils ne rejettent pas Jésus, que c'est au nom de Jésus qu'ils se sont engagés dans la milice.

– Et alors ?

– Alors c'est exactement ce qu'affirmaient les nazôréens

---

1. Lettre de Philippe le Bel aux chevaliers Hugues de la Celle et Oudard de Molendinis, commissaires de Sa Majesté.

dont Origène a pu consulter les textes à Alexandrie. Nous savons que c'était l'enseignement de leur maître, le treizième apôtre : si son épître est capable à elle seule d'anéantir l'Église, si elle doit être *partout détruite* comme le demande le manuscrit copte, c'est non seulement parce qu'elle nie la divinité de Jésus – bien d'autres l'ont fait après lui – mais parce que, selon Origène, elle apporte une *preuve* qu'il n'était pas Dieu.

– Les templiers auraient-ils eu connaissance de l'épître disparue du treizième apôtre ?

– Je n'en sais rien, mais je remarque qu'au XIVe siècle des templiers se font torturer et tuer parce qu'ils proclament la même doctrine que les nazôréens, et qu'ils confirment ce choix par un geste rituel – le crachat sur le Christ. Il y aurait peut-être une seconde hypothèse – Nil se massa le front –, ces hommes ont été longtemps en contact étroit avec des musulmans. Le refus d'un autre dieu qu'Allah revient sans cesse dans le Coran, et n'oublie pas que Muhammad lui-même connaît et cite à plusieurs reprises les nazôréens...

– Qu'est-ce que ça veut dire ? Tu mélanges tout !

– Non, je mets en relation des éléments disparates. On a souvent dit que les templiers avaient été influencés par l'islam : peut-être, mais leur rejet de la divinité de Jésus ne tire pas son origine du Coran. C'est plus grave : au détour des comptes rendus d'interrogatoires, quelques-uns avouent que l'autorité de Pierre et des Douze apôtres a été, selon eux, transférée sur la personne du grand-maître du Temple.

– Le grand-maître, une sorte de successeur du treizième apôtre ?

– Ils ne le disent pas dans ces termes, mais affirment que leur rejet du Christ s'appuie sur la personne de leur grand-maître, qu'ils considèrent comme une autorité supérieure à celle des Douze et de l'Église. Tout se passe comme si une succession apostolique cachée s'était transmise au cours des siècles, parallèlement à celle de Pierre. Prenant sa source dans le treizième apôtre, s'appuyant ensuite sur ses nazôréens, puis après leur extinction sur cette mystérieuse épître.

Nil reprit une gorgée de bourbon.

– Philippe le Bel porte contre les templiers une deuxième accusation grave : « Quand ils entrent dans leur ordre, ils embrassent celui qui les reçoit – le grand-maître – en premier lieu au bas du dos, puis sur le ventre[1]. »

Leeland éclata de rire :

– *Gosh ! Templar queers !*

– Non, les templiers n'étaient pas homosexuels, ils faisaient vœu de chasteté et tout montre qu'ils le respectaient. C'était un geste rituel, au cours d'une cérémonie religieuse, solennelle et publique. Ce geste a permis à Philippe le Bel de les accuser de sodomie, parce qu'il ne le comprenait pas – alors qu'il revêtait certainement une signification hautement symbolique.

– Embrasser le fondement du grand-maître, puis faire le tour et embrasser son ventre : un rituel symbolique, dans une église ?

– Un rite solennel auquel ils attachaient une grande importance. Alors, quel sens ce geste avait-il pour eux ? J'ai d'abord pensé qu'ils vénéraient les *chakras* du grand-maître, ces carrefours d'énergie spirituelle que les hindous situent précisément au ventre et au... fondement, comme tu dis. Mais les templiers ne connaissaient pas la philosophie hindoue. Je n'ai donc aucune explication, sauf celle-ci : un geste de vénération envers la personne du grand-maître, l'apôtre dont l'autorité supplantait pour eux celle

---

1. *Idem.*

de Pierre et de ses successeurs. Par là ils semblent s'être rattachés à une autre succession, celle du treizième apôtre. Mais pourquoi un baiser à cet endroit précis, le bas du dos ? Je l'ignore.

Ce soir-là, le père Nil ne parvint pas à s'endormir. Les questions tournaient dans sa tête. Que signifiait ce geste sacrilège, qui avait souillé pour toujours la mémoire des chevaliers ? Et surtout, quelle relation avec l'épître du treizième apôtre ?

Une fois de plus, il se retourna dans son lit, dont le matelas à ressorts crissa. Le lendemain, il allait assister à un concert. Une diversion bienvenue.

66.

Paris, 18 mars 1314

— Une dernière fois, nous t'adjurons d'avouer : as-tu rejeté la divinité du Christ ? Nous diras-tu ce que signifie le rituel impie de votre admission dans ton Ordre ?

À la pointe de l'île de la Cité, le grand-maître du Temple Jacques de Molay avait été hissé sur un tas de fagots. Les mains liées sous son manteau blanc frappé de la croix rouge, il faisait face à Guillaume de Nogaret, chancelier et âme damnée du roi Philippe IV le Bel. Le peuple de Paris s'était massé sur les deux rives de la Seine : le grand-maître allait-il se rétracter au dernier moment, privant ainsi les badauds d'un spectacle de choix ? Le bourreau, jambes écartées, tenait dans sa main droite une torche enflammée, et n'avait plus qu'un geste à faire.

Jacques de Molay ferma un instant les yeux, et rappela à lui toute la mémoire de son Ordre. C'était presque deux siècles plus tôt, en 1149. Non loin de ce bûcher où il allait mourir.

Le lendemain du passage à Paris du chevalier Esquieu de Floyran, le grand-maître Robert de Craon avait convoqué en urgence un chapitre extraordinaire de l'ordre du Temple.

Devant les frères assemblés, il avait lu à voix haute l'épître du treizième apôtre, dans la copie qui venait miraculeusement de lui parvenir. Elle fournissait la preuve indiscutable que Jésus n'était pas Dieu. Son corps n'était jamais ressuscité, mais avait été enterré par les esséniens, quelque part aux confins du désert d'Idumée. L'auteur de cette lettre disait qu'il rejetait le témoignage des Douze et l'autorité de Pierre, accusé d'avoir accepté la divinisation de Jésus pour conquérir le pouvoir.

Pétrifiés, les templiers l'avaient écouté dans un silence de mort. L'un d'entre eux s'était levé et avait dit d'une voix sourde :

– Frères, tous ici nous avons vécu pendant des années au contact de nos ennemis musulmans. Chacun sait que leur Coran rejette la divinité de Jésus, en des termes exactement semblables à cette lettre apostolique, et que c'est la raison principale de leur acharnement contre les chrétiens. Il faut porter cette épître à la connaissance de la chrétienté, pour que soit enfin reconnue la véritable identité de Jésus : cela mettra fin pour toujours à la guerre impitoyable qui oppose les successeurs de Muhammad au successeur de Pierre. Alors seulement pourront vivre paisiblement ensemble ceux qui confesseront d'une même voix que Jésus, le fils de Joseph, n'était pas un dieu mais un homme exceptionnel et un guide inspiré !

Robert de Craon pesa soigneusement les termes de sa réponse : jamais, dit-il aux frères assemblés, jamais l'Église ne renoncerait à son dogme fondateur, source d'un pouvoir universel. Il avait un autre projet, qui fut adopté après une longue délibération.

Dans les décennies qui suivirent, la richesse des templiers s'accrut de façon prodigieuse. Il suffisait au grand-maître de rencontrer un prince ou un évêque, pour qu'immédiatement affluent les donations en terres ou en métal précieux. C'est que les successeurs de Robert de Craon faisaient valoir un argument indiscutable.

– Donnez-nous les moyens de remplir notre mission, disaient-ils, ou bien nous publions un document apostolique en notre possession, qui vous détruira en anéantissant la chrétienté dont vous tirez votre pouvoir et toutes vos richesses.

Les rois, les papes eux-mêmes payèrent, et d'opulentes commanderies templières sortirent partout de terre. Un siècle plus tard, les templiers servaient de banquiers à toute l'Europe : l'épître du treizième apôtre était devenue la vanne d'un fleuve d'or, coulant dans les coffres des chevaliers.

Mais la source d'une telle richesse, objet de toutes les convoitises, était à la merci d'un vol : il fallait mettre ce fragile morceau de tissu en lieu sûr. La personne du grand-maître, continuateur du treizième apôtre et qui tenait tête comme lui à la chrétienté fondée par Pierre, sa personne physique était devenue intouchable. L'un d'eux se souvint de la façon dont les prisonniers orientaux dissimulent leur argent, en le plaçant dans un tube métallique qu'ils glissent dans leurs entrailles et conservent ainsi sur eux, à l'abri de tout larcin. Il fit confectionner un étui en or, y plaça la copie de l'épître soigneusement roulée, l'introduisit en lui et la transporta désormais dans l'intimité de sa personne, devenue doublement sacrée.

Pour que nul ne soupçonne le secret attaché à l'épître, il fallait que toute trace, même la plus minime, en soit effacée. Le sénéchal de la commanderie de Patay entendit parler d'une inscription gravée dans l'église de Germigny, qui se trouvait alors sur ses terres. Un moine érudit prétendait que cette inscription contenait un sens caché, glissé dans la façon remarquable dont le texte du Symbole de Nicée avait été transcrit. Il se disait capable de déchiffrer ce code.

Le sénéchal convoqua le moine, et s'enferma avec lui dans l'église de Germigny. Quand il en ressortit, il avait la mine grave, et fit incontinent conduire le moine sous escorte à sa commanderie de Patay.

Le moine érudit y mourut le lendemain. La dalle fut immédiatement recouverte d'une couche d'enduit, et sa mystérieuse inscription disparut des yeux comme de la mémoire du peuple.

Le rituel d'admission dans l'ordre des Templiers comporta désormais un geste curieux, que les novices accomplissaient religieusement : pendant la messe et avant de recevoir leur grand manteau blanc, chacun devait s'agenouiller devant le grand-maître et baisser d'abord le bas de son dos, puis son ventre.

Sans le savoir, le nouveau frère vénérait ainsi l'épître du treizième apôtre, partout pourchassée par la haine de l'Église qu'elle mettait en péril. Contenue maintenant dans les entrailles du grand-maître, qui ne l'extrayait de son étui précieux que pour obtenir sous la menace encore plus de terres, encore plus d'or.

Le trésor des templiers gisait dans les caves de multiples commanderies. Mais la source de ce trésor, sa source inépuisable, était transmise par chaque grand-maître à son successeur, qui la protégeait du rempart de son propre corps.

Sur le bûcher, Jacques de Molay releva la tête. Ils lui avaient fait subir la torture de l'eau, du feu et des étirements, mais ils n'avaient pas fouillé ses entrailles. D'une simple contraction, il pouvait sentir au plus intime de lui-même la présence de l'étui d'or : l'épître disparaîtrait avec lui, l'unique arme des templiers contre les rois et les prélats d'une Église devenue indigne de Jésus. D'une voix étonnamment forte, il répondit à Guillaume de Nogaret :

— C'est sous la torture que certains de nos frères ont avoué les horreurs dont tu m'accuses. À la face du ciel et de la terre, je jure maintenant que tout ce que tu viens de dire des crimes et de l'impiété des templiers n'est que calomnie. Et nous méritons la mort pour n'avoir pas su résister à la souffrance infligée par les inquisiteurs.

Avec un sourire de triomphe, Nogaret se tourna vers le roi. Debout dans la loggia royale qui surplombait la Seine, Philippe leva la main : à l'instant même le bourreau abaissa son bras, plongeant la torche vive dans les fagots du bûcher.

Les flammèches volaient dans l'air jusqu'aux tours de Notre-Dame. Jacques de Molay eut encore la force de crier :

— Pape Clément, roi Philippe ! Avant un an, je vous

cite à comparaître devant le tribunal de Dieu pour y recevoir votre juste châtiment ! Soyez maudits, vous et ceux
qui viendront après vous !

Le bûcher s'effondra sur lui-même, dans une explosion
d'étincelles. La chaleur était telle qu'elle atteignit les berges
de la Seine.

À la fin du jour, le curé de Notre-Dame vint prier sur
les restes fumants du bûcher. Les archers avaient déserté le
lieu, il se trouva seul et s'agenouilla. Puis sursauta : devant
lui, au milieu des cendres chaudes, un objet brillait dans
la lumière du soleil couchant. À l'aide d'une branche, il le
ramena à lui : c'était une pépite d'or, de l'or fondu par la
chaleur du brasier, luisante, en forme de larme.

Tout ce qui restait de l'étui qui avait contenu l'épître
du treizième apôtre, tout ce qui restait du dernier grand-
maître du Temple : tout ce qui restait du véritable trésor
des templiers.

Comme beaucoup, le curé savait que les templiers
étaient innocents, que leur mort atroce était en fait un
martyre : avec dévotion, il posa les lèvres sur la larme d'or,
qui lui parut brûlante encore qu'elle ne fût que tiède.
C'était la relique d'un saint, l'égal de tous ceux qui ont
donné leur vie pour la mémoire de Jésus. Il la confia à
l'envoyé du pape Clément, lequel mourut dans l'année.

Après un périple hasardeux, la larme d'or tomba plus
tard aux mains d'un recteur de la Société Saint-Pie V. Qui
réussit à en connaître la signification, tous les templiers
n'ayant pas péri au début du XIVe siècle : rien n'est plus
difficile à supprimer que la mémoire.

Ce témoin indirect de la rébellion du treizième apôtre
contre l'Église dominante, il le garda précieusement parmi
les trésors de la Société.

67.

Le hall d'entrée était en fait le salon d'une vaste demeure patricienne. À deux pas du centre-ville animé, la via Giulia offrait à Rome le charme de ses arcades couvertes de glycines, et de quelques palais anciens transformés en hôtels à la fois familiaux, luxueux et conviviaux.

— Voudriez-vous prévenir M. Barjona que je souhaiterais le voir ?

Le réceptionniste, vêtu de noir avec distinction, dévisagea le visiteur matinal. Un homme d'un certain âge, cheveux grisonnants, vêtements quelconques : un admirateur, un journaliste étranger ? Il pinça les lèvres.

— Le *maestro* est rentré très tard dans la nuit, nous ne le dérangeons jamais avant...

Avec naturel, le visiteur sortit de sa poche un billet de vingt dollars et le tendit au réceptionniste.

— Il sera ravi de me voir, et si ce n'était pas le cas je vous dédommagerais d'autant. Dites-lui que son vieil ami du club l'attend : il comprendra.

— Qu'est-ce qui te prend, Ari, de me tirer du lit à cette heure, la veille d'un concert ? Et d'abord, qu'est-ce que tu fais à Rome ? Tu devrais couler paisiblement ta retraite à Jaffa, et me laisser en paix. Je ne suis plus sous tes ordres !

— Certes, mais on ne quitte jamais le Mossad, Lev, et tu es toujours sous ses ordres. Allons, détends-toi ! J'étais de passage en Europe, et j'en profite pour te voir, c'est tout. Comment se présente ta saison romaine ?

— Bien, mais ce soir j'attaque avec le troisième de Rachmaninov, c'est un monument terrifiant et j'ai besoin de me concentrer. Il te reste donc de la famille, en Europe ?

– Un juif a toujours de la famille quelque part. Ta famille, c'est un peu le service dans lequel je t'ai formé quand tu n'étais encore qu'un adolescent. Et à Jérusalem, ils sont inquiets pour toi. Qu'est-ce qui t'a pris de suivre le moine français dans le Rome express, après avoir réservé tout son compartiment ? Qui t'en avait donné l'ordre ? Voulais-tu renouveler l'opération précédente, et en solitaire cette fois-ci ? Est-ce moi qui t'ai appris à faire cavalier seul dans une opération ?

Lev fit une moue, et baissa la tête.

– Je n'avais pas le temps de prévenir Jérusalem, tout a été très vite...

Ari serra les poings et lui coupa la parole :

– Ne mens pas, pas à moi. Tu sais bien que, depuis ton accident, tu n'es plus le même, et que pendant des années tu as trop côtoyé la mort. Il y a des moments où tu te laisses submerger par le besoin du danger, de son parfum qui t'excite comme une drogue. Alors, tu ne penses plus : imagines-tu ce qui se serait passé, si le père Nil avait eu un accident – à son tour ?

– Cela aurait posé un problème majeur aux gens du Vatican. Je les hais de toute mon âme, Ari : ce sont eux qui ont permis aux nazis qui avaient exterminé ma famille de s'enfuir en Argentine.

Ari le regarda avec tendresse.

– Le temps n'est plus à la haine, mais à la justice. Et il est inconcevable, inadmissible, que ce soit toi qui prennes, sans en référer, des décisions politiques à un pareil niveau. Tu as montré que tu n'étais plus capable de te contrôler : nous devons te protéger contre toi-même. Désormais, interdiction absolue de toute opération sur le terrain. Le petit Lev, qui jouait avec sa vie comme si c'était une partition musicale, a grandi. Tu es célèbre maintenant : poursuis la mission que nous t'avons confiée, surveiller Moktar Al-Qoraysh, et concentre-toi sur le moine français. L'action directe, ce n'est plus pour toi.

68.

Nil était tout excité en pénétrant dans l'Académie Sainte-Cécile. La dernière fois qu'il avait assisté à un concert, c'était à Paris, la veille de son entrée au monastère. Il y avait bien longtemps.

La salle de l'auditorium est de petite taille, presque familiale. Elle bruissait de conversations mondaines, et au milieu des tenues de gala on apercevait les soutanes pourpres de quelques cardinaux. Leeland tendit les deux cartons d'invitation à l'ouvreur qui les conduisit au vingtième rang, légèrement sur la gauche.

– D'ici vous ne serez pas gênés par le rabat du piano, monsignore, vous pourrez suivre le jeu du soliste.

Ils s'assirent et restèrent silencieux. Depuis son arrivée à Rome, Nil sentait que quelque chose s'était brisé entre lui et Leeland : la confiance totale, absolue, qui leur avait permis de rester si proches malgré l'éloignement, malgré les années. Il lui semblait avoir perdu son dernier et seul ami.

L'orchestre était déjà installé. Soudain les lumières de la salle s'estompèrent, et le chef fit son entrée, suivi du pianiste. Un tonnerre d'applaudissements s'éleva, et l'Américain se pencha vers Nil.

– Lev Barjona a déjà donné plusieurs récitals ici, le public le connaît et l'apprécie.

Le chef d'orchestra salua, mais Lev Barjona s'installa

directement devant le piano, sans tourner la tête vers la salle. De son siège, Nil n'apercevait que le côté droit de son profil, couronné par une crinière de cheveux blonds. Quand le chef monta sur l'estrade, le pianiste leva les yeux et lui sourit. Puis il hocha la tête, et l'on entendit le frémissement des violons, la pulsion d'un pouls profond qui annonçait l'entrée du piano. Dès qu'il fut atteint par cette cadence répétitive, obsédante, le visage du pianiste se figea comme celui d'un automate.

Nil eut soudain un flash : il avait déjà vu cette expression quelque part. Mais les mains de Lev se posèrent sur le piano et le thème du premier mouvement s'éleva, planant comme le rappel nostalgique d'un monde oublié, celui du bonheur perdu depuis la révolution russe d'Octobre. Nil ferma les yeux. La musique de Rachmaninov l'emportait dans un traîneau sur la neige gelée, puis sur les routes de l'exil, aux portes de la mort et de l'abandon.

À la fin du deuxième mouvement, la salle était conquise. Leeland se pencha à nouveau vers Nil.

– Le troisième mouvement est l'une des pièces les plus difficiles de tout le répertoire.

Lev Barjona fut éblouissant, mais salua à peine la salle qui s'était levée d'un bloc, et disparut dans les coulisses. Rose de plaisir, Leeland applaudissait à tout rompre. Brusquement il s'interrompit.

– Je connais Lev, il ne reviendra pas sur scène, il ne donne jamais de *bis*. Viens, on va tâcher de le rencontrer.

Ils se faufilèrent au milieu des spectateurs trépignants, qui criaient : « Bravo ! bravo ! bis ! »

Dans la loge d'avant-scène réservée au Vatican, le cardinal Catzinger applaudissait avec détachement. Il avait reçu une note *molto confidenziale* de la Secrétairerie d'État[1], le

---

1. Ministère des Affaires étrangères du Vatican.

mettant en garde contre le pianiste israélien. « Un personnage louche, peut-être, mais quel virtuose ! »

Soudain, il s'immobilisa : il venait d'apercevoir, en contrebas, la silhouette élégante de Leeland, suivie de la tête grise de Nil. Ils se dirigeaient vers la gauche de la scène, vers les coulisses – les loges des artistes.

– Rembert ! *Shalom*, quel plaisir de te voir !

Entouré de jolies femmes, Lev Barjona donna l'accolade à Leeland, puis se tourna vers Nil.

– Et voici j'imagine ton compagnon... Heureux de vous connaître, aimez-vous Rachmaninov ?

Pétrifié, Nil ne lui rendit pas son salut. L'Israélien était maintenant en pleine lumière, et pour la première fois il voyait son visage de face : une cicatrice partait de son oreille gauche, et allait se perdre dans sa chevelure.

L'homme du train !

Très à son aise, Lev fit mine de ne pas remarquer sa stupéfaction. Il se pencha vers Leeland, et chuchota avec un sourire :

– Vous tombez bien, j'essayais d'échapper à ces admiratrices. Après chaque concert, il me faut quelques heures pour redescendre sur terre, j'ai besoin d'un sas de calme et de silence.

Il se tourna vers Nil.

– Me feriez-vous le plaisir de dîner avec moi ? Nous pourrions aller dans une trattoria discrète, et avec deux moines le silence est certainement garanti : vous serez les convives idéaux pour m'aider à quitter le monde de Rachmaninov. Attendez-moi devant la sortie des artistes, j'échappe à ces fâcheuses, je vais me changer et j'arrive.

Le sourire et le charme de Lev Barjona opéraient de façon irrésistible, et manifestement il le savait : il n'attendit pas la réponse et se dirigea vers le fond des coulisses, lais-sant Nil cloué par la stupeur.

L'homme du train ! Que faisait-il seul avec lui dans un Rome express bondé, et que s'apprêtait-il à faire quand le contrôleur avait surgi dans leur compartiment ?

Il allait dîner avec lui, en tête à tête...

Troisième partie

69.

Tard ce soir-là, le téléphone sonna dans l'appartement du Castel San Angelo : Alessandro Calfo sursauta. Il venait enfin de convaincre Sonia – elle acceptait de moins en moins facilement ses exigences – et mettait la dernière main à une mise en scène compliquée, qui se devait d'être absolument parfaite.

À cette heure-là, ce ne pouvait être que le cardinal.

C'était bien lui, à peine rentré au Vatican dont l'Académie Sainte-Cécile est toute proche. Au ton de sa voix, Calfo comprit immédiatement que quelque chose n'allait pas.

– Monseigneur, étiez-vous au courant ?

– De quoi donc, Éminence ?

– Je reviens à l'instant d'un concert donné par l'Israélien Lev Barjona. Il y a quelques jours, nos services m'ont mis en garde contre cet homme, et j'ai appris avec stupéfaction que la Société Saint-Pie V aurait... comment dire, utilisé ses talents cachés. Qui vous autorise à faire agir des agents étrangers au nom du Vatican ?

– Éminence, Lev Barjona n'a jamais été un agent du Vatican ! C'est d'abord un éminent pianiste, et si j'ai accepté sa collaboration c'est qu'il est fils d'Abraham comme nous, et qu'il comprend bien des choses. Mais je ne l'ai jamais vu.

— Eh bien, moi, je viens de le voir, à Sainte-Cécile. Et devinez qui il y avait dans la salle ?

Calfo soupira.

— Vos deux moines, continua Catzinger, l'Américain et le Français.

— Éminence... quel mal y a-t-il à aller écouter de la belle musique ?

— D'abord, la place d'un moine n'est pas au spectacle. Surtout, je les ai vus se diriger à la fin du concert vers les coulisses. Ils auront sans doute rencontré Lev Barjona.

« Et moi, pensa Calfo, je l'espère bien, qu'ils l'auront rencontré. »

— Éminence, il y a longtemps à Jérusalem, Leeland a fait la connaissance de Barjona qui était élève d'Arthur Rubinstein. Il partage avec lui une même passion pour la musique. Il me paraît normal...

Catzinger l'interrompit :

— Puis-je vous rappeler que Leeland travaille au Vatican, et que c'est moi qui vous ai autorisé à l'utiliser comme appât pour le père Nil ? Il est très dangereux de les laisser rencontrer un personnage aussi sulfureux que ce Lev Barjona, dont vous devez savoir comme moi qu'il n'est pas seulement un musicien de talent. Ma patience est à bout : pendant la semaine qui précède Noël je célèbre chaque matin la messe dans mon titulum [1] de Santa Maria in Cosmedin, c'est demain le premier jour. Faites en sorte que Leeland soit à ma disposition demain en début d'après-

---

1. Chaque cardinal se voit affecter, à sa nomination, l'une des vénérables églises anciennes de Rome. C'est son *titulum*, qui rappelle l'époque où les cardinaux assistaient le pape dans l'administration de la ville.

midi. Je le convoquerai dans mon bureau, et le mettrai
face à ses responsabilités. Quant à vous, n'oubliez pas que
vous êtes au service de l'Église, ce qui vous interdit certaines... initiatives.

En raccrochant, Calfo sourit. Il n'aurait pas voulu être
à la place de l'Américain : l'appât allait se faire gober par
Son Éminence. C'était sans importance : il avait joué parfaitement son rôle, faire parler Nil d'abord et lui faire
maintenant rencontrer l'Israélien. L'appât, c'était pour le
cardinal. Lui, il cherchait à ferrer le poisson.

Il revint vers sa chambre, et réprima un geste d'exaspéra-
tion : Sonia avait retiré son accoutrement et s'était assise,
nue, sur le rebord du lit. Son visage était buté, et des larmes coulaient sur ses joues.

– Allons, ma jolie, ce n'est pas si terrible !

Il la fit se relever et l'obligea à enfiler une guimpe, qui
masquait sa ravissante chevelure, et à passer par-dessus une
cornette amidonnée, dont les pointes retombaient sur ses
épaules rondes. Ainsi accoutrée en religieuse de l'Ancien
Régime – « le haut seulement, le reste est pour moi » – il
la fit s'agenouiller sur un prie-Dieu en velours rouge,
devant une icône byzantine. Toujours attentionné, il avait
pensé qu'une icône permettrait à la Roumaine de mieux
jouer le rôle qu'il attendait d'elle.

Il se recula : le tableau était parfait. Dénudée mais son
visage ovale mis en valeur par la cornette, les yeux levés
vers l'icône, Sonia joignait ses mains délicates et semblait
prier. « Une attitude virginale, devant l'image de la Vierge.
Très suggestif. »

Rome s'abîmait dans le silence de la nuit. Mgr Calfo,
agenouillé derrière Sonia et collé contre la cambrure de ses
reins, commença la célébration du divin culte. Ses tibias
prenaient appui sur le prie-Dieu, dont il apprécia le
contact velouté. Les mains fermement ancrées sur la poi-

trine de la jeune femme, il fut un instant gêné par le regard de la Vierge byzantine qui le fixait comme un reproche muet. Il ferma les yeux : dans sa quête de l'union mystique, rien en lui ne viendrait s'interposer entre l'humain et le divin, le charnel et le spirituel.

Tandis qu'il commençait à murmurer des paroles incohérentes pour elle, Sonia, les yeux rivés sur l'icône, décroisa ses mains et essuya les larmes qui brouillaient sa vue.

70.

Au même instant, Lev levait son verre devant ses compagnons.

– À notre rencontre !

Il avait conduit les deux moines dans une trattoria du Trastevere, quartier populeux de Rome. La clientèle était composée uniquement d'Italiens, qui engloutissaient de gigantesques portions de *pasta*.

– Je vous conseille leurs *penne arrabiate*. La cuisine est familiale, je viens toujours ici après un concert : ils ferment très tard, nous aurons le temps de faire connaissance.

Depuis leur arrivée au restaurant, Nil était resté muet : il était impossible que l'Israélien ne le reconnaisse pas. Mais Lev, enjoué et très à l'aise, semblait ne pas remarquer le silence de son vis-à-vis. Il échangeait avec Leeland des souvenirs du bon vieux temps, leur rencontre en Israël, leurs découvertes musicales :

– À cette époque, à Jérusalem, nous pouvions enfin revivre après la guerre des Six Jours. Le commandant Ygaël Yadin aurait bien voulu que je reste à ses côtés dans Tsahal...

Pour la première fois, Nil intervint dans la conversation :

– Le fameux archéologue, vous l'avez connu ?

Lev attendit qu'on pose devant eux trois assiettes de *pasta* fumantes, puis se tourna vers Nil. Il fit une moue, et sourit.

– Non seulement je l'ai bien connu, mais j'ai vécu grâce à lui une aventure peu banale. Vous êtes un spécialiste des textes anciens, un chercheur, cela devrait vous intéresser...

Nil avait la désagréable impression d'être tombé dans un traquenard. « Comment sait-il que je suis un spécialiste et un chercheur ? Pourquoi nous a-t-il amenés ici ? » Incapable de répondre, il décida de laisser Lev se découvrir, et acquiesça en silence.

– En 1947 j'avais huit ans, nous vivions à Jérusalem. Mon père était l'ami d'un jeune archéologue de l'Université hébraïque, Ygaël Yadin : j'ai grandi à ses côtés. Il avait vingt ans, et comme tous les juifs vivant en Palestine il menait une double vie : étudiant, mais surtout combattant dans la Hagana[1] dont il devint vite commandant en chef. Je le savais, j'étais plein d'admiration pour lui et ne rêvais que d'une chose : combattre, moi aussi, pour mon pays.

– À l'âge de huit ans ?

– Rembert, les redoutables combattants du Palmakh[2] et de la Hagana étaient des adolescents, drogués par l'excitation du danger ! Ils n'hésitaient pas à faire appel à des enfants pour transmettre leurs messages, nous n'avions

---

1. Armée juive clandestine avant la création de Tsahal, l'armée régulière d'Israël.

2. Commando d'élite clandestin, chargé des missions spéciales de défense.

aucun moyen de communication. Au matin du 30 novembre, l'ONU accepta la création d'un État juif. Nous savions que la guerre allait éclater : Jérusalem se couvrit de barbelés, seul un enfant pouvait désormais y circuler sans laisser-passer.

– Ce que tu as fait ?

– Bien sûr : Yadin s'est mis à m'employer quotidiennement, j'écoutais tout ce qui se disait autour de lui. Un soir, il a parlé d'une étrange découverte : en poursuivant une chèvre dans les falaises surplombant la mer Morte, un Bédouin était tombé sur une grotte. À l'intérieur, il avait trouvé des jarres contenant des paquets gluants qu'il vendit pour cinq *pounds* à un cordonnier chrétien de Bethléem. Lequel finit par les confier au métropolite Samuel, supérieur du monastère Saint-Marc, dans la partie de Jérusalem tout juste devenue arabe.

Nil dressa l'oreille : il avait entendu parler de l'odyssée rocambolesque des manuscrits de la mer Morte. Sa méfiance tomba d'un coup : il se trouvait en face d'un témoin direct, une occasion totalement inespérée pour lui.

Tout en dégustant ses *penne*, Lev jetait des coups d'œil à Nil, dont l'intérêt soudain semblait l'amuser. Il poursuivit :

– Le métropolite Samuel demanda à Yadin d'identifier ces manuscrits. Il fallait traverser la ville, aller à Saint-Marc, chaque rue était une embuscade. Yadin m'a tendu un tablier et un cartable d'écolier, et m'a montré la direction du monastère. Je me suis faufilé entre les barricades anglaises, les chars arabes, les pelotons de la Hagana : tous arrêtaient un instant de tirer pour laisser ce gamin aller à l'école ! Dans mon cartable, j'ai rapporté du monastère deux rouleaux et Yadin a immédiatement compris de quoi il s'agissait : les plus anciens manuscrits jamais découverts sur la terre d'Israël, un trésor qui appartenait de droit au nouvel État juif.

– Qu'en a-t-il fait ?

– Il ne pouvait pas les garder, c'eût été un vol. Il les a rendus au métropolite, et lui a fait savoir qu'il était prêt à acheter tous les manuscrits que les Bédouins trouveraient dans les grottes de Qumrân. Malgré la guerre, le bruit s'est répandu : les Américains de l'American Oriental School et les dominicains français de l'École biblique de Jérusalem ont fait monter les enchères. Yadin passait sans transition du commandement des opérations militaires aux tractations secrètes avec des marchands d'antiquités de Bethléem et Jérusalem. Les Américains raflaient tout...

– Je sais, interrompit Nil : j'ai pu voir dans mon monastère les photocopies de la Huntington Library.

– Ah, vous avez pu en recevoir un exemplaire ? Bien peu de gens ont eu cette chance, j'espère qu'elles seront publiées un jour. C'est alors que j'ai été l'acteur involontaire d'un incident, qui devrait vous intéresser...

Il repoussa son assiette, se servit un verre de vin. Nil remarqua alors que son visage soudain se figeait – comme dans le train, comme pendant qu'il jouait Rachmaninov !

Après un silence, Lev fit effort sur lui-même et reprit :

– Un jour, le métropolite Samuel fit savoir à Yadin qu'il avait en sa possession deux documents exceptionnellement bien conservés. Le Bédouin les avait trouvés lors de sa deuxième visite à la grotte, dans la troisième jarre à gauche en entrant, à côté du squelette de ce qui avait dû être un templier car il était encore enveloppé de la tunique blanche à croix rouge. À nouveau j'ai traversé la ville, et j'ai ramené à Yadin le contenu de la jarre : un gros rouleau enveloppé de toile huileuse, et un petit parchemin – un unique feuillet, simplement attaché par un cordon de lin. Dans la pièce qui lui servait de quartier général, sous les bombes, Yadin a ouvert le rouleau couvert de caractères hébraïques : c'était le *Manuel de discipline* des esséniens. Puis il a déroulé le feuillet, qui était écrit en grec, et en a traduit la première ligne à voix haute devant moi. J'étais un enfant, mais je me souviens encore : « Moi, le disciple bien-aimé, le treizième apôtre, à toutes les Églises... »

Nil pâlit, et agrippa ses couverts pour se contenir.

– Vous êtes sûr ? Vous avez bien entendu « le disciple bien-aimé, le treizième apôtre » ?

– Absolument. Yadin avait l'air bouleversé. Il m'a dit qu'il ne s'intéressait qu'aux manuscrits hébreux, parce qu'ils étaient le patrimoine d'Israël : cette lettre écrite dans le même grec que celui des Évangiles concernait les chrétiens, il fallait la rendre au métropolite. Il a gardé le *Manuel de discipline*, a glissé en échange dans mon cartable une liasse de dollars et y a joint le petit parchemin grec. Puis il m'a renvoyé, au milieu des bombes, vers Saint-Marc.

Nil était pétrifié. « Il a tenu entre ses mains l'épître du treizième apôtre, l'unique exemplaire qui ait échappé à l'Église – peut-être même l'original ! »

Le visage toujours figé, Lev continua :

– Arrivé à une centaine de mètres du monastère, un obus est tombé dans la rue : j'ai été projeté en l'air, et j'ai perdu connaissance. Quand j'ai rouvert les yeux, un moine était penché au-dessus de moi. J'étais à l'intérieur du monastère, la peau du crâne fendue de bas en haut – il toucha sa cicatrice avec une grimace – et mon cartable d'écolier avait disparu.

– Disparu ?

– Oui. J'étais resté dans le coma vingt-quatre heures, entre la vie et la mort. Quand le métropolite est venu me voir le lendemain, il m'a dit qu'un de ses moines m'avait ramassé dans la rue et lui avait remis le cartable. En l'ouvrant, il avait compris : Yadin lui payait *cash* le manuscrit de Qumrân, mais ne voulait pas de la lettre en grec. Cette lettre, il venait de la vendre à un religieux dominicain, avec un lot dépareillé de manuscrits hébreux que les Bédouins lui avaient apportés. Il ajouta même en riant qu'il avait fourré le tout, lettre et manuscrits, dans une caisse vide de cognac Napoléon, dont il était grand amateur. Et que le dominicain semblait ignorer totalement la valeur de ce qu'il venait d'acquérir.

Les questions s'entrechoquaient dans la tête de Nil.

— Croyez-vous que le métropolite ait lu la lettre, avant de la revendre à ce dominicain ?

— Je n'en sais fichtre rien, mais cela m'étonnerait. Le métropolite Samuel était tout sauf un érudit. N'oubliez pas que nous étions en guerre : il avait besoin d'argent pour nourrir ses moines, et soigner les blessés qu'on apportait par dizaines au monastère. Ce n'était pas le moment de faire une étude de textes ! Il n'a certainement pas pris connaissance de la lettre.

— Et... le dominicain ?

Lev se tourna vers lui : il savait que ce récit intéresserait au plus haut point le petit moine français. « Et pourquoi donc croyez-vous, mon père, que je vous ai invité à dîner ce soir ? Pour déguster des pâtes à la sauce piquante ? »

— Je vous l'ai dit, ces souvenirs étaient restés gravés dans ma mémoire. Bien plus tard, avant de mourir, Yadin m'a reparlé de la lettre, et m'a demandé de retrouver sa piste. J'ai fait une petite enquête grâce au Mossad, dont j'étais devenu... disons, correspondant occasionnel. Il paraît que c'est le meilleur service de renseignements au monde, après celui du Vatican !

Ravi, Lev avait repris son expression enjouée : toute tension avait disparu de son visage.

– Le dominicain était en fait un frère convers[1], brave et un peu obtus. Juste avant la déclaration d'indépendance d'Israël, la situation est devenue si tendue à Jérusalem que beaucoup de religieux ont été rapatriés en Europe. Il paraîtrait que le dominicain a fourré dans son bagage la caisse de cognac Napoléon – dont il ignorait totalement la valeur, et qu'il l'a trimbalée jusqu'à Rome, où il a terminé sa vie à la Curie généralice des dominicains, sur l'Aventin. Nous avons appris que la caisse n'y était plus, à sa mort on n'a rien trouvé d'autre dans sa cellule qu'un chapelet en bois d'olivier.

– Et... où peut-elle bien être ?

– Une Curie généralice est une administration, qui ne s'encombre pas de documents inutiles pour elle. Elle aurait remis le matériel dépareillé venant de Jérusalem au Vatican, où il a sans doute rejoint toutes les vieilleries dont on ne sait que faire – ou qu'on ne veut pas exploiter. Elle doit dormir quelque part, dans un coin d'une des bibliothèques ou un réduit quelconque de la Cité sainte : si on l'avait ouverte, cela aurait fini par se savoir.

– Et pourquoi donc, Lev ?

Gagné par la décontraction de l'Israélien, Nil l'avait appelé par son prénom. Lev le remarqua, et lui servit un autre verre de vin.

– Parce que Ygaël Yadin, lui, avait lu la lettre avant de la rendre au métropolite. Et ce qu'il m'en a dit sur son lit de mort me laisse à penser qu'elle contenait un secret terrifiant, de ceux qu'aucune Église, aucun État – fût-il aussi impénétrable et monarchique que le Vatican – ne peut longtemps empêcher de filtrer. Si quelqu'un a vu cette lettre, père Nil, ou il est mort à l'heure actuelle, ou le Vatican

---

1. Religieux non prêtre, effectuant les besognes matérielles dans les couvents.

et l'Église catholique auraient implosé – et cela ferait plus de bruit que la guerre israélo-arabe de 1947, plus que les Croisades, plus de bruit qu'aucun autre événement de l'histoire de l'Occident.

Nil massa nerveusement son visage.

Ou bien il est mort à l'heure actuelle...

Andrei !

71.

Le vin léger des Castelli faisait légèrement tourner la tête de Nil. Avec surprise, il vit que le serveur posait devant lui une tasse de café : entièrement captivé par le récit de Lev, il avait avalé sans s'en rendre compte les *penne arrabiate* et l'escalope milanaise qui avait suivi. L'air préoccupé, Leeland tournait sa cuiller dans la tasse. Il se décida à poser à Lev la question à laquelle Nil l'avait confronté, dans la cour du Belvédère :

– Dis-moi, Lev... Pourquoi m'as-tu envoyé deux invitations à ton concert, en précisant sur un petit mot que cela pourrait intéresser mon ami ? Comment savais-tu qu'il était à Rome, et tout simplement comment connaissais-tu son existence ?

Lev leva les sourcils, l'air surpris.

– Mais... c'est toi-même qui me l'as fait savoir ! Le lendemain de mon arrivée, j'ai reçu à l'hôtel de la via Giulia une lettre, frappée aux armes du Vatican. À l'intérieur il y avait quelques lignes tapées à la machine – si je me souviens bien, du genre « Monseigneur Leeland et son ami le père Nil seraient heureux d'assister, etc... » J'ai pensé que tu avais confié à ta secrétaire le soin de me prévenir, et j'ai juste trouvé que c'était un peu expéditif – mais ce sont sans doute les mœurs du Vatican, qui auront déteint sur toi.

Leeland répondit doucement :

– Je n'ai pas de secrétaire, Lev, et je ne t'ai jamais envoyé de lettre. J'ignorais même à quel hôtel tu étais descendu pour ta série de concerts à Rome. Dis-moi... la lettre portait-elle ma signature ?

Lev fourragea dans son abondante crinière blonde.

– Je ne sais plus, moi ! Non, ce n'était pas ta signature, il y avait en bas une simple initiale. Un C majuscule, je crois, suivi d'un point. De toute façon, Rembert, j'avais bien l'intention de te voir à l'occasion de mon passage, et j'aurais nécessairement fait la connaissance du père Nil.

Le visage de Leeland s'était brusquement fermé : Catzinger ou Calfo ? La colère, à nouveau, montait en lui.

Tout à ses pensées, Nil avait suivi distraitement cet échange. Il était assailli par bien d'autres questions, et intervint brusquement :

– Le résultat seul compte, puisque grâce à cette lettre j'ai pu entendre ce soir une fabuleuse interprétation du concerto de Rachmaninov. Mais dites-moi, Lev... pourquoi nous faites-vous ces confidences ? Vous devinez ce que signifierait pour Rembert et pour moi la découverte d'une nouvelle lettre d'apôtre, miraculeusement tirée de l'oubli à la fin du XXe siècle et qui remettrait en cause notre foi. Pourquoi nous avoir dit tout cela ?

Lev répondit par son sourire le plus charmeur. Il ne pouvait pas dire à Nil la vérité : « parce que ce sont les instructions du Mossad ».

– Et qui donc plus que vous pourrait être intéressé ?

Il semblait n'attacher aucune importance à la question de Nil, et l'observait avec amitié.

— Père Nil... est-ce qu'un simple document ancien, qui contesterait la divinité de Jésus, changerait vraiment quelque chose pour vous ?

Les derniers clients venaient de quitter la trattoria, ils étaient seuls maintenant dans la salle que le patron commençait à ranger mollement. Nil réfléchit longuement avant de répondre, comme s'il oubliait à qui il s'adressait :

— Vous m'apprenez ce soir qu'une épître apostolique a été découverte à Qumrân en même temps que les manuscrits de la mer Morte : ce document, j'accumule depuis quelques semaines les preuves de son existence. Au III⁰ siècle avec un manuscrit copte, à la charnière du IV⁰ siècle avec un texte d'Origène. Au VII⁰ siècle avec les allusions du Coran, au VIII⁰ siècle avec un code introduit dans le Symbole de Nicée à Germigny, et enfin au XIV⁰ siècle avec le procès des templiers. Tout cela après des années passées à décrypter le texte de la fin du Iᵉʳ siècle d'où tout est parti : l'Évangile selon saint Jean. L'épître du treizième apôtre, j'ai pu la suivre à la trace, grâce à son ombre portée sur l'histoire de l'Occident.

Il regarda Lev bien en face.

— Maintenant, vous venez me dire que vous l'avez transportée dans votre cartable d'écolier, alors que vous cherchiez à accomplir sous les bombes une mission pour le chef de la Hagana. Puis vous m'apprenez qu'elle se trouverait quelque part au Vatican, cachée ou simplement ignorée. Vous avez entendu Ygaël Yadin vous dire qu'elle contenait un secret terrifiant. Même si je prenais connaissance de son contenu – qui doit être bien terrible, en effet, pour avoir donné lieu au cours des siècles à tant d'exclusions, de meurtres et de complots –, cela ne changerait rien à ma relation avec Jésus. Je l'ai rencontré personnellement, Lev, pouvez-vous comprendre cela ? Sa personne n'appartient à aucune Église, il n'a pas besoin d'elles pour exister.

Lev semblait impressionné. Il posa doucement sa main sur l'avant-bras de Nil.

— Je n'ai jamais été très pratiquant, père Nil, mais tout juif comprend ce que vous me dites là, parce que tout juif est issu de la lignée des prophètes, qu'il le veuille ou non. Sachez que vous m'êtes infiniment sympathique, et si j'ai beaucoup menti dans ma vie, en vous disant cela je suis totalement sincère.

Il se leva, le patron commençait à tourner autour de leur table.

— De toute mon âme, je souhaite que vous aboutissiez dans votre recherche. Ne croyez pas qu'elle ne concerne que vous, et je ne vous en dirai pas plus. Prenez garde : les prophètes et ceux qui leur ressemblent ont tous connu une mort violente. Cela aussi, un juif le sait d'instinct, et il l'accepte comme le juif Jésus l'a accepté, autrefois. Il est maintenant deux heures du matin : permettez que je vous offre le taxi pour revenir à San Girolamo.

Tassé au fond de la banquette, Nil regardait défiler le dôme du Vatican qui luisait doucement dans la froide nuit de décembre, quand une buée de larmes brouilla sa vue. Jusqu'ici cette lettre n'était qu'une hypothèse, elle n'avait de réalité que virtuelle. Il venait de serrer une main qui l'avait touchée, de croiser un regard qui avait vu ce document.

Brusquement, l'hypothèse devenait réalité. La lettre du treizième apôtre se trouvait sans doute quelque part derrière la haute muraille du Vatican.

Il irait jusqu'au bout. Lui aussi, il verrait cette lettre de ses propres yeux.

Et tâcherait de survivre, contrairement à tous ceux qui l'avaient précédé.

72.

Leeland jouait un prélude de Bach quand Nil arriva au studio de la via Aurelia. Jusqu'à l'aube, il avait ruminé les révélations de Lev Barjona. Ses yeux cernés soulignaient l'inquiétude qui l'habitait.

— Je n'ai pas fermé l'œil de la nuit : trop de choses nouvelles, d'un seul coup ! Ce n'est pas grave : allons à la réserve, me pencher sur tes manuscrits de chant grégorien m'aidera à retrouver mes esprits. Tu te rends compte, Rembert, la lettre du treizième apôtre se trouverait au Vatican !

— Nous ne pourrons y passer que la matinée. Je viens de recevoir un coup de fil de Mgr Calfo : le cardinal me convoque aujourd'hui à quatorze heures dans son bureau.

— Et pourquoi donc ?

— Oh... – Leeland ferma le piano, l'air embarrassé –, je crois savoir pourquoi, mais je préfère ne pas t'en parler maintenant. Si cette mystérieuse épître après laquelle tu cours depuis des années se trouve au Vatican, comment vas-tu pouvoir mettre la main dessus ?

Ce fut au tour de Nil d'avoir l'air gêné.

— Pardonne-moi, Remby, moi aussi je préfère ne pas te répondre tout de suite. Tu vois ce que le Vatican a fait de nous : des frères qui ne le sont plus complètement, puisqu'ils ne se disent pas tout...

À l'étage inférieur, Moktar arrêta ses magnétophones et siffla entre ses dents. Nil venait de prononcer une phrase qui valait beaucoup de dollars : *la lettre du treizième apôtre se trouverait au Vatican !* Il avait eu raison d'écouter les ordres du Caire, et de ne rien faire encore contre le petit Français. Le Fatah en savait presque autant que Calfo sur cette lettre, et sur son importance vitale pour le christianisme : l'étau se resserrait autour de Nil, il fallait le laisser aller jusqu'au bout.

Calfo protégeait la chrétienté, mais lui, Moktar, protégeait l'islam, son Coran et son Prophète – béni soit son nom.

En parcourant le long couloir qui menait au bureau du préfet de la Congrégation, Leeland sentit son estomac se contracter. Tapis feutrés, appliques vénitiennes, boiseries précieuses : ce luxe, soudain, lui parut insupportable. C'était le signe ostentatoire de la puissance d'une organisation qui n'hésitait pas à broyer ses propres membres, pour préserver l'existence d'un immense empire basé sur une succession de mensonges. Depuis l'arrivée de Nil, il se rendait compte que son ami était devenu victime de ce pouvoir, comme lui – mais pour une tout autre raison. Leeland ne s'était jamais vraiment posé de questions sur sa foi : les découvertes de Nil le bouleversaient, et confortaient sa rébellion intérieure. Il frappa discrètement sur la haute porte ornée de minces filets d'or.

– Entrez, monseigneur, je vous attendais.

Leeland s'était préparé à le trouver flanqué de Calfo, mais Catzinger était seul. Sur son bureau nu était posé un simple dossier barré de rouge. Le visage du cardinal, habituellement rond et rose, était dur comme une pierre.

– Monseigneur, je n'irai pas par quatre chemins.

Depuis trois semaines vous voyez quotidiennement le père Nil. Voilà maintenant que vous le traînez à un concert public, et vous lui faites rencontrer une personne peu recommandable, sur laquelle nos renseignements sont mauvais.

— Éminence, Rome n'est pas un monastère...

— *Sufficit !* Nous avions conclu un accord : vous deviez me tenir informé de vos conversations avec le père Nil, et de l'avancée de ses recherches personnelles. Aucune recherche ne peut être *personnelle* dans l'Église catholique : toute réflexion, toute découverte doit lui être utile. Je ne reçois plus de vous aucun rapport, et ceux que vous m'avez adressés pèchent par défaut – c'est le moins qu'on puisse dire. Nous savons que le père Nil progresse dans une direction dangereuse, et nous savons qu'il vous tient au courant. Pourquoi, monseigneur, choisissez-vous le parti de l'aventure plutôt que celui de l'Église, à laquelle vous appartenez et qui est votre mère ?

Leeland baissa la tête. À cet homme-là, que pouvait-il répondre ?

— Éminence, je ne comprends pas grand-chose aux travaux érudits du père Nil...

Catzinger le coupa sèchement :

— Je ne vous demande pas de comprendre, mais de rapporter ce que vous entendez. Il m'est pénible de vous le rappeler, mais vous n'êtes pas en position de choisir.

Il se pencha sur la table, ouvrit le dossier et le fit glisser vers Leeland.

— Vous reconnaissez ces photos ? On vous y voit en compagnie d'un de vos moines de St Mary, à l'époque où vous en étiez le père abbé. Ici – il agita devant le nez de Leeland une photo noir et blanc –, vous êtes face à face dans le jardin de l'abbaye, et le regard que vous échangez avec lui en dit long. Et ici – cette fois-ci, la photo était en couleur –, vous êtes à ses côtés de dos, et votre main est posée sur son épaule. Entre deux religieux, pareilles attitudes sont indécentes.

Leeland avait pâli, et son cœur battit violemment dans sa poitrine. *Anselm !* La pureté, la beauté, la noblesse du frère Anselm ! Jamais ce cardinal ne comprendrait quelque chose aux sentiments qui les avaient unis. Mais jamais il ne se laisserait salir par ce regard globuleux, par ces mots qui sortaient d'une bouche de marbre rigide et froid.

– Éminence, je l'ai prouvé et vous le savez, il ne s'est rien passé entre le frère Anselm et moi qui ait porté atteinte à notre vœu de chasteté. Jamais un acte, ou même l'amorce d'un acte contraire à la morale chrétienne !

– Monseigneur, la chasteté chrétienne n'est pas violée que par des actes, elle a son siège dans la maîtrise de l'esprit, du cœur et de l'âme. Vous avez failli à votre vœu par des pensées mauvaises, votre correspondance avec le frère Anselm – il montra à Leeland une dizaine de lettres soigneusement classées sous les photos – le prouve abondamment. En abusant de l'autorité que vous aviez sur lui, vous avez entraîné ce malheureux frère dans un penchant qui bouillonne en vous, et dont l'évocation seule fait horreur au prêtre que je suis.

Leeland rougit jusqu'à la racine des cheveux, et se cabra. « Comment ont-ils obtenu ces lettres ? Anselm, pauvre ami, qu'ont-ils fait de toi ? »

– Éminence, ces lettres ne contiennent rien d'autre que le témoignage d'une affection, vive certes, mais chaste entre un moine et son supérieur.

– Vous voulez rire ! Ces photos, plus ces lettres, plus enfin votre prise de position publique sur le mariage des prêtres, tout converge pour montrer que vous êtes tombé dans un état de dépravation morale tel, que nous avons dû vous abriter derrière la dignité épiscopale afin d'éviter un scandale épouvantable aux États-Unis. L'Église catholique américaine est en pleine tourmente, des affaires de pédophilie à répétition ont gravement miné son crédit auprès des fidèles. Imaginez ce qu'une presse déchaînée contre nous ferait de cette information : « L'abbaye St. Mary, annexe de Sodome et Gomorrhe ! » En vous enfouissant à l'ombre protectrice du Vatican, j'ai obtenu des journalistes qu'ils ne s'appesantissent pas sur votre personne – et cela nous a coûté fort cher. Ce dossier, monseigneur...

Il replaça soigneusement les photos sur la pile de lettres, et ferma le dossier d'un geste sec.

– ... ce dossier, je ne pourrai pas le garder plus longtemps secret si vous ne remplissez pas notre contrat d'une façon qui me satisfasse. Désormais, vous me tiendrez directement au courant de toutes les avancées de votre confrère français. Par ailleurs, en veillant à ce qu'il ne rencontre plus à Rome personne d'autre que vous, vous assurerez votre sécurité aussi bien que la sienne. *Capito ?*

Quand Leeland se retrouva dans le long couloir désert, il dut s'appuyer un instant contre le mur. Il haletait : l'effort qu'il venait de faire sur lui-même le laissait épuisé, son tee-shirt collait à sa poitrine. Lentement il se reprit, descendit le grand escalier de marbre et sortit de l'immeuble de la Congrégation. Comme un automate, il tourna à droite, suivant la première des trois marches qui font le tour de la colonnade du Bernin. Puis encore à droite, et il se dirigea vers la via Aurelia. La tête vide, il avançait sans regarder autour de lui.

Il avait l'impression d'avoir été physiquement écrasé par le cardinal. Anselm ! Pouvaient-ils savoir, pouvaient-ils comprendre seulement ce qu'est l'amour ? Pour ces hommes d'Église l'amour semblait n'être qu'un mot, une catégorie universelle aussi vide de contenu qu'un programme politique. Comment peut-on aimer le Dieu invisible, quand on n'a jamais aimé un être de chair ? Comment être « frère universel » si l'on n'est pas frère de son frère ?

Sans bien savoir comment, il se retrouva devant la porte de son immeuble, et gravit les trois étages. À sa grande surprise, il trouva Nil assis sur une marche d'escalier, sa sacoche entre les jambes.

– Je ne pouvais pas rester à San Girolamo sans rien faire, ce monastère est sinistre. J'avais envie de parler, je suis venu attendre...

Sans un mot, il le fit entrer dans la salle de séjour. Lui aussi avait besoin de parler : mais pourrait-il briser cette gangue qui enserrait sa poitrine ?

Il s'assit et se servit un verre de bourbon : son visage restait très pâle. Nil le regardait, la tête penchée.

– Remby, mon ami... que se passe-t-il ? Tu as l'air décomposé.

Leeland encercla son verre entre les paumes de ses mains, et ferma un instant les yeux. « Vais-je pouvoir lui dire ? » Puis il prit une nouvelle gorgée, et adressa à Nil un timide sourire. « Mon seul ami désormais. » Il ne supportait plus la duplicité à laquelle il se voyait contraint depuis son arrivée à Rome. Avec effort, il commença à parler :

– Tu sais que je suis entré très jeune au conservatoire de St. Mary, et que je suis passé directement des bancs de l'école à ceux du noviciat. Je n'avais rien connu de la vie, Nil, et la chasteté ne me pesait pas puisque j'ignorais la passion. L'année de mes vœux, un jeune homme est entré au noviciat, qui venait comme moi du conservatoire et qui, comme moi, était innocent comme l'enfant qui vient de naître. Je suis pianiste, il était violoniste. La musique nous a d'abord unis, puis quelque chose dont j'ignorais tout, devant quoi j'étais totalement démuni, dont on ne parle jamais au monastère : l'amour. Il m'a fallu des années pour identifier ce sentiment inconnu de moi, pour comprendre que le bonheur ressenti en sa présence, c'était cela l'amour. Pour la première fois, j'aimais ! Et j'étais aimé, je l'ai su ce jour où Anselm et moi avons ouvert nos cœurs l'un à l'autre. J'aimais, Nil, un moine plus jeune que moi, l'eau claire coulant d'une source limpide, et j'étais aimé de lui !

Nil fit un geste, mais se retint de l'interrompre.

— Quand je suis devenu abbé du monastère, notre relation s'est approfondie. Par l'élection abbatiale il était devenu mon fils devant Dieu : mon amour pour lui s'est coloré d'une infinie tendresse...

Deux larmes coulèrent sur ses joues : il ne pourrait pas aller plus loin. Nil lui prit le verre des mains, et le posa sur le piano. Il hésita un instant :

— Cet amour mutuel, cet amour dont vous étiez chacun conscient, l'avez-vous exprimé par un contact physique quelconque ?

Leeland leva vers lui un regard noyé de larmes.

— Jamais ! Jamais tu m'entends, si tu fais allusion à quoi que ce soit de vulgaire. Je respirais sa présence, je percevais les vibrations de son être, mais jamais nos corps ne se sont livrés à un contact grossier. Jamais je n'ai cessé d'être moine, jamais il n'a cessé d'être pur comme un cristal. Nous nous aimions, Nil, et le savoir suffisait à notre bonheur. À dater de ce jour, l'amour de Dieu m'est devenu plus compréhensible, plus proche. Peut-être le disciple bien-aimé et Jésus ont-ils vécu quelque chose de semblable, autrefois ?

Nil fit une moue. Il ne fallait pas tout mélanger, mais rester sur le terrain des faits.

— S'il ne s'est *rien passé* entre vous, s'il n'y a jamais eu aucun acte et donc aucune matière à péché — pardonne-moi, c'est ainsi que les théologiens raisonnent – en quoi Catzinger est-il concerné ? Car tu sors de son bureau, n'est-ce pas ?

– J'ai écrit autrefois à Anselm quelques lettres où cet amour transparaît : je ne sais pas à la suite de quelles pressions le Vatican a pu mettre la main dessus, avec deux photos innocentes où Anselm et moi nous trouvons côte à côte. Tu connais la hantise de l'Église pour tout ce qui touche au sexe : cela a suffi pour nourrir leur imagination maladive, pour m'accuser de dépravation morale, pour salir et couvrir de boue nauséabonde un sentiment qu'ils ne peuvent comprendre. Ces prélats sont-ils encore des êtres humains, Nil ? J'en doute, ils n'ont jamais connu la blessure d'amour qui fait naître un homme à l'humanité.

– Donc, insista Nil, c'est sur toi maintenant que Catzinger fait pression. Mais sais-tu pour quelle raison ? Que t'a-t-il dit, pourquoi es-tu si bouleversé ?

Leeland baissa la tête, et répondit dans un souffle :

– Le jour de ton arrivée à Rome, il m'a convoqué. Et m'a chargé de lui rapporter toutes nos conversations, faute de quoi il me livrait en pâture à la presse : moi j'y survivrai peut-être, mais Anselm est sans défense, il n'est pas armé pour tenir tête à la meute, je sais qu'il sera détruit. Parce que j'ai connu le sentiment d'amour, parce que j'ai osé aimer, on m'a demandé de t'espionner, Nil !

Le premier moment de surprise passé, Nil se leva et se servit un verre de bourbon. Maintenant il comprenait l'attitude ambiguë de son ami, ses brusques silences. Tout s'éclaircissait : les documents volés dans sa cellule du bord de Loire avaient dû parvenir très vite sur un bureau de la Congrégation. Sa convocation à Rome sous un prétexte artificiel, ses retrouvailles avec Leeland, tout était prévu, tout résultait d'un plan. Espionné ? Il l'avait été à l'abbaye, dès le lendemain de la mort d'Andrei. Une fois à Rome, l'infortuné Rembert n'avait plus été qu'un pion sur un échiquier, dont lui-même était la pièce centrale.

Il réfléchissait intensément, mais sa décision fut vite prise :

– Rembert, mes recherches et celles d'Andrei semblent déranger beaucoup de monde. Depuis que j'ai découvert la présence d'un treizième apôtre dans la chambre haute aux côtés de Jésus, et la façon dont il a été exclu sans relâche par une volonté tenace, il se passe des choses que je ne croyais plus possibles au XXᵉ siècle. Pour l'Église, je suis devenu un galeux parce que j'ai fini par admettre l'inadmissible évidence : la transformation de Jésus en Christ-Dieu fut une imposture. Et aussi parce que j'ai découvert une face cachée de la personnalité du premier pape, les manœuvres du pouvoir à l'origine de l'Église. On ne me laissera pas continuer dans cette voie : je suis maintenant convaincu que c'est pour s'y être engagé qu'Andrei est tombé du Rome express. Je veux venger sa mort, et la vérité seule la vengera. Es-tu prêt à m'accompagner jusqu'au bout ?

Sans hésiter Leeland répondit, d'une voix sourde :

– Tu veux venger ton ami disparu, et moi je veux venger mon ami vivant, réduit à la honte et au silence dans ma propre abbaye : depuis des mois il ne m'écrit plus. Je veux venger la salissure qui nous a éclaboussés, la mise à mort de quelque chose de beaucoup trop innocent pour être compris par les hommes du Vatican. Oui, je suis avec toi, Nil : enfin, nous nous retrouvons !

Nil se renversa dans son fauteuil, et vida son verre avec une grimace. « Je me mets à boire comme un cow-boy ! » Subitement, sa tension se relâcha : à nouveau il pouvait tout partager avec son ami. L'action seule leur permettrait d'échapper à l'enfermement.

— Je veux retrouver cette épître. Mais je me pose des questions à propos de Lev Barjona : notre rencontre n'était pas fortuite, elle a été provoquée. Par qui, et pourquoi ?

— Lev est un ami, j'ai confiance en lui.

— Mais c'est un juif, et il a été membre du Mossad. Comme il nous l'a dit, les Israéliens connaissent l'existence de la lettre, et peut-être même son contenu, puisque Ygaël Yadin l'a lue et en a parlé avant de mourir. Qui d'autre est au courant ? Il semble que le Vatican ignore qu'elle se trouve quelque part entre ses murs. Pourquoi Lev m'a-t-il lâché cette information ? Un homme comme lui ne fait rien à la légère.

— Je n'en sais rien. Mais comment vas-tu retrouver un simple feuillet, peut-être jalousement protégé, ou peut-être simplement oublié dans un recoin quelconque ? Le Vatican est immense, les différents musées, les bibliothèques, leurs annexes, les combles et les sous-sols contiennent un invraisemblable fatras – depuis des manuscrits abandonnés dans un placard jusqu'à la copie du Spoutnik offerte à Jean XXIII par Nikita Khrouchtchev. Des millions d'objets à peine classés. Et cette fois-ci tu n'as rien pour te guider, pas même une cote de bibliothèque.

Nil se leva et s'étira.

— Lev Barjona nous a donné, sans le savoir peut-être, un indice précieux. Pour l'exploiter, mon seul atout c'est Breczinsky. Cet homme est une forteresse humaine barricadée de partout : je dois trouver le moyen d'y pénétrer, il est le seul à pouvoir m'aider. Demain nous irons comme d'habitude travailler à la réserve, tu me laisseras agir.

Nil quittait le studio : Moktar retira ses écouteurs, et rembobina les bandes magnétiques. L'une était pour Calfo. Il glissa l'autre dans une enveloppe, qu'il porterait à l'ambassade d'Égypte. Par la valise diplomatique, elle se trouverait demain matin entre les mains du Guide suprême de l'université Al-Azhar.

Ses lèvres se plissèrent de dégoût. Non seulement l'Américain était complice de Nil, mais en plus il était pédé. Ils ne méritaient pas de vivre, ni l'un ni l'autre.

73.

Le soir même, Calfo convoqua une réunion extraordinaire de la Société Saint-Pie V. Elle serait brève, mais les événements exigeaient l'adhésion totale des Douze autour de leur Maître crucifié.

Le recteur jeta un coup d'œil au douzième apôtre : les yeux modestement baissés sous son capuchon, Antonio attendait que commence la séance. Calfo l'avait chargé d'agir sur Breczinsky, en lui indiquant le point faible du Polonais : pourquoi l'Espagnol n'était-il pas venu lui rendre compte, comme prévu ? Sa confiance en l'un des onze apôtres serait-elle mal placée ? Ce serait bien la première fois. Il écarta cette pensée désagréable. Depuis sa célébration de la veille, agenouillé devant Sonia transformée en icône vivante, il baignait dans l'euphorie. La Roumaine avait fini par accepter toutes ses exigences, gardant jusqu'au bout la cornette de religieuse sur sa petite tête fine.

Enhardi par ce succès, en la congédiant il l'avait prévenue : la prochaine fois il organiserait un culte encore plus suggestif, qui les unirait très intimement au sacrifice du

Seigneur. Quand il lui expliqua le rite auquel il exigeait de l'associer, Sonia avait pâli, et s'était précipitamment enfuie.

Il n'était pas inquiet : elle reviendrait, jamais elle ne lui avait rien refusé. Ce soir il fallait expédier rondement cette réunion, pour rentrer chez lui où l'attendaient des préparatifs longs et minutieux. Il se leva, et s'éclaircit la voix.

— Mes frères, la mission en cours prend un tour imprévu, et très satisfaisant. J'ai fait en sorte que Lev Barjona, qui donne en ce moment une série de concerts à l'Académie Sainte-Cécile, rencontre le père Nil. À vrai dire, il était inutile que j'intervienne : l'Israélien avait de toute façon l'intention de contacter notre moine, ce qui montre à quel point le Mossad est intéressé lui aussi par ses recherches. Bref, ils se sont vus, et Lev a lâché devant cet inoffensif intellectuel l'information que nous attendions depuis si longtemps : l'épître du treizième apôtre n'a pas disparu. Il en subsiste bien un exemplaire, et il se trouve sans doute au Vatican.

Un frémissement parcourut l'assemblée, qui trahissait sa stupéfaction autant que son excitation. L'un des Douze souleva ses avant-bras croisés.

— Comment est-ce possible ? Nous soupçonnions qu'un exemplaire de cette épître avait échappé à notre vigilance, mais... au Vatican !

— Nous nous trouvons ici au centre de la chrétienté, immense toile dont les mailles couvrent la planète entière. Tout finit un jour ou l'autre par parvenir au Vatican, y compris des manuscrits ou des textes anciens découverts çà et là : c'est ce qui a dû se passer. Lev Barjona n'a pas donné cette information pour rien : il doit espérer qu'elle excitera la curiosité du père Nil, et qu'il le conduira à ce document que les juifs convoitent autant que nous.

— Frère recteur, est-il nécessaire que nous courions le risque d'une exhumation de cette épître ? L'oubli, vous le savez, a été l'arme la plus efficace de l'Église contre le treizième apôtre, l'oubli seul a permis à son pernicieux témoignage de ne pas nuire. Ne vaut-il pas mieux faire durer cette salutaire amnésie ?

Le recteur saisit cette occasion de rappeler aux Onze la grandeur de leur tâche. Il étendit solennellement sa main droite, mettant en évidence le jaspe de son anneau.

— Après le concile de Trente, saint Pie V – le dominicain Antoine-Michel Ghislieri –, épouvanté par l'affaiblissement de l'Église catholique, a tout fait pour la repêcher d'un naufrage annoncé. La menace la plus grave ne provenait pas de la rébellion récente de Luther, mais d'une ancienne rumeur que même l'Inquisition n'avait pas réussi à étouffer : le tombeau contenant les ossements du Christ existait, il se trouvait quelque part dans le désert du Proche-Orient. Une épître perdue d'un témoin privilégié des derniers moments du Seigneur affirmait non seulement que Jésus n'était pas ressuscité, mais que son corps avait bien été inhumé par les esséniens dans cette région. Vous savez tous cela, n'est-ce pas ?

Les Onze hochèrent la tête.

— Avant d'être pape, Ghislieri avait été Grand Inquisiteur : il avait pris connaissance des interrogatoires de dissidents brûlés vifs pour hérésie, il avait consulté certaines minutes du procès des templiers, tous documents aujourd'hui disparus. Il fut convaincu de l'existence du tombeau de Jésus, et que sa découverte signifierait la fin définitive de l'Église. C'est alors, en 1570, qu'il a créé notre Société pour qu'elle préserve le secret du tombeau.

Cela aussi, ils le savaient. Devinant leur impatience, le recteur éleva son anneau, qui jeta un bref éclat sous la lumière des appliques.

— Ghislieri fit tailler, dans un jaspe très pur, cette bague épiscopale en forme de cercueil. Depuis lors, par sa forme elle rappelle à chaque recteur — quand il l'enlève du doigt de son prédécesseur mort — quelle est notre mission : faire en sorte qu'*aucun cercueil*, contenant les ossements du crucifié de Jérusalem, ne puisse jamais être découvert.

— Mais si l'écho de la lettre du treizième apôtre a traversé les siècles, rien ne prouve qu'elle indiquait l'emplacement exact du tombeau. Le désert est immense, depuis si longtemps le sable a tout recouvert !

— En effet, le tombeau de Jésus ne courait aucun risque tant que le désert n'était parcouru que par des chameaux. Mais la conquête spatiale a mis à notre disposition des moyens de recherche extraordinairement perfectionnés. Si l'on a pu détecter des traces d'eau sur la lointaine planète Mars, on peut aujourd'hui recenser tous les ossements des déserts du Néguev ou d'Idumée, même ceux que le sable a recouverts : cela, le pape Ghislieri ne pouvait l'imaginer. Que l'existence du tombeau devienne publique, et des centaines d'avions radars ou de sondes spatiales passeront le désert au peigne fin, depuis Jérusalem jusqu'à la mer Rouge. L'irruption de la technologie spatiale crée un risque nouveau, que nous ne pouvons pas courir. Il faut que nous mettions la main sur cet abominable document, et vite, car les Israéliens sont sur la même piste que nous.

Il porta dévotement le cercueil de jaspe à ses lèvres, avant de rabattre ses mains sous les manches de son aube.

— Ce document explosif doit être placé à l'abri de ce coffre, en face de nous. Il faut le retrouver, non seulement pour le mettre hors d'atteinte de nos ennemis, mais aussi pour disposer, grâce à lui, de moyens financiers à la hauteur de notre ambition : endiguer la dérive de l'Occident. Vous savez comment les templiers ont pu acquérir leur immense fortune, la relique que nous vénérons chaque vendredi 13 nous le rappelle. Cette fortune peut devenir nôtre, et nous l'utiliserons pour préserver l'identité divine de Notre-Seigneur.

— Que proposez-vous, frère recteur ?

— Le père Nil flaire une piste, qui est peut-être enfin la bonne : laissons-le courir derrière. J'ai renforcé la surveillance autour de lui : s'il aboutit, nous serons les premiers à le savoir. Et ensuite...

Le recteur jugea inutile de terminer sa phrase. « Ensuite » s'était déjà produit des milliers de fois, dans les caves des palais de l'Inquisition suintant de souffrance ou sur les bûchers qui éclairèrent la chrétienté tout au long de son histoire. « Ensuite », on en avait une longue expérience. Dans le cas présent, seules changeraient les modalités pratiques de cet « ensuite ». Nil ne serait pas brûlé publiquement, Andrei ne l'avait pas été.

74.

Le soleil caressait le dallage de la cour du Belvédère, quand Nil et Leeland y pénétrèrent. Soulagé par sa confidence, l'Américain avait repris son allure enjouée, et pendant le trajet ils n'avaient parlé que de leur jeunesse étudiante à Rome. Il était dix heures quand ils se présentèrent à la porte de la réserve.

Une heure plus tôt, un prêtre en soutane les y avait précédés. À la vue de son accréditation signée du cardinal Catzinger en personne, le policier s'était incliné et l'avait accompagné avec déférence jusqu'à la porte blindée, où Breczinsky l'attendait, l'air inquiet. Cette deuxième entrevue avait été brève, comme la première. En le quit-

295

tant, le prêtre avait fixé longuement ses yeux noirs sur le Polonais, dont la lèvre inférieure tremblait.

Nil ne prêtait plus attention à son visage très pâle, presque translucide : en arrivant il ne remarqua pas son trouble, et installa le matériel sur leur table tandis que Leeland allait chercher les manuscrits qu'ils devaient examiner.

Au bout d'une heure de travail, il enleva ses gants, et chuchota :

— Continue sans moi, je vais tenter ma chance auprès de Breczinsky.

Leeland hocha la tête en silence, et Nil alla frapper à la porte du bibliothécaire.

— Entrez, mon père, asseyez-vous.

Breczinsky avait l'air heureux de le voir.

— Vous ne m'avez rien dit de votre recherche dans l'épi des Templiers, l'autre jour : avez-vous découvert quelque chose qui vous soit utile ?

— Mieux que ça, mon père : j'ai retrouvé le texte examiné par Andrei, celui dont il avait noté la référence sur son agenda.

Il prit une respiration, et se lança :

— Grâce à mon confrère décédé, je suis sur la piste d'un document capital, qui pourrait remettre en cause les fondements de notre foi catholique. Pardonnez-moi de ne pas vous en dire plus : depuis mon arrivée à Rome, Mgr Leeland est soumis à cause de moi à des pressions considérables, en me taisant je cherche à vous éviter tout ennui.

Breczinsky le regarda en silence, puis demanda timidement :

— Mais... de qui peuvent provenir pareilles pressions, sur un évêque travaillant au Vatican ?

Nil décida de jouer le tout pour le tout. Il se souvenait d'une remarque faite par le Polonais, lors de leur première rencontre « Et moi qui croyais que vous étiez un homme de Catzinger ! »

— De la Congrégation pour la doctrine de la foi, et plus précisément du cardinal-préfet en personne.

— *Catzinger !*

Le Polonais s'épongea le front, ses mains tremblaient légèrement.

— Vous ne connaissez pas le passé de cet homme, ni ce qu'il a vécu !

Nil cacha sa surprise.

— J'ignore en effet tout de lui, sauf que c'est le troisième personnage de l'Église, après le Secrétaire d'État et le pape.

Breczinsky leva vers lui des yeux de chien battu.

— Père Nil, vous êtes allé trop loin, maintenant vous devez savoir. Ce que je vais vous dire, je ne l'ai jamais confié qu'au père Andrei, parce que lui seul pouvait comprendre. Sa famille avait été associée aux souffrances de la mienne. Je n'avais pas à lui expliquer, il saisissait d'un mot.

Nil retint sa respiration.

— Quand les Allemands ont rompu le pacte germano-soviétique, la Wehrmacht a déferlé sur ce qui avait été la Pologne. Pendant quelques mois la division Anschluss a assuré autour de Brest-Litovsk les arrières de l'armée d'invasion, et en avril 1940 un de ses officiers supérieurs, un Oberstleutnant est venu rafler tous les hommes de mon village. Mon père a été emmené avec eux dans la forêt, on ne l'a jamais plus revu.

— Oui, vous me l'avez déjà dit...

— Puis la division Anschluss a rejoint le front de l'Est, et ma mère a tenté de survivre au village avec moi, aidée par la famille du père Andrei. Deux ans plus tard, nous avons vu passer dans l'autre sens les derniers débris de l'armée allemande fuyant devant les Russes. Ce n'était plus la glorieuse Wehrmacht, mais une bande de pillards qui violaient et brûlaient tout sur leur passage. J'avais cinq ans : un jour, ma mère m'a pris par la main, elle était terrorisée : « Cache-toi dans le cellier, c'est l'officier qui a emmené ton père, il est revenu ! » Par la porte disjointe, j'ai vu entrer un officier allemand. Sans un mot il a dégrafé son ceinturon, s'est jeté sur ma mère et l'a violée devant mes yeux.

Nil était horrifié.

— Avez-vous su le nom de cet officier ?

— Comme vous pouvez l'imaginer, je n'ai jamais pu l'oublier et n'ai eu de cesse de retrouver sa trace : il est mort peu après, tué par des résistants polonais. C'était l'Oberstleutnant Herbert von Catzinger, le père de l'actuel cardinal-préfet de la Congrégation pour la doctrine de la foi.

Nil ouvrit la bouche, incapable de prononcer un mot. En face de lui, Breczinsky semblait décomposé. Avec effort, il reprit la parole :

— Après la guerre, devenu cardinal de Vienne, Catzinger a demandé à un Espagnol de l'Opus Dei de faire des recherches dans les archives autrichiennes et polonaises, et il a découvert que son père, pour lequel il avait une admiration sans bornes, avait été tué par des partisans polonais. Depuis lors il me hait, comme il hait tous les Polonais.

— Mais... le pape est polonais !

— Vous ne pouvez pas comprendre : tous ceux qui ont dû subir le nazisme, même malgré eux, en ont gardé une marque profonde. L'ancien des Jeunesses hitlériennes, le fils d'un combattant de la Wehrmacht tué par la résistance polonaise, a rejeté son passé mais il n'a pas oublié : *personne n'est ressorti intact de cet enfer-là.* Envers le pape polonais dont il est aujourd'hui le bras droit, je suis certain qu'il a surmonté son aversion viscérale, il le vénère sincèrement. Mais il sait que je suis originaire d'un village où la division Anschluss a stationné, il sait pour la mort de mon père.

– Et... pour votre mère ?

Breczinsky essuya ses yeux du revers de la main.

– Non, il ne peut pas savoir, j'étais le seul témoin, la mémoire de son père est intacte. Mais *moi, je sais.* Je ne peux pas... je n'arrive pas à pardonner, père Nil !

Une immense pitié envahit le cœur de Nil.

– Vous ne pouvez pardonner au père... ou au fils ?

Breczinsky répondit dans un souffle :

– Ni à l'un ni à l'autre. Depuis des années, la maladie du Saint-Père permet au cardinal de faire – ou laisser faire – des choses contraires à l'esprit de l'Évangile. Il veut à tout prix restaurer l'Église des siècles passés, il est obsédé par ce qu'il appelle « l'ordre du monde ». Sous une apparence de modernité, c'est le retour à l'âge de fer. J'ai vu des théologiens, des prêtres, des religieux réduits à rien, broyés par le Vatican avec la même absence de pitié dont son père, autrefois, faisait preuve envers les peuples asservis par le Reich. Vous me dites qu'il fait pression sur Mgr Leeland ? Si votre ami était le seul... Je ne suis qu'un petit caillou insignifiant, mais comme les autres je dois être concassé pour que le socle de la Doctrine et de la Foi ne se fissure pas.

– Pourquoi vous ? Enfoui dans le silence de votre réserve vous ne gênez personne, vous ne menacez aucun pouvoir !

– Mais je suis un homme du pape, et le poste que j'occupe ici est bien plus sensible que vous ne l'imaginez. Je... je ne peux pas vous en dire plus.

Ses épaules tremblaient légèrement. Avec effort, il continua :

– Jamais je ne me suis remis des souffrances subies par la faute d'Herbert von Catzinger, la blessure n'est pas refermée et le cardinal le sait. Chaque nuit je me réveille en sueur, hanté par l'image de mon père emmené dans la forêt sous la menace des mitraillettes, et de ces bottes qui plaquaient le corps de ma mère contre la table de notre cuisine. On peut enchaîner un homme par la menace, mais on peut aussi l'asservir en entretenant sa souffrance : il suffit de la raviver, de faire saigner la blessure. Seul quelqu'un qui a connu ces hommes de bronze peut comprendre, et c'était le cas d'Andrei. Depuis mon entrée au service du pape, je suis piétiné à chaque instant par deux bottes luisantes, Catzinger vêtu de pourpre me domine – comme autrefois son père, sanglé dans son uniforme, dominait ma mère et ses esclaves polonais.

Nil commençait à comprendre. Breczinsky n'avait jamais pu quitter le cellier de son enfance, tapi contre la porte derrière laquelle on violait sa mère. Jamais il n'était sorti d'un certain chemin de forêt où il avançait en rêve, derrière son père qui allait mourir, fauché par une rafale de mitraillette. Jour et nuit il était hanté par deux bottes cirées contre une table, assourdi par l'écho en lui de l'ordre guttural donné par Herbert von Catzinger : *Feuer*[1] !

Son père avait été abattu là-bas par les balles allemandes, mais lui ne cessait de tomber, tomber en tournoyant dans un puits obscur et sans fin. Cet homme était un mort-vivant. Nil hésita .

– Est-ce que... le cardinal vient ici, en personne, vous tourmenter par le rappel de votre passé ? Je ne peux pas y croire.

– Oh non, il n'agit pas directement. Il m'envoie l'Espagnol qui a effectué pour lui des recherches dans les archives, à Vienne. En ce moment cet homme est à Rome, il est venu me voir deux fois ces jours-ci, il me... il me torture. Il est habillé en prêtre : mais si vraiment c'est un prêtre de Jésus-Christ, alors, père Nil, cela veut dire que c'en est

---

1. Feu !

bien fini de l'Église. Il n'a pas d'âme, pas de sentiments humains.

Il y eut un long silence, et Nil laissa Breczinsky reprendre la parole :

— Vous comprenez pourquoi j'ai aidé le père Andrei, pourquoi je vous aide. Comme vous, il m'a dit qu'il cherchait un document important : il voulait absolument le soustraire à Catzinger, et le remettre en mains propres au pape.

Nil réfléchit rapidement : pas un instant il n'avait encore songé à ce qu'il ferait s'il retrouvait l'épître du treizième apôtre. Effectivement, c'était au pape de juger si l'avenir de l'Église était compromis par son contenu, et d'en disposer.

— Andrei avait raison. Je ne sais pas encore pourquoi, mais il est évident que ce que j'ai découvert est objet de convoitise pour bien des gens. Si je parviens à retrouver ce document perdu depuis des siècles, mon intention est en effet d'avertir le pape et de lui indiquer sa localisation. Le chef de l'Église seul doit être détenteur de ce secret, comme il l'a été des secrets de Fatima. Je viens d'apprendre qu'il serait peut-être enfoui quelque part au Vatican : c'est mince !

— Le Vatican est immense : vous n'avez aucun indice ?

— Un seul, très ténu. S'il est bien parvenu à Rome, comme je le crois, il doit être mélangé à des manuscrits de la mer Morte au milieu desquels il se trouvait. Le Vatican l'aurait reçu après la guerre d'indépendance juive, vers 1948. Avez-vous une idée de l'endroit où peuvent être conservés des manuscrits esséniens de Qumrân, non exploités ?

Breczinsky se leva, il avait l'air épuisé.

— Je ne peux pas vous répondre tout de suite, j'ai besoin de réfléchir. Venez me voir dans ce bureau demain après-

midi : il n'y aura personne d'autre que vous et Mgr Leeland. Mais je vous en supplie, ne lui parlez pas de notre
conversation, je n'aurais jamais dû vous dire tout cela.

Nil le rassura : il pouvait lui faire confiance, comme il
avait fait confiance au père Andrei. Leur objectif était bien
le même : informer le pape.

75.

— Je lève mon verre au départ du dernier colon juif de
Palestine !

— Et moi, à l'implantation définitive du Grand Israël !

Les deux hommes sourirent avant de boire cul sec. Lev
Barjona devint subitement rouge et s'étrangla.

— Par mes tephilim, Moktar Al-Qoraysh, qu'est-ce que
c'est que ça ? Du pétrole arabe ?

— *Cent'herba.* Liqueur des Abruzzes. Soixante-dix
degrés, c'est une boisson d'hommes.

Depuis qu'ils s'étaient mutuellement épargnés sur le
champ de bataille, une étrange complicité s'était installée
entre le Palestinien et l'Israélien. Comme il en existait
autrefois entre officiers d'armées régulières ennemies,
comme il en existe parfois entre politiciens adverses ou
cadres de grands groupes rivaux. Combattant dans l'ombre, ils ne se sentent à l'aise qu'avec leurs pareils, qui sont
engagés dans les mêmes conflits qu'eux. Méprisent la
société des pékins ordinaires, leurs existences ternes et
ennuyeuses. Le plus souvent ils s'affrontent, et férocement : mais quand aucune action ne les oppose, ils ne
refusent pas de partager un verre, quelques filles ou une

opération commune, si l'occasion d'un terrain neutre se présente.

L'occasion présente, ce fut Mgr Alessandro Calfo. Il leur avait proposé l'une de ces missions salissantes que l'Église ne veut ni accomplir, ni même admettre officiellement. *Ecclesia sanguinem abhorret*, l'Église a horreur du sang. Ne pouvant plus faire exécuter ses basses œuvres par un bras séculier qui lui avait tourné le dos, elle était désormais contrainte de s'adresser à des agents indépendants. Le plus souvent, des hommes de main de l'extrême droite européenne. Mais ils ne résistaient pas à l'appât de la mise en scène médiatique, et faisaient toujours payer leurs services de contreparties politiques encombrantes. Calfo appréciait que Moktar ne lui ait demandé que des dollars, et que les deux hommes n'aient laissé derrière eux aucune trace. Ils avaient été aussi discrets qu'un courant d'air.

– Moktar, pourquoi m'as-tu donné rendez-vous ici ? Tu sais que si on nous voyait ensemble, ce serait considéré par nos chefs respectifs comme une faute professionnelle extrêmement grave.

– Allons, Lev, le Mossad possède des agents innombrables, qui traînent partout. Mais pas ici : ce restaurant ne cuisine que de la viande de porc, et je connais le patron, s'il savait que tu es juif tu ne resterais pas une minute de plus sous son toit. On ne s'est pas vus depuis le transport à Rome de la dalle de Germigny, mais tu viens de rencontrer nos deux moines-chercheurs et moi je les écoute régulièrement. Il faut qu'on se parle.

– Je suis tout oreilles...

Moktar fit signe au patron de laisser sur la table le flacon de *cent'herba*.

– Pas de cachotteries entre nous, Lev, ici on joue le même jeu. Seulement moi, je ne sais pas tout, et cela m'énerve : le Français commence à tourner autour du

Coran, il y a des choses que les musulmans ne tolèrent pas, tu le sais. Que ce soit bien clair : je ne suis pas sur cette mission uniquement pour Mgr Calfo, le Fatah est concerné. Mais ce qui est moins clair pour moi, c'est la raison pour laquelle tu joues personnel, en rencontrant Nil et en lui lâchant des informations qui valent leur pesant d'or.

— Tu me demandes pour quelle raison nous sommes intéressés par cette épître perdue ?

— Précisément : en quoi cette histoire de treizième apôtre concerne-t-elle les juifs ?

Lev pianota distraitement sur la table de marbre : les *pizzas al maiale* se faisaient attendre.

— Les fondamentalistes du Likoud surveillent tout ce qui se dit dans l'Église catholique en matière de Bible. Pour ces religieux, il est essentiel que les chrétiens ne puissent jamais mettre en doute la divinité de Jésus-Christ. Nous avons intercepté des informations que le père Andrei laissait filtrer, à Rome et auprès de ses collègues européens. C'est même pour ça que j'ai été autorisé à me joindre à toi dans l'opération du Rome express : il était temps, cet érudit avait découvert certaines choses qui inquiètent les gens de Mea Shearim.

— Mais pourquoi, au nom des djinns ! Qu'est-ce que ça peut vous faire que les chrétiens s'aperçoivent tout d'un coup qu'ils ont fabriqué un faux Dieu, ou plutôt un deuxième Dieu ? Cela fait treize siècles que le Coran les condamne pour cette raison. Au contraire, vous devriez être satisfaits qu'ils admettent enfin que Jésus n'était rien d'autre qu'un prophète juif, comme l'affirme Muhammad.

— Tu sais bien, Moktar, que nous luttons pour notre identité juive sur tous les plans, et pas seulement territorial. Si l'Église catholique remettait en cause sa divinité et reconnaissait que Jésus n'a jamais cessé d'être autre chose qu'un immense prophète, qu'est-ce qui nous distinguerait d'elle ? Le christianisme redevenu juif, retournant à ses origines historiques, ne ferait qu'une bouchée du judaïsme. Les chrétiens vénérant le juif Jésus au lieu d'adorer leur Christ-Dieu, ce serait pour le peuple juif un péril que nous ne pouvons pas nous permettre d'affronter. D'autant plus qu'ils affirmeront immédiatement que Jésus est plus grand que Moïse, qu'avec lui la Torah ne vaut plus rien – bien qu'il ait enseigné, au contraire, qu'il n'était pas venu pour abolir la Loi mais pour la perfectionner. Un prophète juif qui propose une loi plus parfaite que celle de Moïse : tu connais les chrétiens, la tentation serait trop forte. Ils n'ont pas pu nous détruire par les pogroms, mais nous serions anéantis par une assimilation. Le feu des crématoires nous a purifiés : si Jésus n'est plus Dieu, s'il redevient juif, le judaïsme ne sera bientôt plus qu'une annexe du christianisme, mâchée, puis déglutie et enfin digérée par le ventre affamé de l'Église. C'est pour cela que des recherches comme celles de Nil nous inquiètent.

On venait de poser devant eux deux immenses pizzas qui sentaient bon le lard frit. Moktar entama la sienne avec gourmandise.

– Goûte ça, tu m'en diras des nouvelles – et au moins, nous saurons pourquoi nous finirons en enfer. Hmm... Ce qu'il y a de terrible avec vous autres juifs, c'est votre paranoïa. Vous allez dénicher vos angoisses trop loin pour nous ! Mais je vous connais, de votre point de vue le raisonnement se tient. Surtout pas de rapprochement avec les chrétiens, au risque de se voir dilués comme une goutte d'eau dans la mer. Laisser le pape pleurer devant les caméras face au mur des Lamentations, mais ensuite chacun chez soi. D'accord. Et alors, qu'est-ce que vous faites, si le petit Nil persiste à fouiller ?

– Je me suis fait taper sur les doigts quand j'ai voulu...

disons, interrompre ses travaux un peu trop tôt. La consigne, c'est de le laisser continuer, et de voir ce qui en sort. C'est aussi la politique de Calfo. En rencontrant le moine français, en lui parlant, je lui ai donné le petit coup de pouce qui lui permettra peut-être de retrouver ce que nous cherchons tous. De plus, Nil aime Rachmaninov, ce qui prouve que c'est un homme de goût.

— Tu sembles l'apprécier ?

Lev avala avec délice une grosse bouchée de *pizza al maiale* : ces goyim savaient cuisiner le porc.

— Je le trouve extrêmement sympathique, émouvant même. Ce sont des choses que vous autres, Arabes, ne pouvez comprendre, parce que Muhammad n'a jamais rien compris aux prophètes du judaïsme. Nil ressemble à Leeland, ce sont tous deux des idéalistes, des fils spirituels d'Élie – le héros et le modèle des juifs.

— Je ne sais pas si Muhammad n'a rien compris à vos prophètes, mais moi j'ai compris Muhammad : les infidèles ne doivent pas vivre.

Lev repoussa son assiette vide :

— Tu es un Qoraysh, et moi je suis un Barjona, c'est-à-dire un descendant des zélotes[1] qui terrorisaient autrefois les Romains. Comme toi je défends nos valeurs et notre tradition, sans hésiter : les zélotes étaient aussi appelés sicaires, à cause de leur virtuosité dans le maniement du poignard et de leur technique d'éventration des ennemis. Mais si Nil m'est sympathique, Leeland est mon ami depuis vingt ans. Ne fais rien contre eux sans m'avertir.

— Ton Leeland marche main dans la main avec le Français, il en sait presque autant que lui. En plus c'est un pédé, notre religion condamne ses pareils ! Quant à l'autre,

---

1. En dialecte araméen, « zélote » se dit *Barjona*.

s'il touche au Coran et à son Prophète, rien n'arrêtera la justice de Dieu.

– Rembert, un pédé ? Tu veux rire ! Ces hommes sont des purs, Moktar, je suis certain de l'intégrité de mon ami. Ce qui se passe dans son crâne, c'est autre chose ; mais le Coran ne condamne que les actes, il ne va pas fouiller dans les cerveaux. Cette mission concerne l'intégrité des trois monothéismes : ne touche pas un cheveu de leur tête sans me prévenir. D'ailleurs, si tu veux leur appliquer la loi coranique, tu ne t'en sortiras pas sans moi : dans le Rome express c'était un jeu d'enfant, mais au milieu de cette ville ce sera plus difficile. Le Mossad laisse derrière lui moins de traces que le Fatah, tu sais bien... Ici, vos méthodes ne conviennent pas.

Quand ils se séparèrent, le flacon de *cent'herba* était vide. Mais le pas des deux hommes dans la rue déserte était aussi assuré que s'ils n'avaient bu que de l'eau de source.

76.

Depuis l'aube, Sonia marchait droit devant elle, machinalement. Elle ruminait ce que Calfo exigeait qu'elle fasse pour lui, la prochaine fois : elle ne pourrait pas. « Je ne suis plus qu'une prostituée, mais ça, c'est trop. » Il fallait qu'elle parle à quelqu'un, elle avait besoin de partager sa détresse. Moktar ? Il la renverrait en Arabie Saoudite. Il avait confisqué son passeport, et lui avait exhibé des photos de sa famille, des photos prises tout récemment en Roumanie. Ses sœurs, ses parents seraient menacés, ils payeraient pour elle si elle ne se montrait pas docile. Elle essuya ses larmes, et se moucha.

Elle avait remonté la rive gauche du Tibre, et s'aperçut qu'elle venait de dépasser un carrefour, animé en ce début de matinée. Au bout d'une large rue dégagée qui tournait ensuite vers le Capitole, on apercevait deux temples anciens et le fronton du Teatro di Marcello. Elle ne voulait pas aller dans cette direction, il y aurait des touristes et elle avait besoin d'être seule. Elle traversa : en face d'elle, la grille de Santa Maria in Cosmedin était ouverte. Elle la franchit, passa sans la regarder devant la Bocca della Verità et entra.

Elle n'était jamais venue ici, et fut saisie par la beauté des mosaïques. Il n'y avait pas d'iconostase, mais l'église ressemblait beaucoup à celles qu'elle avait fréquentées dans sa jeunesse. Il y régnait une atmosphère paisible et mysté-rieuse, le Christ en gloire était celui des orthodoxes et aussi l'odeur fine de l'encens. On venait de célébrer une messe à l'autel majeur, un enfant de chœur éteignait les cierges un à un. Elle s'approcha, puis s'agenouilla au premier rang, sur la gauche.

« Un prêtre : je voudrais parler à un prêtre. Les catholi-ques aussi respectent le secret de la confession, comme chez nous. »

Justement, un prêtre sortait de la porte de gauche – la sacristie, sans doute. Il était revêtu d'un ample surplis en dentelle blanche, sans insigne particulier. Son visage rond et lisse était celui d'un bébé, mais ses cheveux blancs signa-laient l'homme d'expérience. Elle leva vers lui des yeux rougis par une nuit de larmes, et fut frappée par la douceur de son regard. Dans un élan irraisonné, elle se dressa à son passage.

– Mon père...

Il l'enveloppa d'un coup d'œil.

— Mon père, je suis orthodoxe... est-ce que je peux quand même me confesser à vous ?

Il lui sourit avec bonté : il aimait ces rares occasions où il pouvait exercer son ministère de miséricorde, dans l'anonymat. La lumière renvoyée par les mosaïques dorées conférait au visage de Sonia, creusé par la tension, la beauté des Primitifs siennois.

— Je ne pourrai pas vous donner l'absolution sacramentelle, mon enfant, mais Dieu lui-même vous apportera son réconfort... Venez.

Elle fut surprise de se retrouver à genoux devant lui, sans grille ni obstacle selon la coutume romaine. Son visage était à quelques centimètres du sien.

— Eh bien, je vous écoute...

En commençant à parler, elle eut l'impression d'un poids qu'on soulevait de sa poitrine. Elle raconta la femme qui l'avait recrutée en Roumanie, puis le Palestinien qui l'avait envoyée dans le harem du dignitaire saoudien. Enfin Rome et le petit homme replet, un prélat catholique qu'il fallait satisfaire à tout prix.

Le visage du prêtre s'éloigna brusquement du sien, et son regard se fit acéré.

— Ce prélat catholique, savez-vous son nom ?

— Je l'ignore, mon père, mais il doit être évêque : il porte une bague curieuse, comme je n'en ai jamais vu. On dirait un cercueil, un bijou en forme de cercueil.

Vivement, le prêtre fit tourner vers l'intérieur de sa paume le chaton de la bague épiscopale qui ornait son annulaire, et cacha sa main droite dans les replis de son surplis. Toute à sa confession, Sonia n'avait rien vu de ce geste furtif.

– Un évêque... quelle horreur ! Et vous dites qu'il vous fait faire...

Avec difficulté, Sonia lui raconta la scène devant l'icône byzantine, la cornette de religieuse qui enserrait sa tête, son corps nu offert à l'homme agenouillé derrière elle sur le prie-Dieu, marmonnant des paroles incompréhensibles où il était question d'union avec l'Indicible.

Le prêtre rapprocha d'elle son visage.

– Et vous me dites que la prochaine fois que vous allez le voir, il veut...

Elle lui rapporta ce que l'évêque lui avait expliqué en la congédiant, et qui avait causé sa fuite éperdue hors de l'appartement. Le visage du prêtre touchait maintenant presque le sien, il était devenu aussi dur que le marbre du dallage cosmatesque sur lequel elle était agenouillée. Il parla lentement, détachant chaque mot :

– Mon enfant, Dieu vous pardonne car vous avez été abusée par un de ses représentants sur terre, et vous n'aviez pas le choix. En Son nom, je vous redonne aujourd'hui Sa paix. Mais il ne faut pas – vous m'entendez : *il ne faut pas* – que vous acceptiez de vous rendre au prochain rendez-vous de ce prélat : ce qu'il veut vous faire là est un abominable blasphème envers notre sauveur Jésus-Christ crucifié.

Sonia leva vers lui son visage bouleversé.

– C'est impossible ! Que m'arrivera-t-il si je n'obéis pas ? Je ne peux pas quitter Rome, mon passeport...

– Il ne vous arrivera rien. D'abord parce que Dieu vous protège, votre aveu lui a montré que votre âme est pure. Je suis tenu au secret de la confession, vous le savez. Mais je connais un peu de monde à Rome, et sans trahir ce secret je puis faire en sorte qu'il ne vous arrive rien. Vous êtes tombée, pour votre malheur, entre les mains d'un évêque pervers, qui s'est rendu indigne de l'anneau qu'il porte. Ce cercueil, qui orne sa main criminelle, symbolise la mort spirituelle qui est déjà la sienne. Mais vous êtes aussi entre les mains de Dieu : ayez confiance. N'allez pas le voir au jour que vous m'avez indiqué.

La rencontre inopinée du prêtre fut pour Sonia comme une réponse de Dieu à sa prière. Pour la première fois depuis qu'elle avait dévalé les escaliers de l'appartement de Calfo, elle respirait librement. Ce prêtre inconnu l'avait écoutée avec bonté, il l'avait assurée du pardon de Dieu ! Délivrée du poids qui l'écrasait, elle saisit sa main et la baisa comme le font les fidèles orthodoxes. Elle ne remarqua pas que c'était sa main gauche : la droite était toujours obstinément enfouie dans son surplis.

Tandis qu'elle se dirigeait vers la sortie, le prêtre se releva et regagna la sacristie. Il remit d'abord en place son anneau épiscopal, frappé aux armes de saint Pierre. Puis retira son surplis, laissant apparaître sa large ceinture couleur pourpre. D'un geste précis, il lissa ses cheveux blancs et posa sur leur sommet une calotte de même couleur, la pourpre cardinalice.

Jusqu'ici, la donne dont Catzinger disposait était moins bonne que celle du Napolitain. Sans le savoir, Sonia venait d'y glisser une carte maîtresse. Cette carte, il s'en servirait en la faisant abattre par Antonio, le fidèle entre les fidèles qui avait réussi à tromper la vigilance de la Société Saint-Pie V : l'Andalou qui jamais n'avait transigé ni dévié de sa route, qui était aussi souple qu'une lame de Tolède, et comme elle ne pliait que pour mieux se redresser.

77.

Assis devant la première porte blindée, le policier pontifical les avait laissés passer sans contrôler l'accréditation de
Nil : des habitués... Breczinsky les conduisit devant leur
table où les attendaient les manuscrits de la veille.

Nil avait prévenu Leeland qu'ils n'iraient au Vatican
qu'en début d'après-midi : il avait besoin de réfléchir. La
confiance que lui accordait le Polonais l'avait d'abord
étonné, puis effrayé. « Cet homme a-t-il parlé parce qu'il
est désespérément seul, ou bien parce qu'il me manipule ? »
Jamais le professeur tranquille du bord de Loire n'avait
affronté pareille situation. Il avait entrepris de suivre la
trace du treizième apôtre : comme lui, il se trouvait maintenant au centre de conflits d'intérêts qui le dépassaient.

Breczinsky avait dit qu'il voulait l'aider, mais que pouvait-il faire ? Le Vatican est immense, ses différents musées
et ses bibliothèques devaient posséder chacun une ou plusieurs annexes où dormaient des milliers d'objets de prix.
Quelque part là-dedans se trouvait peut-être une caisse de
cognac Napoléon, contenant des manuscrits esséniens
dépareillés – et une feuille, une toute petite feuille de parchemin attachée par un fil de lin. La description donnée
par Lev Barjona était restée gravée dans l'esprit de Nil,
mais la caisse n'avait-elle pas été vidée, et son contenu
réparti au hasard par un employé pressé ?

Vers le milieu de l'après-midi, il retira ses gants.

– Ne me pose pas de questions : je dois revoir Breczinsky.

Leeland acquiesça en silence, et fit à Nil un sourire d'en-
couragement avant de se pencher à nouveau sur le manuscrit médiéval qu'ils étaient en train d'examiner.

Le cœur battant, le Français frappa à la porte du bibliothécaire.

Breczinsky avait le visage fiévreux, derrière ses lunettes
rondes ses yeux étaient soulignés de cernes. Il fit signe à
Nil de s'asseoir.

— Mon père, toute la nuit j'ai prié pour que Dieu
m'éclaire, et j'ai pris ma décision. Ce que j'ai fait pour
Andrei, je le ferai pour vous : sachez seulement que j'en-
freins à nouveau les consignes les plus sacrées qui m'ont
été transmises quand j'ai pris ce poste. Je m'y résous parce
que vous m'avez assuré que vous ne travaillez pas contre le
pape, et qu'au contraire votre intention est de lui communiquer tout ce que vous découvrirez. M'en faites-vous le
serment, devant Dieu ?

— Je ne suis qu'un moine, père Breczinsky, mais j'ai
toujours cherché à l'être jusqu'au bout. Si ce que je découvre représente un danger pour l'Église, le pape seul en sera
averti.

— Bien... Je vous crois, comme j'ai cru Andrei. La gestion des trésors contenus ici n'est que l'une de mes charges,
la seule visible et la moins importante. Dans le prolongement de la réserve, il y a un local que vous ne verrez figurer
sur aucun plan de cet ensemble de bâtiments, dont vous
ne trouverez nulle part mention puisqu'il n'existe pas officiellement. Il a été voulu par saint Pie V en 1570, au
moment où l'on mettait la dernière main à la construction
de la basilique Saint-Pierre.

— Les archives secrètes du Vatican ?

Breczinsky sourit.

— Les archives secrètes sont parfaitement officielles, elles
se trouvent deux étages au-dessus de nos têtes, leur contenu
est mis à la disposition des chercheurs selon des règles

publiques. Non, ce local n'est connu que de quelques rares personnes, et puisqu'il n'existe pas, il n'a pas de nom. C'est, si vous voulez, le fonds secret du Vatican, la plupart des États de la planète possèdent quelque chose de similaire. Il n'a pas de bibliothécaire attitré – puisqu'il n'existe pas, je vous le répète – et son contenu ne possède ni cotes ni catalogue. C'est une espèce d'enfer où l'on plonge dans l'oubli des documents sensibles, parce qu'on ne veut pas qu'ils viennent un jour à la connaissance des historiens ou des journalistes. J'en suis seul responsable devant le Saint-Père. Au fil des siècles, on y a entassé quantité de choses disparates, sur l'initiative d'un pape ou d'un cardinal-préfet de dicastère. Quand quelqu'un décide d'envoyer un document au fonds secret, il n'en sort plus, même après la mort du décisionnaire. Il ne sera jamais ni archivé ni exhumé.

– Père Breczinsky... pourquoi me révélez-vous l'existence de ce fonds secret ?

– Parce que c'est l'un des deux endroits du Vatican où ce que vous cherchez peut se trouver. L'autre, ce sont les archives secrètes qui sont rendues publiques année après année, cinquante ans après les faits qu'elles concernent. Sauf décision contraire, mais elle est généralement motivée officiellement. Vous me dites qu'une caisse contenant des manuscrits de la mer Morte est parvenue au Vatican en 1948, à l'occasion de la première guerre israélo-arabe : si elle avait été classée aux archives secrètes, elle en aurait déjà été sortie. Et si un élément de ce lot avait été jugé trop sensible pour être livré à la connaissance du public, je l'aurais su nécessairement : cela arrive parfois, je reçois alors un dossier ou un colis qu'il faut mettre à l'abri des curiosités malsaines dans le fonds secret. Moi seul suis habilité à le faire : or, depuis cinq ans, je n'ai rien reçu de nouveau, ni des archives secrètes ni d'ailleurs.

– Mais... prenez-vous connaissance de ce que vous

devez classer définitivement dans ce fonds secret ? Avez-vous eu un jour la curiosité de jeter un coup d'œil sur ce que vos prédécesseurs y ont entassé, depuis la fin du XVIᵉ siècle ?

Breczinsky répondit presque joyeusement.

– Le pape Wojtyla m'a fait prêter serment de ne jamais chercher à connaître le contenu de ce que je réceptionnais, ou de ce qui se trouve dans ce local. En quinze ans, j'ai eu à y accéder trois fois seulement, pour y faire un nouveau dépôt. J'ai été fidèle à mon serment, mais je n'ai pu m'empêcher de voir une série d'étagères étiquetée *Manuscrits de la mer Morte*. J'ignore ce que contient cette zone du local. Quand j'en ai parlé au père Andrei, à qui j'ai fait les mêmes confidences, il m'a supplié d'y jeter un coup d'œil. À qui pouvais-je demander l'autorisation ? Au pape seul, mais c'est le pape qu'Andrei et moi voulions protéger à son insu. J'ai accepté, et lui ai accordé une heure à l'intérieur.

Nil murmura :

– Et c'est le lendemain, n'est-ce pas, qu'il a quitté Rome précipitamment ?

– Oui. Il a pris le Rome express le lendemain, sans m'avoir rien dit. Avait-il découvert quelque chose ? Avait-il parlé à quelqu'un ? Je l'ignore.

– Mais il est tombé du Rome express dans la nuit, et ce n'était pas un accident.

Breczinsky passa ses deux mains sur son visage.

– Ce n'était pas un accident. Ce que je puis vous dire, c'est qu'en poursuivant les travaux de votre confrère vous vous êtes mis dans la même situation périlleuse. Comme lui, votre recherche vous a conduit jusqu'au seuil de ce local sans existence. Je suis prêt à vous laisser y pénétrer à votre tour, j'ai confiance en vous comme j'ai eu confiance en lui. Catzinger, et bien d'autres je le crains, sont sur cette piste : si vous aboutissez avant eux, vous courrez le même danger qu'Andrei. Il est encore temps pour vous de tout abandonner, père Nil, et de retourner vous pencher dans la pièce voisine sur un inoffensif manuscrit médiéval. Que décidez-vous ?

Nil ferma les yeux. Il lui sembla revoir le treizième apôtre, placé à la droite de Jésus dans la salle haute, l'écoutant avec vénération. Puis, devenu détenteur d'un lourd secret, luttant seul contre la haine de Pierre et des Douze, qui voulaient rester douze et posséder seuls le monopole de l'information à transmettre. Qui le condamnaient à l'exil et au silence, pour que l'Église qu'ils allaient édifier sur la mémoire faussée de Jésus dure éternellement, *alpha et omega*.

Le secret avait traversé les siècles avant de parvenir jusqu'à lui. Allongé auprès de la table du dernier repas, appuyé sur son coude, le disciple bien-aimé de Jésus lui demandait aujourd'hui de prendre sa suite.

Nil se leva.

— Allons-y, mon père.

Ils sortirent du bureau. Leeland, penché sur la table, ne releva même pas la tête en les entendant passer derrière lui. Ils parcoururent l'enfilade des salles de la réserve. Breczinsky ouvrit une petite porte, et fit signe à Nil de le suivre.

Un couloir s'enfonçait en pente douce. Nil cherchait à s'orienter. Comme s'il devinait ses pensées, Breczinsky chuchota :

— Nous sommes ici sous le transept droit de la basilique Saint-Pierre. Le local a été creusé dans les fondations, à une quarantaine de mètres environ du tombeau de l'Apôtre découvert lors des fouilles ordonnées par Pie XII sous l'autel majeur.

Le couloir formait un coude, et aboutissait à une porte blindée. Le Polonais dégrafa son col romain, et en sortit une petite clé qu'il portait en suspensoir à même la peau. Au moment d'ouvrir, il consulta sa montre.

– Il est dix-sept heures, la réserve ferme à dix-huit heures : vous avez une heure. Toutes nos portes peuvent être ouvertes de l'intérieur sans clé, celle-ci également : il suffit de la repousser en sortant, elle se refermera automatiquement. Vous éteindrez l'électricité avant de partir et viendrez me rejoindre dans mon bureau.

La porte blindée s'ouvrit sans bruit, Breczinsky glissa la main contre le mur intérieur et actionna un interrupteur.

– Prenez garde de ne rien abîmer. Bonne chance !

Nil entra : la porte se referma sur lui avec un déclic sourd.

78.

Il se tenait devant un long boyau voûté, vivement éclairé. Le mur de droite était nu, en pierre apparente : Nil passa la main sur sa surface, et reconnut immédiatement la technique de taille. Ce n'était pas les poinçons des maçons du Moyen Âge, ni les traits de scie de l'époque récente. Les traces régulières de coups de ciseau et leur espacement étaient la signature des tailleurs de pierre de la Renaissance.

Le long du mur de gauche, des épis étaient alignés jusqu'au fond. Des étagères, certaines sculptées avec recherche – les plus anciennes. D'autres, simplement en bois brut, avaient dû être rajoutées au fil des siècles selon les besoins du rangement.

Le rangement... Au premier coup d'œil, Nil se rendit compte qu'aucun classement rationnel n'avait été adopté. Des caisses, des boîtes, des cartons, des piles de dossiers étaient empilés sur les étagères. « Pourquoi introduire de l'ordre en enfer ? Rien ne sortira jamais d'ici. »

Il fit un pas en avant, pour apercevoir le fond du boyau : une cinquantaine de mètres. Des dizaines d'épis, des milliers de documents : mettre la main sur une aiguille dans cette botte de foin, en une heure de temps... c'était impossible. Pourtant Andrei avait trouvé ici quelque chose, Nil en était convaincu, cela seul expliquait sa fuite et sa mort. Il avança dans l'allée, scrutant les épis sur sa gauche.

Aucun rangement, mais des pancartes clouées sur le champ des étagères, un mélange d'élégante calligraphie à l'ancienne ou d'écritures plus modernes. Il lui sembla que le temps s'abolissait.

Cathares... Procès des templiers – tout un épi. *Savonarole, Jean Huss, Affaire Galilée, Giordano Bruno, Sacerdoti renegati francesi* – la liste des prêtres jureurs, condamnés par Rome comme apostats en 1792. *Corrispondenza della S.S. con Garibaldi...* Toute l'histoire secrète de l'Église, en lutte contre ses ennemis. Soudain, Nil s'arrêta : un épi rempli de cartons d'allure récente portait une seule étiquette : *Opération Ratlines.*

Oubliant pourquoi il était là, Nil pénétra dans la travée et ouvrit au hasard un carton : c'était la correspondance de Pie XII avec Draganovich, l'ancien prêtre devenu chef des oustachis, les nazis croates auteurs d'atrocités pendant la guerre. Il ouvrit d'autres cartons : des fiches d'identité de criminels nazis célèbres, des bordereaux de passeports du Vatican établis à leur nom, des reçus de sommes considérables. L'opération Ratlines était l'appellation codifiée de la filière qui avait permis, juste après la guerre, aux criminels de guerre nazis de s'enfuir en toute impunité, aidés par le Saint-Siège.

Nil passa la main sur son visage. Il n'apprenait rien de nouveau. Les compromissions de l'Église, ses crimes mêmes, étaient la suite logique de ce qu'avait dû subir le treizième apôtre au milieu du Ier siècle. Il sortit de la travée, et son regard fut attiré par un dossier simplement posé sur une étagère : *Auschwitz, rapporti segreti 1941.* Il refréna son envie de l'ouvrir : « Le Saint-Siège était au courant pour Auschwitz, dès 1941... »

Il regarda sa montre : plus qu'une demi-heure. Il avança.

Brusquement, il s'arrêta : son œil venait d'accrocher une étiquette d'écriture récente.

Manoscritti del mare Morto, Spuria.

Une dizaine de boîtes poussiéreuses étaient empilées. Il prit celle du dessus, et l'ouvrit : à l'intérieur, plusieurs morceaux de rouleaux à moitié détruits par le temps. Il regretta de n'avoir pas pris ses gants, et saisit un rouleau : des parcelles de parchemin s'en détachèrent et tombèrent dans le fond de la boîte, qui en était jonchée. « L'écriture hébraïque de Qumrân ! » C'étaient bien des manuscrits de la mer Morte, mais pourquoi étaient-ils relégués dans cet enfer, condamnés à tomber en miettes alors que les savants du monde entier les recherchaient ? *Spuria,* « déchet » : avait-on voulu soustraire à la communauté mondiale ces déchets, parce qu'ils étaient sans valeur... ou bien parce qu'ils représentaient un déchet de l'Histoire qu'il fallait dissimuler à tout jamais puisqu'elle avait pris une autre tournure ?

Il remit la boîte à sa place. Celle du dessous était en

bois blanc, et portait sur la tranche une inscription imprimée : *Cognac Napoléon, cuvée de l'Empereur.*

La caisse du métropolite Samuel, la caisse remise à Jérusalem au frère convers dominicain !

Le cœur battant, Nil la sortit de la pile. Sur le couvercle, une main avait tracé trois lettres : MMM. Il reconnut la grosse écriture du père Andrei.

La tête lui tourna : ainsi, quand dans le train Andrei avait écrit MMM sur son billet, il ne faisait pas seulement allusion au lot de photocopies de la Huntington Library conservées dans la bibliothèque de l'abbaye Saint-Martin. C'est cette boîte qu'il désignait, celle que Nil venait de découvrir. Andrei avait écrit lui-même sur son couvercle ces trois lettres pour pouvoir l'identifier plus facilement un jour : c'est *elle* dont il voulait lui parler. Sa découverte, rendue possible par la rencontre de Breczinsky, était l'aboutissement de leurs recherches, et il avait eu l'intention de tout dire à Nil.

C'est la raison pour laquelle il avait été tué.

Nil ouvrit la caissette : le même amoncellement de débris de rouleaux. Et sur le côté, une simple feuille de parchemin roulée. Les mains de Nil tremblaient quand il défit le fil de lin qui entourait le manuscrit. Il le déroula précautionneusement : c'était du grec, une écriture élégante parfaitement lisible. L'écriture du treizième apôtre ! Il commença à lire :

« *Moi, le disciple bien-aimé de Jésus, le treizième apôtre, à toutes les Églises...* »

Quand il eut fini sa lecture, Nil était blême. Le début de la lettre ne lui apprenait rien qu'il ne sût déjà : Jésus n'était pas Dieu, les Douze – poussés par leur ambition politique – l'avaient divinisé. Mais le treizième apôtre savait que cela ne suffirait pas pour préserver le vrai visage de son Maître : il témoignait, de façon irréfutable, que le 9 avril 30 il avait rencontré des hommes en blanc, des esséniens, devant le tombeau qu'ils venaient de vider du cadavre de Jésus, et qu'ils s'apprêtaient à transporter ce cadavre dans l'une de leurs nécropoles du désert, pour l'enterrer dignement.

Ce tombeau, il n'en indiquait pas l'emplacement exact. En une phrase laconique, il affirmait que seul le sable du désert protégerait le tombeau de Jésus de la convoitise des hommes. Comme tous les prophètes, le nazôréen restait ·ivant pour l'éternité, et la vénération de ses ossements pourrait détourner l'humanité du seul véritable moyen de sa rencontre : la prière.

Pendant ces mois de recherche, Nil avait cru que le mystère auquel il s'affrontait était celui du treizième apôtre, du rôle qu'il avait joué à Jérusalem et de sa postérité. L'homme qui avait écrit ces lignes de sa propre main se savait déjà éliminé de l'Église, effacé de son avenir. Cet avenir, il pressentait qu'il n'aurait rien à voir avec la vie et l'enseignement de son Maître. Il confiait à ce parchemin le secret qui, peut-être un jour, permettrait au monde de redécouvrir le véritable visage de Jésus. Il le faisait sans illusion aucune : que représentait une mince feuille de papier face à l'ambition dévorante d'hommes prêts à tout pour parvenir à leurs fins, en utilisant le souvenir de celui qu'il avait aimé plus que tout autre ?

Le treizième apôtre venait de le conduire au véritable secret : l'existence réelle, physique, d'un tombeau contenant les ossements de Jésus.

Nil jeta un coup d'œil à sa montre : dix-huit heures dix. « Pourvu que Breczinsky m'ait attendu ! » Il replaça la lettre miraculeusement retrouvée dans sa boîte, et la boîte à sa place. Il tiendrait parole : le pape serait prévenu, par l'intermédiaire du bibliothécaire polonais, de l'existence de cette épître apostolique que ni les siècles ni les hommes d'Église n'avaient réussi à faire disparaître. Grâce à l'inscription M M M, il serait facile à Breczinsky de la retrouver, et de la lui remettre.

La suite ne concernait plus un petit moine comme lui. La suite ne concernait que le pape.

Nil sortit rapidement du local, prenant soin d'éteindre la lumière : derrière lui, la porte se referma automatiquement. Quand il parvint dans la salle où Leeland et lui avaient travaillé tous ces jours-ci, elle était vide et la lumière du plafonnier éteinte. Il alla frapper à la porte du bureau : aucune réponse, Breczinsky ne l'avait pas attendu.

Nil se demanda avec inquiétude si toutes les portes menant à la cour du Belvédère s'ouvraient bien de l'intérieur : il se voyait mal passant la nuit dans l'air confiné de la réserve. Mais Breczinsky ne lui avait pas menti : il franchit sans encombre les deux portes blindées. Le sas d'entrée était vide, mais la porte extérieure du bâtiment entrouverte. Sans réfléchir, Nil sortit dans la cour et respira un grand bol d'air. Il avait besoin de marcher, pour remettre un peu d'ordre dans ses idées.

Il était si pressé de quitter ce lieu qu'il ne prit pas garde à la vitre teintée derrière laquelle le policier pontifical fumait une cigarette. Dès qu'il le vit passer, l'homme décrocha le téléphone interne de la Cité du Vatican, et appuya sur une touche.

— Éminence, il vient juste de sortir... Oui, seul : l'autre est parti avant lui. *Di niente, Eminenza.*

Dans son bureau, le cardinal Catzinger raccrocha avec un soupir : ce serait l'heure d'Antonio, très bientôt.

79.

Nil traversa la place Saint-Pierre, et leva machinalement les yeux : la fenêtre du pape était éclairée. Dès demain il parlerait à Breczinsky, lui indiquerait la localisation de la caisse de cognac marquée M M M et le chargerait de transmettre oralement un message au vieux pontife. Il s'engagea dans la via Aurelia.

Arrivé au palier du troisième étage, il s'arrêta : à travers la porte, il entendait Leeland jouer la deuxième *Gymnopédie* d'Erik Satie. Aérienne, la mélodie traduisait une infinie mélancolie, un désespoir teinté d'une touche d'humour et de dérision. « Rembert... Ton humour te permettra-t-il de surmonter ton propre désespoir ? » Il frappa discrètement à la porte.

— Entre, je t'attendais avec impatience.

Nil s'assit près du piano.

— Remby, pourquoi as-tu quitté la réserve avant mon retour ?

— Breczinsky est venu me prévenir à dix-huit heures : il fallait fermer, disait-il. Il avait l'air très préoccupé. Mais c'est sans importance : dis-moi, as-tu découvert quelque chose ?

Nil ne partageait pas l'insouciance de Leeland : l'absence de Breczinsky l'inquiétait. « Pourquoi n'était-il pas là comme convenu, quand je suis revenu ? » Il écarta cette question.

— Oui, j'ai trouvé ce qu'Andrei et moi cherchions depuis si longtemps : un exemplaire intact de l'épître du treizième apôtre, en fait l'original.

— Magnifique ! Mais cette lettre... elle est donc si terrible ?

– Elle est courte, et je la sais par cœur. Origène a dit vrai, elle apporte la preuve indiscutable que Jésus n'est pas ressuscité, comme l'enseigne l'Église. Donc, qu'il n'est pas Dieu : le tombeau vide de Jérusalem, sur lequel est édifié le Saint-Sépulcre, est un leurre. Le véritable tombeau, celui qui contient les restes de Jésus, se trouve quelque part dans le désert.

Leeland était stupéfait :

– Dans le désert ! Mais où exactement ?

– Le treizième apôtre refuse d'indiquer avec précision le lieu, afin de préserver le cadavre de Jésus des convoitises humaines : il parle seulement du désert d'Idumée, une vaste zone au sud d'Israël dont la délimitation a varié au cours des âges. Mais l'archéologie a fait des progrès considérables : si on y met les moyens, on trouvera. Un sque· lette placé dans une nécropole essénienne abandonnée, située dans cette zone, portant les traces de la crucifixion, daté par le carbone 14 du milieu du Ier siècle, créerait un séisme en Occident.

– Vas-tu publier les résultats de ta recherche, faire connaître au monde cette épître, accompagner les fouilles archéologiques ? Nil, veux-tu qu'on retrouve ce tombeau ?

Nil se tut un instant. Dans sa tête, trottait la mélodie de Satie.

– Je suivrai le treizième apôtre jusqu'au bout. Si son témoignage avait été retenu par l'Histoire, il n'y aurait jamais eu d'Église catholique. C'est parce qu'ils savaient cela que les Douze ont refusé de le compter parmi eux. Souviens-toi de l'inscription de Germigny : il ne doit y avoir que douze témoins de Jésus, pour l'éternité, *alpha et oméga*. Faut-il remettre en cause, vingt siècles plus tard, l'édifice qu'ils ont bâti sur un tombeau vide ? La sépulture de l'apôtre Pierre marque aujourd'hui le centre de la chrétienté. À un tombeau vide, on a substitué un tombeau plein, celui du premier parmi les Douze. Puis l'Église a créé les sacrements, pour que chacun sur la planète puisse entrer physiquement en contact avec Dieu. Si l'on retire cela aux croyants, que leur restera-t-il ? Jésus demande de l'imiter quotidiennement, et la seule méthode qu'il propose c'est la prière. Mais des multitudes, et une civilisation tout entière, ne peuvent se laisser entraîner que par des moyens concrets, tangibles. L'auteur de l'épître avait raison : replacer les ossements de Jésus dans le Saint-Sépulcre, ce serait transformer ce tombeau en unique objet d'adoration pour les foules crédules. Ce serait détourner à jamais les humbles et les petits de l'accès au Dieu invisible, avec les moyens qui sont les leurs depuis toujours : les sacrements.

– Que vas-tu faire, alors ?

– Prévenir le Saint-Père de l'existence de l'épître, lui faire savoir où elle se trouve. Il sera le dépositaire d'un secret de plus, voilà tout. Une fois de retour dans mon monastère, j'enfouirai le résultat de mes recherches dans le silence du cloître. Sauf un, que je veux publier sans tarder : le rôle joué par les nazôréens dans la naissance du Coran.

À l'étage en dessous, Moktar avait enregistré scrupuleusement les deux *Gymnopédies* de Satie, puis après l'arrivée de Nil le début de la conversation. Arrivé à ce stade, il plaqua vivement les deux écouteurs sur ses oreilles.

– L'épître du treizième apôtre t'a appris du nouveau sur le Coran ?

– Il adresse sa lettre aux Églises, mais en fait elle est destinée à ses disciples, les nazôréens. À la fin, il les adjure de rester fidèles à son témoignage et à son enseignement sur Jésus, où que leur exil les conduise. Il confirme donc ce dont je me doutais : après s'être réfugiés un temps à Pella, ils ont dû reprendre la route, sans doute devant l'invasion des Romains en 70. Personne ne sait ce qu'ils sont devenus, mais personne ne semble avoir remarqué que, dans le Coran, Muhammad parle souvent des *naçâra*, un terme qui a toujours été traduit par « chrétiens ». En fait, *naçâra* est la traduction arabe de « nazôréens » !

— Ta conclusion ?

— Muhammad a dû connaître les nazôréens à La Mecque, où ils avaient trouvé refuge après Pella. Séduit par leur enseignement, il a failli devenir lui-même un des leurs. Puis il s'est enfui à Médine, où il est devenu chef de guerre : la politique et la violence ont repris le dessus, mais il est resté marqué à tout jamais par le Jésus des nazôréens, celui du treizième apôtre. Si Muhammad n'avait pas été dévoré par son désir de conquête, l'islam ne serait jamais né, les musulmans seraient les derniers des nazôréens, la croix du prophète Jésus flotterait sur l'étendard de l'islam !

Leeland semblait partager l'enthousiasme de son ami.

— Je peux te garantir qu'aux États-Unis en tout cas, les universitaires vont se passionner pour tes travaux ! Je t'aiderai à les faire connaître là-bas.

— Imagine, Remby ! Que les musulmans admettent enfin que leur texte sacré porte la marque d'un intime de Jésus, exclu lui-même de l'Église pour avoir nié sa divinité — comme eux ! Ce serait la base nouvelle d'un rapprochement possible entre musulmans, chrétiens et juifs. Et sans doute la fin du Djihad contre l'Occident !

Le visage de Moktar s'était brusquement contracté. Submergé par la haine, il n'écoutait plus la conversation que d'une oreille : Nil demandait maintenant à Leeland quels étaient ses projets, comment il ferait pour cacher tout cela à Catzinger. Serait-il capable de résister à la pression, de ne rien lui dire ? Que se passerait-il si le cardinal mettait sa menace à exécution, et rendait publique sa relation privilégiée avec Anselm ?

Ils bavassaient, comme des femmes : tout cela n'intéressait plus le Palestinien, il enleva les écouteurs. Ces deux hommes venaient de traverser la frontière interdite : *On ne touche pas au Coran.* Que des érudits chrétiens percent les secrets enfouis dans leurs Évangiles, c'était leur problème. Jamais le Coran ne serait soumis aux méthodes de leur exégèse impie, l'université Al-Azhar s'arc-boutait sur ce refus. On ne dissèque pas la parole d'Allah transmise par son Prophète, béni soit son nom.

Muhammad, un disciple caché du juif Jésus ! Le Français appliquerait au texte sacré ses méthodes d'infidèle, il publierait les résultats avec l'aide de l'Américain. Aux mains de l'Amérique, valet d'Israël, ses travaux deviendraient une arme terrible contre l'islam.

Le front plissé, il rembobina les bandes magnétiques et se rappela une phrase qu'il citait souvent à ses étudiants : « Les infidèles, saisissez-les, tuez-les partout où vous les trouverez[1] » !

Moktar se sentit soulagé : le Prophète, béni soit son nom, avait tranché.

80.

Toute la journée, il avait plu. Des nappes de brouillard gravissaient lentement la pente des Abruzzes de notre côté, puis semblaient hésiter un instant avant de franchir la crête et de disparaître vers la mer Adriatique. Le vol des oiseaux de proie était comme aspiré par l'horizon.

---

1. Coran 4,89.

Le père Nil m'avait abrité dans son ermitage, taillé à même le roc. Une paillasse jetée sur un lit de fougères sèches, une petite table devant la minuscule fenêtre. Une cheminée rudimentaire, une Bible sur une étagère, des fagots. Moins que l'essentiel nécessaire : l'essentiel, ici, était ailleurs.

Il m'avertit que nous parvenions au terme de son histoire. C'est après coup, dans le silence de cette montagne, qu'il en avait compris toutes les péripéties. Il ne se troubla qu'une fois, et je le perçus au frémissement de sa voix : quand il me parla de Rembert Leeland, du calvaire intérieur que cet homme avait vécu et qui s'était dénoué en quelques heures, tragiquement.

Dès l'instant où il avait mis la main sur le manuscrit perdu, les événements s'étaient entrechoqués. En exhumant de l'oubli ce texte d'un autre temps, il avait ouvert les vannes derrière lesquelles piaffaient des hommes inconnus de lui, qui défendaient chacun sa propre cause avec un acharnement dont la violence lui demeurait incompréhensible, encore aujourd'hui.

81.

Le soir même, Moktar avait téléphoné à Lev Barjona, lui donnant rendez-vous cette fois dans un bar. Ils commandèrent un verre et restèrent debout derrière le comptoir, parlant à mi-voix malgré le brouhaha des consommateurs.

— Écoute-moi, Lev, c'est sérieux. Je viens de remettre à Calfo l'enregistrement d'une conversation entre Nil et Leeland. Le Français a retrouvé l'épître, elle était bien dans la caisse de cognac dont le métropolite Samuel t'avait parlé. Il l'a lue, et l'a laissée sur place, au Vatican.

— Bien, très bien ! Maintenant, il faut y aller en douceur.

– Maintenant, il faut agir, et sans douceur. Ce chien prétend qu'elle contient la preuve... ou, plutôt, confirme sa conviction intime que le Coran n'a pas été révélé par Dieu à Muhammad. Que le Prophète était proche des nazôréens, avant de sombrer dans la violence à Médine. Qu'il était aveuglé par l'ambition... Tu sais ce que cela signifie, tu nous connais depuis toujours. Il a franchi la ligne au-delà de laquelle tout musulman réagit immédiatement, il doit disparaître. Vite, et son complice aussi.

– Calme-toi, Moktar : as-tu reçu des instructions du Caire en ce sens ? Et Calfo ?

– Je n'ai pas besoin d'instructions du Caire, dans cette circonstance le Coran dicte leur conduite aux croyants. Quant à Calfo, je m'en moque bien. C'est un dépravé, et les histoires des chrétiens me laissent indifférent. Qu'ils règlent leurs problèmes entre eux et fassent leurs magouilles, moi je protège la pureté du message transmis par Dieu à Muhammad. Chaque musulman est prêt à verser le sang pour cette cause, Dieu ne supporte pas la souillure. Je défendrai l'honneur de Dieu.

Lev fit un signe au barman.

– Quelles sont tes intentions ?

– Je connais leurs allées et venues, les trajets qu'ils empruntent. Le soir Nil rentre à pied à San Girolamo, il en a pour une heure et passe par la via Salaria Antica, toujours déserte au début de la nuit. L'Américain l'accompagne un peu, puis revient sur ses pas pour terminer sa promenade autour du Castel San Angelo, où il rêve à la lune : il n'y a jamais personne. Est-ce que tu te joins à moi ? Demain soir.

Lev poussa un soupir. Une opération bâclée, sous le coup de la colère, sans visibilité. Quand son fanatisme montait à la tête de Moktar, il ne raisonnait plus. Le Bédouin sautait sur son chameau, et courait laver l'insulte dans le sang. Attendre était un signe de faiblesse, contraire à la loi du désert. L'orgueil des Arabes, leur incapacité à se dominer quand il s'agissait d'une question d'honneur, avaient toujours permis au Mossad de l'emporter sur eux. Et il se rappela la consigne de Jérusalem, fermement transmise par Ari : « L'action, ce n'est plus pour toi. »

— Demain soir j'ai une répétition avec l'orchestre pour mon dernier concert. On sait que je suis à Rome : on ne comprendrait pas que je me dérobe. Je dois préserver ma couverture, Moktar. Désolé.

— J'agirai sans toi, d'abord, l'un, puis l'autre. Le père Nil n'est qu'une petite porcelaine, ça se brise au moindre choc. Quant à l'Américain, il suffira de l'effrayer, il mourra de sa peur sans que je le touche. Je n'aurai pas à me salir les mains avec *ça*.

Quand ils se séparèrent, Lev se dirigea vers le jardin du Pincio. Il avait besoin de réfléchir.

Au début de la nuit, le recteur convoqua en urgence une réunion des Douze. Lorsqu'ils furent assis derrière la longue table, il se leva.

— Mes frères, une fois de plus nous entourons le Maître, comme les Douze autrefois dans la salle haute. Cette fois ce n'est pas pour l'accompagner à Gethsémani, mais pour lui offrir une deuxième entrée triomphale dans Jérusalem. Le père Nil a pu retrouver le dernier et seul exemplaire restant de la lettre de l'imposteur, le prétendu treizième apôtre. Elle était tout simplement dans le fonds secret du Vatican, mélangée à des manuscrits de la mer Morte remisés là définitivement en 1948.

Un murmure d'intense satisfaction parcourut l'assemblée.

— Qu'en a-t-il fait, frère recteur ?

– Il l'a laissée sur place, et a l'intention de prévenir le Saint-Père de son existence et de sa localisation.

Les visages se rembrunirent.

– Qu'il le fasse ou non, c'est sans importance : Nil passera par Breczinsky pour avertir le pape. Le douzième apôtre tient fermement le Polonais sous contrôle – n'est-ce pas, frère ?

Antonio inclina silencieusement la tête.

– Dès que Breczinsky aura été prévenu par Nil – sans doute demain –, nous entrerons en action. Le Polonais est à notre merci, il nous conduira à la lettre. Dans deux jours, frères, elle prendra devant nous la place qui lui revient, gardée par notre fidélité comme par ce crucifix. Et dans les mois et les années à venir, nous nous en servirons pour obtenir les moyens dont nous avons besoin pour notre mission écraser les serpents qui mordent le Christ au talon, étouffer la voix de ceux qui s'opposent à son règne, restaurer la chrétienté dans toute sa grandeur, afin que l'Occident retrouve sa dignité perdue.

En quittant la salle, sans un mot il tendit une enveloppe à Antonio : il le convoquait chez lui, au Castel San Angelo, après-demain matin. Pour laisser à Nil le temps de parler à Breczinsky.

Et afin que son esprit soit totalement libre pour la soirée de demain avec Sonia, dont il attendait beaucoup. Cela ne pouvait mieux tomber. Grâce à elle, il s'imprégnerait de la force dont il allait avoir besoin. La force intérieure qu'un chrétien reçoit en s'identifiant par toutes ses fibres au Christ crucifié sur sa croix.

Antonio glissa la lettre dans sa poche. Mais au lieu de repartir vers le centre-ville, il obliqua vers le Vatican.

Le cardinal-préfet de la Congrégation veillait toujours très tard dans son bureau.

82.

Rome s'étirait sous le soleil du matin. Le froid était toujours vif, mais l'approche de Noël incitait les Romains à sortir de chez eux. Debout devant sa fenêtre, Leeland regardait distraitement le spectacle de la via Aurelia. La veille, Nil lui avait fait part de sa décision de retourner en France sans tarder : ce qu'il considérait comme une mission reçue d'Andrei avait trouvé son aboutissement avec la découverte de l'épître.

– As-tu songé, Remby, que cette portion de désert située entre Galilée et mer Rouge a donné naissance aux trois monothéismes de la planète ? C'est là que Moïse a eu sa vision du buisson ardent, là aussi que Jésus a été radicalement transformé, là toujours que Muhammad est né et a vécu. Mon désert à moi sera au bord de la Loire.

Le départ de Nil mettait brusquement en lumière la vacuité de sa vie. Il savait que jamais il n'atteindrait au degré d'expérience spirituelle de son ami : Jésus ne remplirait pas son vide intérieur. La musique non plus : on joue pour être entendu, pour partager l'émotion musicale avec d'autres. Il avait très souvent joué pour Anselm, qui s'asseyait à ses côtés et lui tournait les pages. Une merveilleuse communion s'instaurait alors entre eux, la belle tête du violoniste penchée vers le clavier où couraient ses mains. Anselm était perdu pour lui à tout jamais, et Catzinger avait les moyens de les plonger l'un et l'autre dans un océan de souffrance. « *Life is over*[1] »

Il sursauta en entendant frapper à sa porte : Nil ?

---

1. Ma vie est fichue.

Ce n'était pas Nil, mais Lev Barjona. Étonné de le voir arriver chez lui, Leeland s'apprêtait à lui poser des questions, mais l'Israélien posa un doigt sur ses lèvres, et murmura :

– Y a-t-il une terrasse au-dessus de ton immeuble ?

Il y en avait une, comme dans la plupart des habitations romaines, et elle était déserte. Leeland se laissa attirer par Lev du côté le plus éloigné de la rue.

– Depuis l'arrivée de Nil à Rome ton appartement est sous écoute, je viens de l'apprendre. La moindre de vos conversations est enregistrée, immédiatement transmise à Mgr Calfo – et à d'autres, beaucoup plus dangereux.

– Mais...

– Laisse-moi parler, le temps presse. Sans le savoir, Nil et toi vous êtes mis à jouer dans le « grand jeu », un jeu à l'échelle planétaire dont tu n'as aucune idée, dont tu ignores tout, et c'est mieux pour toi. C'est un *dirty game*, qui se pratique entre professionnels. Comme des gamins en culotte courte, vous avez quitté votre petite cour de récréation pour vous introduire en plein milieu de la cour des grands. Qui ne jouent pas avec des billes mais avec la violence, pour un enjeu qui est toujours le même : le pouvoir – ou sa forme visible, l'argent.

– Pardonne-moi de t'interrompre : tu joues toujours à ce jeu-là ?

– J'y ai joué très longtemps avec le Mossad, comme tu sais. On ne quitte jamais ce jeu, Remby, même si on le souhaite. Je ne t'en dirai pas plus, mais Nil et toi courez un grand danger. En t'avertissant ainsi je joue contre mon camp, mais tu es un ami, et Nil est un type bien. Il a trouvé ce qu'il cherchait, le jeu continue maintenant sans vous : si vous tenez à la vie, il faut que vous disparaissiez, et vite. Très vite.

Leeland était groggy.

— Disparaître... mais comment ?

— Vous êtes moines tous les deux : cachez-vous dans un monastère. Un tueur est à vos trousses, et c'est un professionnel. Partez, aujourd'hui même.

— Tu crois qu'il nous tuerait ?

— Je ne le crois pas, j'en suis sûr. Et il le fera sans tarder, tant qu'il vous a sous la main. Écoute-moi, je t'en prie : si vous voulez vivre, prenez aujourd'hui même le train, la voiture, l'avion, n'importe quoi, et faites-vous tout petits. Préviens Nil.

Il serra Leeland entre ses bras.

— J'ai pris un risque en venant ici : dans le grand jeu, on n'aime pas ceux qui ne respectent pas les règles, et je voudrais vivre pour donner encore beaucoup de concerts. *Shalom*, ami : dans cinq ans, dans dix ans, nous nous reverrons, chaque partie ne dure pas éternellement.

L'instant d'après il avait disparu, laissant Leeland sur la terrasse, assommé.

83.

Moktar s'était accordé une grasse matinée : pour la première fois il n'avait plus besoin d'être à son poste dès l'aube, écouteurs aux oreilles, guettant la moindre conversation dans le studio du dessus.

Il ne vit donc pas Leeland quitter précipitamment l'immeuble de la via Aurelia, hésiter un instant puis se diriger vers l'arrêt des bus pour la via Salaria. Très agité, l'Américain guetta le premier véhicule et s'engouffra dedans.

Nil repoussa la feuille sur sa table : se fiant à sa mémoire, il venait de mettre par écrit la lettre du treizième apôtre, qu'il avait mémorisée sans mal. Avec le pape, il serait le seul à savoir qu'un tombeau contenant les restes de Jésus se trouvait quelque part dans le désert, entre Jérusalem et la mer Rouge. Il ouvrit sa sacoche, et glissa la feuille à l'intérieur.

Sa valise serait vite faite, il garderait la sacoche à la main. Et prendrait pour Paris le train de nuit, qui n'était jamais plein à cette époque de l'année. Quitter le monastère fantôme de San Girolamo était pour lui un soulagement : une fois à Saint-Martin, il cacherait ses papiers les plus compromettants et s'établirait au désert. Comme le treizième apôtre, autrefois.

Il lui restait l'essentiel : la personne de Jésus, ses gestes et ses paroles. Dans un désert, il n'avait pas besoin d'autre nourriture pour survivre.

Il fut très étonné d'entendre frapper à la porte de sa cellule. C'était le père Jean – lui aussi, il ne le regretterait pas. L'intarissable bavard avait l'œil brillant.

– Mon père, Mgr Leeland vient d'arriver et désire vous voir.

Nil se leva pour accueillir son ami. L'étudiant enjoué avait fait place à un homme traqué, qui entra brusquement et s'affala sur la chaise que lui tendait Nil.

– Que se passe-t-il, Remby ?

– Mon studio de la via Aurelia est sous écoute depuis ton arrivée, Catzinger et ses hommes sont au courant de tout ce que nous nous sommes dit. Et d'autres qu'eux, encore plus dangereux. Pour des raisons différentes, ils ne veulent pas entendre parler de nous.

Sous le choc, Nil se laissa à son tour tomber dans un fauteuil.

– Je rêve, ou tu fais une crise de paranoïa ?

— Je viens de recevoir la visite de Lev Barjona, qui m'a mis au courant très brièvement, mais sans équivoque. Il m'a dit qu'il le faisait par amitié, je ne doute pas un instant de lui. Tout cela nous dépasse, Nil. Ta vie est en danger, la mienne aussi.

Nil enfouit son visage dans ses mains. Quand il le releva, il fixa sur Leeland deux yeux où tremblaient des larmes.

— Je le savais, Remby, je l'ai su dès le début, dès qu'Andrei m'a mis en garde. C'était au monastère, dans l'apparente paix immuable d'un cloître protégé par son silence. Je l'ai su quand j'ai appris sa mort, quand je suis allé reconnaître son corps disloqué sur le ballast du Rome express. Je l'ai su quand l'Histoire m'a rejoint, dans son horrible réalité, avec Breczinsky et certaines confidences qu'il m'a faites. Jamais je n'ai eu peur de ce que je découvrais. Ma vie est menacée ? Je suis le dernier sur une très longue liste, qui commence au moment où le treizième apôtre a refusé la manipulation de la vérité.

— *La vérité !* Il n'y a qu'une seule vérité, c'est celle dont les hommes ont besoin pour installer et conserver leur pouvoir. La vérité d'un amour très pur entre moi et Anselm n'est pas la leur. La vérité que tu as découverte dans les textes n'est pas vraie, puisqu'elle contredit leur vérité.

— Jésus disait : « La vérité vous rendra libre. » Je suis libre, Remby.

— Tu ne l'es que si tu disparais, et que ta vérité disparaît avec toi. Les philosophes que tu aimes tant enseignent que la vérité est une catégorie de l'être, qu'elle subsiste en elle-même comme la bonté et la beauté de l'être. Eh bien c'est faux, et je suis venu te le dire. L'amour qui nous unissait, Anselm et moi, était bon et beau : il n'était pas conforme à la vérité de l'Église, donc il n'était pas vrai. Ta découverte du visage de Jésus contredit la vérité de la chrétienté : donc

336

tu as tout faux, l'Église ne tolère pas une vérité autre que la sienne. Les juifs et les musulmans non plus.

– Que peuvent-ils contre moi ? Que peut-on contre un homme libre ?

– Te tuer. Tu dois te cacher, quitter Rome immédiatement.

Il y eut un silence, troublé seulement par le piaillement des oiseaux dans les roseaux du cloître. Nil se leva, et alla à la fenêtre.

– Si tu dis vrai, je ne peux plus retourner dans mon monastère, où le désert serait peuplé de hyènes. Me cacher ? Où ça ?

– J'y ai pensé en chemin. Tu te souviens du père Calati ?

– Le supérieur des camaldules ? Bien sûr, nous l'avons eu ensemble comme professeur à Rome. Un homme merveilleux.

– Va à Camaldoli, demande-lui de te recevoir. Ils ont des ermitages disséminés dans les Abruzzes, tu y trouveras un désert selon ton cœur. Fais vite. Tout de suite.

– Tu as raison, les camaldules ont toujours été très hospitaliers. Mais toi ?

Leeland ferma un instant les yeux.

– Ne t'inquiète pas pour moi. Ma vie est finie, depuis le jour où j'ai compris que l'amour prêché par l'Église pouvait n'être qu'une idéologie comme une autre. Tes découvertes, auxquelles je me suis trouvé associé sans l'avoir cherché, n'ont fait que confirmer mon sentiment : l'Église n'est plus ma mère, elle rejette l'enfant que j'ai été parce que j'ai aimé autrement qu'elle. Je vais rester à Rome, le désert des Abruzzes n'est pas pour moi. Mon désert est intérieur, depuis mon départ forcé des États-Unis.

Il se dirigea vers la porte.
— Ta valise sera vite bouclée. Je vais descendre, demander au père Jean de me faire visiter la bibliothèque, pour l'éloigner de la porterie. Pendant ce temps sors discrètement du monastère, prends un bus pour la Stazione Termini et saute dans le premier train pour Arezzo. J'ai confiance en Calati, il te mettra en sécurité. Cache-toi dans un ermitage des camaldules et écris-moi dans deux ou trois semaines : je te dirai si tu peux revenir à Rome.
— Que vas-tu faire ?
— Je suis déjà mort, Nil, ils ne peuvent plus rien contre moi. Ne t'inquiète pas : tu as quelques minutes pour quitter San Girolamo sans te faire repérer. À bientôt, ami : la vérité a fait de nous des hommes libres, tu avais raison.

Le père Jean fut surpris de l'intérêt soudain que Rembert Leeland semblait porter à la bibliothèque, réputée pour être un fouillis. Tandis que l'Américain lui posait des questions qui prouvaient sa totale incompétence en matière de sciences historiques, Nil, sa valise à la main droite, se glissa dans le bus qui passe via Salaria Nuova et dessert la gare centrale de Rome.

De sa main gauche, il ne lâchait pas une sacoche qui semblait son plus précieux trésor.

84.

Antonio marchait d'un pas allègre. Niché dans une anse du Tibre, le Castel San Angelo reflétait de ses briques fauves le soleil couchant. Ici s'exerçait autrefois la justice des papes : c'est la justice divine qu'il allait accomplir ce soir. Un homme était prêt à s'opposer au gouvernement de l'Église, pour une cause qu'il croyait bonne : il n'y a pas de bonne cause hors de la hiérarchie. Et cet homme était un dépravé, un pervers satanique. L'Espagnol s'appuya sur la rambarde du pont Victor-Emmanuel-II. Avant d'agir, il voulait se rappeler les paroles du cardinal la veille au soir, raviver la brûlure de l'indignation : alors, sa main ne tremblerait pas.

— Vous dites qu'il va se servir de l'épître pour faire pression sur nous ?

— Il nous l'a affirmé à plusieurs reprises, Éminence, et les Douze sont d'accord. La lettre du treizième apôtre donnera à celui qui la possède un pouvoir considérable : sa divulgation provoquerait des troubles tels que notre Église — et même certains chefs d'État occidentaux — seront prêts à payer très cher pour que la Société la garde secrète. Les templiers n'ont pas hésité à utiliser ce moyen.

— Le tombeau de Jésus... incroyable ! — Le cardinal passa la main sur son front. — Je pensais que l'épître se contentait de nier la divinité de Jésus. Cela ne serait pas la première fois, l'Église a toujours pu surmonter ce danger-là, juguler l'hérésie. Mais le tombeau réel, contenant les ossements de Jésus, retrouvé ! Pas seulement une querelle théologique de plus, mais une *preuve*, tangible, indiscutable ! C'est impensable, c'est la fin du monde !

Antonio sourit.

— C'est aussi ce que pense Mgr Calfo, mais il a son idée. Il trouve l'Église trop timorée face à un monde pourri qui évolue sans nous, ou contre nous. Il veut de l'argent, beaucoup d'argent pour peser sur l'opinion mondiale.

— *Bastardo !*

Rapidement, le prélat se reprit :

— Antonio, quand je vous ai connu à Vienne, vous étiez

un fugitif de l'Opus Dei : mais vous aviez juré de servir le pape et, s'il venait à défaillir, de servir la papauté, colonne vertébrale de l'Occident. Notre vénérable Saint-Père est malade, de toute façon il consacre ses forces et son attention aux foules qui l'acclament partout lors de ses voyages. Depuis vingt ans, le gouvernement réel de l'Église repose sur des épaules comme les miennes, parfois le pape n'a même pas été tenu au courant des dangers auxquels nous avons dû faire face. Souvent j'ai dû agir en son nom, je le ferai ici encore. Puis-je compter sur votre aide ? Il faut... neutraliser Calfo, et reprendre le contrôle de la Société Saint-Pie V. Sans tarder.

– Éminence...

Le cardinal contracta ses lèvres, ses joues s'allongèrent et son ton se fit sifflant :

– Rappelle-toi, mon enfant : quand tu es arrivé à Vienne, tu étais poursuivi. On ne quitte jamais l'Opus Dei, surtout pas après l'avoir critiqué comme tu l'as fait. Tu étais jeune, idéaliste, inconscient ! Je t'ai abrité, je t'ai protégé, puis je t'ai fait confiance. C'est moi qui t'ai introduit dans la Société Saint-Pie V, c'est moi qui ai payé pour que les Catalans d'Escriva de Balaguer, ces enragés, se taisent quand Calfo a fait son enquête à ton sujet. Je viens demander mes dividendes, Antonio !

Le jeune homme baissa la tête. Catzinger comprit que, pour ce qu'il exigeait, un ordre ne suffirait pas : il fallait soulever l'indignation, réveiller le tempérament volcanique de l'Andalou. Le toucher au point sensible : son caractère rigide, intransigeant, son rejet du corps, entretenu par tant d'années de frustration sexuelle à l'école de l'Opus Dei. Il arrondit ses lèvres, qui distillèrent le miel :

– Sais-tu qui est ton recteur ? Sais-tu qui est cet homme, que tu respectes malgré son indiscipline ? Sais-tu quelles horreurs le premier des Douze est capable d'imaginer, à cent pas de cette Cité sainte et du tombeau de Pierre ? Il y a quelques jours, j'ai entendu les confidences d'une de ses victimes, une jeune femme belle et pure comme une madone, qu'il avilit jusque dans son âme de croyante tout en jouissant de son corps. Et elle n'est pas la première à avoir été souillée par lui. Tu ne sais pas ? Eh bien, je vais t'apprendre ce qu'il a fait, et ce qu'il s'apprête à faire encore dès demain.

Il chuchota quelques instants, comme s'il voulait éviter que le crucifix, pendu au mur derrière lui, puisse entendre ce qu'il disait.

Quand il eut fini, Antonio releva la tête : ses yeux noirs brillaient d'une lueur dure, inflexible. Il quitta le bureau du cardinal sans ajouter un mot.

Avec un soupir, l'Andalou s'arracha au parapet du pont : il avait bien fait de revivre cette scène, avant d'agir. L'Église a sans cesse besoin d'être purifiée, même par le fer. Les ordres du cardinal l'exonéraient de toute responsabilité : cela aussi, depuis toujours, avait été la force de l'Église. Une décision difficile, une violence morale, un membre gangrené à arracher... Jamais celui qui abattait le couteau, qui fouillait la chair, ne se tenait pour responsable du sang versé, des vies détruites. La responsabilité était celle de l'Église.

85.

Alessandro Calfo recula d'un air satisfait : c'était parfait. Sur le parquet de sa chambre, une grande croix était posée, deux larges planches qui permettaient à un corps de s'allonger à l'aise. Sonia serait bien. Il entraverait ses mains avec les deux cordelettes de soie douce qu'il avait préparées, ses jambes devaient rester libres. À l'évocation de la scène, le sang fouetta ses tempes et son bas-ventre : s'unir charnellement à la jeune femme couchée à la place du divin crucifié, c'était l'acte le plus sublime qu'il accomplirait jamais. La divinité enfin mêlée à l'humanité, la moindre de ses cellules connaissant l'extase en s'unissant au sacrifice rédempteur du Christ dans sa forme la plus parfaite. Sans violence : Sonia serait consentante, il le savait, il le sentait. Sa réaction horrifiée de l'autre jour n'était qu'un effet de sa surprise. Elle obéirait, comme toujours.

Il vérifia que l'icône byzantine était bien à l'aplomb de la croix : ainsi, tandis qu'il célébrerait le culte, elle pourrait contempler, simplement en levant les yeux, cette image qui apaiserait son âme d'orthodoxe. Il avait pensé à tout, car tout devait être exemplaire. Et demain soir, il déposerait l'épître maudite sur l'étagère vide, qui depuis si longtemps l'attendait.

Il sursauta en entendant sonner. Déjà ? D'habitude, toujours discrète, elle venait à la nuit tombée. Peut-être, aujourd'hui, était-elle impatiente ? Son sourire s'élargit, il alla ouvrir.

Ce n'était pas Sonia.

— An... Antonio ! Mais que faites-vous ici, aujourd'hui ? Je vous ai convoqué demain matin, Nil devait d'abord voir le Polonais cet après-midi... Que signifie ?

Antonio avança vers lui, le contraignant à marcher à reculons dans le couloir d'entrée.

— Cela signifie, frère recteur, que nous avons à parler, vous et moi.

– À parler ? Mais c'est moi qui parle, et quand je l'ai décidé ! Vous êtes le dernier des Douze, en aucun cas...

Antonio avançait toujours, les yeux rivés sur le visage du Napolitain, qui reculait devant lui en se cognant aux murs.

– Ce n'est plus toi qui décides, c'est le Dieu que tu prétends servir.

– Que... que je prétends ! Et qui vous autorise à me parler sur ce ton ?

L'un poussant l'autre, les deux hommes parvinrent à la porte de la chambre, que Calfo avait laissée ouverte.

– Qui m'autorise ? Et qui t'autorise, misérable, à trahir ton serment de chasteté ? Qui t'autorise à avilir une créature de Dieu, abrité derrière ton ordination épiscopale ?

D'un coup de hanche, il força le petit homme replet à pénétrer, toujours à reculons, dans la chambre. Calfo trébucha sur le pied de la croix. Antonio jeta un coup d'œil au décor soigneusement mis en scène : le cardinal ne lui avait pas menti.

– Et ça ? Ce que tu t'apprêtais à faire est un abominable blasphème. Tu n'es pas digne de posséder l'épître du treizième apôtre, le Maître ne peut être protégé par un homme tel que toi. Seul un être pur peut écarter la souillure qui menace aujourd'hui Notre-Seigneur.

– Mais... mais...

Calfo se prit à nouveau les pieds dans le montant de la croix, glissa et tomba sur ses genoux devant l'Andalou. Celui-ci le regarda avec mépris, les lèvres plissées de dégoût. Ce n'était plus son recteur, le premier des Douze. C'était une loque, tremblante et inondée de transpiration malsaine. Ses yeux devinrent subitement ternes.

– Tu voulais t'allonger sur la croix, n'est-ce pas ? Tu voulais unir ton corps, transfiguré par la jouissance, au Maître transfiguré par son amour pour chacun de nous ?

Eh bien, tu vas le faire. Tu ne souffriras jamais autant que Celui qui est mort pour toi.

Un quart d'heure plus tard, Antonio refermait doucement sur lui la porte de l'appartement, et s'essuyait les mains avec un mouchoir en papier. Cela n'avait pas été difficile. Ce n'est jamais difficile, quand on obéit.

86.

Leeland marchait d'un pas saccadé sur les pavés inégaux de la via Salaria Antica. « Nil aimait tant suivre ce trajet pour venir jusque chez moi... Déjà, je pense à lui au passé ! »

Il avait réussi à retenir le père Jean dans la bibliothèque pendant un long moment, mais refusé son invitation à partager le déjeuner de la communauté :

— Père Nil et moi avons rendez-vous au Vatican en début d'après-midi. Il est sans doute déjà parti sans m'attendre, il reviendra... tard ce soir.

Nil ne reviendrait pas : il devait être en ce moment sur le quai de la Stazione Termini, prêt à monter dans un train pour Arezzo. Ou déjà parti.

Envahi par l'angoisse, Leeland se sentait tout léger : en fait, il était vidé, jusqu'à la moindre fibre musculaire, jusqu'au bout de ses doigts. *Life is over*. Ce qu'il refusait d'admettre depuis son exil au Vatican, cette vérité qu'il se cachait à lui-même, le court passage de Nil à Rome venait de lui en imposer l'évidence : sa vie n'avait plus aucun sens, le goût de vivre l'avait quitté.

Il se retrouva, sans savoir comment, devant la porte de son studio. Poussa la porte d'une main tremblante, la referma et s'assit péniblement près du piano. Pourrait-il encore jouer de la musique ? Mais... pour qui ?

À l'étage du dessous, Moktar avait repris son poste d'écoute et mis en marche les magnétophones. Aujourd'hui l'Américain était rentré plus tard que d'habitude, et seul : il avait donc laissé Nil au Vatican, le Français devait être en train de parler à Breczinsky. Il s'installa confortablement, les écouteurs aux oreilles. Nil allait revenir, en fin d'après-midi, et il parlerait à Leeland. À la nuit tombée il repartirait pour San Girolamo, comme d'habitude. À pied, dans les rues obscures et désertes. Son ami l'accompagnerait un instant.

L'Américain d'abord. Ensuite, l'autre.

Mais Nil ne revenait pas. Toujours assis près du piano, Leeland regardait l'ombre envahir son studio. Il n'alluma pas : de toutes ses forces il luttait contre sa peur, il luttait contre lui-même. Il n'y avait plus qu'une chose à faire, Lev lui avait fourni sans le savoir la solution. Mais aurait-il la détermination, le courage de sortir ?

Une heure plus tard, la nuit était tombée sur Rome. Les bandes magnétiques tournaient à vide : que faisait le Français ? Soudain Moktar entendit au-dessus des bruits indistincts, et la porte du studio qui s'ouvrait puis se refermait. Il ôta ses écouteurs et alla à la fenêtre : Leeland, seul, sortait de l'immeuble et traversait la rue. S'étaient-ils donné rendez-vous sur le trajet de San Girolamo ? Dans ce cas, ce serait encore plus simple.

Moktar se glissa hors de l'immeuble. Il était armé, un

poignard et un filin d'acier. Toujours, il avait préféré l'arme blanche ou l'étranglement. Le contact physique avec l'infidèle donne à la mort sa vraie valeur. Le Mossad préférait utiliser ses tireurs d'élite, mais le Dieu des juifs n'est qu'une abstraction lointaine : pour un musulman, Dieu s'atteint dans la réalité du corps à corps. Le Prophète n'avait jamais utilisé la flèche, mais son sabre. Si possible, il étranglerait l'Américain. Sentirait son cœur s'arrêter sous ses mains, ce cœur prêt à fournir à ceux de sa nation une arme décisive contre les musulmans.

Il suivit Leeland, qui contourna la place Saint-Pierre sans passer sous la colonnade, et emprunta le Borgo Santo Spirito. Il allait vers le Castel San Angelo : le froid était vif, les Romains frileusement blottis chez eux. Si ces deux-là s'étaient donné rendez-vous au pied du château, c'est parce qu'ils savaient qu'il n'y aurait pas âme qui vive. Tant mieux.

Maintenant Leeland marchait doucement, et se sentait en paix. Dans la pénombre du studio il avait pris sa décision, se répétant les mots employés par Lev : « Un tueur, un professionnel. Pars, cache-toi dans un monastère... » Il ne partirait pas, il ne se cacherait pas. Au contraire, il marcherait vers son destin, comme en ce moment, visible de partout. Le suicide est interdit à un chrétien, jamais il ne mettrait de lui-même fin à cette vie sans vie qui était désormais la sienne. Mais si un autre s'en chargeait, c'était bien. Il déboucha sur la rive gauche du Tibre, passa devant le Castel San Angelo, s'engagea dans le Lungotevere. Quelques rares voitures empruntaient cette voie qui surplombe le Tibre, puis tournaient à gauche vers la piazza Cavour. Pas un promeneur, l'humidité montait du fleuve et le froid était mordant.

Arrivé au pont Umberto Ier, il tourna la tête. Sous la lueur des réverbères, il aperçut un passant qui marchait comme lui en suivant le parapet. Il ralentit son pas, et eut l'impression que l'homme en faisait autant. C'était sans doute lui. Ne pas courir, ne pas se cacher, ne pas fuir. *Life is over.* Frère Anselm, ses illusions envolées ! La réforme de l'Église, le mariage des prêtres, la fin pour tant d'hommes généreux d'un long calvaire, cette chasteté imposée par une Église tétanisée devant l'amour humain... Il vit un escalier de pierre qui descendait sur la berge du Tibre : sans hésiter, il s'y engagea.

Le quai, mal éclairé, était encore pavé à l'ancienne. Il avança, contemplant l'eau noire : resserré à cet endroit, le courant vif se heurtait à des rochers disséminés dans le lit du fleuve. Des bouquets de roseaux, des fourrés touffus couvraient la pente abrupte qui descendait vers l'eau. Rome n'a jamais complètement abandonné son aspect de ville provinciale.

Derrière lui, il entendit le pas de l'homme qui descendait l'escalier, puis résonnait sur les dalles du quai et s'approchait. Bien qu'il eût l'âge requis, sa qualité de moine avait permis autrefois à Leeland d'échapper à la guerre du Viêt-nam. Il s'était souvent demandé s'il aurait fait preuve là-bas de courage physique. Devant l'ombre de l'ennemi décidé à le tuer, comment son corps aurait-il réagi ? Il sourit : cette berge serait son Viêt-nam, et son cœur ne battait pas plus vite que d'habitude.

Un tueur, un professionnel. Que ressentirait-il ? Souffrirait-il ?

L'un suivant l'autre, ils approchaient des arches du pont Cavour. Juste après, un haut mur barrait le quai, mettant fin à une promenade très prisée des Romains par beau temps. Il n'y avait pas ici d'escalier le long du mur : pour remonter sur la voie rapide qui longe le Tibre, il fallait revenir sur ses pas. Et faire face à l'homme qui le suivait.

Leeland prit une ample respiration, et ferma un instant les yeux. Il se sentait très calme, mais il ne verrait pas le visage de l'homme. Que la mort vienne de dos, comme une voleuse.

Sans tourner la tête, il s'engagea résolument sous l'arche obscure du pont.

Derrière lui, il entendit le pas d'un homme qui courait, comme pour prendre de l'élan. Un pas léger, qui effleurait à peine les pavés.

87.

Tenant d'une main sa sacoche et de l'autre sa valise, Nil descendit de l'autobus. Le village était aussi rustique que le père Calati le lui avait décrit :

— Notre économe part à l'instant même pour l'Aquila, montez dans sa voiture. Il vous laissera à la gare routière locale : l'après-midi, un bus dessert cette partie reculée des Abruzzes. Descendez au village, puis suivez la route à pied jusqu'à un croisement. Tournez à gauche, et vous aurez un kilomètre à faire sur un chemin de terre jusqu'à une ferme isolée. Vous rencontrerez forcément Beppo, il vit là, seul, avec sa mère. Ne vous étonnez pas, il ne parle pas mais il comprend tout. Dites-lui que vous venez de ma part, demandez-lui de vous conduire auprès de notre ermite. Ce sera une longue marche dans la montagne : Beppo a l'habitude, il est le seul à monter jusqu'à l'ermitage pour y porter de temps à autre un peu de nourriture.

Puis Calati avait levé les mains au ciel, et donné silencieusement sa bénédiction à Nil, agenouillé sur le dallage glacé du cloître.

Quand il s'était présenté à Camaldoli, son ancien professeur l'avait serré dans ses bras, sa barbe broussailleuse caressant la joue de Nil. Il avait besoin de s'établir au désert, pour une durée indéterminée ? Personne ne devrait connaître son refuge ? Calati ne posa aucune question, ne s'étonna pas de son arrivée, de son allure de fugitif et de sa demande singulière. Auprès du vieil ermite, dit-il simplement, il serait bien.

— Vous verrez, c'est un homme un peu particulier, qui vit depuis des années dans la montagne. Mais il n'est jamais seul : par la prière il est en relation avec tout l'univers, et il possède un don de divination que développent parfois quelques grands spirituels. Nous restons en contact grâce à Beppo, qui descend de la montagne tous les quinze jours pour vendre ses fromages à l'Aquila. Que Dieu vous bénisse !

Nil regarda l'autobus s'éloigner dans un nuage de fumée, et s'engagea dans l'unique rue du village. Il faisait encore jour, mais les maisons au toit bas étaient calfeutrées pour affronter le froid de la nuit.

Il jeta au passage un coup d'œil sur la vitre d'une fenêtre, et sourit à l'image qu'elle lui renvoyait : ses cheveux coupés ras, encore gris au départ de l'abbaye Saint-Martin, étaient devenus entièrement blancs depuis sa découverte de l'épître.

À son bras, la valise pesait lourdement quand il s'arrêta devant la ferme. Vêtu d'une veste en peau de brebis sans manches – la tenue traditionnelle des bergers des Abruzzes –, la silhouette d'un jeune homme fendait du bois devant la porte. En entendant Nil, il tourna la tête et le regarda avec inquiétude, le front plissé sous une couronne de cheveux bouclés.

– Tu es Beppo ? Je viens de la part du père Calati. Peux-tu me conduire auprès de l'ermite ?

Beppo posa soigneusement sa hache contre le tas de bûches, s'essuya les mains sur le revers de sa veste puis s'approcha de Nil, et le dévisagea. Au bout d'un instant son visage se détendit, il esquissa un sourire et hocha la tête. Empoigna la valise d'un bras vigoureux, pointa le menton vers la montagne et lui fit signe de le suivre.

Le chemin s'enfonçait dans la forêt, puis montait raide. Beppo marchait d'un pas régulier, sa démarche donnant une impression d'aisance, presque de grâce. Nil le suivait avec difficulté. Le garçon avait-il bien compris ? Il devait s'en remettre à lui, et ne lâchait pas sa précieuse sacoche.

Ils arrivèrent à ce qui semblait le bout du chemin : un cul-de-sac, où l'on voyait les traces déjà anciennes d'ornières creusées par des engins mécaniques – les tracteurs des forestiers, qui devaient rarement venir jusqu'ici. Dans le fossé coulait une eau limpide : Beppo posa la valise, se baissa et but longuement dans ses mains réunies. Toujours silencieux, l'adolescent reprit la valise, et s'engagea sur un sentier qui pénétrait dans une combe à flanc de montagne. À travers les sommets des arbres, on apercevait une crête lointaine.

La nuit venait de tomber quand ils débouchèrent sur une minuscule esplanade, qui dominait la vallée obscure. À même le rocher, Nil distingua une fenêtre éclairée. Sans hésiter, Beppo s'en approcha, laissa tomber la valise sur le sol et frappa au carreau.

Une porte basse s'ouvrit, et une ombre s'y encadra. Vêtu

d'une sorte de blouse serrée à la ceinture, un homme très âgé, la tête entourée de cheveux blancs qui tombaient sur ses épaules, fit un pas en avant : derrière lui, Nil aperçut l'âtre d'une cheminée dans laquelle brûlait un fagot, répandant une vive lumière. Beppo s'inclina, poussa un grognement et tendit le bras vers Nil. Le vieil homme effleura de sa main les cheveux bouclés du garçon, puis se tourna vers Nil et lui sourit. Il lui montra l'intérieur de son ermitage, d'où parvenait une douce chaleur, et dit simplement :
– *Vieni, figlio mio. Ti aspettavo.*
Viens, mon fils, je t'attendais !

88.

Il régnait ce matin-là, dans la Cité du Vatican, une agitation fébrile, terme tout relatif en ce lieu : quelques prélats parcoururent les couloirs pavés de marbre d'un pas un peu moins compassé que d'habitude, quelques ceintures violettes volèrent un peu plus haut dans des escaliers gravis quatre à quatre. Une voiture immatriculée S.C.V. franchit à vive allure le portail de la cour du Belvédère, saluée par un garde suisse qui reconnut à l'intérieur le médecin personnel du pape, un homme d'un certain âge serrant sur ses genoux une mallette noire.

Partout ailleurs, ces signes imperceptibles d'agitation seraient passés inaperçus. Mais le garde suisse, témoin de cette nervosité inhabituelle dans la Cité sainte, se réjouit : aujourd'hui, il aurait de quoi alimenter les conversations de ses collègues.

La voiture S.C.V. prit la via della Conciliazione jusqu'au bout, tourna à gauche, passa devant le Castel San Angelo et se gara un peu plus loin sur le trottoir du Lungotevere, derrière un fourgon au gyrophare allumé. L'homme à la mallette descendit vivement l'escalier qui menait à la berge du Tibre, marcha sur les pavés inégaux vers l'arche du pont Cavour, où une dizaine de gendarmes italiens étaient rassemblés autour d'une forme sombre, dégoulinante d'eau, qu'ils venaient apparemment de retirer des roseaux bordant le fleuve.

Le médecin examina le cadavre, s'entretint avec les gendarmes, referma sa mallette puis remonta sur le Lungotevere où il parla à voix basse dans son téléphone portable, en prenant soin de s'écarter des quelques curieux qui observaient la scène. Il hocha la tête à plusieurs reprises, fit signe au chauffeur de rentrer sans lui, et revint à pas vifs au pied du Castel San Angelo. Traversa, marcha encore un peu et s'engouffra dans un immeuble récent, au pied duquel un jeune homme vêtu en touriste semblait l'attendre.

Ils échangèrent quelques mots, puis le jeune homme sortit de sa poche une clé et fit signe au médecin de le suivre à l'intérieur de l'immeuble.

En fin de matinée, le cardinal Catzinger se tenait devant le souverain pontife, qu'on avait installé à son bureau. Ornée de l'anneau du concile Vatican II auquel il avait participé, la main droite du pape tremblait tandis qu'il lisait une feuille de papier. Cassé en deux par la maladie, sous les sourcils broussailleux le regard était vif et perçant.

— Éminence, est-ce vrai ? Deux prélats du Vatican, morts à quelques heures de distance, cette nuit même ?

— Une douloureuse coïncidence, très Saint-Père. Mgr Calfo, qui avait déjà connu une alerte il y a plusieurs mois, a eu cette nuit un arrêt cardiaque auquel il n'a pas survécu.

Alessandro Calfo avait été découvert dans sa chambre, allongé sur deux planches disposées en forme de crucifix. Le visage violacé était encore crispé par un rictus de souffrance. Ses bras écartés attachés à la branche transversale de la croix par deux cordelettes de soie, le regard vitreux fixait une icône byzantine accrochée juste au dessus de la scène, représentant la mère de Dieu dans toute sa pureté virginale.

Deux clous avaient été arrachés au montant du lit, et enfoncés dans les paumes du supplicié. Le sang n'avait pas coulé, l'homme était sans doute déjà mort quand il avait été crucifié.

L'appartement se trouvant à quelque distance de la place Saint-Pierre, l'affaire était du ressort de la police italienne. Mais la mort violente d'un prélat, citoyen du Vatican, plonge toujours le gouvernement italien dans une situation extrêmement délicate. Le commissaire de police – un Napolitain comme le défunt – était très embarrassé. Un rituel satanique, cet homme crucifié ? Il n'aimait pas cela, et fit remarquer qu'après tout, à vol d'oiseau, la frontière immatérielle de la Cité sainte ne se trouvait qu'à une centaine de mètres : on pouvait donc considérer que le médecin personnel du pape, qui allait arriver d'un moment à l'autre, était parfaitement compétent pour délivrer le permis d'inhumer.

Le digne praticien ne prit pas la peine d'ouvrir sa mallette : aidé par le jeune homme à l'étrange regard noir qui l'accompagnait, il boutonna d'abord soigneusement le col de Calfo, en sorte que les traces de strangulation qui le marquaient ne soient plus visibles. Puis il arracha les clous, appela le policier qui s'était éloigné avec discrétion, et lui fit part de son diagnostic : arrêt cardiaque, excès de *pasta* joint au manque d'exercice. Ce sont des choses qu'un Napolitain comprend immédiatement. Le policier poussa un soupir de soulagement, et remit sans plus tarder le cadavre aux autorités vaticanes.

– Un arrêt cardiaque, soupira le pape, donc il n'aura pas souffert ? Dieu est bon pour ses serviteurs, *requiescat in pace.* Mais et l'autre, Éminence ? Car il y a eu deux morts cette nuit, n'est-ce pas ?

– En effet, et c'est beaucoup plus délicat : il s'agit de Mgr Leeland, dont je vous ai déjà parlé.

– Leeland ! Le père abbé bénédictin qui avait pris bruyamment position en faveur des prêtres mariés ? Je me souviens parfaitement, cela lui a valu un *promoveatur ut amoveatur*, et depuis, à Rome, il se tenait tranquille.

– Pas précisément, Votre Sainteté. Il a rencontré ici même un moine rebelle, qui lui a fait part de ses théories insensées sur la personne de Notre-Seigneur Jésus-Christ. Il semble que cela l'ait profondément troublé, conduit sans doute au désespoir : on l'a retrouvé ce matin, noyé, dans les roseaux bordant le Tibre à la hauteur du pont Cavour. C'est peut-être un suicide.

Pas plus que les gendarmes, le médecin n'avait voulu prêter attention à la marque de strangulation qui entourait le cou de Leeland. Un filin d'acier, certainement, qui avait écrasé la glotte. Le travail d'un professionnel. Étrangement, le visage de l'Américain était resté serein, presque souriant.

Le vieux pontife leva péniblement la tête pour fixer le cardinal.

– Prions pour ce malheureux Mgr Leeland, qui a sans doute bien souffert dans son âme. Vous me communiquerez désormais toute correspondance qui pourrait lui parvenir. Et... le moine rebelle ?

– Il a quitté hier San Girolamo, où il résidait depuis quelques jours, et nous ne savons pas où il est. Mais il sera facile de retrouver sa trace.

Le pape fit un geste de la main.

– Éminence, où voulez-vous qu'un moine aille se cacher, ailleurs que dans un monastère ? Allons, ne faites rien dans l'immédiat, laissons-lui le temps de recouvrer une paix intérieure qu'il semble avoir perdue, d'après ce que vous me dites.

De retour dans son bureau, Catzinger constata qu'il partageait sans réserve le sentiment du pape. La mort de Calfo le soulageait d'un poids considérable, Antonio était intervenu juste à temps : l'épître du treizième apôtre resterait enfouie dans le fonds secret du Vatican, nulle part ailleurs elle n'était mieux à l'abri des curiosités malsaines. Leeland ? Rien qu'un insecte, de ceux qu'on écarte du revers de la main. Nil, enfin, n'était dangereux que dans son abbaye. Tant qu'il n'y retournait pas, rien ne pressait.

Restait Breczinsky : sa présence dans les murs du Vatican était une épine insupportable. Elle lui rappelait à chaque instant un épisode sombre de l'histoire de l'Allemagne, et attisait en lui un sentiment de culpabilité collective contre lequel il luttait depuis toujours. Son père ? Il n'avait fait que son devoir, en accomplissant courageusement sa mission : combattre le communisme qui menaçait l'ordre du monde. Était-ce sa faute, était-ce leur faute à tous si Hitler avait détourné tant de générosité pour établir la domination de sa prétendue race supérieure, au prix d'une apocalypse ?

Le Polonais avait été brisé par son père, mais c'était le sort de tous les vaincus. Le cardinal, sans se l'avouer, se sentait humilié par une tragédie à laquelle il n'avait pourtant pas pris part. Mais son père... Ce sentiment d'humiliation le galvanisait dans son combat permanent : la pureté de la doctrine catholique. Là était sa mission, il ne ferait pas partie de la lignée des vaincus. La seule race supérieure, la seule qui pouvait vaincre, c'était celle des hommes de foi. L'Église était l'ultime rempart face à l'Apocalypse moderne.

Breczinsky lui était devenu odieux, et devait être éloigné. Catzinger ne trouverait pas la paix tant qu'il aurait sous les yeux ce dernier témoin de sa propre histoire, et de celle de son père.

Dans l'immédiat, un seul dossier mobilisait son énergie : la canonisation d'Escriva de Balaguer, prévue dans quelques mois. Le fondateur de l'Opus Dei avait su consolider l'édifice fondé sur la divinité du Christ. Grâce à des hommes de sa trempe, l'Église résistait.

Il faudrait quand même qu'il se décide à faire un miracle : ça peut se trouver.

89.

Le désert des Abruzzes était tel que Nil le souhaitait, tel sans doute que le treizième apôtre l'avait connu après sa fuite de Pella, tel que Jésus l'avait vécu après sa rencontre avec Jean le Baptiste auprès du Jourdain. L'ermite lui avait désigné une paillasse dans un coin.

— C'est celle qu'utilise Beppo, quand il passe la nuit ici. Ce garçon s'est attaché à moi comme à son père, qu'il n'a jamais connu. Il ne parle pas, mais nous communiquons sans mal.

Puis il n'avait plus rien dit, et pendant quelques jours

ils vécurent ensemble dans un silence complet, partageant sans un mot des repas de fromage, d'herbes et de pain sur la terrasse où la montagne leur parlait son langage.

Nil se rendait compte que le désert est d'abord une attitude de l'esprit et de l'âme. Qu'il aurait pu le vivre aussi bien à l'abbaye, ou au milieu d'une ville. Que c'est une certaine qualité de dépouillement intérieur, d'abandon de tous les repères habituels de la vie sociale. Très vite, l'extraordinaire pauvreté du lieu lui fut indifférente, au point qu'il ne s'en rendit bientôt plus compte. Au contact de l'ermite, il commençait à ressentir une présence très forte, chaleureuse, d'une richesse insoupçonnée. D'abord, il la perçut comme venant de l'extérieur, de la nature, de son compagnon. Puis il comprit qu'elle rejoignait une autre présence, à l'intérieur de lui. Et que s'il y devenait attentif, se contentant de l'observer avant de l'accueillir, plus rien d'autre ne compterait. Il n'y aurait plus ni inconfort, ni solitude, ni crainte.

Ni même, peut-être, de mémoire du passé et de ses blessures.

Un jour, alors que Beppo venait de les quitter après avoir renouvelé leur provision de pain, l'ermite lissa sa barbe et s'adressa à lui :

— Pourquoi te demandes-tu encore ce que signifiaient mes paroles d'accueil : « Je t'attendais, mon fils » ?

Cet homme lisait en lui comme dans un livre ouvert.

— Mais... Vous ne me connaissiez pas, vous n'étiez pas prévenu de mon arrivée, vous ne savez rien de moi !

— *Je te connais*, mon fils, et je sais de toi des choses que toi-même tu ignores. Tu verras, en vivant ici tu vas acquérir le regard de l'Éveil intérieur, celui que Jésus possédait à sa sortie du désert et qui lui permit de voir Nathanaël sous le figuier – qui était pourtant hors de sa vue. Je sais ce que tu as souffert, et je sais pourquoi. Tu cherches le trésor le plus précieux, dont même les Églises ne possèdent pas la clé, dont elles ne peuvent qu'indiquer la direction – quand elles n'obstruent pas sa voie d'accès.

– Savez-vous qui était le treizième apôtre ?

L'ermite rit silencieusement, une lueur dansante dans ses yeux.

– Et crois-tu qu'il faille toujours savoir, pour connaître ?

Il laissa son regard errer sur la vallée, où des nuages d'altitude dessinaient des taches mouvantes. Puis il parla, comme s'il s'adressait à un autre qu'à Nil :

– Toute chose ne peut être connue que de l'intérieur. La science n'est que l'écorce, il faut la franchir pour trouver le cœur, l'aubier de la connaissance. C'est vrai des minéraux, des plantes, des êtres vivants, et c'est vrai aussi des Évangiles. Les anciens appelaient cette connaissance intérieure une gnose. Beaucoup ont été intoxiqués par la nourriture trop riche qu'ils y trouvaient, elle leur est montée à la tête, ils se sont crus supérieurs à tous, *catharoi*[1]. Celui que tu rencontres dans l'Évangile – et qui est le même dont tu fais l'expérience dans la prière – n'est ni supérieur ni inférieur à toi : il est avec toi. La réelle présence de Jésus est si forte qu'elle te relie à tous mais te sépare aussi de tous. Déjà, tu as commencé à en faire l'expérience, et ici tu ne vivras plus que d'elle. C'est pour cela que tu es venu.

Je t'attendais, mon fils...

---

1. *Catharoi* : « purs », en grec – d'où le nom des Cathares.

90.

Rome assista, indifférente, à la reprise en main de la Société Saint-Pie V par le cardinal Emil Catzinger. Au nom du pape, il nomma lui-même le recteur qui succéderait au Napolitain Alessandro Calfo, brusquement décédé à son domicile sans avoir pu transmettre l'anneau en forme de cercueil, qui rappelait sa charge redoutable de gardien du secret le plus précieux de l'Église catholique : celui du véritable tombeau où reposent toujours les ossements du crucifié de Jérusalem.

Ce recteur, il le choisit parmi les Onze et il le voulut jeune, pour qu'il ait la force de combattre les ennemis de l'homme devenu Christ et Dieu. Car ils relèveraient sans tarder la tête – comme ils le faisaient depuis toujours, depuis qu'il avait fallu anéantir la personne et surtout la mémoire de l'imposteur, le prétendu treizième apôtre.

En passant à son annulaire droit le jaspe précieux, il sourit aux yeux très noirs, paisibles comme un lac de montagne. Antonio songeait seulement que, devenu recteur, il était définitivement hors d'atteinte de l'Opus Dei et de ses tentacules. Une deuxième fois, le fils de l'Oberstleutnant Herbert von Catzinger, le pupille des Jeunesses hitlériennes, lui offrait sa protection : mais il exigeait encore ses dividendes. Dans le coffre de la Société, Antonio trouva un dossier marqué *confidenziale*, au nom du cardinal. S'il l'avait ouvert, il aurait vu des documents concernant son puissant protecteur, portant l'en-tête à la croix gammée. Tous n'étaient pas antérieurs au mois de mai 1945.

Mais il ne l'ouvrit pas, et le remit en mains propres à Son Éminence, qui l'introduisit devant lui dans la déchiqueteuse de son bureau de la Congrégation pour la doctrine de la foi.

Dans sa stricte soutane noire, Breczinsky regardait défiler la triste campagne polonaise. Il avait été appréhendé à son bureau de la réserve par Antonio en personne, et conduit sans préavis à la gare centrale de Rome. Depuis, il était incapable de penser. Après avoir traversé toute l'Europe, le train s'enfonçait à présent dans les plaines de son pays : il s'étonnait de ne ressentir aucune émotion. Soudain il se redressa, et ses lunettes rondes se couvrirent d'une buée de larmes. Il venait de voir passer à vive allure une petite gare de province : Sobibor, le camp de concentration autour duquel la division Anschluss s'était regroupée avant d'entamer sa retraite précipitée vers l'ouest. Poussant devant elle un dernier convoi de Polonais, qui allaient être exterminés ici même, juste avant l'arrivée de l'Armée rouge. Dans ce convoi se trouvait tout ce qui restait de sa famille.

Quelques jours plus tôt, un jeune prêtre, Karol Wojtyla, au mépris du danger, l'avait pris par la main et caché dans son logement exigu de Cracovie. Pour le mettre à l'abri de la rafle organisée par l'officier allemand qui venait de succéder à Herbert von Catzinger, tué par les partisans polonais.

Breczinsky descendrait à la gare suivante : c'est là, dans un petit carmel éloigné de tout, qu'il était assigné à résidence par Son Éminence le cardinal Catzinger. La mère supérieure avait reçu un pli aux armes du Vatican : le prêtre qu'on lui envoyait ne devrait jamais recevoir aucune visite, ni correspondre d'aucune façon avec l'extérieur.

Il avait besoin d'attentions, de repos. Et sans doute, pour longtemps.

91.

La salle se leva d'un bloc : pour le dernier concert à Rome de Lev Barjona, l'Académie Sainte-Cécile était pleine à craquer. L'Israélien devait interpréter le troisième concerto pour piano et orchestre de Camille Saint-Saëns, où il allait faire preuve dans le premier mouvement de son panache, dans le deuxième de l'extraordinaire fluidité de ses doigts, dans le troisième de son sens de l'humour.

Comme à l'accoutumée, le pianiste pénétra sur scène sans un regard pour le public, et s'assit directement sur son tabouret. Quand le chef d'orchestre lui fit signe qu'il était prêt, son visage se figea subitement, et il plaqua les premiers accords solennels et pompeux qui annoncent le thème romantique, introduit par le *tutti* de l'orchestre.

Dans le deuxième mouvement, il fut éblouissant. Les traits acrobatiques défilaient sous ses doigts de façon magique, chaque note parfaitement distincte et perlée malgré le tempo infernal qu'il avait adopté d'emblée. Le contraste entre ce vif-argent périlleux et l'immobilité totale de son visage fascinait le public, qui lui réserva après le dernier accord une de ces ovations dont les Romains ne privent pas ceux qui ont su conquérir leur cœur.

On s'attendait à ce que, selon son habitude, Lev Barjona disparaisse immédiatement dans les coulisses, sans accorder à la foule les *bis* traditionnels. Aussi la surprise de la salle fut grande quand il avança vers elle et demanda d'un geste qu'on lui apporte un micro. Il s'en saisit et leva les yeux, ébloui par les feux de la rampe. Il semblait regarder très loin, au-delà de la salle soudain devenue silencieuse, au-delà même de la ville de

Rome. Son visage n'était plus figé, mais revêtait une gravité inaccoutumée chez ce charmeur impénitent. La cicatrice qui balafrait sa crinière blonde accentuait le caractère dramatique de ce qu'il allait dire.

Ce fut très bref :

– Pour vous remercier de votre accueil chaleureux, je vous offre la deuxième *Gymnopédie* d'Érik Satie, un immense compositeur français. Je la dédie spécialement ce soir à un autre Français, pèlerin de l'absolu. Et à un pianiste américain tragiquement disparu, mais dont la mémoire jamais ne me quittera. Lui-même interprétait cette musique de l'intérieur, car comme Satie il avait cru en l'amour, et il avait été trahi.

Tandis que Lev, les yeux fermés, semblait s'abandonner à la perfection de la mélodie toute simple, au fond de la salle un homme le regardait en souriant. Ramassé sur lui-même, tout en muscles, il détonnait quelque peu au milieu des spectatrices fines et élégantes qui l'entouraient.

« Ces juifs, pensait Moktar Al-Qoraysh, tous des sentimentaux ! »

Avec la mort d'Alessandro Calfo, sa mission touchait à son terme. Il avait eu la satisfaction d'éliminer de ses mains l'Américain. Quant à l'autre, il avait disparu, et Moktar n'avait pas encore retrouvé sa trace. Simple question de temps. Demain, il retournait au Caire. Il rendrait compte au Conseil du Fatah et prendrait ses instructions. Le Français *devait* disparaître : pour se mettre en chasse sur ses traces, Moktar avait besoin de moyens, et d'aide. Lev venait, publiquement, de déclarer son admiration pour l'infidèle, il ne pouvait plus compter sur lui.

Quant à Sonia, elle était maintenant au chômage. Il la ferait venir sans tarder au Caire. Voilée de noir, sa ravissante silhouette lui ferait honneur, à lui. Car il se la réserverait. Après être passée entre les mains d'un prélat pervers du Vatican, elle devait savoir faire des choses que le Prophète aurait peut-être réprouvées, s'il en avait eu connaissance. Le Coran affirme seulement : « Les femmes sont un champ à labourer : parcourez ce champ, labourez-le comme il vous plaît[1] ». Il labourerait Sonia. Totalement indifférent à la délicate musique qui sortait des doigts de Lev, il sentit le sang affluer dans sa virilité.

92.

Trois semaines s'étaient écoulées depuis l'arrivée de Nil dans les Abruzzes, et il avait le sentiment d'avoir passé sa vie entière dans cette solitude. Par bribes, il avait raconté au vieil ermite toute son histoire : son arrivée à Rome, l'attitude de Leeland jusqu'à sa dramatique confession, la rencontre avec Lev Barjona ; les traces péniblement retrouvées de l'épître apostolique, sa découverte dans le fonds secret du Vatican...

Le vieil homme souriait.

– Je sais que cela ne change rien à ta vie et à son orientation profonde. C'est la vérité que tu as toujours cherchée, tu en as trouvé l'écorce, il te reste à approfondir cette connaissance dans la prière. Jamais tu ne dois en vouloir à l'Église catholique. Elle fait ce qu'elle a toujours fait, ce pour quoi toute Église est faite : conquérir le pouvoir, puis le conserver à tout prix. Un moine du Moyen Âge l'a définie de façon réaliste : *casta simul et meretrix*, la chaste putain. L'Église est un mal nécessaire, mon fils : l'abus permanent de son pouvoir ne doit pas te faire oublier

1. Coran 2, 223.

qu'elle renferme un trésor, la personne de Jésus. Et que, sans elle, tu ne l'aurais jamais connu.

Nil savait qu'il avait raison.

Intrigué par ce nouveau venu qui ressemblait tant à son père adoptif – jusqu'à ses cheveux blancs –, Beppo montait à l'ermitage un peu plus souvent qu'à son habitude. Il s'asseyait auprès de Nil, sur le parapet de pierres sèches de la terrasse, et leurs regards ne se croisaient qu'une fois. Puis le Français ne percevait plus que sa respiration, régulière et calme. Soudain il se levait, inclinait légèrement la tête et disparaissait dans le chemin de forêt.

Ce jour-là, Nil lui parla pour la première fois :

– Beppo, veux-tu me rendre un service ? Je dois faire parvenir cette lettre au père Calati, à Camaldoli. Peux-tu t'en charger ? Il faut la lui remettre en mains propres.

Beppo hocha la tête, et glissa la lettre dans la poche intérieure de sa veste en peau de mouton. Elle était adressée à Rembert Leeland, via Aurelia. Nil lui racontait brièvement son arrivée à l'ermitage, la vie qu'il y menait, le bonheur qui depuis si longtemps l'avait fui et semblait, ici, redevenir réalité. Il lui demandait enfin de ses nouvelles, et s'il devait revenir à Rome pour le rencontrer.

Quelques jours plus tard, le pape décacheta cette lettre et la lut à deux reprises devant Catzinger, qui la lui avait remise selon ses instructions.

Avec lassitude, le pape posa la lettre sur ses genoux. Puis il leva la tête vers le cardinal, toujours respectueusement debout devant lui.

– Ce moine français dont vous m'avez parlé, en quoi pensez-vous qu'il est dangereux pour l'Église ?

– Il met en doute la divinité du Christ, très saint-père, de façon particulièrement pernicieuse. Il faut le réduire au silence et le renvoyer à la solitude de son abbaye, qu'il n'aurait jamais dû quitter.

Le pape laissa son menton retomber sur sa soutane blanche. Il ferma les yeux. Le Christ, jamais, ne serait connu dans toute sa vérité. Le Christ était devant nous : on ne pouvait qu'aller à sa recherche. Le chercher, avait dit saint Augustin, c'était déjà le trouver. Cesser de le chercher, c'était le perdre.

Sans relever la tête il marmonna, et Catzinger dut tendre l'oreille pour comprendre ce qu'il disait :

– La solitude... Je crois qu'il la possède, Éminence, et je l'envie... oui, je l'envie. « Moine », vous le savez, vient de *monos*, qui veut dire seul – ou unique. Il a trouvé l'unique nécessaire dont Jésus parlait à Marthe, la sœur de Marie et de Lazare. Laissez-le à sa solitude, Éminence. Laissez-le avec Celui qu'il y a trouvé.

Puis il ajouta, d'une voix encore plus imperceptible :

– C'est pour cela que nous sommes là, n'est-ce pas ? Pour cela que l'Église existe. Afin qu'en son sein, quelques-uns trouvent ce que nous cherchons, vous et moi.

Catzinger leva un sourcil. Ce qu'il cherchait, c'est à résoudre un problème après l'autre, faire durer l'Église, la protéger de ses ennemis. *Sono il carabiniere della Chiesa*[1], avait dit un jour son prédécesseur d'illustre mémoire, le cardinal Ottaviani.

Le pape sembla sortir de sa rêverie, et fit un signe.

– Approchez-moi de cette machine, dans le coin. S'il vous plaît.

Catzinger poussa le fauteuil roulant vers la petite déchiqueteuse placée devant une corbeille à moitié pleine de confettis. Comme le pape, de sa main tremblante, ne par-

---

1. Je suis le gendarme de l'Église.

venait pas à allumer l'appareil. Catzinger appuya sur le bouton avec déférence.

— Merci... Non, laissez, ça je veux le faire moi-même.

La déchiqueteuse cracha quelques confettis, qui vinrent rejoindre dans la corbeille d'autres secrets, dont le pape gardait seulement la mémoire dans un cerveau resté étonnamment perspicace.

« Il n'y a qu'un seul secret, c'est celui de Dieu. Il a bien de la chance, ce père Nil. Bien de la chance, vraiment. »

93.

Au cœur de la nuit, Nil fut réveillé par un bruit inhabituel, et alluma une bougie. Allongé sur sa paillasse, les yeux fermés, le vieil ermite râlait doucement.

— Père, vous vous sentez mal ? Il faut aller chercher Beppo, il faut...

— Laisse, mon fils. Il faut seulement que je quitte le rivage pour aller en eaux profondes, et le moment est arrivé.

Il ouvrit les yeux, et enveloppa Nil d'un regard d'immense bonté.

— Tu resteras ici, c'est la place prévue pour toi de toute éternité. Comme l'a fait le disciple bien-aimé, tu pencheras ta tête vers Jésus, pour écouter. Ton cœur seul pourra l'entendre, mais il s'éveille de jour en jour. Écoute, et ne fais rien d'autre : lui te mènera sur le chemin. C'est un guide très sûr, tu peux lui accorder toute ta confiance. Des hommes t'ont trahi : lui, jamais ne te trahira.

Il fit un dernier effort :

– Beppo... occupe-toi de lui, c'est le fils que je te confie. Il est pur comme l'eau qui coule de cette montagne.

Au matin, la crête s'éclaira sur le versant opposé. Quand les flammes du soleil enveloppèrent l'ermitage, le vieil ermite murmura le nom de Jésus, et cessa de respirer.

Le jour même, Nil et Beppo l'enterrèrent sur un aplomb de la falaise, qui ressemblait peut-être – pensa Nil – à celles qui surplombent Qumrân. En silence, ils revinrent à l'ermitage.

Parvenus sur la petite terrasse, Beppo saisit le bras de Nil immobile, inclina sa tête devant lui, et doucement posa la main du moine sur la toison de ses cheveux bouclés.

Les jours suivaient les jours, et les nuits les nuits. Immobile, le temps semblait prendre une autre dimension. La mémoire de Nil n'était pas encore guérie, mais il ressentait de moins en moins l'angoisse qui l'avait oppressé pendant ces jours terribles, passés à traquer l'illusion de la vérité.

La vérité ne se trouvait pas dans l'épître du treizième apôtre, ni dans le quatrième Évangile. Elle n'était contenue dans aucun texte, aussi sacré qu'il fût. Elle était au-delà des mots imprimés sur du papier, des mots prononcés par des bouches humaines. Elle était au cœur du silence, et le silence lentement prenait possession de Nil.

Beppo avait reporté sur lui l'adoration qu'il manifestait de son vivant au vieil ermite. Quand il venait, toujours à l'improviste, ils s'asseyaient sur le rebord de la terrasse ou devant le feu de l'âtre. Doucement, Nil lui lisait l'Évangile et lui racontait Jésus, comme le treizième apôtre l'avait fait pour Iokhanân, autrefois.

Un jour, pris par une inspiration subite, il traça sur le

front, les lèvres et le cœur du jeune homme une croix immatérielle. Spontanément, Beppo lui montra sa langue, qu'il effleura également du signe de mort et de vie.

Le lendemain, Beppo vint très tôt le matin. S'assit sur la paillasse, regarda Nil de ses yeux tranquilles, et murmura, dans un souffle malhabile :

— Père... père Nil ! Je... je veux apprendre à lire. Pour pouvoir étudier l'Évangile tout seul.

Beppo parlait. De l'abondance de son cœur, il parlait.

La vie de Nil en fut un peu modifiée. Désormais, Beppo venait le voir presque tous les jours. Ils prenaient place devant la fenêtre, et sur la table minuscule Nil ouvrait le livre. En quelques semaines, Beppo fut capable de le lire, trébuchant seulement sur les mots compliqués.

— Tu peux toujours prendre l'Évangile de Marc, lui disait Nil. C'est le plus simple, le plus limpide, le plus proche de ce que Jésus a dit et a fait. Un jour, plus tard, je t'apprendrai le grec. Tu verras, ce n'est pas si difficile, et en le lisant à voix bien haute tu entendras ce que les premiers disciples de Jésus disaient de lui.

Beppo le fixa gravement.

— Je ferai ce que tu me dis : tu es le père de mon âme.

Nil sourit. Le treizième apôtre, lui aussi, avait dû être le père de leur âme pour les nazôréens s'enfuyant devant la toute première Église.

— Il n'y a qu'un seul père de ton âme, Beppo. Celui qui n'a aucun nom, que nul ne peut connaître, dont nous ne savons rien si ce n'est que Jésus l'appelait *abba :* papa.

94.

Ce matin d'octobre, la place Saint-Pierre avait ses allures de fête : le pape devait proclamer la canonisation du fondateur de l'Opus Dei, Escriva de Balaguer. Sur la façade de la basilique, centre de la chrétienté, un immense portrait du nouveau saint était offert à la foule nombreuse. De ses yeux malicieux, il semblait la contempler avec ironie.

Debout à la droite du pape, le cardinal Catzinger était rayonnant de joie. Cette canonisation revêtait pour lui une signification particulière. D'abord, c'était sa victoire personnelle sur les membres de l'Opus Dei, qu'il avait contraints à venir manger dans sa main pendant les années de procès en béatification de leur héros. Désormais ils avaient une dette envers lui, ce qui le mettait un peu plus à l'abri de leurs manœuvres permanentes. Catzinger était heureux du bon tour qu'il venait de leur jouer, pour quelque temps au moins il avait barre sur eux.

Ensuite, il mettait Antonio à l'abri de toute pression des Espagnols de Balaguer. Il lui importait que la Société Saint-Pie V soit fermement tenue, pour éviter les déboires qu'il avait connus avec Calfo.

Enfin, et ce n'était pas le moindre des bonheurs de cette journée, le pape – de plus en plus incapable de se faire comprendre – lui avait confié le soin de prononcer l'homélie. Il en profiterait pour tracer son programme de gouvernement, devant les télévisions du monde entier.

Car il gouvernerait un jour la barque de Pierre. Non plus en sous-main, comme il le faisait depuis des années. Mais ouvertement, au grand jour.

Machinalement, il releva le pan de la chasuble pontificale, que les tremblements agitant le souverain pontife faisaient glisser d'une façon très peu télégénique. Et pour masquer ce geste, il sourit à la caméra. Ses yeux bleus, ses cheveux blancs, passaient admirablement bien à l'écran. Il redressa la taille : la caméra était braquée sur lui.

L'Église était éternelle.

Perdu dans la foule, un jeune homme regardait d'un œil moqueur le spectacle des fastes de l'Église. Sa chevelure bouclée brillait au soleil, et sa veste de paysan des Abruzzes ne détonnait pas : des délégations catholiques du monde entier, en costume folklorique, coloraient la place Saint-Pierre de taches vives.

Ses mains n'étaient pas libres : plaquées contre sa poitrine, elles serraient une sacoche de cuir rebondie.

Nil la lui avait confiée la veille. Il était inquiet : au village, où tout étranger était immédiatement repéré, on avait vu passer un homme qui avait posé des questions. Certainement pas un montagnard, pas même un Italien : trop de muscles, pas assez de bedaine, et le coup d'œil des villageois était infaillible. Les choses étant ce qu'elles sont dans un village des Abruzzes, Beppo avait capté la rumeur qui n'avait pas tardé à parvenir jusqu'à lui. Il en avait parlé à Nil, qui avait senti se réveiller ses angoisses.

Serait-il possible qu'ils le cherchent, même ici ?

Dès le lendemain, il avait confié sa sacoche à Beppo. Elle contenait le résultat d'années de recherche. Surtout, elle renfermait la copie qu'il avait effectuée de l'épître. De mémoire, certes, mais il savait qu'elle était fidèle au texte qu'il avait eu brièvement en main dans le fonds secret du Vatican.

Sa vie n'avait pas d'importance, sa vie ne lui appartenait plus. Comme le treizième apôtre, comme beaucoup d'autres, il mourrait peut-être pour avoir préféré Jésus au

Christ-Dieu. Il le savait, et d'avance l'acceptait dans une grande paix.

Il n'avait qu'un seul regret, un péché contre l'Esprit qu'il ne pourrait confesser à aucun prêtre : quand même, il aurait bien voulu voir le véritable tombeau de Jésus, dans le désert. Il savait que ce désir n'était qu'une illusion pernicieuse, mais il ne parvenait pas à l'éteindre en lui. Fouiller l'immense étendue sableuse entre Israël et la mer Rouge. Retrouver le tumulus, perdu au milieu d'une nécropole essénienne abandonnée et ignorée de tous. Aller là où le treizième apôtre avait expressément voulu que personne n'aille. Y songer était déjà un péché : le silence n'avait pas accompli en lui son œuvre purificatrice. Il lutterait, pied à pied, pour éliminer de son esprit cette pensée qui l'écartait de la présence de Jésus, rencontré chaque jour dans la prière.

Entre des ossements et la réalité, il n'y avait pas à hésiter.

Mais il fallait être prudent. Beppo irait, seul, à Rome, et confierait la sacoche à un oncle en qui il avait toute confiance.

Le cardinal Emil Catzinger termina son homélie dans un tonnerre d'applaudissements, et regagna modestement sa place à la droite du pape.

Furtivement, Beppo baissa la tête et effleura avec respect la sacoche de ses lèvres.

La vérité ne serait pas gommée de la face de la terre.

La vérité serait transmise. Et referait surface, un jour.

Caché sous la colonnade du Bernin, Moktar Al-Qoraysh ne quittait pas le jeune homme des yeux. Il avait repéré le village. L'infidèle devait s'être caché quelque part alentour, dans la montagne.

Il suffisait de suivre ce paysan des Abruzzes au regard naïf.

Il le conduirait à sa proie.

Il sourit : si Nil avait pu échapper aux gens du Vatican, il ne lui échapperait pas. On n'échappe pas au Prophète, béni soit son nom.

Au moment de quitter l'ermitage, je ne pus me retenir de questionner encore :

— Père Nil, vous n'avez donc pas peur de celui qui vous cherche ?

Il réfléchit longuement avant de me répondre :

— Ce n'est pas un juif. Depuis la destruction du Temple, ils sont traversés par une profonde désespérance : la promesse était vaine, le Messie ne reviendra pas. Mais Dieu reste pour eux une réalité vivante. Tandis que les musulmans ne savent rien de Lui — sinon qu'il est unique, plus grand que tout, et qu'il les juge. La tendresse, la proximité du Dieu des prophètes d'Israël leur demeurent étrangères. Face à un Juge infini mais infiniment lointain, le désespoir juif s'est transformé, chez eux, en une angoisse insurmontable. Et certains ont toujours besoin de violence pour exorciser la peur d'un néant que Dieu ne remplit pas. C'est sans doute un musulman.

Avec un sourire, il ajouta :

— L'intimité avec le Dieu d'amour détruit à jamais la peur. Peut-être, en effet, est-il à mes trousses ? S'il veut m'entraîner dans son néant, il n'apaisera pas l'angoisse qui l'habite.

Il prit mes deux mains dans les siennes.

— Chercher à connaître la personne de Jésus, c'est devenir

un autre treizième apôtre. La succession de cet homme est toujours ouverte. En ferez-vous partie ?

Depuis, dans ma Picardie de forêts, de terres grasses et d'hommes taciturnes, je ne cesse d'entendre ces dernières paroles de Nil.

Quand elles résonnent en moi, me viennent des nostalgies de désert.

Composition Nord Compo
Impression Bussière, avril 2006
Editions Albin Michel
22, rue Huyghens, 75014 Paris
www.albin-michel.fr

ISBN 2-226-17002-2
N° d'édition : 24481. – N° d'impression : 061673/4.
Dépôt légal : février 2006.
Imprimé en France.